告白者
The Committed

Viet Thanh Nguyen
阮越清——著 聞若婷——譯

推薦序

對著碎裂的鏡像說話

作家／朱嘉漢

一個徹底坦白過去、面對自己的人，會是什麼樣子？會更清楚明白自己的樣貌、對於自己所為與所思更加地瞭然於心？還是相反？

《告白者》同前作《同情者》，由同一個敘事者的肉體與心靈，受到諸多的苦難。當然，我們知道，即使作者在此作中再度讓敘事者肉體遭逢巨大的、逼迫至瀕死的酷刑（施虐者確實是以刑求的形式施予酷刑），真正的地獄卻是發生在他的心靈。

但，對於一個內心分裂者來說，真正的施虐者，是內心的他者。這些他者，不僅僅是實為過去的糾纏鬼魂。最為苛刻、逼迫人發瘋的他者，其實正是「我」。藉由敘事者之口，逆轉了韓波知名的「我是他者（Je est un autre）」。如何逆轉？他直接跳了進去，成為令讀者不安的他者之聲：這位「他者」（越南人、亞裔，或可指所有的少數族群），卻以「我」說話，以英語寫作西方小說，反過頭來映照了西方。

兩本小說分別指向兩種逼迫告白技術，逼迫出敘事者我說出整個故事。《同情者》是政治審查式，以再教育營的形式；《告白者》則是精神病學式，以治療為名，將一個人的回憶與看待回憶的方式視為一種病徵。然而阮越清最大的野心，也許就在讓一個病人，一名瀕臨發狂之人，作為時代種種的病灶最好的診斷者。

《告白者》最好的安排，無非就是讓這法越混血的「我」逃難到法國，成為了少數族裔。無論被當地的法國人或阿拉伯人稱作印度支那人，或是Chinois（中國人），都一併接受。這逆來順受是小說最尖銳的形式。更尖銳在於，到了《告白者》後，我們才知曉敘事者（以及作者），竟如此熟悉這些西方的理論家，如法農、Aimé Césaire、德希達、克里斯蒂娃、阿圖塞等等，這些抽象的理論，在小說裡以充滿戲劇性的方式重新詰問。

如同阿圖賽的「叫喚」所展示的，主體是如何毫無所覺地自動跳入了意識形態。「我是『他者』」，對於越南人來說，並不是浪漫的想像，他們在主流的文化中，不斷地被套上「他者」的形象。無論是同情或是歧視，都是個缺乏聲音的他者。而他們的任何言行與形象，也被迫著以這樣的價值系統來看待自身，並以此「告白」。《告白者》的反思意識的強度，可以與法農《黑皮膚，白面具》比擬。

這位「能夠以兩面來看待事情」的雙心人，在《告白者》的巴黎舞台中，遇上的矛盾衝突更加巨大：殖民者（法國與美國）與被殖民者（越南），南越（反共）與北越（共產黨）。甚至，也讓阿爾及利亞裔的阿拉伯人與越南人兩種因法國殖民的受害者，直接地以暴力相殺。

阮越清的小說總是複雜的，不輕易地落入任何一種姿態，他的小說總是不讓人喘息，不斷有新的情節衝突，也不停讓敘事者感受與思考、懷疑。他徹底拒絕簡化的論述，不輕易讓我們劃分彼此，且將過錯推到另外一方，或將自己輕易自居於正義者或被害者。如果他在《一切未曾逝去》以成熟的理論語言談論了對越南與越戰的思索，那麼在《告白者》，他更徹底運用小說的戲劇衝突安排，在人與人之間逼近你死我活的道德難題，讓我們直視盤根錯節的結構性暴力。

「全心投入的共產主義者就和全新投入的資本主義者一樣，都沒有能力分辨細微差異。」若是如此，阮越清的小說就是讓我們走到細節差異最深處，即使那衝突如此難受，但仍極力的抵抗那種將一切化約且互成敵人的另一種無限暴力。

《告白者》作為《同情者》的續作，兩者間的關係，並不是前後的作品。如同敘事者的母親說的：「你不是什麼的一半，而是兩倍。」《告白者》的作用並非是補足，而是倍增，像是無盡的碎裂鏡像，讓人在形象中迷失。讓整個「二戰—越戰—冷戰」在越南所造成的一連串的苦難，在看似置身其外的法國舞台上（眾多細節可見他對於八零年代的巴黎，當時的左派以及少數族群的歷史做足了考證），映照出兼具批判性同時又符合現代小說美感的精彩作品。

再度交出了《告白者》，且預告這故事有第三部的阮越清，勢必會是這幾年國際上最受矚目的作家。

僅以此短文誠心推薦。

獻給Simone

「沒有什麼比沒有更真實。」

——潘禮德及克里斯多夫・巴泰伊

《消除：紅色高棉的倖存者直視他的過去以及殺戮戰場的指揮官》

序幕
我們

我們是無人想要、無人需要、無人看見的一群人，除了我們自己之外，對任何人來說都如同無物。比任何東西都低賤的我們，盲目地蹲在方舟沒有照明的肚腹中，也看不見任何東西，這個空間是用來裝海產的，不是用來裝哺乳類的，我們這一百五十人在裡頭汗流浹背。波浪推得我們左歪右倒，我們用自己的母語說話。某些人在禱告，某些人在咒罵。某一刻，波浪的動作有所改變，更用力地推我們的船體，我們之中少數的船員有一人悄聲說：**我們到海上了**。歷經數小時在河流、河口和運河上蜿蜒前進，我們終於離開了祖國。

帶路人拉開艙門，要我們到方舟的甲板上去，不過這沒血沒淚的世界只把它貶低為區區一條小船而已。我們藉著彎月歪了一邊的微笑，看到自己在這水世界的表面有多孤單。有那麼一會兒，我們被喜悅沖昏了頭，直到蕩漾的海水以另一種方式令我們昏頭。我們在整個甲板上還有彼此身上狂吐，即使已吐到沒剩任何東西，我們仍持續作嘔和喘氣，在反胃中狼狽不堪。我們就這樣度過在海上的第一夜，在海風中瑟瑟發抖。

天亮了，往四面八方望去，我們都只能看見無限向後退開的海平面。今天很熱，沒有遮蔭也沒有休息時間，吃的東西只有一口，喝的東西也只有一小匙，我們的旅程長度不明，我們的配給有限。但即使吃得這麼少，我們的人體排泄物還是布滿甲板和貨艙，到了傍晚我們已泡在自己的穢物裡。黃昏時我們在海平面看到一艘大船，喊到嗓子都啞了，那艘船仍然沒有靠近。

到了第三天，我們遇到一艘切過廣漠大海的貨船，它像隻單峰駱駝，駕駛台高踞在船尾處，船員們都在甲板上。我們尖叫、揮手、跳上跳下，但貨船繼續前進，只用尾波觸碰我們。第四和第五天，又出現兩艘貨船，一次比一次靠近，每一艘都插著不同國家的旗幟。船員們指著我們，可是無論我們如何哀求、作揖、舉起幼兒，那些船都沒有轉向或減速。

第五天，死了第一個孩子，我們把她的屍首獻給大海之前，神父作了一番禱告。第六天，有個男孩死了。有些人更加急切地向上帝祈禱；有些人開始懷疑祂是否存在；有些原本不相信祂的人開始相信；有些原本不相信祂的人更加堅定地不相信。其中一個死去孩子的父親哭喊：神啊，祢為什麼要這樣對我們？

於是那時候我們全都醒悟到了，對於人類「為什麼？」這個永恆疑問的答案是什麼。

答案很單純，那就是：**有何不可？**

我們在爬上方舟前互不相識，現在卻比愛侶更親密，在我們自己的排泄物中打滾，臉色發青，皮膚被鹽給弄出水泡，又被太陽烤成同一種色調。我們大部分人之所以逃離祖國，是因為當權的共產黨給我們貼上各種標籤，像是傀儡、假和平主義者、資產階級民族主義者、墮落的反動分子、帶有虛假意識的知識分子，或是因為我們跟這種人有瓜葛。同行者還有一個算命師、一個風水師、一個和尚、那個神父以及至少一個妓女，坐在她旁邊的華人朝她吐了一口口水，說：這婊子為什麼也能來？

即使在無人想要的人之中仍有無人想要的人，對此，我們其中一些人也只能苦笑。

妓女朝我們做了個兇惡表情，說：**你想要什麼？**

無人想要的我們，想要的東西可多了。我們想要食物、水和陽傘，不過雨傘也挺好。我們想要乾淨衣服、浴缸、馬桶，哪怕是蹲式馬桶也成，因為在陸地上蹲著總比在搖來擺去的船上攀抓著舷牆、把屁股懸在邊緣外來得安全，且沒那麼尷尬。我們想要雨、雲和海豚。我們想要炎熱的白天涼快一點，想要酷寒的夜晚暖和一點。我們想要知道預計抵達目的地的時間。我們想要在抵達目的地時尚未丟了性命。我們想要獲救，不必被毫不留情的太陽烤成肉乾。我們想要電視、電影、音樂，任何可以消磨時間的東西。我們想要愛、和平和正義，對我們的敵人例外，因為我們想要他們在地獄裡燃燒，最好是永恆地持續下去。我們想要獨立和自由，對共產黨例外，因為他們都該被送去接受再教育，最好是持續一輩子。我們想要能代表人民的仁厚領導者，我們說的人民是指我們而不是他們，無論他們是誰。我們想要生活在一個平等的社會中，不過如果我們必須無奈地接受自己擁有得比鄰居多，那也沒關係。我們剛艱辛地撐過一場革命活下來了，現在我們想要用另一場革命推翻它。總而言之，我們想要不再有任何想要的東西！

我們絕對不想要暴風雨，然而那就是我們在第七天碰上的事情。虔誠信徒再次喊道：**上帝，救救我們！**非信徒喊道：**上帝，祢這混蛋！**不管是不是信徒，都躲不開這場暴風雨，它盤據整個海平面，來勢洶洶地不斷逼近。風像是被煽動的暴民一樣，氣勢愈來愈旺，隨著海浪變大，我們的方舟也加速並升高。閃電照亮風暴雲的深色溝紋，雷聲蓋過我們異口同聲的哀鳴。暴雨往我們身上炸開，當海浪把我們的小船頂得愈來愈高，信徒禱告、非信徒咒罵，但兩者都在哭。

第一部

我

1

或許我已不再是間諜或臥底，但我絕對是個幽靈＊。我怎麼可能不是呢？畢竟我頭上有兩個洞，洞裡頭滲出黑色墨水，而我就用那墨水寫下這些字。多麼奇妙的狀況啊，雖然我已經死了，卻仍在樂園的小房間裡寫著這些句子。這勢必使我成為幽靈寫手吧，因此我很輕易——哪怕有點令人發毛——把我的筆浸入從那雙孔湧出的墨水中。那兩個洞一個是我自己鑽的，一個是我最好的朋友兼血盟兄弟阿邦鑽的。阿邦，把槍放下。你只能殺死我一次。

倒也未必。我仍然是個雙面人和雙心人，其中一張臉和其中一顆心或許還是完整的。有兩顆心，我便能夠從雙方角度看待任何議題，儘管我曾經往臉上貼金，以為這是種天賦，可現在我已明白它其實是種詛咒。有兩顆心的人除了是變種人之外，還會是什麼？也許甚至算怪物。對，我承認！我不只是一個，而是兩個。不只是我，而是你。不只是我，而是我們。

你問我我們應該怎麼稱呼，我們已經度過很長一段沒有名字的日子。我猶豫著，沒有直接回答你，因為我習慣不直接回答問題。我有很多壞習慣，每次有人強制戒除我一個壞習慣——我從未心甘情願地放棄這種事——我總是會哼哼唧唧、淚眼汪汪地重拾舊習。

＊譯注：spook 除了「幽靈」亦有「情報員」的意思。

且拿這些文字為例好了。我在寫字，而寫字是最壞的習慣。當大部分的人努力榨取他們的人生，為五斗米折腰，邊享受陽光邊吸收維生素D，獵捕同類好跟對方繁衍或純粹交配，並拒絕思考死亡的事，我則在樂園一角用紙筆消磨時間，變得愈來愈蒼白瘦弱，挫敗像水蒸氣一樣由我頭頂冒出，悲慟的汗水黏在我身上。

我可以告訴你我護照上的名字是什麼：武名。我預期要來巴黎這裡時就給自己冠上這個名字。巴黎，或者如我們的法國老師們教我們的說法：光之城。阿邦和我搭乘由雅加達起飛的班機，在晚上抵達機場。我們一跨出飛機就感到如釋重負，因為我們來到了避難所，所有難民的狂熱夢想，尤其是那些不止淪為難民一兩次、而是已經歷第三回的人：一九五四年，我出生後九年；一九七五年，我還年輕且堪稱俊俏時；以及一九七九年，區區兩年前。是否真如美國人愛說的老話，「事不過三」？阿邦嘆口氣，然後把飛機上提供的眼罩拉下來蓋住眼睛。咱們只能期盼法國比美國好。

如果用海關人員來評斷國家的優劣，這個期盼只怕要落空了。檢查我護照的那個人就跟所有保全人員一樣面無表情，只是看看我的照片再看看我。他蒼白的臉似乎顯露不滿，因為某人竟准許我進入他心愛的國家，我這個沒有上唇又沒有留小鬍子來掩飾前述事實的男人。你是越南人，這個白人說道，這是我首度涉足我父親的祖國以來別人對我說的第一句話。

對！我是武名！我連同我能使出的最好法國口音，給了海關警察我最阿諛奉承的微笑，逢迎到有點咄咄逼人的程度。但我父親是法國人，也許我也是法國人？

他的官僚腦袋消化了下這句陳述，並終於露出笑容時，我心想：**啊！我用法語說了第一個**

笑話！但他說的是：不……你……絕對……不是……法國人。看……你的……名字……就知道。然後他在我的護照蓋上入境日期：一九八一年七月十八日，往櫃面對側一甩，眼睛已經越過我的肩膀看向下一個懇求者。

我跟阿邦在護照查驗站的另一頭會合。我們終於踩在高盧的土地上了，這是我父親在他的教區學校裡教我稱呼法國的方式，因此這座機場是以近代史上最偉大的法國人夏爾·戴高樂命名，也就很適合了。這個英雄從納粹手中解放法國，同時繼續奴役我們越南人。啊，矛盾哪！人性永遠揮之不去的體臭！沒人能豁免，即使是每天洗澡的美國人或越南人，或是沒有天天洗澡的法國人。不論我們的國籍為何，我們都漸漸習慣自身矛盾的香味。

怎麼了？他說。你又哭了嗎？

我沒哭，我哭著說。我只是覺得終於回家，太感動了。

阿邦現在已經習慣我突如其來地掉眼淚了。他嘆口氣，牽起我的手。他的另一隻手拎著唯一的包包，是聯合國送的廉價粗布圓筒行李袋。他的行李袋在時尚度方面跟我的皮革包完全沒得比，那個皮革包是我從南加州的西方學院畢業時，我的昔日導師克勞德送我的。克勞德眼中含著淚光告訴我：我離開菲利普斯埃克塞特學院去上耶魯大學時，我爸就送了我一個這樣的背包。雖然他是個把審訊和暗殺視為家常便飯的中情局幹員，他對某些事還是很感情用事，像是我們的友情以及高級男士用品。我基於同樣的懷舊理由而緊緊抱著皮革包。儘管這背包並不大，不過就和阿邦的行李袋一樣，它也沒有裝滿。如同大部分的難民，我們幾乎沒有任何實質的隨身物品，不過我們的行囊中裝滿夢想和幻念、創傷和疼痛、悲傷和失落，當然，還有鬼魂。由於鬼魂沒有重量，我們要帶多少就帶多少。

經過行李輸送帶時，只有我們沒有拖著行李箱，或是推著被行李和觀光客期待壓得喘不過氣的手推車。我們不是觀光客、僑民、返國者、外交人員或商務人士，或任何一類有頭有臉的旅客，不是，我們是難民，而我們在一架名為國際噴射客機的時光機器裡的乘坐經驗，不足以使我們在一座再教育營裡受苦的一年時光，或是在名為加朗島的印尼島嶼上的難民營度過的兩年時光，統統都一筆勾消。我們已經習慣難民營中的竹子、茅草、泥巴、蠟燭，機場的不鏽鋼、玻璃、地磚、強光讓我們暈頭轉向，我們走得緩慢而漫無頭緒，在尋找出口時不停撞上其他旅客。最後我們找到了，自動門滑開，我們來到國際線入境大廳巨大的天花板下方，一群人帶著期待的表情打量我們。

有個女人喊出我的名字。那是我的堂姑，或者更精確一點來說，是我假裝是我堂姑的女人。在美國的那幾年，我以共產黨間諜的身分被安插在遭流放的南越軍隊寒酸的行伍中，期間我定期寫信給她，表面上寫的是我身為難民的個人苦難，其實是用隱形墨水寫下加密訊息，通報這支軍隊某些人的密謀詭計，他們希望能從共產黨的統治中奪回我們的祖國。我們用理查．賀德的《亞洲共產主義與東方破壞模式》作為共同的密碼檢索本，而她的任務就是把我的訊息傳給阿敏——我和阿邦的血盟兄弟。我向她打招呼時既安心又慌亂，因為她知道阿邦現在不知道而且永遠都不能知道的事，也就是阿敏是間諜，我原本也是。他是我的上線，就算最後在那座再教育營裡，他成了我的刑求者，那對雙心人的我來說不也適得其所嗎？既然我的堂姑不真的是我的堂姑，那對雙面人來說不是很完美嗎？

她真的是阿敏的堂姑，看起來完全符合她在最後一封信裡所描述的自己：高、瘦、髮色烏黑。跟我想像中的她相比，相似之處僅此而已。我想像中的她是個中年人，因為從事裁縫工作而永遠彎著腰，對革命的奉獻讓她態度謙卑。然而，由她的身形和她手裡拿著的東西來判斷，這女人最親近的家人是香菸。她渾身散發菸味和自信，有了那雙看來不好惹的高跟鞋加持，她跟我一樣高，只不過她看起來還更高一些，因為她很苗條，還穿著曲線畢露的灰色針織連身裙，而且她的髮型高高聳起，這是她每天的標準行頭。多虧了法式時尚和使她看不出年齡的那一半亞洲基因，雖然我知道她應該已經五十幾歲了，但要說她將近四十歲也會有人信。

我的天啊！她抓住我的肩膀，嘴巴發出親吻的聲音，同時以迷人的法式招呼法，用她的兩側臉頰分別貼向我的兩側臉頰，我家鄉的法國人從未對我展現這樣的法式禮儀，包括我的法國父親在內。你們兩個需要新衣服，還有新髮型！

對，她絕對是法國人沒錯。

我用法語把她介紹給阿邦，但阿邦用越南話回應。他小時候跟我一樣是念法語學校，但他痛恨法國人，純粹是為了我才會來這裡。法國人確實給了他學位，但除此之外他沒從他們身上得到任何好處，頂多只是使用他們規劃的馬路，而那也沒什麼值得感恩的，因為馬路能造出來靠的是阿邦的家人這類鄉下人做牛做馬。堂姑帶我們走向排班計程車時改說越南話，用我們語言最純粹、最經典的版本關切我們的旅程和艱辛，就像河內的知識分子在說話。阿邦默不吭聲。他自己的方言融合了我們家庭源自的北方鄉村，以及西貢郊外的南方鄉村口音。他的父母是在一九五四年，也就是我們三次逃難經驗中的第一次，以天主教徒的身分從北方移居到南方的。

他保持沉默的原因可能是以自己的口音為恥，不過更可能是因為極度憤怒。來自河內的任何東西都可能是共產黨，而任何**可能**是共產黨的東西都**絕對**是共產黨，至少對像他這樣瘋狂的反共人士來說是如此。他甚至不感謝俘擄我們的共產黨給他的唯一贈禮，也就是「殺不死你的必使你更強大」這個教訓。那勢必表示阿邦和我現在是超人了。

妳是做什麼的？我們上了計程車後他終於開口，我們都坐在後座，堂姑夾在我們中間。

堂姑用嚴厲譴責的眼神看著我，說：看來我的姪子沒說任何我的事。我是個編輯。

編輯？我差點嚷嚷出聲，不過及時克制住，因為我理應知道自己的堂姑從事什麼職業。為了找人贊助我們離開難民營，我寫信給她——這次沒有用密碼——因為她是我認識的唯一非美國人。她很可能會通知阿敏我來法國的事，不過我寧可選擇這項確切的事實也不想回美國，我在美國犯了好幾項罪行，雖然沒被逮到，但我並不引以為傲。

她講出一間我沒聽過的出版社名字。我靠做書維生，她說。多半是虛構文學和哲學類。

阿邦從喉嚨裡發出的聲音表示他不是愛看書的人，他只看陸軍野戰手冊、八卦小報和我貼在冰箱門上的字條。如果堂姑真的是個裁縫的話，阿邦在她面前會更自在點，我很慶幸我沒跟阿邦說過任何關於她的事。

我想聽你們經歷的所有事，堂姑說。再教育還有之後的難民營。在你們之前我還沒遇見過曾接受再教育的人呢！

今天晚上不適合，親愛的堂姑，我說。我沒有告訴她在我的皮革包的活動夾層裡，除了一本紙頁泛黃、已經快散掉的賀德著作之外，還藏著我在再教育營裡受到強力脅迫而寫下的自白書。我甚至不確定我何必費事把自白書藏起來，因為全世界最不該讀到內容的人，也就是阿邦，對它的存在未顯露絲毫興趣。他和我一樣，在再教育營裡受到嚴刑逼供而寫下自白書。跟我不同的是，他不知道營區的政委就是他的血盟兄弟阿敏。政委沒有臉，他怎麼可能會知道呢？但阿邦說他知道一件事，那就是屈打成招的自白只不過是謊言。他和多數人一樣，相信不論謊言重複再多遍，都永遠不會變成事實。而我和我父親，也就是神父，一樣相信反過來才是對的。

□

堂姑的公寓在巴黎十一區，緊靠著法國大革命的發源地巴士底。我們在黑暗中行經一根圓柱，它代表了巴士底在歷史上的地位。既然我曾經是共產黨員和革命分子，那麼這場如同斷頭台一樣確切地斬斷特權階級首級的事件，也可算是我的先祖了。下了高速公路進入市區，我現在真的感覺身處於法國，或甚至更美妙的是，身處於巴黎。四周是它狹窄的街道和高度與風格一致的建築，更別說店面上方的迷人字體，立刻能讓人聯想到明信片和像是《愛瑪姑娘》這類電影，我剛以留學生身分抵達洛杉磯不久後，就在一間美國電影院看了這部電影。正如同我終究會發現的，巴黎的一切都很迷人，即使是它的妓女，即使是在星期天、在清晨、在午餐後、在八月，當所有商店都未開張的時候。

接下來兩三個星期，這個詞我怎麼講也講不膩：「迷人」！我的家鄉和美國都難以用迷人來形容。以我的這個炎熱國家和熱血的民族來說，這個形容詞太溫和了。我們拒斥或引誘，但我們從不以魅力迷人；至於美國，想想可口可樂就知道了。那奇妙的液體真的夠帶勁，具體呈現了資本主義那種令人上癮、腐蝕牙齒的甜膩，不管它在舌頭上多麼嘶嘶冒泡，對你都沒有好處。但它不迷人，不像是與娃娃用的湯匙配成一套並放在迷你盤子中、頂針大小的杯子，杯中裝著剛煮好的黑咖啡，為你送上咖啡的侍應生對他的專業價值極為篤定，不亞於銀行專員或藝術品蒐藏家。

美國人擁有出盡風頭、神氣活現的好萊塢，有撒不完的胸罩和牛仔帽，但法國人發起了魅力運動。從細節就可明顯看出，好像整個法國都是聖羅蘭設計的一樣，從我們的計程車司機真的戴著貝雷帽，到堂姑住的街道名稱叫理察勒努瓦大道，堂姑住的門牌號碼三十七號的公寓大樓鐵門上剝落的藍漆，電燈失靈、有回聲的黑暗走廊，以及延伸到四層樓上方堂姑公寓的狹窄木樓梯。

事實上，除了那頂貝雷帽之外，這些東西在本質上都並不迷人，而這項事實恰足以說明法國人的魅力攻勢具有極不公平的優勢，尤其是對像我這種儘管盡了最大努力、卻仍然幾乎遭到徹底殖民的人而言。我說幾乎，是因為即使在我喘吁吁地爬上樓梯時被迷住了，我的大腦有一小塊像是爬蟲類的部分——也可以說是我內心野蠻的本地人——抗拒著那股魅力，久到足以認清它的真貌：征服的誘惑。正是這種感覺，使我一看到那為堂姑餐桌增光的肥美長棍麵包就欣喜若狂。噢，長棍麵包！法國的象徵，因此也就是法國殖民的象徵！其中一面的我這麼說。但與此同時，另一面的我說：啊，長棍麵包！它是我們越南人把法國文化納為己用的象徵！因為我們很會烤長棍麵包，而我們用長棍麵包創造的越式法國麵包比法國人做的三明治要美味又有創意多了。那條可供辯證的長棍麵包，配上淋米酒醋的小黃瓜沙拉、一鍋加了洋芋和紅蘿蔔的雞肉咖哩、一瓶紅酒，最後再加上浸在深咖啡色焦糖中的法式焦糖布丁塔，就是堂姑準備的餐點了。我多麼渴望這些菜餚或類似的食物啊！在再教育營待的那段看不到盡頭的日子裡，對食物的遐想一直在召喚著我，當時就好像身處於地獄的內圈裡，而後來在難民營則像是到了地獄的外圍，我們的伙食說好聽點是不太夠，說難聽點就是已經臭酸了。

我父親教我做越南菜，堂姑邊說邊往我們的碗裡舀咖哩。我父親像你們一樣是軍人，不過他是被遺忘的軍人。

提到父親讓我的心跳暫停了一下。我身在我父親的土地上，那個不肯認我的家長。如果他當年承認我是他兒子，並宣告我母親是他的情婦（若是不能成為妻子的話），我的人生會不同嗎？有一部分的我渴望他的愛，另一部分的我恨自己對他除了輕蔑還有別的感情。

法國人徵召我父親去打一戰，堂姑繼續說。阿邦和我都坐在椅子邊緣，等著她拿起湯匙或咬一口麵包，向食物進攻的信號就這麼撩人地躺在我們眼前。才十八歲就跟另外幾萬人一起，被人從熱帶的印度支那一下子帶到殖民母國。不過他是戰爭結束後又過了好一陣子才見到巴黎的。他再也沒回家。他的骨灰就在我房間，在我的五斗櫃上。

沒有比流放更悲哀的事了，可憐的阿邦說，手指在桌布上顫抖。他活到大半輩子都根本不會說出跟哲學沾上半點關係的話，可是他自己被流放以及痛失妻兒的事，使得他愈來愈愁緒滿腹。把他的骨灰帶回家鄉吧，他接著說。那樣妳父親的靈魂才會真正安息。

你可能以為這種話題會打壞我們的胃口，但阿邦和我拚了命想吃到任何食物，只要不是一個非政府組織僅僅用來讓難民維持生命的口糧都好。再說，法國人和越南人都很愛憂思和哲學，這是瘋狂樂天的美國人永遠無法理解的。典型的美國人偏愛在基本操作手冊裡能找到的那種罐頭版哲學，但即使是普通的法國人和越南人都熱愛知識。

因此我們聊天、用餐，不過同樣重要的是，我們還喝酒、抽菸、自由思考，放縱地沉溺於我其中三個壞習慣中，而這三件事再教育營統統不准我做。為了滿足這些習慣，堂姑不但紅酒一瓶接一瓶地開，還揭開她餐桌上一只摩洛哥罐的蓋子，罐中裝著兩種香菸，一種裡頭有哈希什*（hashish），一種沒有。就連「哈希什」聽起來都很迷人，或至少很有異國風情，美國的毒品首選「大麻」（marijuana）相比起來就遜色多了，雖然兩者來自同一種植物。大麻是嬉皮和青少年抽的玩意兒，它的象徵者是最終退流行的樂團「死之華」，聖羅蘭有機會一定會把他們排成一排槍斃，因為他們讓紮染T恤大行其道。哈希什喚起黎凡特和露天市場的氛圍，讓人感覺奇異又興奮，頹廢又高貴。你在亞洲可能會嘗試大麻，但在東方，你要抽哈希什。

就連阿邦都跟我們一起抽了一根這滋味濃烈的香菸，於是就在那時候，飢餓獲得滿足，身體和心靈都放鬆，在我們晚餐後幸福又得意的狀態中感覺自己不只有點像法國人，這對難民來說幾乎已經跟魚水之歡後的感覺一樣愉快了——這時阿邦注意到壁爐架上其中一張相框裡的照片。

那是不是——他突然站起來，踉蹌了一下，穩住身體，然後穿過波斯地毯的流蘇走到壁爐邊。那是——他伸出一根手指指著那張臉——是**他**。

我對堂姑說他們似乎有共同認識的人，她說：我想不出會是誰。

阿邦在壁爐前轉身，氣到滿臉通紅。我告訴妳是誰：**惡魔**。

我跳起身。如果惡魔在這裡，我想見見他！可是湊近一瞧……那不是惡魔，我說，看著一張後製上色的照片，照片中是個意氣風發的男人，頭髮雪白、蓄著山羊鬍，頭頂有一圈柔和的光環。那是胡志明。

我曾經是像他一樣忠貞的共產黨員，甚至到了美國還繼續執行任務，在那裡盡我所能地破壞國外的反革命活動，來支持家鄉的革命活動。我幾乎對所有人隱瞞這個祕密，尤其是阿邦。知道我支持共產黨的人就只有堂姑和她的姪子阿敏兩個人。他、阿邦和我是血盟兄弟，三劍客，或者歷史可能批判我們為三傻。阿敏和我是間諜，暗中在對抗阿邦全心支持的反共大業，我們為了找藉口而被逼入各種窘境，脫身之道通常都與某人之死有關。就連現在阿邦都以為阿敏已經死了，而我跟他一樣是堅定的反共人士，因為他看見了共產黨在再教育營是怎麼傷害我心靈的，他認為他們只會對敵人做出這樣的事。我不是共產主義的敵人，只是有近乎致命的弱點，能夠同情共產主義真正的敵人，包括美國人。再教育教會我一件事，那就是全心投入的共產主義者就和全心投入的資本主義者一樣，都沒有能力分辨細微差異。同情敵人就等於同情魔鬼，相當於背叛。阿邦身為虔誠的天主教徒和狂熱的反共人士，當然對此深信不疑。他殺死的共產黨比我認識的任何人都多，儘管他也知道他殺的人裡頭，有些可能只是被誤判為共產黨，但他有信心歷史和上帝都會原諒他的。

現在他用手指瞄準堂姑，說：妳是共產黨，對吧？我反射性地抓住他的手，我知道要是他

＊ 譯注：即俗稱的大麻樹脂。

的手指扣在扳機上，堂姑可能馬上就沒命了。阿邦把我的手拍開，堂姑揚起一眉，點了根沒加料的香菸。

我是同路人，不是共產黨，她說。我有自知之明，知道我不算真正的革命分子。只是個同情者。她對她的政治傾向漠不關心，只有法國人才能做到這一點，這個民族冷靜到幾乎用不上美國人要求的空調。正如我的父親，我更偏向於托洛斯基分子而不是史達林主義者，我相信人民的權力和國際革命，而不是由一個黨來為國家主管一切。我相信人的權利以及人人平等，不認同集體主義和無產階級革命。

那妳為什麼要在家裡擺一張惡魔的照片？

因為他不是惡魔，而是最忠貞的愛國者。他住在巴黎的時候，甚至自稱為阮愛國。他相信我們的祖國是獨立的，就和你我一樣，就和我父親一樣。難道我們不該頌揚彼此的共通點嗎？

她語氣平靜而理性。對阿邦來說，她跟說外國話沒兩樣。妳就是共產黨，阿邦下了結論。他轉朝我，臉上帶著狂暴的表情，像是受了傷又被逼到角落裡的公貓。我不能待在這裡。

這時我就知道堂姑沒有生命危險了。在阿邦死板的榮譽準則裡，以謀殺回報待客之道是不道德的行為。但現在已將近午夜，我們沒有別的地方可去。

今天先在這過夜，我說。明天我們去找老大。我的皮夾裡有他的地址，那是一年前負責加朗島難民營離境事務的魔術師把老大變到巴黎之前，他在難民營中寫給我的。提到老大讓阿邦冷靜下來，因為老大欠他一條命，承諾要是我們有辦法來到這裡，就會照料我們。

好吧，他說，哈希什、紅酒和疲倦緩和了他的謀殺本能。他再次用類似遺憾的表情看看堂姑，這可能是他能做出的最近似真正遺憾的反應了。我不是針對妳個人。政治永遠都是針對個人的，親愛的，她說。所以它才這麼要命。

□

堂姑回房間休息，把我們留在客廳睡沙發和波斯地毯上的一疊寢具。你沒告訴我她是共產黨，阿邦在沙發上說，他的雙眼布滿血絲。因為你知道了絕對不會答應待在這裡的，我說，並且坐到他身旁。血緣比信念更重要，不是嗎？我朝他抬起手，手心有道紅疤，那是我們歃血為盟的記號，是還在西貢時某一天晚上，在我們就讀的法語學校校區內的小樹林裡立下的誓言。當時我們割開掌心、握住彼此的手，當下即永恆地混合我們的血。

現在，我們的青春期已結束一兩個世紀——至少在我們的苦難後感覺是如此——身在我們高盧祖先的土地上，阿邦抬起他有疤的那隻手說：所以誰睡沙發？

我躺在地上，聽到沙發上的阿邦悄聲唸誦他每天晚上都會說的禱詞，祈禱的對象是上帝以及他的亡妻和亡子阿鈴和阿德。他們死在西貢機場的柏油跑道上，那是一九七五年四月，我們第二次逃難，我們當時正全力衝刺要登上最後一架離開西貢的飛機。一顆不長眼的子彈貫穿母子二人，在混亂中也不知道是什麼人開的槍。有時候他會聽見他們悲傷的鬼魂在呼喚，偶爾懇求他去陪他們，其他時候又要他活下去。但他那雙精於殺死別人的手卻不會轉而對付自己，因為自殺是對上帝犯罪。然而取他人性命有時候卻是可被允許的，因為上帝經常需要虔信者成為祂行使判決的工具，至少阿邦是這麼向我解釋的。他心安理得地當一個虔誠的天主教徒與冷靜的殺手，不過比起阿邦的自我矛盾，以及我絕對有的自我矛盾，更讓我擔心的是總有一天我們彼此可能會起衝突。若是有一天阿邦知道了我的祕密，不管我們是不是血盟兄弟，他都會對我做出判決。

□

隔天早上我們離開前，我們給了堂姑一份從印尼帶來的禮物：一包麝香貓咖啡豆，阿邦的行李袋裡總共有四包。我們之所以送這份禮物，是因為老大的親信給了我們靈感，他在我們出發前一天拿了三包麝香貓咖啡豆來找我們，說是給他恩主的禮物。老大超愛這種咖啡，親信說。他抖動的鼻子、參差不齊的鬍髭以及黑色的瞳孔，使他貌似包裝上那隻有點像黃鼠狼的生物，至少當時我是這麼想的。老大特地指明要這個，親信說。阿邦和我在機場湊錢買了第四包麝香貓咖啡豆，還特地選了同一個牌子，就是現在堂姑手上的這一包。當我解釋麝香貓吃下生的咖啡豆並排出體外時，據說牠的腸子會用類似烹飪的方式讓咖啡豆發酵，她捧腹大笑，感覺有點傷人。麝香貓咖啡豆很貴，對我們這種難民來說更是如此，而且如果有什麼東西是法國人應該喜歡的，那非麝香貓過濾過的咖啡豆莫屬了。有鑑於法國人愛吃腦子、內臟、蝸牛……之類的詭異美食癖好，在英勇地下定決心要吃遍每一種動物以及動物的每一個部位這方面，法國人可謂「名譽亞洲人」。

噢，那個可憐的農民！她皺起鼻子說。靠這種方式養家活口真不幸。不過現在她察覺自己失禮了，便趕緊補上一句：我相信這一定很美味。明天早上我就給我們煮一杯——或至少我可以給我們兩個煮一杯。

她朝我點點頭，因為到了明天早上，阿邦應該已經待在老大那裡了。在晨光下很清醒的阿邦並沒有提起在他們之間造成裂痕的惡魔，這是一個徵兆，顯示光之城也許已經稍稍讓他開化了一點。她也沒提，只是告訴我們怎麼走去一個街區外的伏爾泰地鐵站，我們從那裡搭車去十三區。這裡是亞洲區，或稱小亞洲，我們在難民營裡聽過許多關於這地方的傳言和故事。

別哭了，阿邦說。上帝啊，你比女人還情緒化。

我實在情不自禁。那些臉！周圍的人讓我覺得像回到家。他們人數頗眾，但絕對不像舊金山或洛杉磯的唐人街那樣，放眼望去幾乎每個人都是亞洲人。不過我很快就會知道一件事：只要超過一小群非白人聚在一起，法國人就會很緊張。因此，小亞洲已經讓人看見了數量即使算不上令人難以招架、仍然可圈可點的亞洲臉孔，大部分的人其貌不揚或平凡無奇，我看了還是覺得很安心。任何種族的一般人都不是俊男美女，不過外族人的醜陋只證實了偏見，自己人的平庸卻總是讓人安適。

我抹去淚水，好看清楚我們的習俗和常規。在這裡，那些習俗和常規或許顯得突兀，不過還是讓我們的心都暖了起來。我提到亞洲人偏好拖著腳走而不是跨大步，還有男人通常走在因他們而長期受苦的女人前面，購物提袋則全在女人手上，而其中一個這樣的「護花使者」在清鼻子時，用手指按住一邊鼻孔，用力噴出另一邊鼻孔裡的東西，那枚飛彈落在我腳邊一、兩呎的距離外。或許是很噁心沒錯，不過雨水很容易就會把它沖走，揉成一團的面紙可就不是這麼回事了。

我們的目的地是一家貿易行，它用法文、中文和越南文宣告了它做的是什麼生意，服務項目包括向我們的家鄉遞送包裹、信件和電報，也可以說是向一個挨餓的國家遞送希望。坐在櫃檯後頭圓凳上的職員看看我們，咕噥了一聲當作打招呼。我跟他說我要找老大。

他不在，職員說，親信跟我們說過他會這麼說。

我們是從加朗島來的，阿邦回答。他知道我們要來。

職員又咕噥一聲，好像有痔瘡般小心翼翼地挪下圓凳，然後消失在一條走道盡頭。一分鐘後他再度現身，說：他在等你們。

進到櫃檯後頭、沿著走道下去、穿過一扇門，就到了老大的辦公室，房間裡瀰漫薰衣草空氣芳香劑的氣味，地上鋪著油布氈，牆上釘著月曆紙，月曆上印著擺出撩人姿勢的性感香港模特兒，另外還掛著一個木頭做的時鐘，我在以前政治保安處的指揮官在洛杉磯開的餐廳裡看過同一種時鐘，那個指揮官就是將軍，我背叛了他，他也同樣背叛了我。不可否認，我是愛上他的女兒，但誰不會愛上蘭娜呢？我依然渴慕她，就如同我們難民渴慕故鄉一般，而那個時鐘正好就是刻成我們故鄉的形狀。現在我們的故鄉已經無可挽回地改變了，老大也是一樣。他在鋼桌後頭站起身時，我們幾乎認不出他。在難民營的時候，他就跟所有人一樣憔悴消瘦、衣衫襤褸、髮質粗劣，唯一的襯衫腋下和肩胛骨之間被汗染成棕色，唯一的鞋子是薄薄的夾腳拖。

現在他穿著樂福鞋、打褶休閒褲、polo 衫，就是智人中的西方都市人所會有的休閒打扮，修剪得宜的短髮分線筆直到你可以在那道溝裡放進一枝鉛筆。在我們家鄉，他擁有稻米、汽水和石油化學等產業的大量股票，更別說還有某些黑市商品了。革命後，共產黨把他從過剩的財富中解放出來，但這些太過熱心的整型醫生從這隻貓身上抽掉太多脂肪。由於面臨餓死的危機，他逃到這裡，只花一年時間就東山再起，恢復富人那種厚嘟嘟的外觀。

所以，他說，你們帶好東西來了。

我們展開雄性的社交梳理儀式，擁抱、互拍對方的背，接著阿邦和我這兩隻在社會地位上處於劣勢的猴子回到自己的位置，向雄性首領獻上我們的貢品：那三包麝香貓咖啡豆。然後我們開始享樂，意思是抽法國菸還有喝人頭馬 VSOP 干邑白蘭地，用的是能像形狀最完美的乳房塞進我們手心的聞香杯。過去這兩年來，我喝過最精煉的酒也只是私釀的米威士忌，它是可能把人給喝瞎的，而我的舌頭與它的真愛之一——干邑白蘭地重逢的這一刻，真教我泫然欲泣。老大什麼也沒說。他和阿邦一樣，在難民營就看我哭過很多次了。儘管有些人得了瘧疾，我卻是會毫無預警地發作「哭訴病」，這種熱病我到現在仍尚未完全痊癒。

當我的舌頭從接觸干邑白蘭地那紅銅色胴體的快感中回過神來，我抽了抽鼻子，說我從沒想過他會喜歡麝香貓排出的咖啡豆所煮出的咖啡。他盡可能假裝微笑了一下，拿起一把拆信刀，割開一包咖啡豆，抖出一顆油亮的棕色咖啡豆在他的掌心，在檯燈的照耀下它散發光澤。

我們看著那顆可憐的咖啡豆，拆信刀的尖端抵著它的肚子。老大用手指滾動那顆咖啡豆，直到它夾在他的拇指和食指之間，然後他用拆信刀輕輕刮它。棕色剝落了，露出裡面的白色。

這只是植物染料，他說。對你沒有傷害，即使你把它吸進去。

他打開第二個袋子，抖出另一顆咖啡豆，再次刮去一部分染料來露出裡面的白色。

一定要檢查產品才行，他說。不能永遠都相信你的親信。這是事實，是基本原則：永遠別相信親信。

他打開一個抽屜，若無其事地拿出一把榔頭，好像抽屜裡本來就會有榔頭似地，他輕敲咖啡豆，直到它碎成細末。他用一根手指沾了一點摻雜棕色染料的白粉，舔了舔。短暫瞥見他粉紅色的舌頭讓我的拇趾抽搐了一下。

最好的測試方法是用吸的，不過這件事另外有人負責。或者你們可以做。要試試嗎？我們搖頭。他又假笑了一下，說：好孩子。這是很好的靈藥，但你們不會希望自己需要接受治療的。

接著他割開第三包，抖出另一顆咖啡豆，放在桌上，用榔頭敲它——一下，兩下，三下。咖啡豆沒有碎掉。他皺起眉頭，稍微加重力道去敲。然後他狠命一砸，檯燈都嚇到跳起來，當他提起榔頭時，我們沒有看到白色細末，而是一圈碎渣子，從裡到外都是棕色的。

狗屎，阿邦喃喃道。

不，是咖啡，老大說，輕輕放下榔頭。他靠向椅背，嘴角微微皺起，像是饒感興味的查帳員發現逃稅者的致命錯誤。時間一定凍結了，因為我發現自從我們進到老大的辦公室後，時鐘的指針完全沒有動過。嘿，兩位，他說，我們可能有麻煩了。

他說的「我們」指的當然是「你們」，也就是「我們」。

□

沒人知道老大叫什麼名字，就算知道，也沒人敢大聲說出口。他的護照上有名字，但沒人知道那是不是真名，而且只有官方人員看過他的護照。他的父母想必知道他叫什麼名字，但他是個孤兒，而且也許他們把他留在孤兒院之前，根本沒幫他取名字。孤兒跟雜種是同類，這讓我對老大心生某程度上的同情，他十二歲時逃離孤兒院，不願意再忍受天主教教義、千篇一律撒了幾小塊豬肉乾的粥、因為身為華人而被其他孤兒欺負，以及始終未獲收養的無盡拒斥感。他在孩子中打滾的經驗使他一點都不想生孩子。老大不需要留給後代什麼遺產，除了他為自己打造的遺產之外——這是唯一值得擁有的一種遺產。他把目光焦點集中在眼前的兩個人身上——其中一人是我——判定他們對他的遺產不構成威脅，他們沒有笨到為了半公斤最高級的靈藥而拿他們與他之間有利的關係開玩笑。

這樣吧，明天你們帶著另外那包麝香貓咖啡豆回來找我，沒什麼大不了的，對吧？

他們異口同聲地說對。了解他的人永遠都說對，如果那是他想聽的；或是不對，如果那是他想聽的。至於不了解他的人，他就要負責讓他們知道他是什麼人，還有他們該如何回應。這兩個人了解他，深知要是他不能放心把半公斤白粉交給他們，那他就不能放心讓他們做任何事。他在臉上掛上笑容，說：我相信這是無心之過，很抱歉給你們添麻煩了。你說你堂姑喜歡哈希什？我給她一些吧。算我的。免費。

然後他在紙上寫了兩個地址給阿邦，說：把你的行李放下，然後去餐廳。你第一份工作可別遲到了。

他們把干邑白蘭地喝完，跟他握手，然後留下他一個人與人頭馬、一包菸、髒菸灰缸、三個空聞香杯、咖啡豆，還有榔頭。他拂淨沾在榔頭上的白粉和棕色咖啡，把榔頭握在手中，欣賞它的重量、平衡度以及優美。他來到巴黎不久後就到一間五金行買下這把榔頭，還有一盒釘子。不論他走到哪裡，他最喜歡買的第一樣東西就是榔頭，如果他手邊還沒有的話。榔頭是很簡單的工具，除了他的腦袋之外，他只需要這樣東西就能改變世界。

2

雖然我有充分理由懼怕老大，我對阿邦的畏懼卻少了三分。事後看來這是個錯誤，因為阿邦朝我的腦袋開槍。我跟阿邦是在法語學校認識的，已經有超過二十年的交情了。他已見過太多暴力和死亡，也跟它們打過交道，因此連老大這樣的人物都嚇不著他。阿邦大部分的人生都花在思考死亡的意義上頭，這對於除了他之外的任何人來說都很不健康。如果那是哲學的目的之一，那麼阿邦就算是一位高明的哲學家了。自從他小時候，有個越共幹部用左輪手槍代替控訴的手指瞄準他父親的頭，刺穿脆弱的腦殼，露出沒有任何兒子該看見的東西後，他就執著於死亡的概念。那件事也喚醒了阿邦內在的殺人衝動，直到他進了再教育營，這股衝動才獲得約束。在再教育營裡，死神每天早上把他叫醒，拿著一片鏡子碎片湊近他，近到他能看見自己呼出的霧氣模糊了鏡中的倒影。

進再教育營之前那幾年，「獵殺」這件事一點都不令阿邦困擾。接受過再教育後，他對老大在難民營裡交辦他的工作謹慎許多。老大親眼看到阿邦的作為如何救了他一命，於是說：我需要像你這樣的人去做那樣的事。

我不濫傷無辜，阿邦說。

他們打量在他們腳邊蜷成一團的男人，不知是昏過去還是已經斷氣，阿邦用立體派畫家的手法把他的五官重組了一番。老大聳聳肩，同意了，因為進入老大這一行的代價包括失去無辜的本質。但是阿邦提出的另一項條件讓老大猶豫了，那就是他也要給我一份工作。

我不雇用像這個瘋狂雜種一類的人，他終於說。他看得出我有顆螺絲鬆了，就是多年來把我的兩顆心鎖在一起的那顆可靠的螺絲。有時候我甚至沒注意到我有兩顆心，因為那就是我的自然狀態，即使那並不自然。現在螺絲上的螺紋都沒了，因為我長年擔任間諜、臥底和特務而承受巨大的壓力。只要螺絲繼續保持鎖緊的狀態，我的兩顆心就能頗為完善地共同運作。現在我不再被螺絲鎖緊*——人類舉世共通的處境——而是螺絲鬆開的狀態。

要嘛就我們兩個都要，阿邦說，要嘛就都不要。

這就是忠誠麻煩的地方。老大嘆口氣。它是個好東西，直到它讓你頭大。

□

走出老大的貿易行，我們面臨兩難局面。老大要我們立刻上工。老大也要我們交還他的麝香貓咖啡豆，東西在堂姑手上，而她隨時可能拆封。該怎麼辦才好？

她說她明天才要煮咖啡，我說。而且她一副興趣缺缺的樣子，所以我覺得她自己開來喝的機率不高。

好吧，阿邦說，看著太陽來判斷時間。他的手表被再教育營的警衛拿走了，這是為了……為了……嗯，其實沒有正當理由。我們速戰速決吧。

住處走一小段路就到了，途中要穿過一個區域，那裡乏味的建築毫無迷人之處。與老牌藝人墨利斯．雪佛萊與凱薩琳．丹妮芙的巴黎不同，十三區大部分地方都缺乏魅力，不過究竟是因為這個區域令人不快，所以有關當局才會允許亞洲人住進來，抑或是亞洲人為它的醜陋火上澆油，就不太明確了。無論如何，當頂著一頭扁塌燙髮的疲憊門房帶我們看阿邦的房間時，阿邦很滿意，層層疊疊的行軍床讓阿邦想起他真切熱愛的軍營。室內的氣氛也很懷舊，刺鼻的雄性汗味喚起誠實和同志情誼。除此之外，看起來這個房間裡住的是平民，因為床墊上有像是羞愧得擠成一堆的毛毯，拼花地板上有皺巴巴的草蓆，還有克難的廚房：一張折疊桌，桌上擺了個飯鍋和油膩的雙口電磁爐。

大家都去工作了，門房說。你睡這張床。

房租多少錢？

老大會付。這筆生意很划算吧？

對阿邦來說很划算，表示對老大來說更划算。但是阿邦除了我堂姑的公寓外已經沒有別的選項了，只好把行李袋往床墊上一放，說：我接受。

正如同再教育營教導他的，這是他的獨門絕活。他能接受任何事。

□

我們的下一站是位於貝爾維爾路上的亞洲名廚，阿邦要在那裡擔任二廚。廚師？當時阿邦

＊譯注：screwed 除了「被螺絲鎖緊」的意思外，也可指「完蛋了」。

說。我不會做菜。別擔心，老大這麼回答。那家店的賣點不是食物。

在這家不以食物作為賣點的餐廳裡，地板的白色瓷磚布滿像靜脈曲張一樣的棕色油垢，黃色牆壁染上我希望是黏膩指紋的汙漬，每次廚房門打開，都能聽到粗魯的服務生和滿口髒話的廚師在大聲嚷嚷、嘻嘻哈哈。收銀機旁邊有部立體音響，正在播放尖著嗓子唱的京劇和唻劇。收銀機後頭站著餐廳領班兼音樂管理人黎高佩*，他從長相到態度都是典型的浪漫越南男人：一部分詩人，一部分花花公子，一部分黑幫分子。

我超愛在我按下播放鍵的時候，看到他們繃緊身體的樣子，他笑著說，看著一個獨自用餐的客人留下還堆滿蠕蟲的盤子，不過我再仔細一瞧，發現那是油膩到呈凝膠狀的麵條。他退出錄音帶，換了另一捲放進去。齊柏林飛船的〈天堂之梯〉，他說，好多了，言歸正傳！老大跟我說了你們兩個壞小子的事。

黎高佩是老大的陸軍元帥。他介紹餐廳的員工給我們認識：兩名服務生，三名廚師，雜役，以及守門人，或者如黎高佩的說法，你也可以稱他們為「七矮人」。他們和《白雪公主》裡的七矮人可不一樣，一點都不可愛，甚至不特別矮，只是很惡劣、兇暴、個子不高。正如我向黎高佩指出的，最值得注意的一點是，以一家週末的中午時分都空無一人的餐廳來說，七名員工似乎太多了。他咧嘴一笑，說：令人忍不住納悶老大為什麼又多派兩名員工給我，對吧？

即使是觀光客或陌生人都勢必一眼就看得出來，這間餐廳並不是靠賣餐點撐下去的，它其實是個前哨基地，供老大實現他的野心，把地盤從小亞洲的貧民區拓展到巴黎內部，也就是白人的心臟地帶，即使那裡有黑暗的陰影。這個前哨基地是黎高佩和七矮人的掩護，七矮人除了個子不高之外，還很愛生氣，且雙手都是慣用手。他們最愛的武器是切肉刀，在廚房裡很實用，出任務時也很好用，他們出任務時會各帶兩把大刀，裝在腋下特製的皮套裡。

他們很愛生氣，是因為他們個子不高，黎高佩說。也正因為他們個子不高，你很難打贏他們。有人一拳揮向他們認為對方頭部所在的位置，結果只打到空氣。你可不希望七個人同時對付你，不過他們就是這麼辦事的。一個人砍掉你的老二，另一個人割你的膝蓋，第三個人挑斷你的腳筋，全都同時發生。他吐出一團煙霧。但他們不擅長分辨細微差異。他們的詞彙庫裡根本沒有「細微差異」這個詞。見鬼，他們的詞彙庫裡連「詞彙庫」這個詞都沒有。那就是**你**在這裡的原因。

黎高佩調整了一下他的飛行員墨鏡，他從不摘下那副墨鏡，甚至包括做愛的時候，至少傳言是這麼說的，更遑論這是他本人放出的消息。他對這副眼鏡的品牌地位很自豪，因為它是貨真價實的美國雷朋眼鏡，而不是（如他喜歡強調的）廉價仿冒品。黎高佩很注重時尚，從設計師款襪子到用髮油梳理到沒有一根頭髮會亂跑的流線型髮型，哪怕他是在慷慨激昂地朗讀詩作（他自己寫的）、做愛（活力十足），或是揮動他最愛的武器——某個美國表親送他的球棒。對黎高佩來說，以難民身分來到法國而不是美國是個很不幸的經歷，他從小時候在堤岸區混日子時就渴望去美國。黎高佩和老大一樣都是華裔，他是堤岸區一個幫派分子的兒子，也是一名廣東商人的孫子，他的祖父在本世紀初到西貢落腳。他的祖父賣的是絲綢和鴉片，他父親則只

* 譯注：Le Cao Boi 諧音「牛仔」（the cow boy）。

賣鴉片，輪到他時他賣的純粹是暴力服務，他經常在詩中反思這整個向下沉淪的過程，不過他的詩實在爛到天理不容，在此就不引用了。

把我想成是拿著球棒的波特萊爾就好，他說，並秀給我們看他寶貝的 Louisville Slugger 球棒。多好的名字啊，他補上一句，並把球棒放在櫃檯上滾動。那部垂頭喪氣的收銀機也放在櫃檯上，它人生唯一的使命——讓別人按它的按鍵——幾乎從來沒有實現。所以，我們該怎麼稱呼你們呢？你是殺手，這不用多說。我打開門的時候可不想看見你的臉。可是你嘛！黎高佩深思的目光移向我。老大說你已經有名字了。知道是什麼嗎？

他露出微笑，就是他崇拜的美國人稱之為「吃屎的笑容」，這個詞的意思跟你望文生義的結論完全相反，指的其實是得意洋洋的笑容。哈囉，瘋狂雜種，黎高佩說。久仰了。

以前的我會很介意。但是經過那些苦難、見識過那麼多事，也許我真的已成為一個瘋狂雜種了。也許那只是有兩張臉、兩顆心的人的另一個名字。如果是這樣的話，至少我知道我是誰，而這已經強過大部分人了。漂浮在他鏡片中的兩個我的倒影，提醒我我不是一個人，而是兩個人，不只是我或法語的 moi，有時候也是我們。我們或許是一個身體中的兩個人，一個腦袋中的兩顆心靈，但如果自我分割是一種弱點，成為自己的孿生手足其實也是一種優勢。我們不是什麼的一半。正如我母親一再告訴我的：你是一切的兩倍！

好了，閒聊夠了，黎高佩說。我最受不了閒話家常了，我們開始辦正事吧。

嘿，頭兒，其中一個矮人邊說邊鑽出餐廳後側。他眼皮鬆垂。愛生氣又幹了那件事。

我操！黎高佩說。唉，那你想想辦法啊！

我操！瞌睡蟲指著我說。他是菜鳥。

有道理。黎高佩朝我點點頭。你跟著瞌睡蟲走，他會告訴你要做什麼。等你弄完以後，我們再做真正的工作。

我跟著瞌睡蟲來到餐廳後側。他在一扇骯髒的門前停下來，咧嘴笑著說：人總得從最底層開始往上爬，對吧？

瞌睡蟲被自己的笑話逗得很樂，看我沒有跟著笑，他似乎有點不滿。他一邊發牢騷一邊把門踹開，說：必須維持手部清潔。有乾淨的手才有乾淨的食物，對吧？瞌睡蟲注意到我氣塞喉堵，眼淚都冒出來，於是在打開的門外踮起腳，看了看馬桶裡的東西，說：老天爺，太噁了。我是說……祝你好運，新來的。

我沒看到橡膠手套，不過就算有，這種手套的內側也不可能是乾淨的。用來挖掘堵塞孔洞的工具，就只有一支柄部很短、橡皮頭小得可憐的馬桶搋子，還有一支充當馬桶刷的髒牙刷。如果搋子或牙刷會說話，它們絕對會慘叫到天荒地老，而我已經在內心放聲慘叫。

□

大約二十分鐘後，我從廁所出來，身體微微顫抖，試著不去想濺得我衣服到處都是的細小水珠，甚至可能無形中以水霧的形式接觸到我的手臂和臉。我在難民營看過更糟的事，但這裡應該是光之城啊！

都搞定了？黎高佩說。我一直告誡愛生氣不要吃這裡的食物，我可不是危言聳聽。好吧，我們走吧。我們要去收債。

根據黎高佩所言，我們的目的地在瑪黑區，那裡是猶太人和同性戀的大本營，不過我們要找的人既不是猶太人也不是同性戀。黎高佩說他是個喜歡打女孩子的客戶，這或許是可被允許的，看他付多少錢而定。然而他積欠了一筆債款拖著不還，這可就不被允許了。

千萬別為了女人欠債，黎高佩說，他在一間旅行社門口停下來，讓一個日本觀光客經過身邊，那觀光客脖子上掛著一部相機，相機上加裝了跟他前臂一樣長的伸縮鏡頭。進到旅行社後，有一對年輕男女坐在那個旅行社人員面前，看起來那個旅行社人員唯一犯的罪就是用針織領帶搭配短袖格紋襯衫。看到兩個半亞洲人出現在他店裡，而且他們似乎不是在一九八〇年代法國資本主義低等要求下，尋求暫時喘口氣的值得尊敬的中產階級，因此他害怕得眼神飄來飄去。阿邦坐到年輕男女旁邊的椅子上，盯著客戶瞧。黎高佩解釋我們會等著，他們可以慢慢來，這個季節的西班牙海邊很漂亮。接下來幾分鐘很尷尬，至少對那個旅行社人員來說，因為黎高佩在辦公室裡晃來晃去，一邊用口哨吹著〈天堂之梯〉，一邊用手指滑過牆上沙灘和棕櫚樹的海報、櫃檯上的小冊子，以及年輕男女坐著的椅子的椅背。

阿邦待在他們旁邊，眼睛只盯著旅行社人員，不過眼角餘光也注意著那對男女。隨著旅行社人員開始結巴，抓著旅遊行程介紹檔案夾的手指開始顫抖，那對男女面面相覷。我靠在門邊的牆上默不作聲地站著，一直冷眼旁觀，當年輕男女露出緊張的笑容並承諾會再回來時，我替他們開門。旅行社人員朝黎高佩揮揮手，一下子解釋一下子哀求，但黎高佩沒理他，只是對阿邦說：他是個會打女孩子的賊。我們給你的第一份工作再好不過了，對吧？

對，沒錯。阿邦站起來。這會很容易，至少對我來說。

□

我看著那個旅行社人員蜷縮在一塵不染的地上發抖呻吟——阿邦很小心，沒讓他流血——我突然內心一緊，帶著羞愧明白了我跟這個人除了悲傷的生存欲望之外，還有別的共同點。我也與他共享雄風、色欲，他那發熱的大腦每隔不到十分鐘，就會有一段性幻想越過它的視野。男人都一個德性，至少百分之九十到九十五的男人都一個德性。阿邦或許是個例外，他的心是如此純粹，即使在他心智與靈魂的最深處，他都沒有對異性產生幻想。但大部分男人會。而我——我就跟大部分男人一樣。

我為旅行社人員稍微流了幾滴眼淚，但主要是為我、我自己還有我母親而哭，她不得不沮喪地在天上看著我。黎高佩不屑地哼氣，不是對被揍得鼻青臉腫的旅行社人員，而是對我的哭哭啼啼。你給我振作一點，老兄，他在旅行社門外說。

阿邦很尷尬地說：去拿那包麝香貓咖啡豆吧，於是我們就分頭行動了。他們回去亞洲名廚，我則走向堂姑家，我抹著眼淚，彷彿仍看見阿邦扭轉著旅行社人員的老二，直到那可憐的傢伙幾乎昏過去，哭著叫媽媽，害我也想起我母親。我從未跟母親之外的女人住在一起過，我不知道該怎麼跟不是我母親、也不是我要追求的女人相處。我輕輕打開堂姑公寓的門，看到她在書桌前，她的書桌塞在走廊的一個壁龕處。她在邊抽菸邊編輯一份手稿，也或許抽菸才是她主要進行的活動，編輯只是消遣。

你今天過得怎麼樣？她拿著香菸朝我揮了揮，然後給了我一根。

沒做什麼特別的事，我說，心想不知道那包麝香貓咖啡豆是否還完好無缺。只是跟我的老闆見了面，然後幫他做了些事。

去梳洗一下，然後說給我聽。她指著位於走廊中間的浴室。馬上有一些客人要來，我跟他們講了你的事，我優秀的姪子。

正如同我將在接下來幾個月發現的，堂姑的公寓裡會舉辦名符其實的沙龍，邀請作家、編輯和評論家參加，那是一群左派到極點的知識分子，我總是很訝異看到他們幾乎每個人都用右手拿餐具。由於堂姑從事編輯這一行，再加上她愛好社交，又擅長含蓄地吹捧男性自尊心——雖說其實含蓄幾乎不是必須——因此她建立了廣大的人脈，大部分是男性友人，他們會彼此交流話語和想法。每星期至少有兩三天會有訪客上門，帶著一瓶紅酒或一盒五彩繽紛的馬卡龍。堂姑毫不注意地大啖紅酒和馬卡龍，它們卻沒有明顯破壞她苗條的腰圍。這項技能源自她幾乎不吃真正的食物，至少在我面前是這樣，她只用香菸、前述的話語和想法，還有那些輕薄甜膩的馬卡龍來填滿自己。

我幫妳煮一些麝香貓咖啡好嗎？我在廚房喊道，從堂姑的壁龕看不到我。那包禮物還沒被動過，我如釋重負。堂姑說好，我很容易就把兩包咖啡豆對調，然後端著裝滿深色液體的玻璃濾壓壺回到客廳。堂姑過來跟我坐在一起，我向她細述一天的活動，同時我們邊抽高盧牌香菸，邊啜飲麝香貓咖啡。

我好像喝不出有什麼不一樣，她說。倒不是說不好喝，事實上，它還滿香濃的。

這是心理作用。知道它是打哪兒來的影響了它的味道。

就像是知道這個老大和黎高佩是打哪兒來的，她說。我想他們也跟這咖啡一樣又黑又濃吧。黑幫與浪漫派，暴力與抒情。那不就是我們故鄉文化的定義嗎？

法國不才是我們的故鄉嗎？我父親在學校裡教我的時候，會要我們跟著他唸：高盧是我們祖先的土地。

你父親是個殖民者兼戀童癖，這兩者是狼狽為奸。殖民就是戀童癖。殖民母國強暴和猥褻它不幸的被監護人，全都是以「教化使命」這個神聖又偽善的名義！

當妳這麼跟我說話的時候，我感覺成了一個象徵符號。

習慣它吧，親愛的。我們法國人最愛象徵符號了。

我們的對話總是這種調調，經過再教育營蠻橫的宣傳手段，以及有點生鏽的美國夢那種講求實務的偽現實主義，這樣的交談令我耳目一新。美國人討厭象徵符號，除了有愛國精神又濫情的那些象徵符號，像是槍、旗幟、老媽、蘋果派，一般美國人聲明會誓死捍衛以上這些東西。你不得不愛這麼實際、務實的民族，沒有耐心多做詮釋，只一心急於要掌握事實，女士。如果你試著向美國人詮釋某部電影的深層意涵，他們會反射性地宣稱那只是一個故事。對法國人來說，沒有任何東西只是一個故事。至於事實，法國人認為那是相當無聊的玩意兒。

堂姑說：事實只是開始，不是結束。

說到事實，我以為妳是個裁縫。

我還以為你是個淪為難民的愛國上尉呢。你得到你的掩護身分，我也得到我的。

是阿敏給的？我問。她點頭，我說：妳有跟他說我在這裡嗎？

當然，還沒收到回覆。她精明地打量我。我效忠的首要對象是他，我真正的姪子，或該說甚至不是他，而是你背棄的革命。

我沒有背棄革命，是它背棄了我。

失望、拋棄、背叛——只可惜這都是革命的典型要素，就和所有激情的戀愛一樣。你們兩個之間出了什麼事嗎？

因為我又成了難民？

是啊，還是這只是另一個掩護身分？保障你在阿邦身邊的安全？他如果知道你是個共產黨，會殺了你的，不是嗎？

我的杯子空了，只剩一層黑色細砂般的咖啡渣。對。

你寫信向我求助時，我答應了——

很感謝妳——

——因為你為革命做了那些事。也因為我想知道我們的革命出了什麼事。我認得出宣傳活動，而我們的革命得到的就是宣傳活動。但儘管我們的革命並不完美——哪場革命是完美的？——那並不表示我就支持反革命分子。所以告訴我，我的前共產黨員：你現在成了反動分子嗎？難道共產黨員或反動分子就是我僅有的選項了嗎？

你還有什麼選項？

妳是個編輯，我說。我有東西要讓妳讀。

我從皮革包的活動夾層裡取出自白書交給她，完完整整的三百六十七頁。她幾乎連第一頁都還來不及看，就有人敲門，宣告我們的訪客已抵達，他們的穿著高級卻隨興，使我注意到自己那件袖子捲到手肘的素面長袖白襯衫，配上單調的黑色休閒褲以及灰撲撲的鞋子，整體效果讓我看起來像服務生，不過我現在確實是服務生。他們也穿襯衫和休閒褲，也像我一樣有手臂、腿和眼睛。但儘管我們共享使我們成為人類的同樣元素，他們顯然是菲力牛排，鮮嫩半熟又完美微焦，而我是燙熟的牛雜，還很可能是大腸。換言之，我們是遠房親戚，但絕對不會有人把我們搞混。隔著一段距離就看得出來他們襯衫的棉布品質有多好，那是在一個黑暗、貧窮、炎熱的國家某個地方由渾身濕透的童工所織出來的。至於他們的褲子，則合身到不需要用皮帶，而我的褲子鬆到需要用一條醜陋的蛇皮皮帶捆住，那是難民營提供的皮帶，想必是某個來自德州或佛羅里達州、擁有典型美國腰圍的人士捐贈的，意思是這條皮帶長到夠讓兩個瘦巴巴的越南人用。

第一位紳士凌亂的黑髮點綴著灰髮，他是位心理分析師。另一位紳士做過造型的滑順灰髮間雜著黑髮，則是個政治人物。他是個社會主義者，這在法國是很光榮的隸屬身分，而且他很開心，因為上星期他的社會主義同志剛贏得總統職位。這位政治人物知名度極高，可以光用他的姓名縮寫來介紹，但我一開始被搞糊塗了。

ＢＨＶ？我說。

ＢＦＤ，堂姑重複一遍。

ＢＦＤ和那個心理分析師（他同時也是個剛拿到博士學位的毛澤東主義者）好奇地看著我，

這股好奇很快地就轉為輕蔑，法國人很難掩飾他們的輕蔑，因為他們把輕蔑視為一種美德。堂姑介紹我是從我故鄉的共產革命逃出來的難民，而那兩位則是左派分子，對他們來說越南革命分子是現代的高貴野蠻人*。既然我不是他們所謂的高貴野蠻人的話，那我一定是個卑賤野蠻人了，雪上加霜的是，我那口小學生程度的法語因為從法語學校畢業後已多年未用而很生硬。我們斷斷續續地進行了幾輪對話，我在對話中迅速證明自己無法悠游於巴黎或法國或法語的學術、文化和政治潮流中——譬如說，我提到沙特，卻不知道這位偉大的存在主義者已在兩年前去世——後來，毛主義博士、BFD和堂姑都把我當空氣了。我滿懷恥辱地坐在沙發角落，我經常處於受辱的狀態，多半是有人喊我雜種的時候。我通常以憤怒回應，這是很好的面具。但我不是我自己，或該說我既是我也是我自己，我的螺絲搖搖晃晃，我向客人們帶來的第一瓶酒然後是第二瓶酒尋求安慰，裝有對話的運貨列車飛速掠過我身邊，只從窗戶向我透露驚鴻一瞥的內容物。我抽著堂姑的香菸，凝視天花板、地毯、男人們光亮的鞋尖，我知道我不只是個小丑，還是個傻瓜。

堂姑端出哈希什的時候，我如釋重負地接受了，因為我不確定該如何優雅地從他們的三角關係中退場。但是在哈希什的魔力下，稍晚之後當毛主義博士向所有人（甚至包括我）道別，而BFD仍坐著不動，一切似乎都很正常。堂姑在毛主義博士身後關上門，說：真是美好的夜晚。明天見……

她朝BFD點點頭，後者站起身，略帶嘲諷地朝我垂了一下頭，然後跟著堂姑走進臥室。我能聽見他們在門後發出笑聲，想必是在笑我。我跟著他們一起笑。畢竟我是難民，不是革命分子，是內地來的鄉巴佬，殖民地來的傻姪子，粗野又拘謹的蠢雜種，就算哈草哈到飄飄欲仙，還是因為想到堂姑在跟一個政治人物——或任何男人——做愛而驚慌失措，即使那個男人是個社會主義者。

□

那天晚上，我躺在沙發上的時候，有一項教訓終於像定時炸彈一樣在我腦袋裡炸開。我正努力入睡，突然想起以前法語學校有個教授是一九三〇年代在巴黎拿到學位的。我們這些學生對他是又崇拜又嫉妒。確實，我們蒸氣瀰漫的殖民地洋溢著崇拜與嫉妒，任何殖民地莫不如此。殖民者想像自己是神，而侍奉他們的當地中間人，例如我的教授，則自認為是祭司和門徒。不意外，殖民者用睥睨的眼光把我們當成野蠻人、嬰兒或羊群，而我們則把他們當成半神、領主或暴徒來仰望。當然，崇拜人類的危險在於他們終究會暴露有瑕疵的人性，屆時信徒將別無選擇，只能殺了跌下神壇的偶像，或在試著殺死他們的過程中先送命。

我們有些人愛法國人——我們的恩主；有些人恨法國人——我們的殖民者，但我們全都受到他們的蠱惑。當你被某人愛著——這是法國人想像中與我們的關係，或是被某人欺凌——雖然法國人假裝不是這樣，總之不管是哪一個，你都很難不被他們的手捏塑，不被他們的舌頭碰觸。因此我們在這位教授的指導下學習法國文學及語言，他曾實際踏上我們的祖國高盧的土地，

* 譯注：一種尚未被文明汙染的理想化的土著，代表人類天生的良善。

領獎學金被派去吸收法國文化的精華。他像塊濕答答的海綿回到我們這些愚昧的本地人面前，將自己敷上一個個可能被革命燒熱的額頭。

啊，香榭麗舍大道，海綿狂熱地吟誦。噢，艾菲爾鐵塔！

我們都有點心醉神迷，夢想有一天我們也能登上輪船，只帶著一口皮箱、一筆獎學金和一股自卑感前往殖民母國。

啊，伏爾泰！海綿喟嘆。噢，笛卡兒！噢，盧梭！

說實話，為了海綿的課閱讀這些大師的法文原文書讓我們滿心喜悅，我們相信海綿告訴我們的話，亦即最偉大的文學及哲學是舉世皆通的，而法國文學及哲學更是偉大中的偉大，我們經由學習法國文學及哲學及語言，有一天可能也將成為法國人，雖然我們身為殖民地的背景條件使我們從這些重要作品學到的教訓變得比較複雜。譬如說，我從笛卡兒身上學到了我思故我在，但我也學到在這個身體與心智分裂的世界裡，我們越南人受到自己的身體宰制，因此法國人可以用他們的心智宰制我們；我從伏爾泰身上學到自己的花園最好自己照顧，那可能有很多種含義，不過法國人教我們這句話時，意思是要我們管好自己的事，並且以自己的小花圃為滿足，而法國人會處理我們整個殖民地，在我們身上施加《憨第德》式的恐怖行為。至於盧梭，也許我從他身上學到最多，因為我在再教育營受到阿敏的高強度引導寫下自白書時，我腦中閃現的正是盧梭本人自白的開頭：

我正在從事一項史無前例而且今後也不會有人仿效的事業。我要把一個人的本來面目真實的展示在同胞面前；我要展示的這個人，就是我……大自然塑造了我，然後把它用來塑造我的模子打碎。它這樣做，是對還是不對，這要等到人們看完這本書後，才能做出判斷。*

謝謝你，盧梭！我受到你的激勵而誠實面對自己，因為即使我自己是個爛雜種，我也是前無古人、後無來者，史上獨一無二的爛雜種。我學會喜歡自白，始終未停止承認我犯下的暴力、虐待和背叛罪，這些都是我們的法國主人，透過他們施加在我們身上的暴力和虐待教我們的，同時他們還背叛了他們自己的理念。

每當我離開法語學校這塊受到保護的聖地，腋下夾著一本法文書走在西貢街道上，這些複雜的教訓只會獲得強化。在西貢街頭，我偶爾會遭到大仲馬或斯湯達爾或巴爾札克所使用的語言的攻擊。任何法國男人或女人或小孩，不管是富是窮，是美是醜，都能夠隨心所欲地辱罵我們，有時候他們也確實會這麼做。**黃皮膚的雜種！斜眼睛的中國佬！**形狀最完美的嘴唇和最潔白的牙齒，蹬著最高級的皮鞋和最精緻的女鞋，都可能朝我們啐出這些種子，那些種子會在我們腐壞的皮膚底下茁壯生根，就和胡志明一樣，他精準地寫出我們這些非洲和亞洲的被殖民者，對我們的主人來說「只是骯髒的黑鬼和骯髒的安南人，頂多只擅長拖人力車還有挨我們的行政官員一頓好打」。

* 譯注：本段譯文引用自五南出版社二〇一八年十月出版之《懺悔錄》，譯者為李平漚。

我們有些人忽略羞辱，只想要我們的主人愛我們。

我們有些人忘不了那些羞辱，想要殺死我們的主人。

還有些人——尤其是我和我自己——對我們的主人又愛又恨。

愛一個會踹你的主人不構成問題，如果你的心裡只有愛的話；但是又愛又恨就必須當作一個齷齪的小祕密細心守護，因為愛你痛恨的主人，無可避免地會使你感到困惑與自厭。正是因為如此，我從來不曾像對英語一樣全心投入學習法語，也是因為如此，從法語學校畢業後我幾乎沒說過一句法語。法語是我們的奴役者和強暴者的語言，英語則很新奇，預示著美國人將來臨，而他們會終結我們被法國人踩在腳下的命運。我毫不猶豫地把英文念到精熟，因為它從未騎到我們頭上。

現在，我終於來到巴黎，我父親的土地，待在社會主義者BFD和毛主義博士身邊，我突然驚覺我不只在白人眼中是個他者，在他們「耳中」我也是個他者，因為當我張開嘴，像打碎美麗瓷器一樣說出他們的法語，他們聽到了那個詩人、神童、槍枝走私販兼販奴者韓波勢必從某個不知名的非洲或東方旅人那裡聽來並剽竊的句子：**我是一個他者**。

法國人不需要判我們的罪。只要我們說他們的語言，我們就判了自己的罪。

□

我這個他者從睡夢中醒來，但感覺彷彿我，或另外那個我，還在做夢，因為我能用我的眼睛看到畫面，但我同時也能從堂姑和BFD的眼睛看著我和我自己。他們從臥室走出，衣衫凌亂卻仍不失優雅，不過他們眼中的我就只有凌亂而已。BFD套著一件藍色絲絨浴袍，像是在場中贏得一場勝利的拳擊手，這是做愛後穿的衣服，是為堂姑所有訪客準備的。堂姑穿著灰色緞面浴袍，頭上裹著同樣材質的頭巾，黑白電影時期的電影明星在過場時可能會有這種打扮。他們一邊友好地閒聊，一邊抽菸、喝麝香貓咖啡、翻報紙。BFD先聞了聞咖啡，再把舌尖伸進去，然後大笑，我不禁幻想把他掐死的畫面。絕對不要嘲笑另一個文化的食物或飲料，這是不可饒恕的死罪。我對著咖啡和吐司沉思，幾乎沒在注意他們的對話，只有聽出他們提到「le haschisch」（哈希什）和「les boat-people」（船民）。

提到後者是因為《人道報》上的一則新聞，《人道報》是堂姑首選的報紙（BFD比較喜歡《解放報》，不過他說《人道報》也還可以）。BFD舉起報紙，指著寫到「船民」的標題，還有一張拖網漁船漂在海上的照片，船上擠滿我的同胞，看起來就像尖峰時段的地鐵車廂。但是地鐵乘客只要忍受車廂狀況幾分鐘，我的同胞卻要在那種狀態下煎熬幾天、幾週，風吹、日曬、雨淋，海盜定時會過來挑選最鮮美多汁的貨物，鯊魚跟在船邊游泳，彷彿在逛街欣賞櫥窗裡的商品，飢渴地盯著展示出來的新鮮肉塊。

很悲哀，BFD不慌不忙地大聲說道，嘴唇誇張地用慢動作移動。**你也是。一個船民。像他們一樣。非——常——悲——哀。他們什麼都沒有。我們什麼都有。我們必須幫他們。我們必須幫「你」。**

他用手指瞄準我，好像他說的話還不夠似地。我擠出笑容，把怨恨硬吞下肚，它的味道像血——換言之，並沒有想像中的糟，畢竟有那麼多人愛吃半生不熟又多汁的肉。他的憐憫熱度實在太高，我並沒有感到暖心，反而感到沸騰，由於我勉強講了幾句場面話之後就閉緊嘴巴，水蒸氣就嘶嘶地從我耳朵冒出來。我怎麼能說你所謂的船民在登上船的時候已經幫了他們自己？我怎麼能說我拒絕被稱為「船民」，這個詞實在太琅琅上口了，就連仇英的法國人都直接借來並經常使用，就跟「un jean」和「le week-end」一樣？

我不是船民，除非搭乘「五月花號」逃離宗教迫害來到美洲的英國清教徒也是船民。那些難民只是走狗運，馬上就要大難臨頭的原住民並沒有相機可以記錄下他們是臭烘烘、餓個半死、沒刮鬍子、滿頭蝨子的一群人。對比之下，我們的慘狀永遠留在《人道報》上，別人把我們看作各種東西，就是沒看作人。不，船民不是人，他們可別妄想會有某個浪漫主義畫家用油彩畫下他們，勇敢地站在將沉的船首上，像高尚的希臘英雄般迎向惡劣的天候，珍藏在羅浮宮裡供觀光客景仰、供藝術史學家研究。不，船民是受害者，是憐憫的對象，永遠被固定在報紙照片裡。一部分的我，我母親的寶寶，想要那種憐憫。但我身上成年男人的部分既不想要也不配擁有憐憫，既不想要被稱為受害者也不配被視為受害者，在我做過那些好事和壞事之後。如果當一個人類的代價是藉由可憐的處境博取別人的認可，那就讓人類下地獄去吧！我是個爛雜種——來認可這一點啊！

可是我只說：謝謝你。對，請幫幫他們。

ＢＦＤ起身準備離開，他心滿意足，因為他不但把我和我的同胞放在應該待的可憐位置，而且還讓我為了他的優越感向他道謝。我突然想到既然我的法語坑坑疤疤，他又聽不懂我的越南話，但我的英語很流利，而沒有什麼比讓法國人聽到英語感覺更矮人一截、也因此更惱怒的事了。每個法國靈魂的角落裡都蹲著一個美國人，三不五時輕聲假咳兩聲，提醒法國人他們有共同的歷史淵源，開端是法國人幫助可憐的美國人先驅發起對抗英國人的革命，後來卻發現自己兩度在世界大戰中需要同一批美國人援助。然後，終於，「印度支那」，不管那個詞是什麼意思，因為我們既不是印度人也不是中國人。疲憊不堪的法國人就是把這個美妙的印度支那拱手送給現在說話已非常大聲的美國人。眼睜睜看著新帝國崛起，而被提醒自己帝國的衰落，一定很心痛吧！噢，是的，英語在這個情境下是種羞辱和挑戰，尤其是出自我這樣的人口中，我甚至不是美國人，而是個「印度支那人」。

因此我用標準的美式英語說：我是不是聽到你說哈希什？因為我剛好有一些，而且品質絕佳。

ＢＦＤ面露遲疑，被這隻黃皮鸚鵡殺個措手不及。這滑頭的社會主義者大可以用法語打發我，但他抗拒不了誘惑，想證明他也能說英語。嗯，沒錯，事實上，我剛才正在跟你堂姑說我們的……供應商……失蹤了。

六個月之前，沒留下隻字片語，堂姑接口。她流利的英語和ＢＦＤ說的英語一樣，受到迷人的法語口音影響，不過不管怎麼說都比不上我說的英語，因為我能說最道地的美式用語——hee-haw！——而大部分法國人都說不上來，頂多只能極為專注地設法不要省略「h」的音。我猜那只可能表示銷售員出了壞事，堂姑接著說。

除非他開始信教了，我說。

我很懷疑，堂姑說。薩伊德眼裡只有錢。說到錢——我太遲鈍了——

不不不，我說，憑直覺知道像ＢＦＤ這樣的政客是不會買這些貨的，至少不會跟我買。我用指尖捏起老大給我的一小片鋁箔紙包，他要我拿給堂姑。**這個**——堂姑的燈照在鋁箔紙上，使它像遠方的閃電隱隱閃光——**這**是禮物。

3

噢，好可怕的偏頭痛啊！它不光是源自我頭上的洞，還包括那天早上持續不散的宿醉和隨之而來有欠考慮的決定。我的上帝啊——或是我的馬克思，或是我的胡志明——我做了什麼？正如將軍曾告訴我的：這世上最貴的莫過於免費的東西了。真是中肯，因為我免費給了他我的忠誠，然而我也在暗中監視他（更別說還引誘蘭娜）。我是他的副官，西貢即將淪陷，雖然他跟美國人結盟，他卻提到美國協助我們有多危險，美國人是免費提供協助沒錯，但他們的協助總讓人付出很高的代價。以我們南越來說，我們順應美國人的心意對抗共產主義，卻只看見他們在我們最無助的時候拋下我們大部分的人。所以這份禮物要由誰買單，金額又是多少？這是否是我墮落的起點，儘管身為三屆難民的我，幾乎都還沒開始從被人踐踏的姿勢爬起來？我的用意是讓 BFD 上勾，為未來的銷售鋪路，即使未來的銷售必須透過堂姑來進行。他得顧及名聲，堂姑在他背後關上門並說道。他是十三區的區長。

這樣更好。我能嚐到復仇的鹹味，我想要的正是復仇，即使那會讓我口渴和口臭。可是為了報復那個社會主義者，我得真的成為最惡劣的罪犯嗎？不，我指的不是當毒販，那只是不入流而已。我指的是我將成為「資本主義者」，這可是道德淪喪的事，尤其是資本主義者和毒販不同，前者永遠不會認清自己道德淪喪，或至少不會承認。毒販只是以個人為目標的小賊，他可能感到慚愧也可能不感到慚愧，但他通常都有自覺自己幹的是違法勾當。可是資本主義者是合法化的罪犯，鎖定的目標少則數千人、有時甚至多達數百萬人，而且對自己的劫掠行為毫無羞恥心。也許只有像毛主義博士這樣的人才會理解吧，而他確實非常上道，因為ＢＦＤ與他「好康道相報」之後，當天下午他就打給堂姑來要貨。他跟ＢＦＤ不同，顯然並不顧忌自己的名聲，甚至可以說，若毛主義博士是哈希什愛好者的風聲傳出去，可能還有助提升他的名望。

看來你的產品非常優秀，她說，掛上電話時語氣隱含責備。我不介意自己也試用看看。

我想想辦法，我說，一個計畫跳進我張開雙臂迎接的腦袋，我的腦袋已經很久沒有裝過「計畫」這種東西了。至於堂姑嘛，她也為我準備了她的計畫。

我有個朋友專門在教移民說法語，她繼續說。你的法語需要加強一番。你是半個法國人，你應該要像熟悉英語一樣熟悉你父親的語言。而且你總不能在那間餐廳工作一輩子，至少你不應該在那工作一輩子。我並不是說在餐廳工作有什麼見不得人的，但你的才華不止如此。

我想著我的間諜生涯，我的計畫和操作手段，我的理想和錯覺，我的決定和致命錯誤。我身為革命分子和間諜的生活都是被設計來回答一個問題的，那個問題繼承自革命先鋒列寧，從我讀法語學校時期就是驅策我的動力：**怎麼辦？**以我的狀況來說，我殺了兩個人，他們是無辜的，或大致上是無辜的，而我是有罪的，或大致上是有罪的。我奉將軍的指示殺了他們兩人，將軍犯的錯就是對我寄予足夠的信任，任命我為政治保安處的軍官，我們的職責就是鏟除共產黨和異議者。將軍從未懷疑我是間諜，不論是在西貢的那些年或之後的幾年，當我以難民身分與他和他的家人逃到洛杉磯時。阿敏命令我跟著將軍去美國是對的：將軍和他的部下會在美國繼續打這場仗，試著奪回我們的故土，擊垮革命。如果有頒給間諜的最佳男主角獎，我值得獲獎，因為我圓滑到能說服將軍，真正的間諜是我的祕密警察同僚，那個吃喝無度的少校。當將軍決定應該送吃喝無度的少校一張通往來世的單程票，他選擇由我來當快遞。吃喝無度的少校在他的車道上對我微笑時，扣下扳機的人不是我——是阿邦——但我必須為他的死負責。

至於我殺死的第二個男人小山，我從一九六〇年代就認識他了，當時我們都是在加州南部念書的外籍生，他是個左派激進主義分子，我則是裝成右派人士的共產黨。小山明智地留在加州，成了記者，這在我們自己的國家是很危險的職業。但我們這批難民來到美國時，我們的國家追上了他，因為難民中有將軍這號人物，而將軍懷疑小山是共產黨特務。將軍再度派我擔任快遞，如果作為他超有能力、超級反共的副官的我拒絕的話，在他偏執的想像中，我將正確地被列為嫌犯。我近距離射殺小山，從那之後，他和吃喝無度的少校就斷斷續續地纏著我，他們的嗓音三不五時就從我潛意識那充滿靜電干擾的頻道中冒出來。

才華？我的笑聲連我自己聽起來都覺得怪。什麼才華？

堂姑看來有點困窘，不再那麼沉著冷靜。你文筆很好，她說，你的自白書我快看完了，只剩三、四十頁。

我昨天晚上才給妳的耶。

我是編輯，我讀得很快，而且睡覺時間很短。

目前為止妳覺得怎麼樣？

我覺得你很愛你母親。我覺得你跟女性相處有障礙。我覺得阿敏對待你的方式有點太嚴苛了，他可能別無選擇，不過我覺得你也過度受到美國文化的引誘。你作為雙面特務、雙面間諜的生活很危險，而如你所說，你有兩張臉和兩顆心。我很好奇現在我看見的是哪張臉，也不知道能不能信任你。

我可以說妳應該信任我，但連我都不信任自己。

你的回答很誠實。所以，能夠同情任何人的你，覺得我該拿你怎麼辦好呢？因為你是我的革命同志，我才歡迎你住進我家。但你已經不是我的同志了，對吧？

妳也讀到了革命對我做了什麼！

我讀到你說革命對你做了什麼。但你不覺得也許革命是有理由對你抱持疑心的嗎？你不覺得你那時候——或現在仍是——確實太美國化了？即使在法國這裡，我們也面臨美國化的危險。「美式生活」啊！吃太多，工作太多，買太多，閱讀太少，思考更少，在貧窮和缺乏安全感中死去。不了，謝謝。你看不出美國人就是這樣占領全世界的嗎？不光是用他們的軍隊和中情局和世界銀行，而是透過這個名為「美國夢」的傳染病？你被感染了，而你幾乎沒有自覺！你是個成癮者，阿敏必須治癒你。不幸的是，要戒除癮頭總是很痛苦的。

我啞口無言。她讀了我的自白書，卻得出這樣的結論？所以說我錯了？我說，而革命懲罰我是對的？

從編輯的角度來看，我不禁要佩服阿敏的手法。堂姑點了根香菸，露出微笑。要是我能逼我的每個作者都用這麼快的速度寫出這麼多頁稿子，那該有多好啊。他的嚴格讓人肅然起敬，不是嗎？

能夠同情任何人的我，最想要的莫過於有人能夠同情我了。我原本相信堂姑絕對會比那個男人溫柔，我替那個男人到美國去當間諜，那個男人也是我後來被拘留的營區的政委，他是無臉人，也是我最好的朋友兼血盟兄弟阿敏，一枚誤射的燒夷彈剝除了他大部分的人性。阿敏對我展現了極大的同情心。他非常了解我，比任何神父或心理師都了解我，但他利用那些知識來審問我和刑求我。堂姑跟阿敏不一樣，她大概絕對不會刑求我。但如果她不能了解我，誰能呢？

也許我該再去弄一些哈希什來，我說。

□

那天下午五點，長了痔瘡的職員看到我的時候發出了痛苦的咕噥聲。他擦亮一根火柴，火柴閃現的火焰和它短促而深沉的呼吸所發出的嘶嘶聲，在他點菸的那瞬間也點燃我內心的某種東西。是一個祕密計畫的引信，像是兒童卡通裡那種長長一道火藥，通往爆炸性的高潮。

我可以見老大嗎？

他想見你嗎？

跟他說我要向他提議一件事就對了。

老大讓我等了一個鐘頭，只是為了讓我明白自己在他等候室裡站在（或坐在）什麼位置。至少在法國這裡，你在等待的時候有座位可坐，而不是蹲坐在自己因為一輩子都沒椅子可坐而練到肌肉發達的下盤上。不知有多少次，我看到我母親雙腳貼地蹲坐著，軀幹微微前傾以保持平衡，尤其是她用布巾把我揹在背上的時候。她能夠一蹲就是幾小時，被迫維持這種多數西方人無法堅持超過一分鐘的姿勢。她會對我輕哼，搖晃我，唱搖籃曲給我聽，等我大一點了，則說童話故事、講俗諺還有詩給我聽，同時一層薄薄的汗水把我們兩人黏在一起。每次我在等待的時候，我都會想到她無盡的耐性，她不是為了令她等待的人而忍耐，而是為了我，因為不管她去哪裡，我都得陪她一起等。等我長到重到她揹不動，我就蹲在她和其他人旁邊。後來我去念法語學校，我成為另一個階層的一分子，那個階層不再蹲坐，而是有權坐在椅子上。

我終於被叫進辦公室的時候，我的屁股被塑膠椅堅硬的弧形表面硌得有點痛，就人體工學的角度來說，那椅子是為圓潤的西方屁股設計的，不適合扁平的東方屁股。我看到老大坐在乾淨桌子後的厚實椅子上，正在看帳簿。謠傳他從沒上過學，但接受過街頭教育，在街頭沒學到的，他都靠自學學會了。我的心為這遭到遺棄的可憐孤兒變得柔軟，我想像憑他的天賦和野心，若是接受正規教育會有什麼成就：

投資基金經理人！

銀行總裁！

產業巨頭！

或是查詢我的馬克思主義同義詞詞典，結果變成：

資本主義的禿鷹！

吸血鬼！

利潤的洗錢者，那利潤還是從人民的汗水中榨出來的！

我不再是對一個政黨深信不疑的共產黨員，不過我仍然是相信理論的馬克思傳人，而那個理論提供了我所能得到對資本主義最好的批評。期望資本主義者自我批評，就像是要求警察自我糾察——

什麼事？老大說。振作一點，你這瘋狂雜種。

抱歉，我——或另外那個我，也可能是我們——喃喃道。

你拿到麝香貓咖啡豆了嗎？

我把那包咖啡豆放在他桌上，他滿意地點點頭，我看著他檢查豆子的內部結構，他的拆信刀揭露一小塊白色核心。老大很滿意，放下刀子說：還有事嗎？

那個哈希什……

他咧嘴一笑，靠向椅背。好東西，對吧？

我聽說是這樣，我自己沒有試用。

很好。有些東西你不該試也不該買。

我看到自己像推銷商品一樣熱切地解釋ＢＦＤ和毛主義博士的狀況。我聽到自己說：我讓他們嚐了一點貨。當時我的螺絲滿鬆的，讓我保持足夠的距離，旁觀自己成為我發誓絕對不會成為的人：一個資本主義者。

有意思，老大說，兩手指尖貼合成尖塔狀。我倒不意外，一點也不，就連那些人都會喜歡我能給他們的東西。

他們只是凡人，非常平凡的人。

一點也沒錯！他樂壞了，假如他臉上的笑容能作得了準的話。就連法國人也只是凡人，包括有錢人在內。尤其是有錢人。

我不確定他們有不有錢耶，他們是知識分子。

如果他們不是用雙手勞動，他們就是有錢人。而且那個政客絕對是有錢人，我知道他的名字，他是管這一區的人。他就跟其他政客一樣糟，他們全都是低級的社會主義者和曲高和寡的共產黨。

我完全同意，我說，拿出我最好的應聲蟲表現。

但是即使你不是政客或知識分子——他拿掌心對著我，讓我能看見他辛勞的地圖，那些構成他個人地理的疤痕與老繭——那也不表示你就不能靠雙手勞動來變得有錢。

這是個新的機會，新的市場。

不成長就死亡，我是這麼想的。

很有哲理。

他檢視他指甲上對稱的白色角質，他在他旗下的一間美甲沙龍做了護甲，然後他又看著我。如果眼睛是靈魂之窗，那麼他的窗戶後頭則拉起了遮光簾。你想要什麼？

我想要復仇，但當我帶著疏離感看著彷彿陌生人的自己，我只聽到自己說：你供貨，我賣貨。

他為那些貨開了個價，以每公克為單位來計算。我解釋說我是個從事卑賤工作的難民——倒不是說他給我安排的工作有什麼問題，所有難民都得從某個地方開始，而那某個地方就在最底層，我們在那裡獻出屁股讓人踢，這能為收容我們的國家的公民帶來無窮的歡樂。重點是我沒有購買那些貨的本錢。我提議用我的社會資本，亦即我跟堂姑朋友們的接觸管道，來換取他的貨，而不是拿不存在的金融資本來投資他的商品。而作為回饋，我將拓展他的市場，把他原本無法賺取的利潤交到他手中，扣掉商品的成本後，我們可以五五分帳。

遮光簾後頭有東西抽搐了一下。三成。

四成。

他覺得很逗趣。兩成五。

跟一個可以從桌子抽屜拿出榔頭，毫不內疚或遲疑就敲碎你指關節或膝蓋骨的人談判，是很困難的一件事。你太慷慨了，我說。老大朝著門點點頭，叫我去找黎高佩，他會拿貨給我。臨走前他說：我不確定你想做這件事代表你沒那麼瘋還是你其實更瘋。

我不瘋。

瘋子總是這麼說。

□

回頭看那個時候，現在的我看得一清二楚，你勢必也是一樣。或許我那總是顫危危地保持平衡的兩顆心，突然間太過向右邊傾斜，傾向一個我能看著自己變得愈來愈自我中心、唯我獨尊的位置，這是資本主義最好的藉口了。那是否表示我瘋了，就像老大和許多人的說法一樣？也許我是瘋了，或是有一點瘋，或也許我只是有缺陷。對，我有缺陷，我們都有缺陷，連你也一樣，但我把我的缺陷歸咎於一項事實，那就是我這一生都只嚮往一件事——**當個人**。這是我犯的第一個錯誤，因為我已經是人了，儘管別人未必總是承認這項事實。也許薩伊德也想當個人，雖然他是毒販。或者也許他比我聰明，把他的人性視為理所當然，這讓他能當個毒販，因為他不需要證明任何事。現在他消失了，留下一個機會，一個市場中的空缺。遲早有人會填補那個空缺的，何不由我來填補呢？

我抵達餐廳時，已經有個答案在等待我所提出的修辭性問句了：一個方形的牛皮紙包裹，大小跟火腿起司三明治差不多，用一根細繩捆住。黎高佩把包裹推過櫃檯表面，說：很高興你決定加入我們。他泰然自若的臉宛如雕像，我和我自己的幽魂浮在他的墨鏡鏡片中。我用同樣泰然自若的態度接下包裹，俐落地收進外套口袋，它就像手槍一樣有耐性地貼著我的臀部，十足地自信自己遲早會被使用。

阿邦從一張桌子旁看著我們的交易，他在那兒以化學家的精確手法補滿小瓶子裡的醬油，在這門可羅雀的餐廳裡就只坐著他一個人。希望你知道自己在做什麼，聰明的傢伙，他說。

我當然不知道，我說，用戲謔的態度表明我確實知道自己在做什麼，即使事實上我並不知道。而且這讓我有機會改進法語，我繼續說。沒什麼比一起嗨翻天更能讓人喋喋不休了。

你可以直接去學校磨練法語。

是啊，但你總是告訴我書本裡找不到所有答案。

我告訴你書本裡還找不到什麼好了，黎高佩說。老大預期至少要拿到百分之二十的利潤，他不喜歡浪費時間，或是他的貨。換言之，你最好讓這筆小小的投資值回票價。

嘿，新來的，瞌睡蟲在廚房喊道。廁所需要清理！

□

我走出全巴黎最爛的亞洲餐廳時，耳朵裡還有瞌睡蟲的笑聲，手上還有消毒劑的氣味，舌頭上還有膽汁的味道。只有一杯復仇的烈酒能夠洗掉那股味道。我才不要成為順從的亞洲可憐蟲，那可悲或有禮貌的小難民，願意從起點開始做起，願意學習主人的語言——

嘿，你！

——或是當個服務生或雜役或洗碗工——

你！

——或是水管工人——

你！

我僵住了。那個響亮而嚴厲的嗓音似乎是衝著我來的，雖然我並不是街上唯一轉頭看的人。我周圍的每個人都扭過身去，看到一對警察朝我們大步走來，前頭的那人用手指指著我。我完全知道原因。有某個東西在用隱形的電波傳送訊號。雖然我口袋裡的包裹默不作聲，卻不表示它沒有話要說。不，它散發一股自信，或許還有一點點威脅性，所有有價值的東西都是如此。它有駕馭我的力量，它自己也很清楚。我當然可以把它丟掉，用各種方式摧毀它，它沒有能力阻止我——只不過它本身就足以阻止我這麼做了。

你！

那兩個警察突然跑了起來，我的身體和心智在繃緊神經做好準備的同時，也變得相當平靜。當時我在船上，船被大浪頂上半空中，我也感覺到同樣的平靜。**哈希什**，我口袋裡的包裹悄聲說，它只知道自己的名字。**哈希什**。它知道它真真切切比我更有價值，它有個人們願意買單的售價，而我的人生幾乎完全不值一文。由於沒人會為我掏出與包裹中的好東西相等的一筆錢，我現在等於欠它錢。我正準備舉起雙手向它以及警察投降，他們卻直接從我身旁衝了過去，一人一邊，距離近到袖子都擦到我的衣角。

你！

他們不是在對**我**大吼大叫，而是在兇一個亂七八糟的男人，他的頭髮之蓬亂、皮膚之骯髒，讓人甚至不確定他是什麼人種或民族，而這正是法國的理想。每個人都能當法國人，包括流浪漢在內！

其中一個警察從困惑的遊民手中搶走啤酒罐，把他用力推向牆壁。另外那個警察胡亂踹了他一腳，幾乎踹得他跌落在地，與此同時其他正直的公民——還有我，更別說還有我自己——則站在一旁看著。拿啤酒罐的警察把它丟向困惑遊民的背，將罐中的液體潑了他一身，這似乎完全無助於使他在巴黎人眼中少一分醜陋。這時候我別開自己的視線，默默從這個場景旁經過。

□

那天晚上，堂姑和我抽了最上等的哈希什，喝了最上等的上梅多克紅酒，聽了最上等的美國爵士樂，那種法國人極為鍾愛的黑藍色音樂，部分原因是每個甜美的音符都讓他們想起美國人的種族歧視，而這很方便地讓他們忘記自己的種族歧視。由於我也全身又黑又藍，至少內心是如此，唱著〈天殺的密西西比〉的妮娜．西蒙對我來說是完美的伴唱。再來是堂姑，她已經讀完我的自白書，因此她也有點憂鬱。我發生的事仍然不令她困擾，包括跟一千個臭烘烘的同伴關在一起一年，被分到的食物幾乎讓人餓死，被迫一再重寫自白書，然後為了給我最後的致命一擊，我被脫光衣服單獨監禁，頭上、手上、腳上都套著布袋，定時遭到低電量的電擊來讓我保持清醒，不知持續了多久，直到我不再能區辨身體與周遭環境，時間失去意義，因為我被毫不留情的嬰兒哭號的錄音檔聲音炸彈轟炸，直到最後我能通過最終的測驗。令堂姑不安的是她終於讀到的這項測驗，她反覆嘟噥著唯一的試題：

有什麼比獨立和自由更可貴？

堂姑就和每個優秀的革命分子一樣，早就知道答案是什麼，那是胡志明最知名的口號，這道咒語激勵了數百萬人奮起而死，只為了驅逐法國人以及後來的美國人，並統一及解放我們的國家。她喃喃唸出問題後，朗聲說出答案，先是像施咒一樣地唸出來，這也是它原本該被唸出來的語氣：

沒有什麼比獨立與自由更可貴！

然後她又用上揚的疑問語氣再說一次：

沒有什麼比獨立與自由更可貴？

一點也沒錯，我悲傷地說，我搖搖頭，免費送給她我付出極大代價才學到的教訓。事實上，「沒有什麼」是比獨立與自由更可貴的。

不不不！沒有什麼「是」比獨立與自由更可貴的——我是說，獨立與自由比沒有什麼「更」可貴，而不是反過來！

妳讀了我的自白書。我嘆氣，然後深深吸一口加了料的香菸，我的肺部嘶嘶作響，香菸裡送出來的煙提醒我一切實體的東西終究都會化為空氣。難道妳什麼都沒學到嗎？

閉嘴！她叫道。把那根菸給我。

在吸了哈希什之後，妳不覺得「沒有什麼」更合理了嗎？

不。在讀完你的自白書之後，沒有什麼顯得合理。

當然有。妳只是拒絕理解沒有什麼，就像大部分的人一樣。要是妳像我一樣接受了再教育，被阿敏這樣高明的革命理論家調教過，妳就會明白沒有什麼是「矛盾的」，就像所有有意義的事物一樣——愛與恨，資本主義與共產主義，法國與美國。只理解矛盾事物的其中一邊這種事，就留給頭腦簡單的人去做吧。妳不是個頭腦簡單的人，對吧？

我恨你，她閉著眼睛悲鳴。我為什麼要邀請你住進我家？

如果妳仔細想想，其實還滿好笑的。幾乎跟我自白書中最好笑的部分一樣好笑，這可是阿敏本人說的，這話應該刻在胡志明雕像的台座上，如果他有雕像的話。只不過這句話不宜刊出，真相往往如此：「現在我們有力量了，不需要法國人或美國人來搞死我們——」

「我們自己就能搞死自己。」她說。

我放聲大笑，猛拍膝蓋，感覺淚水沾濕臉頰。這個哈希什真的有夠讚！拜託，我的笑意消退後我說，妳不覺得很好笑嗎？

不覺得。她捻熄香菸。並不好笑。

小號聲刺耳地響起，我的視線變得模糊，要是我能看見鏡子裡的我，我勢必會看見兩個我，或兩個我們，不是黑藍色的，而是紅黃色的。

你以前信奉革命，她說。你現在信奉什麼？

沒有什麼，我說。但那不也算什麼嗎？

所以你打算賣毒品。

這個嘛，我嘟囔。即使在哈希什帶來的迷幻狀態下，我仍然能看出她的輕視其來有自。總比什麼都沒有好。

原本斜倚在沙發上的堂姑坐起身，關掉音響。只要你還是革命分子，我就能讓你免費住在這裡，作為我對革命的奉獻以及展現我對團結的信念，她說。她吸了哈希什之後講起話來雄辯滔滔，也或許是她的熱血使她集中精神。但如果你要販毒——

妳現在是要對我做出道德批判？

我不做道德批判。我還在抽哈希什呢。而且有時候罪犯能成為最好的革命分子，或是革命分子也會被判為罪犯。但如果你不再是革命分子，而你要賣毒品，又要睡我的沙發，還要求我對你過去是共產黨的事保密，保障你在阿邦身邊的安全，那你應該讓我分一杯羹。

在哈希什的影響下，我的嘴巴本來就微微張開，現在更是整個下巴都掉下來。

怎麼啦？她邊說邊點起另一根哈希什香菸。對你來說太矛盾了嗎？

□

隔天早晨我從地鐵站走向毛主義博士住的公寓，在不到十二小時內二度有了似曾相識（déjà vu）的感覺（真奇怪，就連我的精神症狀或疾病都是以主人的語言來命名的）。第一次是我向堂姑提議五五分帳，結果她用六四分帳來回應我，而我再次答應了對方開出的條件。第二次是我走在毛主義博士住的街上，我有種來過這裡的詭異感覺，因為他住的街道讓我想起西貢的一條大街，或者應該說，西貢的大街讓我聯想到他住的街道。法國人以奧斯曼打造的巴黎為藍本設計了西貢，有寬闊的大道和寬敞的人行道，路邊林立著迷人的樹木和優雅的公寓建築，那些建築頂多六、七層樓高，有漂亮的陽台和閣樓，在炎熱的八月天，你可以用那些閣樓烘烤藝術家或窮光蛋，在我們西貢則一年到頭都能做這件事。噢，西貢，東方之珠！至少它被冠上這個雅號，想必是出自法國人之口，用的是我們自己改寫的愛慕之語，因為一個小國家的人民最喜歡的事莫過於受到吹捧，這是何其難得之事。但有時候我們不只是東方之珠，有時候東方之珠指的甚至不是我們。我聽過香港的中國人聲稱他們的港都才是東方之珠，而我在菲律賓的時候，那些菲律賓人堅稱馬尼拉是東方之珠。殖民地是一條珍珠項鍊，為殖民者雪白的脖子增色。有時候東方之珠也能成為東方巴黎。巴黎人和法國人和差不多所有人都把這稱號視為讚美，但它是一種隱含諷刺的讚美，只有殖民者能給予被殖民者這樣的讚美。畢竟，作為東方巴黎，西貢只是高級定製服的廉價仿冒品。

我把自己弄得躁動不安、滿心憤慨，簡直就像跑了百里的馬一樣口吐白沫，就在這個節骨眼，巴黎用黏乎乎的方式提醒我西貢在某方面絕對遠優於巴黎。**啪唧！**我停下腳步，先是提心吊膽繼而反胃厭惡地看著我的鞋底。不留神的行人在西貢任何地方都沒有機會踩到狗的排泄物，因為統計數字可以證明，我們偏好把狗吃下肚而不是養來當寵物，就算我們養狗，也絕不會容許牠們在街上亂晃，因為擔心牠們會被吃掉。Vive la difference!（差異萬歲！）在巴黎這裡，到處都是逛大街的狗，牠們可以自由地、隨心所欲地大小便。就眼前的狀況來說，某個沒公德心的巴黎狗飼主（這種人有幾千個）把獎品幾乎就留在毛主義心理師那棟建築的門口台階上。我鞋底的紋路留在厚厚的棕色膏狀物上，準備好讓警探來研究我的鞋印。不管我在水泥地上怎麼刮，都弄不掉鞋子縫隙裡的穢物。我放棄了，在按下毛主義博士的公寓門鈴前有些遲疑，不過接著我想起資本主義的第一課，對越南人來說很難學會：絕對不要遲到。我按下電鈴。

電梯很小，空間僅容得下三個標準身材的法國成年人，或是四個標準越南身材的越南人，或者可能三個半像我這樣的歐亞人。在這小電梯裡，我的鞋子飄出的臭味十分明顯。我把鞋底抬離地面，當毛主義博士把我迎進他的公寓時，我盡力用這種方式走路，我說我因為腳踝痛才會跛腳。法國人不像亞洲人一樣開化又不是我的錯，亞洲人基於很好的理由認為當你要進入某人家裡時，應該先把鞋子脫掉。就這方面來說，法國人簡直像活在中世紀。

你的公寓很漂亮，他用連珠炮般的法語跟我打招呼時，我用連珠炮般的英語說。他猶豫了一下，但最後他也用英語回答。他就和ＢＦＤ一樣，不願意放過機會，要向我這種人證明他能說當今的帝國通用語。毛主義博士跟ＢＦＤ一樣，說起英語流利但有口音。從他牆上掛的裱框電影海報判斷，包括《夜長夢多》、《迷魂記》、《金剛》和《科學怪人》，他很清楚我講的英語有多麼無可挑剔。他那鍍金鑲邊的鏡子大如門板，他的家具有歲月的痕跡，他的土耳其地毯複雜精緻，他的拼花地板在腳下呻吟。這些都是恰如其分的裝飾，很適合這間十八世紀的公寓，公寓中屋樑外露，天花板高到足以讓勤奮工作的大腦冒出的熱氣循環。

他倒給我兩指深的十五年份威士忌時，我幾乎原諒他身為法國知識分子這件事。那威士忌的品牌名稱是標準的愛爾蘭蓋爾語，我既不會拼也不會唸。我感激地閉上眼睛，微微顫慄地讓我口中的魔法靈藥迴旋漫過我欲求不滿的舌頭，它在巴黎這裡喝到的葡萄酒比蒸餾酒更多。我愉快地把貨交給毛主義博士，那慷慨的好人立刻用產品捲了根菸，以共產黨的友愛精神與我共享。

不過我猜你痛恨共產黨吧，毛主義博士補上一句，一邊點燃香菸。我很感謝有這股香氣，它能掩蓋這裡有東西在發臭的事實，具體來說那東西就是我。你堂姑跟我說了你在再教育營的經歷。

我回到了我難以逃脫的角色，我被定型為南越的反共愛國人士，就像我擔任間諜時用的假身分一樣。我多麼希望不必再扮演反動分子的角色！我不能宣稱我是個共產黨員，但那表示我也不能是革命分子嗎？難道只因為一場革命失敗了，革命本身就死了嗎？我先前並不想向堂姑解釋我自己。對她和大部分像我這樣自稱的革命分子來說，「革命」就像上帝一樣是個神奇字眼，會阻斷特定思考路徑。我們信奉革命，但革命是什麼？到頭來，它是否什麼也不是？我想要她**了解**沒有什麼，或幫助**我**了解沒有什麼，因為我還沒有充分了解它是什麼意思，只知道某方面來說它有自己的革命性。以目前而言，身為一個沒有革命的革命分子，我必須創造新的故事，因此在上好的威士忌和同樣高級的哈希什影響下——我推薦所有人將這兩樣東西搭在一起服用——我說：你可能很意外，我並不痛恨共產黨。我是否覺得他們抱持錯誤想法呢？是的。但他們對革命的衝動——嗯，我能夠支持那部分。

我無法形容我對你的國家革命的結果有多麼失望，毛主義博士說。就跟史達林底下發生的事一模一樣。共產主義理想的腐化！黨提升它自己和國家的地位，而不是人民的地位。我們這些左派人士反對美國人在你們的國家打仗，希望你們的革命能摧毀美帝。但是美帝屹立不搖，真正的共產社會並沒有建立起來。

如果理論無法付諸實踐，也許是理論有問題，我說。

但從來沒有人真的去實踐它。不幸的是，真正的共產主義所需要的條件還沒有到位。資本主義必須先獲得全球性的勝利，並劣化成最壞的模式，共產主義才能把它推翻。全世界的勞工必須認清資本主義眼裡只有利潤、沒有他們，而資本主義在將利潤最大化的同時，將無可避免地使他們淪為奴工。看看馬克思《資本論》第一卷就知道了。

你說的資本主義的勝利什麼時候會發生？

毛主義博士吐出一團煙。世界上還要有大片大片的地區徹底淪陷給資本主義，我們才能看到受壓迫者真正發動全球性的起義。就拿非洲來舉例好了。資本主義洗劫非洲，先是強擄奴隸，繼而掠奪資源。資本主義會用推陳出新的殘酷手段持續剝削非洲。有人必須為廉價商品提供廉價勞力，然後同一批勞工必須購買進口到他們國家的昂貴商品，而那些商品還是用從他們國家取走的原料做成的。啊，資本主義者幻夢的永動機！可是一旦那種事發生，無產階級就產生了，然後是中產階級，即使當某些最貧窮的人脫離了絕對赤貧的狀態，不平等的落差還是愈拉愈大，因為富人變得更有錢的速度，遠比非常窮的人變得稍微沒那麼窮來得快。這無可避免的過程是內建在資本主義之中的，這表示資本主義本身就包含了革命需要的條件。

你有親身經歷過革命嗎？我問。

一九六八年五月，毛主義博士自豪地說。我永遠忘不了我們世界各地的學生如何幾乎改變了世界，直到我們遇到阿圖賽——我的老師路易．阿圖賽——所稱的「鎮壓型國家機器」。當時我跟著他在修博士學位，但我仍然看守這裡的路障。我承認我丟了一兩顆石頭。我們的朋友，亦即未來的BFD——當時還沒有人只用姓名縮寫稱呼他——也做了一樣的事。警察——我是說，鎮壓型國家機器的一部分——對我們投擲催淚瓦斯，還打我們。我永遠忘不了被警棍揍的滋味！那根警棍教會我的事情，不亞於我學過的任何理論與哲學。那根警棍讓班雅明——華特．班雅明——在〈暴力的批判〉裡主張的論點實現了，亦即賦予國家正當性的不是法律，而是「暴力」。國家想要壟斷暴力，對暴力的獨占權叫作法律，法律的正當性是它自己給自己的。警察不是去那裡保護我們這些公民的，而是去保護國家和它的法治，所以面對警棍毆打，恰當的回應方式之一就是街頭革命！而世界各地街頭的學生革命，從東京到墨西哥城，都只是在呼應阿爾及利亞和越南的革命，那裡的阿爾及利亞人和越南人面對的可不是警棍，而是子彈。越南人起義對抗的暴力壟斷是殖民！他們的行動揭露了殖民其實一點正當性都沒有。他們對抗的不只是鎮壓型國家機器，還包括阿圖賽所說的意識形態國家機器，它能讓我們對寫來侵害我們權益的法律照單全收！不然勞工為什麼會相信資本主義適合他們？不然被殖民者為什麼會相信白人比較優越？那根警棍敲下來，讓我知道切．格瓦拉的號召是事實：我們還需要再有一百個越南才能在世界遍地開花。

但是我們的戰爭中至少死了三百萬人，我慢吞吞地說，我煙霧瀰漫的大腦試著執行基本的數學運算。三百萬乘一百……等於……

這時候我的認知能力宣告終結，因為我的數學能力無法配合那種程度的悲慘。我分不清我是想笑、想哭、想叫，還是把我自己送進精神病院。我也曾經信奉他說的一切，但我跟毛主義博士不同，我親身經歷過革命和它的結果。不是只有資本主義會透過這些意識形態國家機器創造幻夢，再藉由鎮壓型國家機器硬塞給你——共產主義也會。再教育營是什麼？不就是個鎮壓型國家機器，為了執行意識形態國家機器的工作而設計出來的嗎？再教育營的任務是把囚犯變成即使受到奴役也要發誓自己是自由的，宣稱自己改頭換面，其實只是被破壞得不成人形。切．格瓦拉和毛主義博士只是遠遠地看著越南革命，看到它光彩奪目的妝容，而我是近距離看到它素顏的樣子。為了一場革命犧牲三百萬條人命可以說是值得的，不過這話由活著的人來說總是比較輕鬆！可是為了「這場」革命死三百萬人？我們只是拿另一部鎮壓型國家機器交換原來的那部，唯一的差別在於現在這部是我們自己的機器。我想對博士這樣的毛澤東主義者來說，重點在於你得先看到最底部，才能受到激勵奮發向上。也許我的問題出在我以為我們越南人在法國人的腳底下已經探底了，然後發現在美國人腳底下還有更深的底，而事實上，還有另一個底有待我們發現——**在我們自己人腳底下**。

所以我需要威士忌或它的表親來讓生活可堪忍受，不過當我看著我的酒杯時，發現它已經空了。毛主義博士現在有點亢奮又放鬆，不太注意社交細節，因此他沒有補滿我的空杯，而是說：說到罪犯，我還從來沒見過越南毒販呢。

我喜歡自詡為引領潮流的人。

也許是因為你是歐亞混血。

一定是因為我是歐亞混血。

越南人在這裡混得很好。

那還用說。

醫生、律師、藝術家。他們不需要做違法勾當，也或許他們奉公守法的習性部分導致了追求崇高職業的文化傾向。而且越南人很擅長改良他們從事的工作內容。

這是我們的天性。

諷刺的是，也許因為這裡的越南人都是失根的浮萍，所以才不交易或吸食毒品。畢竟回顧歷史，人總是需要沉醉在某種物質中：中國有鴉片，阿拉伯有哈希什。

我又不是中國人或阿拉伯人，真不知道這個禪宗公案如何適用在我身上，我在腦中略一反芻它，想到了正確的回應方式：那西方有什麼？

西方？毛主義博士微笑。西方有女人，至少馬爾羅是這麼說的。

我向他報以微笑，我們相視而笑了一會兒。

嗯，我說。我想我要回去我的歐洲根源了。

我總是跟我的學生說，他們應該努力成為同類中的創新者。

那麼我猜我真的很有原創性了，我說，一邊把鞋底往他的土耳其地毯上蹭。而我打算使壞使得一級棒。

4

堂姑就寢之後，我坐在沙發上，跟我的兩個新同伴——哈希什和錢——待在一起。讓哈希什停止對我咯咯笑以及說悄悄話的唯一方式，就是抽一些它，這讓它和我都放鬆。我留了一盞檯燈沒關，在那比我還老的古董檯燈投下的昏暗光線下，我檢視當天賺得的一把鈔票，堂姑的百分之六十已經扣掉了，但老大的百分之七十五還沒扣掉。我賺到的幾乎什麼也沒有，但幾乎什麼也沒有真的就是我應得的嗎？我所做的是用哈希什換錢，而在那之前，我用某個東西向老大交換哈希什。我向他奉上一部分的我。

我盯著那些法郎看愈久，它們顯得愈不真實。是什麼使得這幾張薄薄的紙幾乎跟人類一樣強大，又是什麼使得它們匯聚起來會比一個人類更有價值？畢竟，我不會傷害這樣一張鈔票，就像我不會傷害某個人類。

其實……小山的幽靈說。

事實上……同樣鬼里鬼氣的吃喝無度的少校說。

說得也是。我殺了他們兩人，而我對金錢做的頂多只是把它摺起來。我從來沒有撕掉鈔票的一角，像是小男孩抓住蒼蠅並拔掉牠的翅膀；我也從來沒有對鈔票點火，哪怕是面額最小的鈔票，只為了看它會怎麼燒起來，而我曾看到一個美國孩子用塑膠放大鏡將人行道上的螞蟻燒成灰。就整體而言，金錢是刀槍不入的。個別來說，像我現在發現歸我所有的這樣一張鈔票，也受到那種刀槍不入的氣勢所保護，就像單一一位警察彷彿是整個鎮壓型國家機器的化身。我捧在手中這些幾乎沒有重量的鈔票，就是這樣用它們的魔力影響我。

也許是因為我的新職業，我才重新感受到金錢的奇特力量。我從事過的有薪工作就只有軍職，而即使在實務上稱不上值得尊敬，但至少在理論上軍職是個光榮的職業。我從未因間諜工作領到薪水，我相信就連我的生命都不比獨立與自由更可貴。可是現在我在賣哈希什，這種行為一點都不高尚或光榮，一部分的我對此心知肚明，另一部分的我自己滿不在乎。我何必在乎？我人生大部分的時間都持續且迫切地信奉**某種事物**，到頭來卻只是發現在那種事物的核心**什麼都沒有**。所以何不給什麼都沒有一個機會呢？

然而——我母親會怎麼看待我的新事業？我試著不去想我會令她多麼失望。她把整顆心都給了我，我怎麼能讓她心碎呢？但是當我想到我父親可能有什麼感覺時，我卻滿心喜悅。我來到我父親的土地上，用東方的毒品感染它，這是小小回敬他的國家用西方文明毒害我的國家。

由於上一任供應哈希什的毒販，也就是神祕的薩伊德，在過去十年內建立了令人讚嘆的客戶網，最老的客戶是毛主義博士，我的工作因此省了不少事。我離開毛主義博士家的時候，他跟我說，薩伊德用薩伊德這樣的名字是絕對找不到工作的。應該說找不到正經的工作。而他連改名這麼簡單的事都不願意做。

毛主義博士自認為不只是薩伊德的客戶，還是他的贊助者，藉著把他引介給自己為數眾多充滿渴盼的朋友、同事、學生和以前的學生，幫助薩伊德成為財務方面能夠自立的青年。現在靠著毛主義博士和堂姑之口，我的貨品品質以及送貨速度都在這個網路中傳播出去了。我是個新奇的事物——黑市中的歐亞藥理學家，半個越南人，經手既不是太好、也不是太壞、半是有益半是危險的商品。在接下來兩、三週，我像守法公民一樣冷靜自若地送貨，我確信警察不會多看亞洲人一眼，至少黎高佩是這麼向我擔保的。在餐廳裡，他指給我看阿拉伯人和黑人如何無意中幫了我們，他們就像是我們的種族誘餌，引開警察的注意力，因為警察覺得他們就跟哈希什一樣呈現棕色、黏答答的，散發香氣。

我從窗戶向外看著路人，說：要怎麼分辨誰是阿拉伯人？

要怎麼分辨？用看的啊！很明顯嘛！

我不是故意裝笨。我對阿拉伯人在法國的處境有一些了解：法國人跟我們打完仗後，馬上又跟阿爾及利亞人打了一仗；從阿爾及利亞逃到法國的「黑腳」*，跟我們一樣是難民；以及像他們這樣被迫離開後總是讓人心懷怨恨，但我從來沒遇見過任何阿拉伯人，我來這裡的時間也不夠久，法國社會的內部差異對我來說還沒有習慣成自然。對局外者而言，另一個社會的差異看起來總是很奇怪，所以法國人非常了解美國的種族歧視以及「黑人」成為恐怖的代名詞有多麼荒謬，而美國人卻只覺得這是天經地義的。可是對我來說，在法國這裡，「阿拉伯人」是個抽象概念。我指著一個路過的男人，純粹是為了激怒黎高佩，說：他是阿拉伯人嗎？

---

* 譯注：在一八三〇年至一九六二年法國統治阿爾及利亞期間，出生在阿爾及利亞的法裔或其他歐洲裔人士。

不，卡繆，他是法國人。（我不確定黎高佩有沒有讀過卡繆的書，不過在這次還有其他對話中，只要我惹惱他，他就會叫我卡繆，也許卡繆是他知道的唯一一個哲學家。）看，有個阿拉伯人來了。

經過的男人穿著白色運動衫、灰色運動褲、白色球鞋。對，我看出來了！他可能是阿拉伯人！或者他也可能只是曬得很黑的法國人，長了一頭有點捲的深色頭髮。我看不出差別，我說，仍然在捉弄黎高佩，跡象是什麼？

跡象？黎高佩皺起額頭，明確地顯示裡頭的機制在運作。是——我是說——就是看得出來，好嗎？頭髮、膚色、走路姿態、說話方式。你只是來得還不夠久，不懂得看出跡象。聽我的就對了。警察只會當你是個無害的外國人，前提是你只有一個人。兩個人也還可以接受。你們（或我們）有三個人，法國人就會有點不自在了。有四個人——別想了，這是大軍入侵。

由於我已經是我和我自己了，我覺得我已經有太過引人注意的危險。所以為了強化我的偽裝，讓自己更像是單純無害的亞洲人，我在脖子上掛了一部日本相機，是跟堂姑借來的。我也把一個小背包反揹在胸前，背帶在後面。再戴上紳士帽和牛角框眼鏡，這眼鏡能製造錯覺，讓不是鳳眼的我（至少我覺得不是）看起來像是鳳眼，還有在上唇內側塞一小塊棉花，暗示我的牙齒有毛病，我的偽裝就大功告成了。我不只是一個大致無害的馴化亞洲人，我是個徹底無害、紀律良好的日本觀光客。憑這身偽裝，我是個一心想照相的無辜遊客，而不是可能搶法國人工作的入侵者，所以我幾乎能去任何地方。

我承認我自認為滿聰明的。我沒有料到阿邦可能比我更聰明。拜再教育之賜，他也變了，我之所以開始明白這一點，是因為有一天下午餐廳一如往常地空無一人，阿邦招手要我到一張桌子邊，然後說：我有個主意。

你有個主意？我說。阿邦不會出主意，愛出主意的人是我。

阿邦瞪著我。這裡有共產黨。

到處都有共產黨。

在我們的圈子裡。

你指的是我堂姑。

她不屬於我們的圈子。她已經變成法國人了。

這裡很多我們的同胞都一樣啊。

他們不是很喜歡聚在一起，對吧？但我們可以到一個地方找到他們，開始調查一番，那就是越南協會。

我聽說過這個協會。餐廳裡有幾張油印傳單，宣傳那個協會的各種活動：推廣學習越南語、頌揚越南文化、增進越南社群在法國的利益。即使在越南，我們都不曾像在這個協會如此頻繁地看到把「越南」當形容詞的用法，而這協會的正式名稱正是「越南文化促進協會」。你認為協會是共產黨？我問。

不是檯面上的，但每個人都知道他們是共匪。越南政府認識他們，越南大使會參加他們的活動。如果他們看起來像共匪、聞起來像共匪，他們就是共匪。但如果這是個問題，它也是個機會。每個問題都是個機會。

什麼東西是機會？

你就是機會。我們可以用你替老大賣的東西，同時賺點錢還有搞臭一些共匪。很棒吧？

聽來是個可行的計畫，但阿邦並不擅長計畫，他擅長行動。是老大讓你有這個想法的嗎？

不是，但老大覺得這主意很棒。

你去找過老大了？我說。你能分到什麼好處？

我可以跟著去。也許我會有機會殺幾個共匪。

這表示我們得假扮成共產黨嗎？

如果我做得到，你也做得到，他說。他眼裡閃著光芒，唯有當他跟他老婆和兒子在一起時，以及他們死後，當他提到要殺共產黨時，我才會看到這種光芒。現在你有機會傷害共匪了，他說，你應該謝我才對。

謝謝，我說。

□

我們的戰爭永遠不會結束嗎？至少對阿邦來說，看來是永遠不會結束了，除非他死了或是沒辦法繼續進行他「殺光全世界共產黨」的大業。他就和許多人一樣，用非此即彼的觀點看世界：不是共產黨就是反共人士，不是邪惡就是良善。他的世界觀與共產黨的觀點如出一轍，我卻覺得被迫要在共產主義和它的相反立場之間做選擇是個假選項，是兩邊的意識形態國家機器強加給我們的。當他們提供你兩個假選項，最困難的事莫過於想像還有第三個選項，那個可能謹慎保留的選項。這是辯證法最基礎的一課，在「正」與「反」之間擺盪，讓你能達到「合」。不管正或反是共產主義或反共產主義，重點是它們構成西方不帶諷刺地稱之為「冷戰」的正反兩極，也就是美國和蘇聯之間的戰爭。但是合是認知到這場戰爭對我們亞洲人還有非洲人還有拉丁美洲人來說，都燙得要命。看到共產主義和反共產主義雙雙失敗，我選擇什麼也不要，這是資本主義者或共產主義者都無法理解的合題。你可能認為我是虛無主義者，但你錯得離譜。虛無主義者認為人生毫無意義，排斥所有宗教和道德原則，而我仍然信奉革命的「原則」。我也相信沒有什麼是充滿意義的——簡言之，沒有什麼其實真有什麼。這本身不就是一種革命嗎？

兩週後，我懷著這種心態與阿邦大膽地出席了協會的會議，他們的會員似乎全都是德高望重的越南人。在法國跟在美國不一樣，德高望重的人可能包括共產黨或共產黨同路人，而想到有這樣的人會參加會議就覺得怪怪的。這次召開會議的目的是規劃一年一度的越南春節表演，越南春節委員會主席向阿邦和我解釋，因為只有我們兩人是新來的。

到時候會有傳統歌舞表演，開朗的主席說。他是眼科醫師，身材瘦弱，一頭白髮，長著適合彈鋼琴或當婦科醫生的長手指。他的越南話和法語都說得無懈可擊，為了平衡我的嫉妒，我憐憫地看著他身上那件至少大了一號的花呢西裝外套，袖口都蓋到他拇指的根部了。主席並不像我一樣相信每個男人都該有個裁縫師，但事實上裁縫師就跟神父一樣重要，因為如果你看起來不夠好，光是心地好也是白搭。

到時候也會有傳統服裝和食物，他繼續說。這是讓我們展現真實越南文化的方式。

我心有戚戚焉、甚至是活力充沛地點點頭，說：宣揚我們真實的文化非常重要。聽了這話，開朗的主席比我更熱切地點頭。

雖然我沒有說出口，但我好奇真實的越南文化是否應該也包含賭博，我們在慶祝春節時會教小孩賭博，等我們長大了又納悶為什麼人人嗜賭；或是抽菸和在咖啡館喝咖啡，要是奧運比賽有這個項目的話，我們越南男人會是金牌的熱門人選，因為我們把這些從法國人那裡繼承來的咖啡館當成第二個家，用來逃避惱人的妻子和麻煩的孩子；或是喝啤酒、干邑白蘭地和發酵酒（最好是在地米酒）直到我們來到失去知覺的大門口，我們有些人會在那裡痛揍前述的妻子和孩子或我們彼此；或是做一筆好生意，哪怕是犧牲了我們的顧客或我們的零售商或我們的原則，然後等我們自己也被騙錢時才氣得跳腳；或是談論我們親友的八卦，我們喜歡從背後捅他們一刀，更甚於捅敵人一刀，因為我們比較難靠近敵人背後；或是對我們鄰居和同鄉的成就與有榮焉，直到他們的成就太了不起，那時我們會心生怨恨，等待幸災樂禍看他們栽跟斗的甜美機會；或是命令女人待在廚房伺候男人，或是預期上述女人至少生六、七次孩子，最好是更多次，直到她們的子宮跟撒哈拉沙漠一樣乾枯——這些我們文化的方方面面，我們實踐的頻率都遠高於一支扇子舞，或是唱一小段嘥劇或民謠，或穿上絲袍，或重現稻田裡的求婚儀式，這種儀式一生頂多只會經歷一次，就算真的進行，大概也免不了要刮掉在我們腳趾間結塊的牛糞，以及揮開朝我們俯衝攻擊的蚊子大軍。

可是提出這些意見似乎很沒禮貌，畢竟主席和他的委員們只想將我們的文化之美奉於神聖高位，並且與其他人分享，即使規劃一場文化表演其實就等於承認自己處於文化弱勢。真正強勢者哪裡需要安排什麼表演，他們的文化總是無所不在。美國人知道他們的文化四處橫行，不論是漢堡或炸彈。至於法國人，他們出口巴黎夢，那是一場街頭表演，專門設計給為了葡萄酒和起司還有手風琴樂曲狂熱的觀光客。這些我隻字未提，只在會議尾聲自告奮勇參加歌舞節目，我敢打賭任何會抽哈希什的波希米亞人都會在那裡。我幫阿邦也報名歌舞節目，雖然他顯然看起來不像舞者，也絕對不能負責唱歌，因為我替他向大家解釋他是個啞巴。這也是阿邦的主意。

Ah bon（真的嗎）？主席說，我對這個用語的喜愛幾乎不下於 oh là là（哎唷喂）。

是戰傷，我說，嗓音哽咽。我原本並沒有打算為這個假故事投入任何感情——我是怎麼搞的？

空氣變得安靜，現在春節委員會全體成員的注意力都集中在我們身上。

沒人知道他變成啞巴的原因，我說，眼中再次湧出淚水。我能感覺阿邦瞪著我，而我娓娓道出我捏造的故事。一架B–52轟炸機投下的炸彈幾乎直接落在我們頭上。在那之後，他就不會說話了。也許是爆炸損傷了他喉嚨裡的什麼部位，也可能純屬心理作用。

我啜泣起來。我被我的故事感動，而他們被我感動。我從他們的眼神、他們微微張開的嘴、所有人同時屏住的呼吸，就看得出來。

是這樣的，那架B–52轟炸機在開放空間逮到我們。它要炸的不是我們，而是游擊隊。但是美國人炸了我們，炸了他們自己的朋友，我繼續說。阿邦抽搐了一下，不過沒出聲。美國人幾乎把一整營的南軍都殲滅了。美國人稱之為「友軍誤擊」，我說那就只是攻擊。你能聽到的唯一聲響就是轟炸聲，事後則是倖存者的慘叫聲。但剩下的人並不多。有那麼多聲音都永遠消失了……也許是想到那些如此悲慘喪命的年輕戰友，讓我的朋友發不出他自己的聲音。

我的天啊，有個大嬸捂著嘴說。

現在該給阿邦的故事畫龍點睛了：

我想……我想……如果他能看到我們的文化之美，他就能忘卻戰爭的恐怖。我希望……希望……如果他能看到我們的同胞唱歌跳舞，即使他不能唱歌跳舞——我低下頭，真實情感像鹹鹹的潮水拍打我的腳趾——他的聲音也許會回來……而我們，昔日的南方士兵，或許可以跟你們當朋友，我聽說你們之中有許多人都是我們昔日仇敵的同路人。但我們已經不是敵人了，現在是當朋友的時候了，你們說是不是？

如果我是瘋狂雜種，阿邦就是幸運雜種，因為講完這個故事、會議結束後，所有女人不分老少都圍在他身邊，每個人都希望自己是能用一個吻（如果必要的話，多吻幾下也行）讓英雄恢復說話能力的公主。阿邦很慶幸能拿喪失說話能力當藉口，因為他最恐懼的事莫過於跟女人說話，包括殺人在內，殺人在他眼裡主要是一種技術上的挑戰，偶爾也是道德上的挑戰。他是個道德感很強烈的人，在西貢時他加入所屬教會的唱詩班，一部分是出於信仰，一部分是希望遇到未來的妻子，而他確實如願以償。在一輛前往天主教羅榮聖母聖殿的巴士上，他和他未來的妻子分坐在走道兩側，後來無情的戰火摧毀了這座教堂。不知是無心或有意，她在走下巴士的時候差點被絆倒，而他抓住她的手肘。阿鈴就只需要這麼一個藉口打招呼，就此開啟一段漫長的對話，直到她死在西貢機場的柏油跑道上，連道別的機會也沒有。到現在他還會看到她死去的臉龐以及他死去兒子的臉龐——只是個小男孩的阿德。自從他們死了之後，他就不肯去想另一個女人，更別說向少數吸引他的女人攀談了。這麼做導致的孤寂和悲傷，是他認為自己活下來應該承受的命運。

可憐的阿邦！我不在乎他是個殺手。他是我的血盟兄弟、我最好的朋友，我最心痛的是，自從他妻子和兒子（我的乾兒子！）死後，除了我之外就沒有人愛他了，這真是太可怕了。於是現在出乎意料地被半打女人圍住，被她們當成躺在搖籃裡的嬰兒一樣凝視，使他真的喪失了其實正常的說話能力。他只能微笑、點頭、聳肩，他很適合扮演這樣的啞劇演員。默不吭聲對他來說是一種擺脫世界的自由，雖說對想要跟他說話的人而言可能並非如此。可是由於對一個不能或不願回話的人，她們能說的有限，最終她們還是把目標轉向我，也就是能從阿邦裝啞巴中得到更大好處的人。

可是並非所有女人都在看我。其中一人仍然朝向阿邦，她用極為纖細、優雅的手握著一枝鋼筆，在小筆記本上寫字。當她抬起頭看到他望著她，她微微一笑，默默地把筆記本和筆遞給他。

我叫阿鸞，她剛才寫下這句話，好像他不但是啞巴，也是聾子。**你想來看我們排練嗎？**

阿邦讓他自己大吃一驚地寫下：**想**。

□

我們從會議現場離開時，我不確定阿邦跟我到底誰比較訝異。他身上有一張紙，上頭寫著阿鸞的名字、電話和歌舞表演者下一次排練的時間、日期和地點。我正準備問他他是否能狠下心殺死我們認識的這些親切的人，包括主席在內，在我看來他可能就是共產黨，這時應該是啞巴的阿邦說：你看。

幸好協會的門廳裡沒有別人。他指著一塊布告欄，上頭釘著一張有俗豔色彩和粗體大字的大海報，最顯眼的三個字就是《幻想曲》，次大的標題是「第七部」。不同的歌者和舞者，有男有女，一個人或兩人三人四人一組，塞滿整張海報。他們穿西裝打領帶，或是綴著亮片的彈性纖維布料，或是端莊的奧黛和斗笠，或是網襪和胸罩。我立刻明白《幻想曲》歌舞秀是根據洛杉磯那間夜總會的同名劇目改編而成的。我在那間夜總會度過一個被干邑白蘭地和罣固酮浸透的夜晚，我的舌頭垂在外面，只因為見到一個我的眼睛、手和心都該敬而遠之的女人：蘭娜。

噢，蘭娜！當將軍發現我和她在洛杉磯暗通款曲時，他派我去進行收復故土的自殺任務，這項任務導致我被抓進再教育營。我接受的再教育顯然沒教會我任何事，因為一看到蘭娜，我油箱裡潑來潑去的那一汪熱情立刻就被點燃了。她在海報上一枝獨秀地擺姿勢，當家花旦，只穿著一件長及腳踝、奇特迷人的黑色緊身禮服，但是為了彌補這種端莊，卻矯枉過正地開了裂到盆骨的高衩，把她的美腿赤裸裸地炫示在我們眼前，那條腿的盡頭是束在六吋高跟鞋裡的玉足，那隻鞋跟尖利的高跟鞋既是折磨腳的可憎裝置，又是潛在的殺人工具。

想都別想，阿邦說，但我已經在想了。

□

如果即將登場的這一部《幻想曲》是第七部，那表示前面已經有六部了，全都可以由一種叫作錄影帶的東西看到，那是我歷經再教育的黑暗時代時問世的科技。播放錄影帶的機器很貴，不過即使幾乎什麼都沒賺到，我賣毒品獲得的利潤還是讓我有一筆可以任意花用的收入，我活到現在還是第一次有這麼多閒錢。如果我腦筋清楚，我會把錢存進銀行，變得更像個資本主義者，用錢滾錢。但我腦筋什麼時候清楚了？

堂姑本來就有一部小型日本電視，加裝錄影機只是小事一樁。然後我打給阿邦，叫他來看錄影帶。

她是共產黨，他說。

暫時把這事擱下一晚吧，我說。你已經在這裡待過一夜了，也沒死掉啊。你也沒殺了她。她是個平民，而你盡可能不殺平民，還記得嗎？

電話線那頭的停頓表示他在思考。我不會殺她，我只是不想去她的公寓。

說服阿邦來我堂姑的公寓，對我來說為什麼這麼重要？因為我感覺他在改變，而我想讓他有更大的改變。他的內心有什麼東西不由自主地在變化。他仍然兇悍而忠貞，但他願意認識阿鸞，等於是他承認自己很寂寞。也許那是我的支點，可以用來撬動他，稍微撬動他，讓他脫離他狂熱反共主義的巨石，因為要是他發現我身為共產黨員的過去，那塊石頭會讓他殺了我。然而，除了我本身的利益考量之外，我只希望他不要那麼寂寞。我希望他能再次找到一個家庭。

你一定要親眼看看《幻想曲》，而且你一定要跟其他越南人一起看。因為這是在講我們的秀、我們演的秀、為我們而演的秀。我們是明星和主持人，歌者和舞者，演員和諧星，表演者和觀眾！我們要做我們最擅長的事——唱歌、跳舞、找樂子！

我透過電話聽到他的呼吸聲。

好吧，我說，你不唱歌跳舞，但我知道你喜歡看別人唱歌跳舞。我們在西貢的俱樂部常做這種事。我們當時理所當然地認為人家會用我們的語言、用跟我們一樣的臉孔來娛樂我們。現在我們的機會又來了。來嘛，阿邦！

過了一會兒，他答應了，於是我知道他的寂寞勝過了仇恨。他帶了一瓶葡萄酒來，雖然是便宜的酒。不過這社交禮儀仍然能用來衡量他離再教育營已經有多遠了。堂姑和他都沒提他們上一次見面時有多尷尬，兩人都在沙發上坐下，心照不宣地遵守停戰協議，而《幻想曲》也助了一臂之力。這場表演是在洛杉磯錄製的現場演出，在一個幻影好萊塢，我們的同胞在那裡都躍升為明星。每當鏡頭切到觀眾身上，呈現出笑容滿面的幸福臉孔，就可以明顯看出那個功業有多麼美妙。觀眾滿心歡喜地看著我們南方人最擅長做的事：出洋相。沉湎於意識形態、政治、學問和詩這種事，就留給我們北方的同胞吧，也就是我的出生地。在他們眼裡，我成長的南方的人墮落又粗鄙。也許這是事實，但儘管北方人提供了一個別處找不到的烏托邦，南方人卻創造了一個只要有電視、在哪裡都能體驗的《幻想曲》。在這個夢幻世界裡，男人無畏地穿著亮片，女人無畏地穿著……幾乎什麼也沒穿。這些男人和女人跳著恰恰、探戈、倫巴；他們唱經典老歌，也翻唱西洋流行歌曲；他們表演原創歌曲，有些新到我都沒聽過；他們演出粗俗搞笑的滑稽短劇。觀眾特別愛男人穿女裝的橋段，他們不時拉扯裙襬，抱怨自己的腿毛讓絲襪抽絲了，捧著不切實際的美國尺寸乳房來調整它們，然後又炫示墊得厚嘟嘟的臀部，那臀部都可以作為美式足球員的護具了。噢，這些場景讓我們笑得多麼瘋狂啊！「我們」既是指影片中的觀眾，也是指阿邦、堂姑和我。噢，《幻想曲》！

這是我們的好萊塢，但就像好萊塢電影常發生的狀況，這場秀虎頭蛇尾。最後一支曲目登場時，全體歌者和舞者都回到舞台上，男人體面地穿著西裝，女人則身披東方奧黛，對著觀眾唱起小夜曲，這首原創的歌在講什麼，從歌名就一目了然：〈謝謝你，美國！〉除此之外，雖說缺乏想像力但令人印象深刻的歌詞還包括：

謝謝你，德國！
謝謝你，澳洲！
謝謝你，加拿大！
謝謝你，法國！

地理課持續下去，我好奇有哪些困惑的人發現自己被戰爭的旋風捲起，拋到譬如說以色列去。我相信那是個美麗的國家，但對我們這樣的人來說肯定很令人沮喪。不過儘管遭到放逐，我們顯然對於獲得收容產生了至少某種程度的感激，所以才會有這首獻給所有歡迎我們國家的真誠感謝的歌謠。

不幸的是——雖然這對越南人來說是很奇怪的特徵——我最痛恨的東西莫過於真誠感謝的歌謠了。堂姑身為知識分子，尤其是法國知識分子，也同樣厭惡它們。阿邦是個殺手，理應痛恨它們或至少無動於衷，但他卻讓我大吃一驚，因為他哭了，或在他能做到的限度內哭了，也就是流下幾滴淚再配上吸兩下鼻子，這已經等同於普通人的情緒崩潰了。

可是你認為美國背叛了我們，我在跑工作人員名單時說。

那不表示每個人都背叛了我們。

你認為法國強暴了我們的國家。

你為什麼一定要毀了一切？他叫道。好好享受這首該死的歌不行嗎！

這時我突然醒悟到，他哭的原因並不是地主國要求那些來自被地主國強暴和轟炸的國家的難民，必須展現無盡的、濫情的感激，他是為了那首歌的故事而哭。一對充滿魅力的演員飾演被戰爭分開的丈夫與妻子，女人帶著孩子逃到美國，男人以戰俘的身分留下。最後他搭難民船逃走——不，不是船，而是「艦艇」，用這個詞比較有尊嚴，因為他的旅程以及數千難民的旅程，等於有史以來最偉大的海上航行，媲美荷馬的《奧德賽》。撐過那段長途飄泊後，他成功抵達美國。他在此與妻子重聚，他的妻子穿著很吸引人的迷你裙，而他那極為可愛又有才華的兒子和女兒則各自演奏鋼琴和小提琴，他們的父母在一旁相擁。這就是阿邦如此感動的原因：他想起他死去的妻子和兒子（我的乾兒子）了。他再也不會與他們重聚，或許除非在天堂。

至於堂姑和我，我們身為批評的行家，並無礙於我們因為看到同胞出現在電視上而滿心歡喜，即使他們穿著緊身連身褲跳舞或穿著迷你裙走台步。打從我們離開故鄉之後，這是我們第一次在自己的歌舞秀裡當主角。儘管《幻想曲》很輕浮，它卻帶有政治意味，我被放出再教育營並來到胡志明市，也就是為了新紀元而被改名的西貢時，就明白了這個道理。我在那裡發現胡伯伯那些革命分子姪子把這類唱歌、跳舞、做愛視為危險的反動。好的共產黨員要聽歌頌浴血革命、讓人熱血沸騰的紅色歌曲，而我們這些喜歡黃色歌曲的人都是拒絕階級鬥爭和勤奮勞動的病態懦夫。可是不知怎麼的，雖然我接受了再教育，或者正因為我接受了再教育，我仍然喜愛好的情歌，而講述人群昂首闊步走向光榮血色黎明的紅色頌歌，只會讓我雙腿的血液滯留。《幻想曲》也許只是區區的娛樂，但那又如何？正如同無政府主義者愛瑪・高德曼說過的：「如果我不能跳舞，我就不想參與你的革命。」我們那些無比嚴肅的革命領袖怎麼就不懂，握有娛樂的方法也具有革命意義！這種自主性有什麼錯？畢竟娛樂很可能是繼糧食、住所和性愛之後，人類第四大優先考慮的事。我簡直等不及要看第二部《幻想曲》了，正準備說出口時，阿邦把眼淚擦乾，說：我有另一個主意。

另一個主意？堂姑說。第一個主意是什麼？

我以為阿邦不會回答，不過他卻微笑說道：到協會賣哈希什還有殺共產黨。

堂姑揚起一眉。真有趣，她說。你知道嗎，在法國，最支持越南人的正是共產黨。有問題的那種越南人。

要是知道誰可能是共產黨，你一定會嚇一跳，堂姑看著我說，弄得阿邦也看著我。我的血變冷了。

沒什麼事會嚇到我，阿邦說。共產黨無所不在。

確實如此，堂姑說。問個假設性的問題好了，萬一你發現你朋友隱藏了共產黨的身分呢？甚至就是你這位最好的朋友？你的血盟兄弟？

這種假設太過異想天開而讓阿邦笑起來，不過他就像個優秀的哲學家一樣配合演出。我當然會殺了他，他說，對我露出微笑。這是原則問題。

我也因為這荒唐的爛笑話而發笑，並站起身關掉電視。《幻想曲》絕對結束了。

我還是不分日夜、在地表和地下室都戴著它。我脖子上掛著相機，胸前揹著背包，我是好奇的日本觀光客，準備好獻出在西方土地上充滿異國風味的亞洲人那諂媚的笑容。聽不見外界聲音也使我成為隱形人，我在閒暇時間或送貨時探索巴黎，整座城市就像是音樂劇的布景，所有情節都由我的耳機提供。一旦造訪過城市中可以當作結婚蛋糕裝飾品的那些區域後，包括從聖母院到艾菲爾鐵塔，從羅浮宮到聖心堂，我就特地避開它們。我更喜歡比較汙穢的區域或是小公園，我可以坐在靠近遊民和醉鬼的長椅上，他們是我關係不太遠的表親，然後欣賞天真的鴿子。我不曉得誰比較瘋：是人稱瘋狂雜種的我呢，還是烈士阿邦。他打算再一次縱身撲向火葬柴堆，只為成就一個堂皇的計畫、一個注定失敗的任務、一個最後的掙扎。阿邦和我瘋狂到參加了文化秀每週兩次的排練，我們貧乏的才能使我們成為背景舞者，不過我不確定「舞者」是否為適切的用語。我們的其中一齣滑稽短劇演的是農村生活，我們整個表演都要用別具風格、可能還饒富詩意的方式，假裝犁地、挖地、鋤地、扛重物，將務農呈現為一種充滿田園風情的生活方式以及我們文化的骨幹，然而我相當確定務農是一種熱得滿身大汗、非常辛苦又折磨人的謀生方式，沒有什麼閒情逸致再培養文化。沒關係！文化秀的任務是藉由展現越南生活的魅力，來跟法國生活的魅力較勁。對於在法國度過多年遠離越南的日子的越南人來說，越南生活變得比以往有魅力多了，正如《幻想曲》的製作群深諳的道理，他們都需要自己專屬的那種懷舊感。而排練時間確實給了我意料之中的機會，能跟其他表演者一起抽菸，事後喝幾杯小酒，稍微暗示我這裡有貨的事，給他們一點試用品，然後悄悄建立起由年輕酷傢伙、學生和專業人士組成的新顧客群，再加上辛勤勞動人口，他們也需要一點休息和放鬆。他們發現可以從跟他們基本上算是同種人的人那裡取得這種貨時，不但頗為訝異，也相當滿意。要博得年輕酷傢伙的信任，唯一的困難之處在於他們大部分都在法國出生，因此說起法語比我要快，而且還會講我不懂的最新行話。

妳那個教法語的朋友是誰？我問堂姑。

你會很喜歡他的，她邊說邊抄地址給我。他是共產黨員。

因此我開始在巴黎北站附近上進階晨間課程，同時聽課的還有來自前法國殖民地各個角落的成人學生，另外我也不忘跑遍全巴黎送貨。我用賺得的利潤到義大利名牌 Bruno Magli 買了一雙超讚的棕色真皮牛津鞋，是BFD推薦我買這個牌子的。他們做的鞋看起來很帥，而且你可以穿著它走路或站著一整天，他說。當時他看著我沾滿灰塵、龜裂的人造皮懶人鞋，那是前往雅加達機場的路上向路邊攤買的。評斷一個男人，看他的鞋最準。BFD的評語讓我惱火，但難以忘懷。我自豪地穿上義大利名牌皮鞋，每週上一次鞋油，向馬克思曾示警的資本主義誘惑屈服：愛一件商品，一個物品，彷彿它是有生命的東西，這種事頂多只會曇花一現。

我的人生進入新階段後過了兩、三個月，我正準備離開位於仲馬大道上的一座小公園，柵門邊的一個年輕人朝我點點頭，揚起一眉，然後把手指舉在唇邊，這是抽菸的人這個兄弟會的世界共通語言，我們因為一心尋死而團結一致。尚克勞．布萊利正在跟安娜．凱莉娜唱著我愛的歌〈什麼都別說〉，我也跟著哼。我心情愉快，因此微微一笑，拿出我那包菸，給了他一根，特別注意沒拿成有加哈希什的菸。他對我說了什麼，我摘下耳機，繼續默不作聲地微笑，裝成日本觀光客，因此我很訝異地看到他用微笑回應我，並說：我們聽說你有一些很棒的哈希什？

Domo arigato（非常感謝），我說，假裝聽不懂。賣給陌生人不是好主意，我鞠了個躬退後兩步，結果撞上一個堅硬而健壯的身軀。我背後的年輕人跟我前方的年輕人一樣，都穿著藍色Levi's牛仔褲、沒拉上拉鍊的夾克，以及T恤，只是一人的T恤印的是披頭四，另一人是滾石合唱團。小公園裡就只有我們三人，這是這兩個年輕人特地挑選的地點，他們似乎是黎高佩警告過我的阿拉伯人。他們顯露出年輕人那種滿不在乎的瘦長模樣，得天獨厚地不知道自己過了二十年會變成什麼德性，我們中年人對此倒是清楚得很，而且深表遺憾。年齡造成的活動力下降，以及唾手可得、令人愉快的法國烘焙品，幫助我重新取得我在再教育營失去的所有脂肪，還額外多添加了一些，讓我的皮帶上方微微凸出，下巴底下也有點鼓起。我是個又軟又圓的腸肚包，我的內臟緊緊地塞在我體內，而他們是準備把我切開的鋸齒刀。

少給我裝日本人，披頭四說。我們知道你是越南人。

越南人？滾石說。我以為你是中國佬。

其實他用的詞是Chinois，它只代表「中國人」，不過加上適當的變調和重音——以及一些啐出的口水——它就是個蔑稱了，我從我們的法國殖民者口中早已聽過不少遍。聽到這個理應將心比心的人說出這個字眼讓我難過，可是回應他的侮辱只會火上澆油。我試著對他們的出身或祖籍表達真切的好奇，藉此緩和眼前的局面，我說：你們是哪裡人？

阿爾及利亞人，你這鼠輩，披頭四說。

滾石擺了個臭臉，說：我們是奶油。

奶油？我說。如果有人應該算是奶油的話，也應該是我才對，又黃、又軟，很容易就融化了。你們為什麼是奶油？

奶油！滾石大叫。奶油！

披頭四嘆口氣，說：見鬼，我們是法國人。現在把哈希什給我們。

我們好好商量一下，我說。我的阿爾及利亞兄弟們，你們從來沒讀過胡志明對抗法國殖民的案例嗎？我們不該互相爭鬥，我們不該彼此搶奪，我們應該通力合作，對抗我們暴虐的繼父！忘了〈馬賽曲〉吧，它的歌詞對我來說有點太殺氣騰騰了。讓我們改唱〈國際歌〉！來吧，大地上的受苦者，拿出你們的熱情！Nous ne sommes rien, soyons tout!（我們是無名小卒，但我們無所不能！）

我小小的演說似乎把他們唬住了，因為他們皺著眉愣在那裡，或許只要他們其中一人說：他說得可能有道理，我們就能改寫歷史了——至少是我的歷史。但他們是衝動的青少年，滾石搖搖頭，拒接我丟給他的團結一致辯證思維，說：把哈希什交出來，你這愚蠢的雜種！

我努力過了，不是嗎？

確實是，小山說。

你說是就是囉，吃喝無度的少校接口。

我給你們就是了嘛，我喃喃道，做出拉開背包拉鍊的動作。他們朝我跨出一步，但我們之間的距離恰好夠讓我盡可能用力地從腰部把背包往上甩，揮向披頭四的下巴，背包底部的兩塊磚頭擊中目標時發出啪的一聲，就跟我從體內深處發出的戰呼一樣響亮：「雜種」。我的肚子無時無刻不裝滿這個字眼，儘管我以為我已經習慣它了，我卻只習慣被喊作瘋狂雜種，那帶有一絲真實，而在這裡，真真切切的事實是這兩個傢伙應該叫我哥哥，或表哥，或甚至叔叔，因為我們有親戚關係——不是嗎？——我們共同的祖先是高盧人，他們有那個臉稱我們為後代，正如我父親對我們全班所說的，阿爾及利亞人是長子，我們印度支那人是天賦異稟的中間的孩子，注定要當職員、助理、副官和小官員。我們跟柬埔寨人還有寮國人等等帝國存在鎖鍊更下方的人不同，我們每個人都緊緊攀住一個鎖環，同時抬頭仰望我們上方被壓迫得稍微少一點的猴子那紅通通的臉頰，渴望會有一隻慈悲的白手幫助我們爬過妨礙我們的卑賤生物，爬上那艘名為「教化使命」的美麗戰艦，它轟炸海防市，殺死六千個平民，但誰在計算？我們只是土著，不會數數。

雜種！滾石尖叫，我還來不及再次揮出背包，他就揍了我一拳。該死的越南佬！

滾石又打了我一拳，我腦袋裡像有個鈴在嗡嗡響，聽到自己被喊作「un bride」幾乎讓我覺得懷舊，我上次聽見還是在西貢過著被法國殖民的生活時，而儘管我其他的法語可能都忘光了，被稱作斜眼人、越南佬或中國佬（看你怎麼解讀這個詞），就跟知道怎麼說「merci」（謝謝）和「au revoir」（再見）一樣令人難忘，至於我的眼睛到底斜不斜，只是技術方面的細節。我更關心當我跌倒時，我聽到脖子上那部昂貴的日本相機裡有什麼東西碎裂的聲音，不過更值得驚恐的是滾石撲到我身上對我使出鎖喉功，害我眼珠暴凸，連帶地也拓展了周邊視野，因此我能看到披頭四捂著鼻子，血和淚水滴滴答答地落在公園夯實的泥土上，他的鼻子可能被磚塊打斷了。這是我自己想出來的招，不過跟阿邦幾十年的交情無疑導致我吸收了他的一些以暴力先發制人的傾向，譬如說總是要有自衛手段，而且通常要準備不止一種，這個策略也包括發動攻勢，因為滾石在襲擊我的同時不但讓我無法呼吸，使我極度緊縮的喉頭發出噎住的聲音表達抗議，而且他還把我的頭往上扭，壓在緊實的地面上反覆搥打，這兩種戰略都破壞了我的視覺，現在我的眼前布滿燦亮的光點，就像是人在墜入愛河時可能會看到的畫面，至少我聽說是這樣，又或許是人在即將暈厥甚至死去時看到的畫面，這是我的個人經驗，由於我有絕對的必要防止後者這種可能性，我讓滾石繼續試圖謀殺我，藉此引開他的注意力，他沒看到我抬起雙腿，直到我的大腿抵住跨在我身上的他的背部，我的褲腳往上撩，露出我的襪子，我在其中一隻襪子裡塞了一把彈簧刀，這是阿邦教我的，我抽出彈簧刀時，感覺有個硬硬的東西頂在我腰上，原來滾石勃起了，這表示他絕對會殺了我，現在他不光是因為憤怒而齜出牙齒，也是因為憎恨和自厭，當我按下打開彈簧刀的按鈕時，刀鋒切進我的掌心，我幾乎沒有感覺，因為一層紅色薄膜蓋過我的視野，我的血流聲在我的腦袋中轟鳴，雖然很大聲，但還沒有大聲到讓我聽不見滾石在大叫：**操他媽的黃皮膚雜種斜眼睛越南佬**，這口齒不清的句子讓我湧上懷舊之情，我好懷念那個比較純真的年代，殖民主義被拍成黑白照片，沒有錄音檔，因此沒有人能聽到在法國舌頭上和越南耳膜中，「安南」這個形容詞勢必是什麼語氣，那是一團浸滿輕視和優越感的口水衛生紙，我們受到的壓迫就算看得見也很遙遠，或許還很迷人，所以即使是套著枷鎖的反叛者或扛著白人的鄉下人也顯得別致而古雅，正如同我自己即將面臨的死亡在我看來也很抽離，我的感官在消退，我的四肢發麻，只能感覺到壓在我肚子上的身體重量，以及在我滑溜的掌心那把彈簧刀涼涼的刀柄，我設法把刀子轉了個方向，六吋長的刀身終於能彈出來，我用僅剩的意識把刀子戳進我上方那具身體最靠近我的部位，這使他慘叫一聲，一隻手離開我的脖子，我受到鼓勵而再刺了一刀，結果他又慘叫一聲，滾石的另一隻手也放開了，他扭身掙脫，我把刀子一次又一次往他身體裡送，他很幸運，刀子只找到他的屁股和盆骨，疼痛迫使他從我身上滾落，他狂揮手腳踢我，現在脫離他箝制的我也踢回去，翻滾遠離他，然後搖搖晃晃地站起來，卻差點被披頭四絆倒，他趴跪在地上搖頭，然後把臉轉向我，眼中燃著熊熊火光，我不禁拿膝蓋撞他的臉，如果他的鼻子本來沒斷，現在也斷了，可是隨著這個敵人倒下，另一個又起來了，滾石一邊哀號一邊抓著流血的屁股，不過生理上他仍然有足夠的能力傷害我，只是心理上他被疼痛分散了注意力，這表示他是個業餘的，因為如果他是專業人士，阿邦跟我說過很多遍，他就會知道要生存下去，心智跟身體一樣重要，這項事實我最清楚，因為我當間諜已忍受了多年的磨練，接下來又進入再教育營精修，再教育營沒殺死我，反倒讓我變成像老哏一樣殺也殺不死，而且我絕對比這個年輕人更強壯，他有足夠的欲念想殺我，但缺乏狡猾、經驗和必不可少的對死亡的恐懼，那是我從當了一輩子雜種的苦澀和怨恨中學會的，我和我自己，我痛苦地氣塞喉堵，我自己則眼神清明、冷靜自持，我迅速趕上他，又多刺了他幾下心臟和重要器官那附近的區域，感覺類似把刀子戳進生的全雞，只不過他的肋骨和胸骨使刀子偏斜了兩次，震動我的手腕，而我只想要他停住動作倒在地上，別來煩我，保證不會殺我，但我的法語程度只能說：**停**、**停**、**停**，意思是他該停止，我也該停止，可是在我們其中一人倒下前，我們誰也不能停，他跪在地上，側躺在地，趴俯在地，沒看到我迅速離開公園，一手撈起我的背包，另一手啪地合攏彈簧刀，沒去看滾石是否死了或披頭四是否快要站起來了，我很慶幸原本作為他們優勢空無一人的公園現在成了他們的劣勢，也感謝自己穿了一身深色衣物，阿邦叫我時時刻刻都該穿著深色衣物，不光是為了時尚，這是巴黎流行的風潮，而是因為深色衣物上的血跡比較不明顯，而我能把流著血的手塞進褲子口袋，並拉起運動衫的帽兜，這也是阿邦要我在這種可能需要隱藏可怕外觀的場合時穿的，我快步走向地鐵民族站時就這麼做了，我走出一段距離後開始聽到身後傳來喊叫聲，我太過暈頭暈腦，直到後來才醒悟到我當時應該去近在公園轉角的鐵球路站，但我還是設法保持步伐平穩，即使在我接近地鐵站時聽到警笛聲號叫：**你死了，你死了**，我奔下樓梯時那聲音淡去，背包再次環繞我胸前，鏡片裂開、鏡頭蓋遺失的相機在我脖子上彈跳，我經過閘門，走下更多樓梯，穿過一條地道，來到最近的月台，我不在乎那是什麼列車或它開往哪裡，只是很開心終於能停止了，我靠在一面牆上，從背包偷偷拿出一條手帕，這是紳士永遠都該有的東西，不只是抹去另一個身體或他自己身體的分泌物，而是用來當止血帶或繃帶，就這個狀況來說是為了我的右手，我再次把它塞進口袋，我心臟的表皮因腎上腺素和恐懼而繃緊，擂鼓般的心跳聲只被隆隆的列車聲蓋過，它的接近提醒我要讓眼睛達到足夠的聚焦，才能走進車廂而不被絆倒，並且坐在一個頭髮花白的老頭旁邊，他一點也稱不上整潔，還有一點味道，這對我來說正好，因為我們兩個看起來都有點墮落，這比顯得自己墮落要來得好，尤其如果你是個旅途不順的憔悴日本觀光客，由都市人群廣泛而言的麻木不仁中獲益，能從捷運和地鐵中存活下來的人，他們的目光偶爾轉向我，又迅速閃開，只有一個綁著兩條辮子的小女孩指著我，相當大聲地說：

看，

受到冒犯，我相信他把它歸因於我的生理狀態，包括七矮人能夠理解的男子漢疼痛，以及他們不能理解的讓人尷尬的可怕眼淚，為了掩飾我的軟弱，黎高佩拿給我一瓶中國烈酒，看起來像水或伏特加，那透明液體灌入我喉嚨時，剝掉一層柔嫩的粉色皮膚細胞，幫助我在短暫的片刻間止住眼淚、忘了被包得像個甜甜圈似的裂開的掌心，當我說：我還要喝，他說：我有更好的，他從我的視線消失，又重新出現，手裡拿著方形的鋁箔紙，他在上頭放了一塊白糖，小口的珍饈，你可能預期會在米其林餐廳看到的那種噱頭，只不過它並不是白糖，而是如黎高佩所聲明的——**靈藥**。如果我吞下去藥效會發作得太慢，不管是直接吞還是稀釋，因此他用研缽和搗杵把它磨碎，放回方形鋁箔紙上，一手拿著鋁箔紙舉在我臉下方，另一手點燃打火機湊到鋁箔紙底下，白色粉末融解成嘶嘶作響、飄著煙霧的一汪透明液體，同時七矮人之一遞給我一根透明塑膠管，也就是抽掉筆芯的原子筆筆管，黎高佩要我用那管子吸氣，我照做，因為既然醫生和科學家都這麼大膽且有道德，總是拿自己做實驗，那麼我們也應該如此，我們是個醜惡的創造物，對所有看見我們的人來說，我們有兩張臉的外表都很怪誕，我和我自己，也許還有 moi，那兩張臉——或許現在是三張了——只有當母親的才會愛，我們的母親在今天死去，或者是昨天，明天更是很可能會死，我們的母親每天都在死去，也每天都活在我們的記憶中，從來沒有一天我們沒有想到她，沒有想到當她逝去時我們不曾陪在她身邊，這樁罪行不可饒恕，一如我們出生這樁罪，打從我們從母親體內脫逃後，就開始了持續一生的與她分離的過程，回想起這件事讓我們再度哭了起來，每個人都以為我們是因為被揍或靈藥而哭，黎高佩說：它很不可思議對吧？聽了這話我們只能閉上眼睛呻吟，我們的不同的臉合而為一，因此我們在自己眼裡完全對焦，不管是在表面或底下，從現在延伸到過去所有上千種不同層次的自我，都融合到我們的歷史與身分那薄片狀、甜膩、令人上癮、使人發胖的法式千層酥裡，我們所有人都存在於同一瞬間，被那些終年常在的棘手問題黏合在一起，例如這是什麼意思？我們是誰？我們是什麼？我們從哪裡來？我們要去哪裡？我們做了什麼？我們要做什麼？——這些難以回答的問題幾乎不讓我們呼吸，我們是如此強烈地感受到我們的身體、我們的現在、我們的過去、我們的未來，直到我們不再能感覺到我們的身體，身體與世界的界線徹底消融，因此每波光線和聲音和觸覺都像漣漪般穿透我們，把我們沖刷到狂喜的、甚至是性高潮般的感官漩渦中，這種感覺不知持續了多久，直到漩渦不再把我們往深處拖，而是逆轉路徑在我們上方迴旋，變成一道光梯，在光梯最頂端，阿邦說：我乾脆告訴你我剛才聽說的事好了，他的話直接漫過我們的皮膚，無臉人在大使館，這是唯一能破壞靈藥樂趣的事，因為世上只可能有一個無臉人，一個醜陋、嚇人的人物，莫名地被阿邦的主意給憑空變回來，現在他的主意顯然是命運成真的徵兆，而我們冥冥中始終知道，我們不會跟他分開太久，我們不只是醜惡或怪誕，也很**令人敬畏**，我們實在太了不起了，以至於在某一刻，我們走下光梯來到隔壁的烘焙坊，拒絕在全巴黎最爛的亞洲餐廳吃飯，琳瑯滿目且吸引人的麵包和糕餅讓我們流了點眼淚，它們整體而言具體呈現了幾世紀的好品味、烹飪上的老練和技術方面的複雜度，就像是老大超愛的黑菸草，但我們沒心情享用，不，經過那樣的事之後，我們需要比蛋白霜和巧克力更能有飽足感的東西，那趟旅程使我們在回到平凡的現實生活的途中，仍然以低強度在震動，我們的皮膚是敏感帶構成的地形圖，我們用顫抖的手指指著一塊厚厚的橢圓形鄉村麵包，我們以前從未點過這種麵包，但是自從知道它叫什麼名字後就一直很好奇，我們現在用最完美的法語唸出這麵包的名字，說：麻煩你，我要一個雜種*。

* 譯注：法文是bâtard，因其形狀介於長棍麵包和圓麵包之間而得名。

第二部

我自己

6

我有一個夢想！馬丁．路德．金恩說。

我從幾乎升上天堂的地方落下，或是我從幾乎墜入地獄的地方爬上來。我的腳底被地獄的熱氣灼傷，我的鼻子因為在天堂的雲朵裡受凍發抖而流鼻水，應該說我是站在天堂的大門口。二行程引擎加速的聲音打破虔誠的氛圍，一輛重機從滿懷希望的排隊人群旁呼嘯而過，直接插到馬丁．路德．金恩前面。那是我察覺騎士是越南人的第一條線索。他是誰？不可能吧——真的是他！——黎筍，共產黨總書記！胡志明的接班人！我們重新統一的國家的國父之一！一個真正忠貞之士！一個夠瘋狂的革命分子，當所有頭腦正常的人，包括我母親在內，都從北方往南方跑，只有他自願朝反方向移動！見鬼了，他在這裡做什麼？

你是誰？馬丁．路德．金恩問。

我是有計畫的人！黎筍跳下重機，咧著嘴笑，完全沒有因為必須解釋自己是誰而受到冒犯。任何來自小國家的人都逃不過這種宿命，不管你的成就有多高。即使我們有名字，除了我們的同胞外也沒什麼人聽過，或是知道怎麼唸。也許沒有名字還更好，那樣就沒人能把我們的名字搞錯了。但這倒不是說我們國家有人會把黎筍的名字搞錯。

這位非常忠貞的人士繼續道：我是魔術師，把我們國家的上半身拿來縫回我們國家的下半身上頭！然後我給了它鋼鐵般的脊椎，也就是我們的革命，讓它能為自己挺身而出！然後我在墓園裡四處挖了挖，給我們的新作品找到一個大腦！那個大腦來自外國人——馬克思，又怎麼樣？我們不要種族歧視嘛。德國人製造的大腦很不錯，就跟他們的汽車一樣好。看到我們國家的下面了嗎？確實有點搖搖晃晃的，但才剛動過脊椎和大腦兩項大手術，你期望會如何呢？被虐待了這麼久，又經歷這麼激烈的手術來移除身體上所有外來的部位，我倒想看你試著走路，更別說跑步了。中國人、法國人、日本人、韓國人、美國人，全都輪流欺壓我們。現在——說到這裡，黎筍用手肘頂了一下馬丁・路德・金恩——兄弟，你不是唯一有夢想的人！黎筍眉開眼笑，指著他的重機歡叫：**我也有個夢想！**

我們都看著他的本田重機上的標誌，它果真寫著：

DREAM

一輛本田 Dream？我在做夢嗎？日本人在證明他們能製造電晶體收音機和卡帶式錄音機之後，現在也在製造夢境了嗎？在這個夢之前我從未聽過這種夢，不過現在我聽過了，我也要那個日本夢！多麼夢幻啊！它一定比美國夢要好太多了！美國夢好單純好樂觀，根本不需要心理分析，不需要深潛。它很膚淺、無聊、濫情，就跟莫名其妙紅起來的爛電視節目一樣。然而日本夢一定真的很變態。我極度飢渴地嚮往那個夢，我都忘了夢是可能害死人的，而我正適合在這一刻從夢中甦醒，發現自己嘴裡含著一塊硬麵包，坐在全巴黎最爛的亞洲餐廳的馬桶座墊上，由那股令人作嘔的臭味研判，我顯然沒做好清潔工作。我只能怪別人，也就是我，一個不想跟這噁心廁所扯上半點關係的理智的人。空氣中瀰漫著惡臭，那種氣味介於腋窩、肚臍和下體汗濕皺褶處散發的味道之間。馬桶的孔洞就像是肛門的鏡像，兩者各是通往神祕深處與扭曲彎道的入口，正因如此我寧可把座墊放下，也不想氣塞喉堵地直視那道滑槽。

振作一點！我告訴自己。那很難辦到，因為我在啜泣，部分是出於疼痛，部分是出於懊悔，部分是源自靈藥的副作用，有點類似有時候我跟幾乎不認識的人放縱一夜後的感覺：噁心。媽媽！我悲鳴。媽媽！我做了什麼啊？

別擔心，吃喝無度的少校說。他們沒死。

如果他們死了，小山接話，他們就會和我們一起在這裡了。

滾出廁所，我說。靈藥消磨殆盡，有如愛情，徒留我手上的疼痛以及再次墜入愛河的渴望，哪怕只是一夜也好，即使知道後果有多麼不堪。給我一點隱私！

可是我們好久沒有聊天了，吃喝無度的少校說，同時越過我的右肩望著鏡子。小山在我的左肩後方點頭，他的臉和少校的臉一樣蒼白而毫無血色，雖說少校額頭上的洞，也就是他的第三隻眼，仍在滲血，小山手上的洞也是，那是我對他開的好幾槍的其中一處傷口。鬼魂有沒有停止流血、停止哭泣、停止返回的時候？我母親從未在我面前現身的這項事實，表示她的死後生活勢必過得心滿意足。她沒有理由糾纏我，因為我是她的好兒子，我總是念著她，把她的照片收在皮夾裡，每天晚上對著它說話。那張黑白照片是我離家去念法語學校前不久拍的，好讓我有一樣她的紀念物。照片中的她穿著向我某位阿姨借來的奧黛，她只需要借衣服，不需要借長褲，因為她只拍肩膀以上的部分；她的頭髮是去美容院讓專業人士做的，用電捲棒弄過，因此鬈髮飄浮在她的臉旁。她的臉通常十分樸素，這次難得搽上了腮紅和睫毛膏和口紅。我始終知道我母親很美，但我也知道一個人精疲力盡時很難顯得漂亮，而精疲力盡就是她的常態。在這張照片裡，她的重擔——具體來說，就是她的兒子與她的人生——都被神奇地抹除了，只留下她的美麗。我留下母親的照片提醒我把她放在心上，但也是要讓我別忘了，如果歷史改寫，世界上許多其他卑賤的人看起來可能像天使，反之亦然。我想問我那兩個鬼有沒有見到我母親，但我不想讓他們看見仍活在我心裡的孩子，那個每天早上都尖聲叫喚媽媽的男孩。

所以你們沒在你們那裡看到他們？我問。

啥，你以為我們認得這裡的所有人嗎？小山裝出大驚小怪的模樣。冷嘲熱諷這回事放在鬼魂身上更加令人不快。我們的數量大概只有上千億吧。

誤差值幾十億，吃喝無度的少校說。不是很確定，因為死後世界並沒有人口普查部門。這裡跟許多人的想法相反，並不是個有人在大門口登記讓你進入的飛地。

這裡也有點昏暗朦朧，小山接口。看不太清楚。

這是好事。死後世界的人並不是很賞心悅目。

平均而言啦。也是有些例外。

嗯，可是「英年早逝、留下漂亮屍體」的那一群令人難以忍受。

「孤獨老死、留下腐爛屍體」的那一群往往謙虛得多。

可是他們不太與別人打交道。

即使如此，他們還是很臭。這是沒人會告訴你的死後世界真相。它聞起來像腐肉和臭水和黑黴。

你們總不能占盡所有好處，我說。重點是，如果某人死了，你們也許不會在那裡看到他們，但我很可能會在這裡看到他們。

如果你殺了他們，小山說。就像你殺了我們。

鬼魂糾纏人的概念大致上就是這麼回事，吃喝無度的少校補充。

你們有一陣子沒來糾纏我了。

我們能說什麼呢？我們在觀光嘛。巴黎是個很棒的城市，有好多歷史！有好多地下墓穴可以探索！好多鬼魂可以認識！任何稱得上是個人物的鬼都在拉雪茲神父公墓！

我把他們留在餐廳的廁所，他們的笑聲從關著的門後傳出來。他們是真實的，抑或是靈藥的副作用？他們一定是真實的，因為我以前就見過他們。他們以熟悉的搞笑雙人組之姿重新現身，讓我知道我戒慎恐懼的事並未發生。披頭四和滾石還活著，沒有淪落為必須用指甲扒開陰間的羊膜爬出來的史前兩棲類生物。而且那個共產黨特務一定也沒死，因為我從來沒看過她在我身旁奚落我，就像我見到吃喝無度的少校與小山的行為。

那些傢伙沒死，阿邦贊同。在除了我們空無一人的餐廳廚房裡，他倒了一大杯威士忌給我，是我最愛的那種。對你來說用槍殺人已經夠難了，你的良心會礙事。用刀殺人需要特別的條件，你沒那個本事從那麼近的距離解決掉某個人。不過別這麼跟老大說，你要跟老大說那些傢伙死了。

他們是小鬼頭，我說。威士忌滑下我的喉嚨，將我逐漸衰敗的內在塗上新的一層漆。愛生氣幫我縫合的手部傷口在脹痛，他在縫的過程中一直在吹口哨。我還要，我說。這是我最愛的一個詞，只要講的人是我。

他們是男人。阿邦重新填滿我的酒杯。年輕男人，但大到可以打仗了，可以死在戰場上。我見過比他們更小的孩子打鬥、殺戮、死亡。你以為他們打算就讓你走掉嗎？不，他們不是殺了你就是把你打成重傷，二對一。你在那個情況下完全有權利自保。好了，如果換成我，他們死定了，因為唯有那樣才能確保他們不會來尋仇。就像對那個無臉人一樣。

即使是開口提到他，都讓廚房裡平添一股寒意，我們蹲坐在跟家鄉很像的塑膠矮凳上，膝蓋幾乎跟胸口齊平。無臉人是我們的血盟兄弟，三劍客的第三人，不過阿邦不知道，他只在再教育營裡遠遠地看過他。對阿邦來說，無臉人只是營區政委，而對我來說政委是我們的血盟兄弟阿敏。被我最好的朋友審問然後刑求，是什麼樣的命運啊。他比我自己還要了解我，他把他的槍放在我手裡，試著誘使我開槍射他，即使我因為被刑求而被綁著。他承受著跟我一樣大的痛苦，但我不能解決他，就像他不能解決我。

你怎麼知道他的事的？

你覺得有個沒有臉的人出現在這裡，這消息能隱瞞很久嗎？他在大使館。至少他有戴面具，聽說是這樣。他們稱他為戰爭英雄。

既然他戴了面具，你怎麼知道他是無臉人？

有幾個人需要戴面具？除非他們沒有臉！

我啜了一口威士忌，說：他姓什麼？

他講了個姓氏，不是阿敏的姓。容。

我心想這是個筆名，一個化名，因為在我們的語言中它的意思是「英勇的」，在英語中是「屎」的意思，在法語中沒什麼意思。我說出口的則是：你怎麼知道他是政委？就連營區警衛都只稱呼他的官銜，而且戰後有多少沒有臉的人在趴趴走啊？你沒辦法確定就是他。

你要證據是吧？好吧。我們得靠近他瞧一瞧。然後我們會殺了他。或至少我會殺了他。

我把杯中的酒喝乾。有時候我喜歡小口啜飲威士忌，延長這種美好的體驗，有時候我則需要盡快把它灌下喉嚨，讓我的肝臟發動到油門全開的狀態，因為人生實在太慘烈了。

你殺了那麼多人，怎麼都不會有罪惡感？

除非我犯罪，我才需要有罪惡感。他把我們的杯子補滿。喝吧。

百分之百！我說，我那杯神聖的酒精與他的杯子清脆碰撞。酒精將我們送到另一個世界，即使那個世界經常住滿天使、惡魔、鬼魂和虛構事物。我沒告訴阿邦我那兩個鬼的事，因為那只會讓他更確定我的精神狀態很不穩定。但是鬼魂就跟白蟻一樣真實而看不見，在無形中啃光你的地基。要怎麼用煙燻法除掉死人？靈藥是個簡單的解答，但它只能安慰活人，或任何堪稱活人的人，例如我。

但我害怕靈藥。它給人的感覺太好了，讓我聯想到宗教。

□

那天晚上老大打給我，要我隔天去他住的公寓找他，這是我地位有所提升的象徵。阿邦回家去了，我躺在餐廳裡的一張行軍床上過夜，行軍床在櫃檯後頭，因為我不想讓堂姑看到我滿臉瘀青，手還被劃破。脹痛感讓我輾轉難眠，我彷彿回到再教育營的牢房裡，全身赤裸地被綁在地上，整個天花板布滿燈泡，房間亮到閉上眼睛完全無助於遮蔽強光。阿敏當時成功地探入我最難以企及的部分，也就是我的心智……甚至是我的靈魂，如果這種東西存在的話。要是我再見到他，他會揭露更多我仍然不了解的我自己。也許那就是為什麼我的直覺促使我向堂姑求助，因為我知道她會向阿敏通報關於我的所有事。現在他來到巴黎這個中立之地，這個經由談判而促成戰爭結束的城市。他是為我而來的。還有阿邦。

我瑟瑟發抖，聽著蟑螂沙沙地跑來跑去還有老鼠窸窸窣窣的腳步聲。我頭一回注意到收銀機下頭的開放式置物架上有一疊色情雜誌，它們的封面和內頁都黏黏的，我希望只是油汙。雖然我頭痛手也痛，但我的內心有什麼東西抽搐了一下，思緒從我的雙眼出發，穿過我的雙心，直達另一對使我成為男人的球體。這些非常真誠的年輕女人光滑而蒼白的身體像是用杏仁膏雕成的，乳房比平均尺寸要大得多。她們的妝容化得跟新娘妝一樣精緻，但儘管我的眼睛和心智都有反應，其餘部分卻罷工，被我的手痛給分散注意力。我把雜誌擺到一邊，思索我的行動原因為何，為什麼那兩個年輕男人——其實是男孩——要攻擊我，為什麼我要以牙還牙。最重要的是，除卻我對沒能達到射精必須具備的結構性硬度感到憂慮之外（哪怕只是藉著幾本髒雜誌來射精），我更懷疑自己絕對有待商榷、或許非屬必要的存在有什麼意義。

也許老大有一天能提供答案。他不是我的創造者，但他是我的再造者，他不是透過饋贈，而是透過借貸來給我機會。如果上帝住在天堂，老大的地盤就是一座賭場，對某些人來說是天堂，對其他人來說是地獄。他在家裡運籌帷幄，他家離貿易行約兩三個街區遠，位於一棟約三十層樓的粗獷主義大廈裡，隔天早晨我因為疼痛和缺乏睡眠而昏昏沉沉時，就是走向這棟建築。這棟大廈實在「反巴黎」得太明顯了，以至於離它最近的地標是義大利廣場，好像可以把這堪稱災難的建築怪罪到墨索里尼頭上似地。這棟建築想必是社會主義者願景推到高峰的結果，實際上相當於一疊鞋盒，而人類就是鞋子。這有效率的設計旨在利用有限的土地容納大量居民，畢竟有限的土地和大量的居民正是巴黎市中心的問題所在，至少當我們坐在老大有如改裝車的深紅色皮沙發上時，他是這麼告訴我的。

看這視野，他說。

老大住在大廈的一半高，沙發朝向客廳窗戶，另外還有一張成套的沙發與它成直角擺放。這另一張沙發朝向巨大的電視，那電視的重量跟成年大猩猩差不多，兩側各有一部大如青少年的揚聲器。老大就跟所有男性難民一樣，對巨大的視聽設備著迷不已，它們能讓他更沉醉地觀賞與聆聽將他傳送回家鄉的影片及音樂。就我從堂姑和毛主義博士家所觀察到的，法國人偏愛比較小的電視，將他們小巧住宅珍貴的空間保留給書、鏡子和去跳蚤市場還有每年四週的有薪假期蒐集來的紀念物。而我們沒有假期，或至少沒有到充滿異國風情的地點度過的假期，除非你把我們的祖國算在裡面，但那對我們來說並沒有異國風情。我們來自亞洲的古文化，那比法國的區區老文化要陳舊得多，因此我們渴望現代的、新得發亮的東西，但有一些例外，像是電視上方的時鐘，它跟老大辦公室裡的時鐘一模一樣，是刻成我們國家形狀的木頭。

視野好極了，我說。

來，吃吃看這個，老大說，指著放在他仿大理石茶几上的一盒丹麥奶油餅乾，那茶几也可以發揮研缽的功能，讓老大把一顆堅硬的人頭砸爛在上頭。我討厭奶味，但出於禮貌而勉為其難地從紙套裡捏起一塊奶油餅乾。

那兩個小鬼攻擊我的時候，他們說他們是奶油。

奶油？老大說。

奶油？黎高佩說。

祕書笑了。她跟黎高佩並坐在另外那張沙發上，兩人都在看大電視上播放的一部《幻想曲》，聲音調低到只像是有人在東家長西家短的背景音。秀色可餐的祕書年輕、健康、苗條，同時又高䠷、傲慢、穿著暴露。這些元素彼此加乘，像是三乘三，得出比原本更大的和。她緊緻的皮膚煥發從她卵巢的熔爐升上來的光，她的黑色長髮就和她的其他部位一樣豐盈而性感，她的乳房看起來完全適合入口，有恰當的形狀和可口的尺寸，我很樂意重新投胎為她的胸罩。對，我看了，因為身為男人不可能**不看**——對吧？

他們不是說他們是奶油，她微帶譏嘲地說。他們是說他們是奶油。

什麼？我說。

B-e-u-r-r-e是「奶油」，她很慢很慢地說，眼睛直盯著我，老大和黎高佩則在一旁科科笑。B-e-u-r則是一句俚語，指的是出生在這裡而父母是阿拉伯人的人。

我咬了一口奶油餅乾，試著掩飾那味道引起的嘔吐反射。當老大為我倒了杯綠茶、以若有所待的眼神看著我，我意識到我受到了特別的款待。我還沒來得及端起滾燙的茶杯，老大就說：還是你想喝咖啡？他沒等我回答就彈了一下手指，他的祕書轉頭。幫每個人都泡杯咖啡，老大說。

她噘起嘴，放下蹺起的腿，這動作令我吞下喉中迸發的唾液。我們都看著她走向廚房，無聲地讚嘆她完美的臀部。當她消失在廚房裡，老大靠向椅背，說：艾菲爾鐵塔，就在那裡。嗯，也不是就在那裡啦，在遠方，不過它仍是艾菲爾鐵塔對吧？如果你想看清楚一點，我這裡有一副雙筒望遠鏡。人們付了可笑的金額去住在艾菲爾鐵塔附近，我幾乎沒付什麼錢，還不是可以看得很清楚！誰比較聰明？在這裡，我下樓的時候沒有煩人的觀光客，沒有替觀光客或有錢居民瞎操心的警察。他們想保護的就是那些人：觀光客和銀行家。這個地方？如果這裡有很多白人，警察就會像水果上的果蠅一樣聚集在這裡。但是白人不想住這裡。公園不夠多、魅力不夠多、妙不可言的事物也不夠多。不過最重要的是，白人不夠多。這是個自我應驗的預言。如果一個地方已經有很多白人了，白人就會來。如果一個地方白人不夠多，白人就會緊張兮兮不敢住進來。所以我們有個機會。

我們？

亞洲人！中國人，越南人，你的黃種人兄弟姊妹，或同母異父的兄弟姊妹。我們接管天下。我們總是被迫住在某個地方，主要是因為我們別無選擇。嗯，其實我原本是可以去美國的，但我選擇法國，你知道為什麼嗎？競爭沒那麼激烈。美國已經有一大堆亞洲創業者了。法國的亞洲人比較少，在這裡的亞洲人也都是綿羊。但這裡的這個亞洲社群會成長，他們會需要我的服務。

老大說的「創業者」顯然是指「幫派分子」，但我只說：我去過美國，那裡絕對有很多創業者。

是吧。這裡機會比較多。而我看到機會就會把握住。有機會不利用，就好像有食物在你眼前卻不拿。說到食物，我們有什麼吃什麼，什麼時候有得吃就什麼時候吃，對吧？你看。他指著茶几上一碗色彩鮮豔的櫻桃，那只白色塑膠碗上印了個藍色圖案，看起來有點像明朝的花瓶。你看見什麼？

一艘不適於航海的船舶中難民們的黑髮頭顱，緊緊地擠在一起，誰也動不了。這回憶讓我忍不住想要嗚咽，但我極力壓抑，說：櫻桃？

不完美的櫻桃，老大說，假裝沒注意到我毫無男子氣概的軟弱。

儘管有些櫻桃頗為完美，渾圓且呈現深到近乎黑色的紅色，其他的卻長得奇形怪狀、大小各異。有幾個跟另一顆櫻桃長成了連體嬰，如果形狀對稱的話，看起來就像兩瓣屁股。但就多數情況來說，其中一顆櫻桃都比較大，讓那果實貌似個駝子。

我是從中國市場買來的，因為法國市場——**白人**的市場——絕對不會賣這種櫻桃。老大捏起一顆不對稱的連體嬰丟進嘴裡。但是它們比較便宜，而且味道完全一樣，就像是難看的奶子舔起來跟漂亮的奶子一樣讚，只要你閉上眼睛。

所以你會選醜的而不選漂亮的？黎高佩問。

老大微笑說道：你以為我是白痴嗎？東西看起來漂亮當然很好，但如果不漂亮也不是就活不下去了。我可以在艾菲爾鐵塔旁邊買一棟房子，可是何必呢？別人——**白人**——會想：**那個亞洲人是誰？**警察會想：**一個亞洲人在這裡做什麼？**鄰居們會想：**我不敢相信有黃種人搬進來了。**白人真的很奇怪，他們覺得我們亞洲人太喜歡聚在一起了，可是當白人來到我們的國家時，他們成天也只會聚在一起。

黎高佩笑了，祕書也笑了。她端著銀托盤回到客廳，托盤上擺著三個玻璃杯，每個杯子底部都有半吋深的煉乳。三個杯子頂端各架著一個鋁製濾網，黑咖啡從濾網中慢慢地滴到煉乳上，祕書彎腰把托盤放在茶几上時，我們鴉雀無聲。接著她坐下來，我再次吞口水，老大期待地看著我。我們講到哪了？噢，對了，拍老大的馬屁。我也笑了，不過只笑了一秒，因為那噪音讓我的腦袋嗡嗡作響。他點點頭，說：而在這裡，白人說我們不該聚在一起，等我們不聚在一起了，他們又說我們丟掉了自己的文化。

你是贏不了的，黎高佩說。

不，你贏得了，老大說。只要你別用白人看世界的眼光看世界。你一這麼做，就輸了。譬如說，白人認為我們是綿羊。大致上說來，他們沒錯。我們的同胞覺得當一隻守法的綿羊，就能在這裡獲得接納和尊重。真是可悲。我要改變這件事，因為我知道白人要怕我們才會尊重我們，而他們要認為我們能違反他們的法律才會怕我們。

我們在這裡確實沒有幫派，我說。

幫派！那是描述我們的一種方式。在以前的國家，他們會叫我們海盜或土匪，我們將必須躲在貧民區或沼澤地，但我寧可當個不法之徒，我寧可待在這裡，而不是躲在某處。在這裡，我視野良好，而且沒人看我。我看見一切，卻沒人看得見我。

你有個計畫，我說。

每個人都該有個計畫。

由於笨蛋才會承認自己沒有計畫，我點點頭，不過只點了一下，因為會頭痛。

你看起來不太好。

沒錯，是不太好，黎高佩附和。

沒有什麼是時間或整形手術治不好的。我認識一個人。臉的部分要一兩個星期。手上的縫線要再久一點才能拆。

■■■■■■■■■■■■■■■■■■■■，老大用中文說。

■■■■■，黎高佩笑著附和。

別擔心，我們不是在討論你。

我們就是。

好吧，對，我們是在討論你。如果你不想要我們討論你，你就該學中文。很簡單，對吧？就像我請了某個人教我法語。說到這裡，老大朝他的法語老師點點頭，原來他的法語老師也是他的祕書兼情婦。對了，你幹得很好。我原本不認為你有這個能耐。

也許他只是走狗運，黎高佩說。

我們都會走狗運，正直的人必須承認這一點，老大因為這之中的反諷意味而頓了一下。阿邦說你需要找個地方待一陣子。

如果我以這副模樣回我堂姑家，她應該不會高興，我嘟囔道。

她是個平民，黎高佩說。

沒有涉入，我向老大證實。也不會想涉入。

她是你跟顧客網之間的連結，老大說，我們可不想危害到這層關係。好吧，我有個地方讓你去，你會愛死它的。

跟這裡很像嗎？

相信我，那裡的風景更好，老大咧嘴笑著說。他的目光轉回橫跨整個客廳的窗戶。你看見什麼？

艾菲爾鐵塔？我說。

對啦、對啦，艾菲爾鐵塔，但它讓你聯想到什麼？

我遲疑著。就連思考都痛。日晷？

日晷？老大瞇眼看。也許吧……不過再看一遍。

一根手指？

只有一根手指？其他手指到哪去了？

我再次盯著那座高塔。一支菸斗？

你他媽瞎了不成？他叫道。它是一根巨屌！

黎高佩和秀色可餐的祕書都因為我缺乏想像力而在那邊科科笑。

我當然有發現，我無力地說。只是有點……太明顯了。

如果真那麼明顯，你為什麼沒說呢？秀色可餐的祕書說。

大學生，黎高佩說。看來休養幾天對你有好處。

精確來說是七天，老大說。到那時候你可能又有人樣了。

然後……

然後我們來討論計畫。

以我的狀況完全沒辦法討論計畫或思考計畫，然而一個小時後，我坐在一列大區快鐵車廂內，轟隆隆地朝北方郊區前進時，我卻在東想西想。當我盯著外頭那些有如監獄牢房的陰森公寓大樓，並試著保持理智時，我在想艾菲爾鐵塔是否真的只是從法國仰臥的身體向上挺出的高盧勃起，射出一團團雲霧，既是有形也是無形的。

難道它明顯到讓人視而不見了嗎？

難道法蘭西帝國就這麼把自己暴露給所有人看？

艾菲爾鐵塔跟華盛頓紀念碑有什麼不同嗎？後者是從美國首都拔地而起的白色飛彈，預示著埋在遍布美國國土那些飛彈發射井裡的核彈？

是否曾經有巨大的陰道被當成某個國家犧牲的象徵物？我很好奇。（也許凱旋門是個例外，每年七月十四日法國軍隊都會從它母性的大腿間通過，我是在《巴黎競賽》新聞週刊的照片中看過，我並沒有親眼目睹過這樣的分娩過程。）但是除了這個特例之外——

有哪裡把子宮當成紀念碑？

什麼時候曾有紀念物以子宮為模型？

誰聽說過有一對乳房浮在首都上空？
我以前為什麼從來沒想過這些事？
我鄰座的人起身換了個座位。

7

我的思想深度令我頭暈，不過也有可能是因為頭痛而頭暈，總之我暈沉沉地沿著一條路走向目的地，路旁的房屋和公寓都是兩三層樓高的無聊方盒，每隔很長的距離會有一間咖啡館或小酒館之類的店。我所經過的兩間菜市場外頭展示的沮喪蔬菜和失望水果，是這條街上除了我之外最悲傷的居民，我們全都渴望能有雙不帶批判意味的手來擺弄我們。這個死氣沉沉的區域看起來跟我這被殖民者想像中的法國毫不相似，沒有地方值得你朝它走去，沒有東西值得你從它旁邊經過，好像這裡是某個美國人或越南人設計的。最後我來到一條憂鬱街道的瘀青綠門前，按了門鈴然後等著。

Allô?（哈囉？）

我嘆口氣，照著黎高佩教我的話說，那是他自己想出來的密語：我想去天堂。

你在開玩笑嗎？當時我對他說，但他只是聳聳肩。客戶們都不介意，你有什麼好介意的？再說有一點抱負有什麼不對？

我相信那個旅行社職員也有同感。

往天堂的綠門打開了，一個牙齒難看到像是在第三世界長大的女人笑吟吟地招手要我進去。她已屆退休年齡，說話有菲律賓口音。哈囉，先生，她用英語說。我可以替你拿外套嗎？我可以解開你的鞋帶嗎？我可以帶你去客廳嗎？我可以給你一杯咖啡嗎？還是茶？紅酒？威士忌？

威士忌，我有點哽咽地說，這樣的招待總是令我感動。

諂媚的管家鞠躬退出等待室。金屬百葉簾放下來遮住窗戶，使得室內被廉價的上照式落地燈以及一部幾乎和老大家一樣大的電視光線給照亮。沙發布料透著做過防汙處理的光澤，即使它們並不防汙，也應該要防汙才對。

請坐，朋友，唯一的在場者說。坐得離電視很近的這人是天堂的保鑣，他高大而黝黑，兩個腳踝交叉，狀甚無聊地把指節扳得咔啦響。電視轉到一個談話節目，從螢幕上秀出沙特的《存在與虛無》書封來判斷，這一集的主題是存在主義，參與討論者包括我之前在電視上看過而認得的一位喜劇演員和一位足球員，還有兩名腦滿腸肥、戴著眼鏡的男人。我過了一下才認出其中一名專業學者是毛主義博士，從他嚴肅而博學的態度看來，他似乎鮮少想到自己喉嚨或肺以下的身體，而他想到喉嚨和肺也只是因為需要它們來說話和抽菸。「我思故我在」是他散發的觀點，也或許應該是「我說故我在」才對。

第一次？

嗯，我說，注意力集中在貼在保鑣臉頰上的白色ＯＫ繃上。然後，我擔心自己顯得缺乏經驗，又說：在**這裡**是第一次。

保鑣沉思地看著電視。仔細看看，那個ＯＫ繃其實不是白色的，而是米色的。只是因為他的臉頰是黑色的，ＯＫ繃才被襯成白色，而他的臉頰其實又沒那麼黑，只是被ＯＫ繃襯得更黑。

沙特，他還好而已，保鑣說。我比較喜歡法農和西澤爾。

我也是，我說。

保鑣繼續看著關於沙特的辯論，但他提到法農和西澤爾，使我的思緒回到上次遇上他們的地方，也就是西方學院，我在那裡花了六年時間取得美國研究的學士和碩士學位。我的指導教授海默教授在他的第三世界文學專題討論課程中教過法農和西澤爾。那年是一九六四年，阿爾及利亞脫離法國獨立才過了兩年，反殖民主義正席捲整個第三世界。海默教授引用法農撰寫阿爾及利亞戰爭中之見聞書籍的書名，說了解「大地上的受苦者」至關重要。正如〈國際歌〉所聲明的，他們正在奮起。我趁著談話節目的廣告空檔說：我喜歡法農和西澤爾，《殖民主義論述》，還有當法農談到暴力的時候，他提到阿爾及利亞，但他說的也是越南。

我更喜歡《黑皮膚，白面具》。

我很尷尬地承認自己沒讀過那一本，不過保鑣只是聳聳肩。

我可以借你看。那你看過西澤爾的《暴風雨》嗎？沒有？你有很多可以探索的新事物。它們教你生與死的事，而多數人只想討論生。

嗯，我也喜歡討論死，我說。

那我們應該挺合得來的，他說。他自稱為末世論者，最感興趣的是分析永恆審判與死後世界的意義，以及人類的宿命。這些話題讓人頭昏腦脹，因此我很高興看到管家拿著一杯威士忌走回來。少了靈藥，唯一能讓我留在活人的溫暖國度的東西就是這個防凍劑，它確保我的血液不會停止流動。噢，威士忌！我多麼需要你。還有關於我母親的回憶，她承受了那麼多，卻從未訴諸威士忌或任何其他成癮物質。也許我的軟弱是從父親那方繼承而來的，他在道德意義上是個雜種，即使在種族意義上不是。

你是哪裡來的？末世論保鑣問道。

如果白人問我這問題，我會說：我媽生的。可是因為我們共同擁有一種在亞赤道帶廣泛蔓延的疾病，它叫作「殖民化」，只會折磨非白人，因此我說：越南。不過我父親是法國人。

我相信他是個正派的紳士，末世論保鑣咯咯笑著說。很可能會來這種地方的人。

他是名神父，我說。我懷疑他有來過這種地方。

不確定有沒有在這裡看過神父，不過就算有我也不意外。

那你呢？我搖搖頭試著擺脫我的出身帶來的悲傷，那種感覺就像灰塵一樣落在我身上，躲也躲不開、甩也甩不掉，但光是輕輕搖這一下都讓我的頭抗議。你是哪裡人？

本地人，不過我父母來自塞內加爾。他咧嘴一笑。我父親從軍時去過你的國家，他說那裡很美。女人很漂亮，小孩也很漂亮。

他為法國作戰？

對，我知道得不多，我父親不愛說話。但我知道一件事。他再次咧嘴笑，傾過身來拉開一張桌子的抽屜，桌上有個桌燈，附著流蘇的燈罩歪了一邊。給你，免費贈送。

一包銀色東西在空中畫了個弧線飛向我，讓我聯想到美國士兵從他們的裝甲運兵車丟給貧童的巧克力棒。三個小正方形落在我的手心，不過那不是巧克力，而是保險套。

他的工作是看守橡膠園。很好笑吧？想想看，你戴上這個的時候，也許那橡膠就是從你的國家來的。它會讓你想到家呢！

很好笑，我說，我已經知道我永遠忘不了現在種在我脆弱心智柔軟土壤中的想法，也就是也許大部分世界與我們精力十足的小國家的接觸方式——除了知道現在已成為我們正字標記的那場戰爭外——就是透過一種用來限制世界人口與男性快感的工具。

珠簾再次喀啦響，分開簾子走出來的是老闆娘，她那表現主義式的僵硬妝容同時凸顯了她的美貌與貪婪。一襲黑絲連身褲讓她曲線畢露，她的手腕上掛著一大串叮叮噹噹的玉鐲。她帶著雜技演員的自信走路，腳下那雙高跟鞋為她增加了半呎身高，因此我站起身時，她的下巴與我的鼻子齊平。

她瞥了一眼保險套，說：三個？你挺樂觀的嘛？

紳士應該隨時做好準備，我說。而且我是現實主義者，不是樂觀主義者。

老闆娘露出冷冷的笑容，說：我帶你去客房。

Ciao ciao（再見），末世論保鑣說，抖了抖二頭肌當作道別。

我們往下走到客房，那是位於地下室的一個小房間，空間主要被一張夠讓兩個人睡的床占據。椅子和書桌被推到角落，好像來到這肉欲之地的訪客還可能花時間寫作似地。但是顯然這間客房也是個藏身處，所以或許有些訪客確實需要沉思的空間。

麥德琳馬上就來陪你，老闆娘說。你會喜歡她的，每個人都喜歡麥德琳。她知道在床上取悅男人的八種方式。第一次見面是免費的，老大招待你的。之後你可以享有八折優惠。

通常想到美女或優惠我就會興奮起來，可是當她把門帶上後，我卻……什麼感覺也沒有。我是怎麼搞的？三、四種方式對我來說已經綽綽有餘了，何況是八種！我把我的失樂症歸咎於那顆鬆掉的螺絲，還有我的身體正在發痛，還有畢生第一次覺得自己老了。我甚至提不起勁來殺價，這種技能幾乎寫在基因裡，因為幾百年來我們的人民要在戰爭、饑荒、貧窮，以及缺乏福利國家的不穩定生活中求生存，而培育出有這種特質的我。

我正試著分散自己的注意力，別再沉浸於回憶、良知和罪行，這是我——以及很大一部分人類——都精通的事，這時有人敲門。是麥德琳。

噢，我可憐的孩子，她說。她的法語說得緩慢而充滿氣音，節奏很適合我和我的情緒。你怎麼了？

噢，表演要開始了！我體內終於有什麼東西興奮地撲動起來。在這場我們國家許多男人和一些女人熟悉的非正式文化秀裡，我將同時成為觀眾和表演者。

別擔心，她呢喃道。麥德琳正是適合你的藥。

就傳統定義來說，麥德琳並不是最漂亮的女人。那些頂尖美女只該遠觀，因為她們可能既昂貴又敏感得要命。麥德琳正好相反，她歡迎你靠近。她跟做這一行的大部分女人不同，她並沒有給自己噴太多廉價香水，讓你還得戴防毒面具才能應付她。她的五官很可愛，身體很好抱，肚子有點圓，胸部、屁股和眼睛更圓。她就像吳哥窟神廟內雕刻的女神像一樣豐滿，而她也確實是柬埔寨人，我後來才知道這件事。但她不像雕像一樣硬邦邦，而是散發柔軟、溫暖、溫柔，最重要的是，**欲望**——對我的欲望！我退化成一個嬰兒，只想要被人渴求，而專業的麥德琳完全了解。

首先，她說，我們要把你全身洗乾淨。我指的是**全身**喔。

我默默點頭。

那表示你得脫掉這身衣服，親愛的寶貝。

噢，好耶。我心想。

哎唷，哈囉，大男孩。你好可憐，都被冷落了。別擔心，我會照顧你的。

噢，太好了，耶！

來淋浴間，小親親。讓媽媽把你所有的小縫縫小洞洞都刷乾淨。你喜歡熱一點嗎？

嗯哼，我好不容易才發出聲音。

小心點……我們可不想燙著你，對不對？那可不成。感覺好嗎？感覺很棒吧？我從你的眼神就看得出來，我的小包心菜。好久沒人疼愛你了，對不對？而你值得擁有一點秀秀，對不對？我真不敢相信有人把你的臉弄成這樣，還有你的手。你很痛嗎？噢，可憐的小寶貝，很快就不痛了。有麥德琳媽媽在，不會讓你痛的。我們先確定肥皂有抹到那裡……就是那裡……噢沒錯，我會洗那裡，你別擔心，我的小雞。你聞起來好香，要我說的話，你已經可以吃了。往這裡走，牽著我的手。這床很小，不過已經大到能讓媽媽做我想對你做的事了。坐下來，就在那裡，我的熊熊。現在把我解開，大男孩。

麥德琳拉著我顫抖的手，放在把她那件迷你和服束起來的腰帶上。我上一次看見裸女是三年前的蘭娜。三年就像永恆一樣久，畢竟一般男人每三分鐘就會有一次性幻想，至少我根據超過二十年的個人經驗是如此推測的。我使勁一拉，腰帶鬆開，而我看見的畫面幾乎讓**我**昏過去。

準備好了嗎，寶貝？

麥德琳沒有等我同意，因為我相信在她的經驗裡，沒有哪個男人不會說：**好了，好了，八百年前就準備好了！**我閉上眼睛，試著不去看見剛才看到的東西，而她則繼續展現出對男性身體具備的如邪惡生物學家那百科全書式的知識，過程中徹底描繪出我的敏感帶，一種能在沙漠中找到水源的戳探式液壓運動，一種體現情色健全度的英勇勞動，證明麥德琳是抹大拉的馬利亞一個可敬的後代，自從夏娃最初誘哄一條蛇說話，然後遞給亞當禁忌之果以來，所有已知的技巧和訣竅這位行家都精通。然而——

蛤，麥德琳說。

怎樣？我閉著眼睛小聲問。

嗯，她的音量提高了點。

怎樣？我張開眼睛。

什麼事都沒發生。

我們都控訴般盯著犯下這樁不可言說的罪行的罪犯，她用一根手指撐起那有罪之物。我從來沒有沒反應過！可是——可是——可是——我嗚咽道，麥德琳用手指抵住我的唇，說：噓，大男孩，只要閉上眼睛，**放鬆**，這種事經常發生的。我向後靠，麥德琳英勇地繼續，我則急切地想著各種念頭，從聖母瑪利亞到瑪麗蓮夢露，從雜誌中間插頁的誘人裸照到我獻出第一次的淫蕩魷魚，可是沒反應就是沒反應。這一劑最強力的藥並沒能治癒我的病，即使在她已經輪番使出在床上取悅男人的全套八種方式之後。

最後麥德琳抽身退開，她仍面帶微笑，這次是出於憐憫，她合上迷你和服的衣襟。不管我說什麼聽起來勢必都會像謊言或藉口，所以我默不作聲地摸索我的內衣褲，而麥德琳突然成了另一個人，大概是她自己吧。我把被單當腰布一樣裹在腰間抓緊，她則將高跟鞋重新繫在腳上，然後補塗口紅。每個妓女內心都有個會計師，而眼前這位會計師說：可惜**那**是你的免費招待。

每個客戶內心都有個夢想家，說好聽是樂觀主義者，講難聽點就是個傻瓜。而眼前這個夢想家只能結結巴巴地說：可是——可是——

沒關係啦，每個人都會有這一天。

每個人也都會死啊，我想要說。這不是早發性射精，而是早發性去勢！在我的規劃中，至少還要再過三、四十年才要面對這種疲軟和羞辱，而到那時候我應該已經因為跟威士忌和香菸纏綿幾十年而早發性死亡、失去性致或昏迷了。但我自尊心太強，拉不下臉求她給我第二次機會，於是我帶著謙卑和挑釁混雜的心情承認失敗：這是戰傷。下次我會表現得好一點。

對，你會的，她像幼稚園老師一樣極具說服力地說。

戰傷並不是謊言。我受了最嚴重的一種傷，心理創傷，而有兩顆心讓我的傷勢更加重。裝在其中一顆心裡的過去現在滲漏到另一顆心的現在了，因此麥德琳剛寬衣解帶的時候，使我幾乎昏過去的不是她曼妙的胴體，而是我看到了共產黨特務的臉。她正用鬼魂般的方式報復我，而她甚至還沒死呢。等她真的死了，你想那該有多嗆！總之我還是可以鮮明地看到她的臉，從龜裂的嘴唇到瘀青的顴骨，到凌亂、許久未洗、彎彎曲曲的頭髮，她那張一清二楚的臉就浮在麥德琳的身體上，阻斷我的血流。

打從我在再教育營接受阿敏的一連串審訊以來，那張臉就逐漸滲入我的意識，阿敏就是在再教育營開始鬆開我的螺絲。在那之前，我一直盡我所能地忘記她，因為她的命運是我最大的失敗和最大的恥辱，除非你把我本身的存在也算進去，我假定我的存在是為了回答二十世紀最重要的問題：**怎麼辦？**

奴隸制度該怎麼辦？

殖民主義該怎麼辦？

遭到占領該怎麼辦？

種族不平等該怎麼辦？

階級剝削該怎麼辦？

西方文明衰落該怎麼辦？

女人問題和男性自尊該怎麼辦？

需要做的事該怎麼辦？

有那麼多事要做！但是自從我成為革命分子以來，我就十分篤定地知道要做什麼，當那三個南方政權的警察開始審訊共產黨特務時，我知道必須做什麼。她是我的同志，只不過我當時以間諜身分在臥底，與中情局的克勞德一起工作。我們的許多祕密警察和不那麼祕密的警察都是他訓練的，包括那三個在內。他在離開審訊現場前，只說了句：我沒有教他們做那個。他讓我成為唯一的證人，除了我在政治保安處的同事，也就是吃喝無度的少校之外——

別把我扯進來，吃喝無度的少校的鬼魂叫道。

——當時他就坐在我旁邊，也什麼都沒做，我們就看著那三個警察做了自從亞當怪罪夏娃聽從蛇的讒言以來，男人勢必一直在對女人做的事。不論是當時或現在我都有眼無珠，我到現在才突然想到那條蛇就是亞當自己不受控的陰莖。《創世記》的作者把它從亞當身上分離並拋進草叢，它在草叢裡能夠昂起頭來遊說夏娃吃下禁果，好像亞當跟這件事完全無關似地。禁果要怎麼吃呢？請求許可嗎？還是直接拿了就吃？而誰知道呢，大有可能是亞當幹的，然後推給夏娃啊？如果賣淫是全世界最古老的行業，強暴就是全世界最原始的犯罪。

相較於什麼都不做，我應該要阻止那三個警察才對，哪怕是以暴露身分和失去生命為代價。我應該犧牲，就像那個共產黨特務用拒絕招供或認罪來犧牲自己。可是我不但沒有犧牲，還製造了只有人類會製造的那樣東西：藉口。不管是誰說過通往地獄的路是由善意鋪成，那人都完全說錯了。如果你仔細瞧一瞧，就會發現通往地獄的路是由藉口鋪成的。

□

我在天堂待了七天，在最後一天，我的手痛和頭痛都不再需要靈藥，只要阿斯匹靈就夠了，我瘀青的臉也消腫到我能忍受照鏡子的程度，我定時發作的哭泣病也漸漸減少。這時浪人出現了。我嫉妒他。他從來不受罪惡感困擾，不過他的政治傾向——更別說他的道德觀——都令人質疑。我們在等待室見面時，他的口氣就和他的良心一樣乾淨，他嘴裡有顆薄荷糖，眼裡有抹促狹的神情，牙齒上有道閃亮的光澤。所以就是你，他用越南話說。你是他本人，別無分號的瘋狂雜種。老大跟我說你會在這裡。我是浪人。

那是他的自稱，也是所有人對他的稱呼。下一個驚奇是他講起文法正確的南方越南話，夾帶著濃濃的迷人法國口音。第三個驚奇是我很久沒見過像他這麼帥的男人了，而他也知道。他的西裝很合身，身材精瘦，指甲保養過，口袋巾瀟灑地整理成蓬鬆狀，藍色絲質領帶跟我的前臂一樣寬，他的牙是美國人的牙齒，或是電影明星的牙齒，他用可攀比露鳥俠的頻率與猥褻樂趣在露他的牙齒。他才剛要開始跟我說他和老大之間業務往來的情形，焦糖烤布蕾——這暱稱來自她的膚色——就撥開珠簾，大叫：啊！我最喜歡的科西嘉人！

浪人朝我眨眨眼，說：乾脆把我的綽號換成那個好了，一天到晚聽人這麼叫。過來這裡，我的寮國小親親，好久不見。

接下來他們演示了一長段法式接吻，用上很多舌頭的互動，這讓我好奇法國人自己是否也稱它為法式接吻。終於親完以後，浪人又朝我眨眨眼，讓我看看他是多道地的越南人，也就是用越南人的方式要我過去：一手平舉，掌心向下。他的手特別小，像是小男孩的手。快點啊，他說。

什麼？

他彈了一下手指，指著他的金表。我時間不多，我們可以在我辦事的時候聊正事。我還有約。

你要我——

坐在旁邊看。除非你也想參一腳。

我瞥向末世論保鑣，他聳聳肩，好像他聽得懂我們對話的重點，即使我們講的是越南話。他在天堂工作期間看過所有事，卻對所有事視而不見。浪人的邀約或是要求並不是什麼新鮮事。

由於其他所有人，包括浪人中意的焦糖烤布蕾在內，都用高盧式的聳肩來看待這件事，我也聳聳肩，跟著他們穿過珠簾走去焦糖烤布蕾位於樓上的房間。焦糖烤布蕾倒在床上，說：抱歉，浪人，不過他要另外加錢。即使他不能做那件事。

不能做那件事？浪人詫異地說，自動且正確地推測出不可言說的「那件事」是什麼。

是戰傷，我叫道，跌坐進椅子裡。戰傷！

我情緒爆發以及隨之而來的眼淚嚇到了焦糖烤布蕾，在床上擺出誘人姿勢的她僵在原處，不過浪人似乎不以為意。

好了，好了，他拍著我的肩膀說，對我來說有點尷尬，因為他已經解開了有金色扣環的皮帶，而他赤裸的老二就懸在離我的臉近到令人不舒服的位置晃來晃去。行了、行了，我認識的幾個夥計也有這種戰傷，他們也沒少一分男子氣概啊。畢竟不是男人還不會受這種戰傷呢，女人就不會遇到這種事，對吧？現在舒服地坐著，享受表演吧。這會讓你不去想——不去想——嗯，你知道的。

講完這句話，他就把注意力轉回焦糖烤布蕾身上。我坐進角落裡的扶手椅，渴望有一杯威士忌能用來融化我的不自在和屈辱感。我既不喜歡在跟女人進行親密行為時被人觀看，也不喜歡看別人，即使是像焦糖烤布蕾和浪人這樣的俊男美女。我決定抽菸，這樣至少我的手有點事做。我的腿一下蹺起一下放下，我望向天花板和地板和牆上的竇加與梵谷畫作，我用手托著下巴，把手擱在扶手椅上，偷偷咳嗽，並試著不去看見共產黨特務的臉。與此同時，浪人一直在說話，一邊展現驚人耐力地實踐了半本《印度愛經》，一邊為我提供現場解說，好像我是在法國網球公開賽觀看一場特別激烈的比賽。在描述每一球的打法之間，浪人解釋了他對跟我見面之事如何感興趣，以下我提供編輯後的版本，刪去了他性行為中反覆出現的呻吟、低鳴和淫聲穢語：

老大和我的交情很久了，我們是在五〇年代的西貢認識的，那時候男是男、女是女、操是操，不像現在有那些所謂的女性主義者唧唧歪歪。說到瑈夫人，也就是龍夫人，她才是真正的女性主義者。她穿上奧黛很漂亮，也能端起槍桿子。這些所謂的女性主義者有幾人能做到？街頭槍戰、汽車炸彈、丟進你家院子的手榴彈——這種事情才讓你感覺活著。以前國王會在戰爭中陣亡；現在這種事已經不常見了，不過在西貢絕對是發生了。看看我們的總統吳廷琰——砰，死了，跟瑈夫人的丈夫一起死在一輛美國裝甲運兵車的後座。聽說行兇者割下那可憐混帳的睪丸，還吃了一片他的肝臟，真正幫派分子的作風。而吳廷琰可不喜歡我們幫派分子，即使他對共匪也心狠手辣。是啊，我是個幫派分子，而且引以為傲。當幫派分子有什麼好丟臉的呢？這是我欣賞老大的其中一個原因，他不覺得丟臉。我們還年輕的時候我就知道了。我是在湄公河三角洲出生的，我也在那裡認識他。你不覺得那足以使我成為越南人嗎？我父親是農園的管理者，他得跟河上的盜匪談條件來確保業務順利運作，更別說還要打點總督、將軍、法國官僚以及所有取代他們的越南人。貪腐是一種生活模式。貪腐是我們肉上的鹽，只要別撒過量。事實是所有地方的所有人都是貪腐的，每個人都在幕後動手腳。你有老婆，但你也有像這位女士的美女。你有乾淨的生意和骯髒的生意，你兩者都需要。那是世界運轉的方式，不分日夜給我們的東西。在這裡，人們把貪腐稱作「人脈」。我比較喜歡印度支那和科西嘉的貪腐，因為至少它很誠實。對了，我做這個不是因為我是科西嘉人，就像老大做這個不是因為他是華人。我們做這個是因為我們是性情中人。幫派分子是全世界最誠實的人了，因為我們知道世界如何運作。我們誠實地展現出自己的不誠實，而我們的不誠實還比不上瑞士銀行家，不過平心而論，他們確實相當不誠實。納粹太愛瑞士人了，甚至沒有侵略他們，如果納粹愛你，你一定是個人渣，倒不是說沒有比較好的納粹，例如我在外籍兵團認識的那些人。好，老大跟我說，你發掘了一個不錯的學術人士小市場。我們要你把那個學術人士市場擴大。如果一切順利，我們可以介紹其中一些學術人士認識天堂的天使們。看看這位小妞，土生土長的寮國人。天啊，我好懷念寮國！全世界最美的國家，全世界最有靈性的民族，而且他們種了一些見鬼的好鴉片。到今天我還是不敢相信法國人輸掉了寮國和整個印度支那。我是科西嘉和法國混血，但我也是印度支那人，或越南人，看你偏好哪個詞。我甚至直到六〇年代開始來這裡做生意，才第一次來到法國。不然你以為老大怎麼能這麼快就在這裡建立基礎？他早就透過我在投資了。在一個危險而難以預測的世界，你必須多角化經營，以免某一天你的國家沒戲唱了。我多麼懷念我們的舊農園！最可口的香蕉，最甜美的椰子，最多汁的芒果！我們很快樂，我們的工人很快樂。現在他們有什麼？共產主義。他們的錢成了廢物。他們沒有足夠的米，他們什麼都要配給。現在甚至沒在打仗呢！狀況卻比戰時更糟糕。我想到我以前的保姆，心就好痛啊。她的信讓人心碎，我的朋友——心——碎——

噢耶穌啊，

那些該死的
他媽的共匪
雜種幹！

浪人達到高潮時活像二流電影裡壞人死掉時，伴隨身體的劇烈抽動發出誇張的悶哼聲，而焦糖烤布蕾也很可疑地在恰恰好同一刻得出同樣的結論。然而，浪人嘆口氣翻身仰躺時看起來徹底滿足，焦糖烤布蕾則軟語呢喃：噢，太——美妙了。浪人咧嘴笑著說：沒錯，寶貝。我意識到即使是全世界最聰明的詐騙專家，也會中了全世界最老的圈套。噢，幻滅！就連跟妃子耳鬢廝磨的魅力都消失了。另一個我年輕時的朦朧夢境，永遠煙消雲散，被令人倒胃口的景象所取代，那景象是無形的性高潮抓起我一個男性同類，並且拎著他的頸後猛力搖晃。我自己的性別令我抬不起頭。我看起來和聽起來也像這樣嗎？以五十二來說還不賴吧？浪人閉著眼睛說。我們談定了？

五十二？談定什麼？

我五十二歲，我知道很讓人意外，我保養得跟亞洲人一樣好。談定是指擴大市場啊，學術人士市場！之後再個別引介到天堂來。

上帝會怎麼說？我以為我是在心裡自問，但一定不小心說出口了，因為浪人回答：上帝會怎麼說？祂會說：有何不可？

我也有過這種想法，我說。但後來我有很多時間思考上帝會怎麼說，現在我知道真正的答案是什麼了。

是嗎？浪人點起一根菸。是什麼？

見鬼地有何不可？

你這瘋狂雜種，浪人笑嘻嘻地說。我喜歡你。

8

見鬼地有何不可？阿邦，你在對著我的臉扣下扳機之前，是不是也這麼問你自己？嗯，好吧，見鬼地有何不可，這是我的座右銘，尤其是關於威士忌或干邑白蘭地或伏特加或琴酒或清酒或葡萄酒或啤酒，茴香酒例外，因為它的味道跟屎一樣。天堂裡有一瓶力加茴香酒，但昨晚在浪人離開之後，我沉浸在更廣為人知的約翰走路威士忌裡，然後在愛心形狀的床上睡著了。我母親在天上看著我嗎？她能看到我出醜嗎？她會不會給我她的愛與溫柔、她全然的理解、她遠優於同情心的同理心？從真正的天堂（如果它存在）俯視著這塵世的天堂，她會說：你是我兒子，你不是什麼的一半，你是一切的兩倍！你會找到方法破除在你耳中迴蕩的詛咒——那個共產黨特務的話，面對即將強暴她的警察仍桀驁不馴：

我姓越名南！

噢，媽媽……要是我像妳一樣對我自己有信心就好了。我隨時都看著我，而由於我不喜歡我所看見的，我必須向威士忌求助，它比任何眼鏡都更能夠改善一個人的視力。不管品質如何，只要喝下足量的威士忌，就能擦亮自我那面模糊不清的鏡子，並且以驗光師的手法調整你鏡片的焦距。但不幸的是，威士忌的效力會消退，宿醉只是適應現實，而現實就是你和你自己並存，其中一人時時看著另一人。隔天早上阿邦打給我時，我就是處於這種狀態。

所以你這幾天過得開心嗎？阿邦說。

相當開心，我撒謊。

很好。只是告訴你一聲：瞌睡蟲死了。

對於一個把七矮人之一慘死消息告訴我的人而言，阿邦的語氣聽起來還挺歡快的。他就是這樣。儘管他也愛威士忌，但真正讓他眼神聚焦的是他對家人的愛以及對仇敵的恨。他無法再給予妻子和孩子的愛裡所包含的巨大情感力量，都在他靈魂的奇怪發電機裡遭到轉換，成為他可以導向仇敵的潛在暴力。現在他有藉口了：瞌睡蟲死了，而他的弟弟矮冬瓜（連其他矮子都嫌他矮）則只剩一口氣。他們兄弟倆是在陳氏百貨商場附近遇襲的，當時他們在做例行巡訪，為「祕密會社」收取每月的會費，這是老大浪漫地為他的保險公司取的暱稱。這筆保險費預防的對象是——還會有誰？——老大本人。當然，這話不能挑明了說。既是恐懼的源頭又是對抗那股恐懼的保護者，真是嚴重的敲詐，不過老大並不是這方面的開山祖師。制度性宗教是最早也是規模最大的保護敲詐，這種永久利潤的經濟建立在自發性的恐懼以及遭到強迫的愧疚上頭，捐錢給教堂、寺廟、清真寺、猶太教堂、邪教等等，來幫助確保自己的靈魂在那部特快電梯裡有一個位置，能直達天空中名為死後世界的頂層豪華公寓，簡直就是天才行銷手法！瞌睡蟲有沒有付他的靈魂保險費？如果有，對他有任何好處嗎？

根據矮冬瓜的說法（他的記憶被一截管子打到像是一坨燕麥粥，至少阿邦是這麼說的），他們被四個阿拉伯青年攻擊。埋伏地點在一條骯髒的住宅區街道，那些青年用拳頭、腳和刀子對瞌睡蟲和矮冬瓜又揍又踢又刺，然後拿出一些管子和鐵鍊來換個花樣。事後，他們拿走瞌睡蟲和矮冬瓜身上的幾千法郎和幾張本票。有位勇敢的目擊者從樓上的窗口尖叫，救了矮冬瓜一命。攻擊者笑著跑走，矮冬瓜勉強爬到一條街外下一個收取保險費的地點，命令店主把他藏在庫房裡，並且通知黎高佩。矮冬瓜既是在躲警察也是在躲那些強盜，後者無疑是在傳達某種訊息。阿邦做了總結：這個故事的寓意，並不是有太多的殺戮，反倒應該說殺戮還不夠多（不過瞌睡蟲可能不會贊同）。

我就跟你說那兩個小鬼沒死，阿邦說。當他說我真應該把握機會殺了他們時，小山和吃喝無度的少校在我耳邊嗤笑。就算這事不是他們幹的，阿邦繼續說，他們也告訴了朋友和他們的頭兒，而這就是結果。你把刀子送進某人體內時，一定要把他解決掉才行。不管是誰對矮冬瓜做了這種事又沒殺死他，都一定會後悔的。

耶穌基督啊，我悲傷地說。開戰了。

噢，沒錯，他開心地證實。開戰了！

□

就和所有戰爭一樣，這場戰爭的開端可能有爭議。是他們的錯嗎，不管他們是誰，因為他們殺了瞌睡蟲？是我的錯嗎，因為我差點殺了披頭四和滾石，他們可想而知隸屬於瞌睡蟲的兇手那個幫派？是他們的錯嗎，因為他們想要搶我的東西？是我的錯嗎，因為我脫離了自己被指定的在隱形的印度支那人之中的位置，我們過去從來不需要鎮壓型國家機器的造訪，因為我們早已學會自我壓抑？是他們的錯嗎，因為他們沒有試著與被殖民者同志結盟，或甚至只是聊一聊？話說回來，他們到底是誰，我們現在到底是和誰開戰？

現在我如在天堂的休假結束了，我有時間回答這些問題。我的臉算是痊癒了，儘管仍然浮腫而敏感，而我的頭痛和手痛也消退到只剩一股頑強而不舒服的癢感。即使我想待久一點，延長我的恥辱，我的皮夾也已經空了。我上樓走到等待室，發現末世論保鑣知道這是我待的最後一天，已經為我準備好要借我的東西：他那幾本畫線畫得密密麻麻的書，包括法農的《黑皮膚，白面具》以及《大地上的受苦者》，還有西澤爾的《暴風雨》。

我要怎麼還給你？我說。

你還會回來的，他說。每個人都會回到天堂。

我去廚房道別，發現穿著睡袍的表現主義老闆娘、焦糖烤布蕾和麥德琳，正在吃她們的早餐——香菸和咖啡。我看到麥德琳抹去眼中的淚水，第一個念頭是有客戶以某種方式傷害了她。很有男子氣概的義憤從我胸口向外蔓延，不過當我問她出了什麼事時，她並沒有講出某個男人的名字，反倒是指著桌上的報紙。標題寫著「柬埔寨的萬人塚」。

我的家人，她說。他們大部分都還在那裡。

標題底下的照片呈現出一疊疊汙穢的骨頭和一堆堆帶有控訴意味的頭骨，才剛從土裡挖出來放置在防水布上。看到這些令人難以忘懷的遺骨提醒了我，我沒有什麼充足條件能應付死亡、疼痛、悲傷或沮喪，不論這些經驗發生在別人或我自己身上。目睹他人的苦難讓我驚慌失措，不確定該做什麼動作或提供什麼慰問之詞。我所能做的只是將一手試探性地按在她肩上，說：我很遺憾。

你們越南人喔，她閉上眼睛，揮揮手打發我。**你們**侵略柬埔寨。

表現主義老闆娘看著我聳聳肩，好像在說她跟老大一樣都是堤岸區出身的華人，所以不必負責。焦糖烤布蕾狠狠瞪著我，好像在說她是寮國人，所以也不必為了身為越南人負責。我想要說：我只是半個越南人，而且我們全都是印度支那人，不是嗎？拜我們的「法國科學怪人」之賜，他殺了我們、切割我們、縫合我們，用這個我們現在共同擁有的雜種名字為我們命名：「印度支那」。尤有甚者，我希望麥德琳知道侵略柬埔寨的是共產黨，事情發生時我在再教育營裡，而且我甚至已經不是共產黨員了。

可是這些都不重要。如果我們相信法國人、美國人、日本人和中國人（他們都以某種方式鞭笞了我們的國家）擁有集體罪惡——如果我們熱切地相信**你們**對**我們**施行了暴力——那麼**我們**也必須相信自身的集體罪惡。罪惡確實是個婊子。

嗯，再見了，我彆扭地說。老闆娘和焦糖烤布蕾同樣不太熱情地向我道別，讓我意識到絕對不該在早上離開天堂這種地方，只能在夜色的掩護下離開。麥德琳什麼都沒說，她點了根哈希什菸，眼睛一直閉著，她想必在眼皮後頭看著一部只有她能看見的電影，在那名為回憶的不牢靠膠捲中，她認識的每個人都還活著。

□

我在回巴黎市區的大區快鐵上看報紙，小山和吃喝無度的少校越過我的肩膀一起閱讀。那篇報導證實了我在加朗島難民營已經聽說的消息，是援助人員和我的語言老師轉述的。我的語言老師是個來自波爾多、很愛出汗的認真青年，來到難民營幫助我們這些欲前往我們祖國——法國——的難民。我們從他的一堂口述課學到紅色高棉做了什麼，我是因為無聊才去上這門課。

跟著我唸，他說。紅色高棉。

紅色高棉，我們說。

元年，他說。

元年，我們說。

波布很邪惡，他說。

波布很邪惡，我們說。

他用基礎法語非常緩慢地解釋紅色高棉以及他們的領導者波布如何想把柬埔寨帶回元年，好清除他們國家受到的所有外國汙染，好重新從沒有什麼開始。沒有什麼，我們重複，於是我們的法語老師之前演奏給我們聽的歌曲浮現在我腦海中：〈我無怨無悔〉。伊迪絲·皮雅芙的嗓音在我腦中迴蕩時，他為我們口述當天最後一道題目：紅色高棉是共產主義者。我們再次跟著他唸，可是唸完之後我舉起手說：紅色高棉的領導者都是在巴黎求學的。

呿！很愛出汗的法語老師說。也可能是「呿——！」，畢竟他是很道地的法國人。他們不了解自己讀到的東西，他說，他們敗壞了學校教他們的知識，他們做得太過分了。

太過分了？我在心裡說，不想跟很愛出汗的法語老師爭辯，他的認可或許能幫我離開這座難民營。「太過分」的言下之意是法國人在他們的殖民地做的所有事都沒有太過分，儘管杜桑．盧維杜爾和海地人民可能不會贊同。要是法國人在剝削柬埔寨人時沒有做得太過分，紅色高棉還會存在嗎？而且學生不是本來就應該總是要青出於藍嗎？學生不是應該效法老師的行為，而不只是聽從老師的教誨？

以我們的印度支那案例來說，老師頌揚「自由、平等、博愛」，而老師的同胞卻在奴役學生的同胞。當學生讀到法國革命分子做了過分的事，亦即用斷頭台給法國貴族斬首，後來又看到老師用斷頭台給本地的革命分子斬首，那種自相矛盾的感覺節節升高。實在太令人困惑了！難怪本地人這麼難以駕馭。主人的訊息混雜不清，本地人當然無可避免地也會迷茫失措。

就像你一樣，小山和吃喝無度的少校越過我的肩膀悄聲說。他們總是有辦法異口同聲，實在太詭異了。他們比我和我自己還要和諧。而且他們是對的，我是混血，腦袋也混沌不清，或許我還做得太過分了。可是儘管如此，紅色高棉仍然決定性地、毫無爭議地做得太過分了。他們因為我們在幾世紀前殖民他們、奪走他們的土地而恨我們入骨，因此他們對我們發動一連串血腥的邊境入侵，而我被激怒的同胞就用更多共產主義者自相殘殺的行為來回應，入侵原本屬於柬埔寨的地方。這場入侵披露了證據，證實原本多半被視為謠言的東西：萬人塚。它們遍布整個鄉間，裝著在紅色高棉三年統治期間死去的幾千人的遺骸。也許有幾萬人，那篇報導說。搞不好有幾十萬人。報紙文章附的照片呈現出一個敞開的坑洞，裡頭有數百根來自解體骨骸的骨頭、不再相連的頭和肋骨架、被丟成一堆的股骨和肩胛骨、被砸碎後混在一起的人類遺骸，再加上紅色高棉的烏托邦幻夢。我的胃感覺就和那個夢一樣空虛。我的革命和他們的革命一樣嗎？沙特在他為法農《大地上的受苦者》寫的導論中說過這段話，我以前讀時就畫了線並背下來，現在發現末世論保鑣也標記出來：「為了得到勝利，國家革命一定要是社會主義者的革命。如果它的進程被截斷，如果本地的中產階級接管權力，那麼新的國家即使擁有正式主權，也仍被掌控在帝國主義者的手心裡。」**對！**我當時寫在頁緣空白處。**對！**末世論保鑣也在他書的頁緣空白處潦草地寫下這個字。紅色高棉也讀過這篇導論嗎？抑或他們錯誤解讀了？抑或他們只是吸入所有革命氛圍中的東西，包括法國革命？提及阿爾及利亞革命時，法農寫道「去殖民化永遠都是一種暴力現象」，而到目前為止，我的個人經驗支持他的分析。至於波布和他那一幫革命分子，不管他們的想法是打哪來的，他們就這麼將想法發揮到邏輯的極限，把當地的中產階級消滅殆盡，包括許多不是當地中產階級的人。紅色高棉有太多想向我們，也就是他們的殖民者證明的事，以及向法國人，也就是他們的殖民者的殖民者證明的事。他們想要展現出沒有人比他們更投注於革命，他們是紅軍中的紅軍，但是到最後，波布可能只證明了法農的另一項論點：「被殖民者是一個遭到迫害的人，他永遠不變的夢想就是成為迫害者。」

□

老大命令矮冬瓜住進天堂去休養，那個半幸運的王八蛋會在那裡住上好幾星期。因為他傷勢嚴重且老大的傷殘津貼給得很大方，阿邦和我即搬進瞌睡蟲和矮冬瓜合租的公寓裡。這間昏暗且毫無魅力的二樓公寓位在第五區，靠近巴黎植物園。我們在此取用了他們的身分，阿邦更是永久性地住了進來，反正現在瞌睡蟲永久性地睡著了。當我向黎高佩提到阿邦或我看起來根本不像瞌睡蟲和矮冬瓜，他說：身為在這裡生活多年的人，我向你保證：法國人看不出差別。

他們很矮，阿邦說。**真的**很矮。

而且很醜，我說。**真的**很醜。

少往臉上貼金了，卡繆，黎高佩說。你們兩個也贏不了選美比賽。總之，瞌睡蟲和矮冬瓜是幾年前從另外兩個傢伙那裡接手這間公寓的，而且用他們的名字住在裡頭，但那兩個傢伙也是從另外兩個傢伙那裡接手公寓，也是掛**他們**的名字。誰知道這事能追溯到多久以前？所以這間公寓才這麼便宜啊，這紙租約已經有幾十年的歷史了。這也就是為什麼最初的那兩個人，不管他們是誰，不管他們是哪國人，都永遠不會死。他們會永遠活在那間公寓裡。

難怪法國人很怕我們。我們不光是無敵的印度支那人，我們還是不死的東方人！我們一個一個地死去或幾百萬幾百萬地死去，但我們總是會再生。儘管我們很醜，我們永遠不老，而且我們長得都一樣，不管我們是中國人、越南人或越南華人，或甚至是像我這樣的歐亞混血兒。確實，接下來幾週，除了快速投向我們的兩次遲疑目光外，大樓內根本沒人看我們或找我們說話。或許我們是大樓內的陌生人——但或許我們不是。住戶從未仔細看過這些中國人或越南人或亞洲人，所以現在他們不確定我們是否是我們自稱的人。我們的鄰居對自己的能力沒有把握，不確定能否辨識有些具備招牌式善意幽默感的美國人會稱之為不明操他媽東方人（Unidentifiable Fucking Orientals, UFO），以及法國人可能稱之為曖昧不明亞洲人的對象，於是他們決定採用自己的偏見或客套來避免犯錯，並假裝我們不存在，或是我們一直都存在。

但是搬去那間公寓前，我先回一趟堂姑家去拿我的東西。我收拾好那些微不足道的個人物品，對資本主義者來說遠遠不足，但是對一個現在已被稀釋到足以算是社會主義者的前共產黨員來說還不賴。這些個人物品多到能裝滿我的皮革包，我沉重的自白書也回到它的活動夾層裡。我已經好幾個月沒讀它了，但記憶的存在令皮革包平添一股邪惡的光芒。我跟堂姑說我要和阿邦住進公寓，她並沒有堅持要我留下，不過她夠客氣，說我隨時都能回來。我們在一起的時光有些突兀地結束了，我的手把弄著皮革包，說：妳聽說了嗎？

聽說什麼？

阿敏在巴黎。

她看起來真心訝異。不，我不知道。

可是妳跟他說了我在這裡。

當然。你知道我會說的，不是嗎？

我點點頭。妳還是信奉革命。

我不像你，不能信奉沒有什麼，她說。或該說，我像是革命所虐待的那部分你，我必須信奉某種東西，即便我也相信發生在你身上的事。

信奉革命的人都還沒有親身體驗過革命。

我們從那些錯誤中學習。你自己也犯了個錯，就是太早對革命做出評斷。

太早？我驚呆了。妳讀到了他們對我做了什麼——

我並不是說那是正當的。我是說所有革命都有暴行，這是革命的本質。人民太生氣勃勃了，太熱情激昂了。他們會興奮到失控，情緒會被鼓動得很高漲。有時候錯誤的對象受到了傷害。

但你必須把你自己和你發生的事擱到一邊，你必須把眼光放遠一點。看看美國吧，現在沒人記得選擇跟英國國王站在同一邊的美國人後來怎麼了。難道美國革命不該發生嗎？還是我們應該為了那些被流放的人譴責這場革命？或是看看法國革命吧。恐怖統治時期是很糟糕，可是看看我們現在的狀況。革命必須過了五十年、一百年再做評斷，那時激情已經冷卻，革命的花朵也有時間生根和綻放。

到時候我不會活著了，真是方便。

不要冷嘲熱諷，不適合你。

正好相反，我覺得它很適合我。

她嘆氣。你知道革命分子必須犧牲自己。想想法國人在我們的家鄉處決的那些共產黨員，看到那些年輕的烈士才十幾歲、二十幾歲、三十幾歲就死去，真的很令人難過。但是他們獻出自己的生命，是相信革命將會繼續，於是他們做出了終極的犧牲。你還沒做到這一步。很抱歉我說得不客氣，但你必須停止自憐——

如果我不可憐自己，誰會可憐我？

——並且把他們對你做了什麼的主觀感受，與你對革命如何運作的客觀理解區分開。你現在是把你的個人經驗誤以為是政治知識了。我必須很遺憾地說，雖然你宣稱自己仍然信奉革命，但不管你看起來或聽起來都像個反革命分子。先前我不太想講出這話，但現在我確定這是真的了：你是個反動分子。

我啞口無言。被稱作反革命分子和反動分子是別人能對我說出最糟糕的話了，而即使一部分的我在憤怒中並不贊同，另一部分的我卻在懷疑中畏縮。我能做出的最好反應是說：如果我是反動分子，那妳也只是在安樂椅上出一張嘴的革命分子。

那並不表示我就不可能是對的。你相信馬克思，對吧？

我遲疑著，感覺這問題有詐。我對他的信念超過我對他追隨者的信念。

一點都沒錯。他是個哲學家，他的追隨者許多都不是。他們是敢於行動的人，結果看看他們對你做了什麼。但不是每個人都坐在安樂椅上空談哲理嗎？據我所知，馬克思從沒開過槍。她看到我再次說不出話來，感到很逗趣。冰桶裡有一瓶夏布利白酒，給你自己倒一杯，也幫我倒一杯。你乾脆留下來參加最後一次聚會，有一些朋友要過來。

堂姑提到BFD和毛主義博士，也就是最常造訪她公寓的客人。我一點都不想見到他們，但你很難拒絕免費的夏布利白酒。我拿著杯子從廚房回來，望向掛在她壁爐上方那面巨大的鍍金框鏡子。我經常照鏡子，因為身為間諜，我必須隨時知道我看起來是什麼樣子或我應該看起來什麼樣子。我就像個演員，會練習表情和反應，尤其是針對我最害怕的那些問題：你是共產黨員嗎？你是間諜嗎？震驚、難以置信、憤怒——這是我的臉必須傳達的情緒。現在我的臉應該要很愉快，而回瞪著我的臉並不愉快。在天堂休養過後，鏡中的臉至少看起來隱約像人，這勢必是古董鏡面造成的扭曲效果，但我還是安心了一點。我把一只杯子遞給堂姑，啜了一口夏布利白酒，冷冽的酒液安撫了我的靈魂，即使我的臉很正常，我的靈魂卻又瘦又痛。

妳要跟其中一個人定下來嗎？

定下來？堂姑笑得好像我講了有史以來最好笑的笑話。

沒有丈夫？我只是在閒聊，但閒聊的話題取自一口深井。沒有孩子？以一個原本是革命分子的人來說，她嘆口氣，你還真是傳統得令人鬱悶。

□

在ＢＦＤ和毛主義博士來之前，我進到堂姑的浴室，把門鎖上，然後將一小瓶靈藥倒在小手鏡的玻璃表面，再捲起一張二十法郎的鈔票，湊向鏡子直到能看見我的臉，接著先後從兩個鼻孔把白色粉末統統吸進去。然後我顫抖著等待。哈希什不夠力，我需要靈藥的力量從身為——或只是被稱為——**反動分子**的噁心感中獲得解救。等ＢＦＤ和毛主義博士抵達的時候，靈藥已經使我平靜下來。我為他們倒了點酒，終於設法讓自己發揮某種社交功能。

親愛的，ＢＦＤ對堂姑說，妳今晚跟藝妓一樣美。

不甘示弱的毛主義博士說：親愛的，只有高更有資格為妳作畫。

堂姑客氣地接受了他們的讚美，並把我的一些哈希什與菸草混合，捲成又緊又細的香菸。我解釋說自己離開了一個星期，去全巴黎第二爛的亞洲餐廳幫忙，這次是在聖馬丁運河附近，不過我根本不需要操心提供解釋的問題。沒人好奇，我對此也沒意見，因為我主要只想享受溫柔又誘人的哈希什。我對主題龐雜、快速進行的對話充耳不聞，不過隻字片語確實仍然突破我飄飄欲仙的狀態：他們贊同在新的社會主義者政權下，原有的四週有薪休假還要增加第五週，不過他們一致同意還需要第六週的有薪休假；他們嘲笑一名極右派政治人物，那人對移民和外國人的抨擊鬧上了新聞版面；他們斷言法國必須持續歡迎移民並且向難民提供庇護，例如來自印度支那的難民……

你不贊同嗎？ＢＦＤ說。

我實在太不習慣有人對我說話了，以至於我過了一會兒才意識到他在跟我說話，而他確實在跟我說話，因為他說的是英語，這不是出於禮貌，而是一種紆尊降貴。什麼？我眨著眼睛說。

你不贊同法國成為一個庇護國*是正確的嗎？

精神病院？為什麼？我們瘋了嗎？

我很得意自己耍小聰明，但ＢＦＤ臉部扭曲了一下，說：不，你知道我的意思，提供庇護的國家。

原來如此，我說。就在這時，我藉著哈希什給我的勇氣說：即使他們是逃離社會主義者和共產主義者和烏托邦？

毛主義博士說：我並不認同這些難民擔任殖民地的買辦，進而參與了他們自己國家殖民化的過程，但那不表示他們就不是人。他們是活生生的人，值得我們幫助，更別說當初毀了你們國家的殖民者正是我們。

這我也不否認，我說。

他沒有變，ＢＦＤ說。他太謙虛了，不好意思告訴你，但他六〇年代在你的國家帶領毛主義者委員會打倒美帝國主義。

那是正確的事，毛主義博士說。

他是所有毛主義者之中最虔誠的毛主義者，可以說是毛上加毛，ＢＦＤ說。事實上，他的毛主義者色彩太強烈了，我們給他取了個綽號叫——

毛主席，我說。

不，更好—— Le Chinois（中國人／佬）！

他們都哈哈大笑，我露出無力的笑容，我被搞糊塗了。Le Chinois？這是讚美還是侮辱，還是兼而有之？可是由於他是毛主義的常駐專家，我問他：在文化大革命之後你還能當一個毛主義者嗎？或是大躍進？你不覺得那些面對意識形態國家機器和鎮壓型國家機器時，因為站錯邊而死去的中國人，應該要讓你重新思考毛主義嗎？或者這個在柬埔寨的事——我拿來有萬人塚和骨骸照片的報紙——怎麼樣？中國人支持紅色高棉。那不會讓你至少對共產革命有點不安嗎？

毛主義博士看著照片難過地搖搖頭。我今天早晨看到那篇報導了，他說。對，當然，革命是會犯錯的，有時候規模甚至大到奪去數百萬人的性命。悲慘嗎？是的。錯了嗎？是的。但如果你的問句停在這裡，你就只是踩進了資本主義者的陷阱。哈！他們會說，逮到你了吧！現在你唯一的選擇就是資本主義和它的假民主了，它那些假選項的欺騙手段。因為既然共產主義很壞，那資本主義一定很好囉？不！資本主義者最愛指出有幾千萬人死在史達林和毛澤東手中，同時卻很方便地忘記有**幾億**人死於資本主義。難道殖民主義和奴隸制不是資本主義的一種形式嗎？難道對美洲原住民進行大屠殺的不是資本主義嗎？可是我們忘了那些資本主義令人不快的

---

* 譯注：asylum 除了庇護所，也有精神病院的字義。

矛盾之處，把焦點放在共產主義者做的壞事上吧！

我是怎麼跟你說的？ＢＦＤ邊說邊替他自己再倒了一杯酒。Le Chinois！

這我都知道，我說。可是那都是理論——

不，那是實務。你問我毛澤東與文化大革命。我並不認為那是個錯誤，因為毛澤東並不是站在國家那一方。他是試圖清除國家的反動元素，並且把權力交還給它應歸屬的地方——人民，大眾。我們回顧文化大革命的方式，應該要像回顧巴黎公社的方式——當時是一場失敗，但最終卻是人民的勝利！至於毛澤東，他的辯證思維非常強，他不像越南共產黨所追隨的史達林，他懂得不能讓革命鈣化成國家的道理。一旦發生這件事，革命就會被它自身的力量給腐化，所以你最後才會進了再教育營。革命就跟辯證一樣，必須永遠持續下去！

堂姑遞給我另一根哈希什香菸。我無言地接受了，我無法回應那猛烈的理論攻擊，即使是用英語也沒辦法。毛主義博士啜著他的酒，對我心生憐憫，便說：你經歷了很多事，我了解。你應該要知道，你在歷史上選擇站在錯誤的一方是能夠被原諒的，但你真的投入了自我批評來了解這一點嗎？

自我批評？我叫道。誰敢說我不懂得自我批評！**我整個人生都是在我、我自己和我這個人之間不斷交替進行的自我批評！**

不需要大吼大叫，ＢＦＤ說。

如果你這麼懂得自我批評，毛主義博士說。你看得出你跟大眾的分歧點何在嗎？

既然我也是我和我自己，我何必擔心跟大眾分歧的事？難道我不算大眾嗎？我本身不已經是集合名詞了嗎？我不是包含複數嗎？我不是擁有自己的宇宙嗎？當我合題化我的正題以及我自己的反題，我不就總是具有超強的辯證思維嗎？

這是哈希什在影響他，ＢＦＤ說。

我覺得你們不該對他這麼嚴厲，堂姑說，這出乎意料的鼓勵讓我的心情飛揚起來，直到因為她說這句話而又直線下墜：他其實不像表面上看起來是個徹底的反動分子。他其實是在反動分子間臥底的共產黨間諜，只是因為也許在裝作喜愛資本主義者的美國人盟友時太認真了，才被送進再教育營。

ＢＦＤ和毛主義博士用新的興味看著我，也或許是因為我的下巴跟著我的心情一起詫異地掉到地上。妳不會是——那不是——為什麼——

沒關係，這裡都是你的盟友，堂姑邊說邊敷衍地揮揮手。你的問題就出在你完全住在你的腦袋裡。除了我之外你沒有說話的對象。你忘了團結有多重要嗎？

我絕對想不到他是個間諜，ＢＦＤ說。

所以他是個好間諜，毛主義博士說。

至少我有擅長做的事！我大叫。而且除了妳我確實有可以說話的對象——我隨時都在跟我自己說話！

看得出來，堂姑說。

他們全都看著我，好像我說了類似「我愛美國」這種極度有問題的言論，在法國知識分子面前絕對不能說這句話。你只能私下坦承這件事，就像你喜歡色情片。我猛然站起，因而一陣頭暈，當我看到自己在掛在壁爐上方那面鍍金框鏡子裡的倒影時，暈眩更加重了，因為那個人有兩張臉。我對自己展示的是哪張臉，對他們展示的又是哪張臉？我是個革命分子還是反動分子？如果我是個革命分子，我信奉什麼？我對什麼盡忠？我是我自己還是另外那個？我喃喃找了個藉口便跑去浴室，把門鎖上，吸收更多靈藥，然後顫抖等待，等待噁心感消退。

9

我們——我、我自己和我這個人——既不是真實的也不是非真實的，而是超現實的，我頭上的洞對這個狀況毫無幫助，這個狀況在我們用靈藥的白色粉末給自己撲粉時變得更明顯，我們知道我們不該這麼做，但這麼做實在太容易了，因為這種撲粉的過程感覺很爽，我們偽裝成日本觀光客再次走在巴黎街頭的感覺也很爽。我們戴上眼鏡之後，就有四隻眼睛而不是兩隻眼睛了。雖然鏡片是假的，所有東西卻似乎變得更清晰、更對焦，即使我們哈草哈到嗨，也或許正因為我們哈草哈到嗨，當我們吸靈藥吸到嗨時更是如此，或是當我們把哈希什和靈藥加在一起使用。我們發現我們愈來愈常需要來一劑靈藥，因為現在走在巴黎街頭的目的是當誘餌，而當誘餌是很恐怖的一件事。不管是誰殺了瞌睡蟲並試圖殺了矮冬瓜和我們，都會再試一遍，至少黎高佩是這麼告訴我們的。這項認知令人莫名地感到沉重，而靈藥有助於安撫或哄騙我們，讓我們能試著引出與我們作對的幫派分子。

然而，說我們走在巴黎街頭其實不太精確。我們飄浮、我們滑行，但我們不是用走的，同時我們參與文化秀的排演以及與人約好時間，將客訂商品送給越南表演者、毛主義博士，以及他們的親朋好友，他們比較喜歡讓一個黃種亞洲人或越南同胞來送貨，而不是棕皮膚的東方人——也就是阿拉伯人。正如胡志明許久之前就在他反殖民主義的文章中承認的，亞洲人和阿拉伯人（以及非洲人）都是有親戚關係的殖民地繼子，有同一個施虐成性的監護人——法國。說到亞洲人和阿拉伯人，我們是遠房表親，共享坐落在西方以東那片廣大的區域，或至少是西方人心目中的東方。棕皮膚的東方人與黃皮膚的亞洲人有一個相似之處，那就是我們曾經輝煌的文明現在已腐朽破敗，可取之處只剩下我們的茶、我們的宗教、我們的地毯、我們的小裝飾品、我們的掛毯、我們的紡織品、我們的勞役、我們的孤寂、我們的性愛，或許還包括我們的憤怒。抑或我們的憤怒和我們的誇誇其談並不如我們的貨那麼好？

這種環形邏輯是東方人的思考模式，與西方人的線性邏輯截然不同。那種線性邏輯的目標總是瞄準啟蒙的地平線，它永恆的知識黎明是被原子彈照亮的，那些原子彈在剛好越過地平線那裡的某個可憐的熱帶法屬玻里尼西亞小島上炸開。我們愈是靠近那道冷光的源頭，那道光愈是刺傷我們的四隻眼睛。由於我們有四隻眼睛的關係，我們偏好黃昏時分。黃昏是屬於哈希什、憂鬱的本地人、黝黑的副官以及老成黃種人的時刻。黃昏時分最適合思索真理，真理通常能在陰影中找到，而不是刺眼的白光下。黃昏時分也最適合品嚐威士忌、做愛、煽動革命，以及兜圈子。我們在巴黎的街區不斷兜圈子，知道附近有一輛雪鐵龍CX在漫行，開車的人是七矮人之一（我們還是這樣想他們，雖然他們已經不是七個人了）。黎高佩坐在前座，阿邦和一兩個矮人坐在後座，準備好他們的切肉刀以及刀子、管子、鐵鍊、悶棍，再加上兩把手槍，以防事情真的變得很糟。

就這樣？當時我們問道。

黎高佩聳聳肩。沒必要現在就把事情鬧大，卡繆，他說。如果你被堵到了，就一直說話拖時間。我們會來救你的。

在親愛的美利堅合眾國的美國人，會像母親無微不至地照顧嬰兒般摟抱著獵槍和湯米衝鋒槍；越南的越南人會配備在黑市買的手榴彈和伸縮式火箭筒，那些來自美軍剩餘和失竊的軍武設備。但是法國人——以及顯然住在法國的本地人——太有教養了，不來這一套。他們仍然相信應該從左輪手槍開始。

□

雪鐵龍隔著一段距離跟著我們，我們猜想它跟得很低調，因為我們彎進一棟建築或離開一棟建築時，只偶爾從眼角餘光看到它。這樣的例行公事持續了一週，沒得到什麼結果，我們的現金補得滿滿，但我們的腳走得很疼。學術人士真的很喜歡哈希什，協會的一些波希米亞人也是，他們並不是那種奉公守法的優良本地人或本地人的孩子，因而不喜歡嗨翻天。有些人甚至買了靈藥，在他們看來，細緻潔白的靈藥似乎頗為時髦。

賣這些貨不會惹你不快嗎？有一天深夜我們在我們的新公寓問阿邦。

我們有時候會像這樣喝干邑白蘭地，拿茶壺當酒壺，用頂針大小的茶杯來裝酒。可憐的阿邦熱愛干邑白蘭地，在喝下玉液瓊漿的空檔間不覺得有什麼矛盾之處，只說：法國人靠著偷我們的東西變有錢，對吧？

對。

然後他們又試著把我們變成法國人。他們比美國人還糟。美國人是背叛了我們，但至少他們沒有試著把我們變成美國人，他們從來沒偷過我們的東西，他們只想賣東西給我們。所以在這裡，我很樂意賣一些東西給法國人。這是他們欠我們的。

我們很懷疑法國人會以這種角度理解我們共同的歷史，除了想把我們變成法國人那部分之外。畢竟，我們不是一邊批評法國人，一邊喝著他們的干邑白蘭地嗎？噢，quelle contradiction（真是矛盾）！

我們在早晨的語言課繼續重新熟悉法國人的觀點。我們愉快地聽寫老師唸的句子，並再次感受到在班上被點名發言的興奮，因為這是個成功或失敗的小機會。我們在閒暇時間藉著字典的幫助閱讀西澤爾的《暴風雨》，這本書是用卡利班的視角改寫莎士比亞的《暴風雨》。西澤爾還給卡利班他始終擁有的「一個黑奴」的聲音，那聲音有力到能說出所有被殖民者都想對他的殖民者說的話，以他的例子來說那個殖民者是普洛斯彼羅：

我恨你！

普洛斯彼羅的回應很自私：「我試過要救你，尤其是從你自己手中救你。」來了，教化使命！然後：「我要把我寬容的本性擱在一旁，從今以後我將用暴力回應你的暴力！」來了，教化的大炮！把殖民者創造的局面怪罪到被殖民者頭上。西澤爾的洞察力與法農在《大地上的受苦者》中呈現出的很像，後者中殖民者的暴力招致被殖民者的暴力。或許那是擺脫殖民者的唯一方式，但那會讓被殖民者處於什麼狀態？受到殖民者臨別贈禮的感染，也就是「仇恨」這種花柳病？原本被殖民的人之中的佼佼者，會把殖民者的這種仇恨轉變為幾乎不加掩飾的自我厭恨，因為他們容許自己被殖民這麼長時間。他們不會把這種自我厭恨發洩在自己身上，他們會發洩在其他原本被殖民的人身上，那些人並不像勝利者那麼暴力，因此這場革命的唯一解決之道是另一場革命。我們盡心投入這場革命，卻說不清楚它的形狀，這倒也剛好，因為我們在這寓言中的地位就跟《暴風雨》中的愛麗兒一樣，是個效忠對象不明的「混血奴隸」，不是黑人也不是白人，一個立場軟弱的角色，不過要是愛麗兒終於能說些有內容的話，這個角色或許仍然能發揮些力量，只可惜不管是莎士比亞或西澤爾都沒有給她太多台詞。

我們從西澤爾、法農和其他人的書裡摘錄生字，做成法語詞彙的單字卡，把學習變成喝酒遊戲，晚上由阿邦來操練我們，每答錯一題我們就被迫要喝一小杯干邑白蘭地。當然，「被迫」是委婉的說法，實際意義正好相反，就像「撫番」這個詞一樣，通常它牽涉到對不受控的原住民施加很大程度的屠殺武力。歷史上充滿這類例子，從中國人綏靖越南，我們太樂在其中了，讓它持續了一千年；到越南人綏靖占族，此舉成功到現在幾乎沒剩下任何占族；到法國人綏靖印度支那，方式是引進崇尚和平的宗教——天主教，而這裡的現代法國人似乎根本不信這一套了；到美國人綏靖湄公河三角洲，那裡有幾千名「游擊隊員」被美國人殲滅，卻只搜出幾十把武器。他們的武器都到哪裡去了？憑空消失是個熱帶奇蹟！但綏靖本來就是個奇蹟。

在某一次的單字練習即將結束時，阿邦被「coup de foudre」（一見鍾情）這個說法觸動，提到他跟阿鸞見了幾次面。這番告解——對，這就是告解——像閃電一樣把我們嚇呆，我們一時間連酒都醒了。幾次？我們質問。他和她在協會相識才不過是兩、三週前的事。你們兩個怎

酒的百分之百會讓法國人被他們自己的干邑白蘭地嗆著，但是將高貴的法國烈酒英勇地整杯乾掉，是越南人展現男子氣概的傳統。這傳統的起源不明，不過很可能是為了展現兩件事：首先是我們也買得起干邑白蘭地，第二是我們夠帶種，能夠很快地喝下肚，不像法國人只會小口啜飲。

幾杯干邑白蘭地讓阿邦講話像在打啞謎，他接著又告訴我們更多事：他為無臉人，那個姓什麼樣的計畫？我們說，雖然我們知道阿邦這個人就只會擬一種計畫。

協會邀請共產黨大使館的全體人員來欣賞春節表演，阿邦說。那包括無臉人在內。他來的時候，我們就有機會了。

我們就有機會了？

或該說我就有機會了，如果你不想參與的話。

他走到櫥櫃邊，拿出裝著丹麥奶油餅乾的藍色圓形錫盒。這是老大請我們吃的那盒餅乾嗎？他打開錫盒，露出天底下最甜美的餅乾，終極的人工陰莖，一把能夠快速射出、永遠堅硬的槍。不是只能用慢動作發射、很有教養的高盧左輪手槍，不，這是一把冷血無情、德國製造、自動彈夾裝填、連發式九毫米華瑟P38。

你會被逮到的，我們說。

阿邦只是微笑。我他媽的才不在乎。

□

殺不死你的必使你更強大。

見鬼地有何不可。

我他媽的才不在乎。

有這麼多琅琅上口的哲理任君挑選！但哪個才是我們的呢？過去是簡單的這一句：**必須做點什麼！**做點什麼曾經是我們人生的一大使命，而我們現在仍感受到它的壓力。在做點什麼的名義下，我們成為革命分子，結果落入了再教育營。在做點什麼的名義下，我們跟著阿邦執行自殺任務，要侵入我們的故鄉並從共產主義手裡把它解救出來，我們這麼做就只是為了救阿邦一命。我們成功了，勉強成功。現在我們得再多做點什麼：我們必須阻止阿邦殺了阿敏。那是我知道我仍然願意為之獻身的一件事：我們的血盟兄弟誓約。當然，一部分的我怪罪阿敏凌虐我，但另一部分的我能理解他做了他認為對我最好的事，為了讓我認清我們革命的真相。他被困在法農和西澤爾描繪的殘破世界裡，那裡的問題出在暴力，解決之道也是暴力。我們被連繫在一起，不只是以血盟兄弟的身分，也是以革命分子的身分，我們必須追尋現在已各自分歧的革命，走到不同的終點。

走在我們送貨路線的巴黎街道上，讓我們有一大堆時間思考該怎麼從一個血盟兄弟手裡救下另一個血盟兄弟的命，同時還可以探索我們的哲學，或是缺乏哲學，直到宇宙敲響因果報應的時鐘。在我們的時辰到來的那一天，黎高佩和阿邦行事太低調了，也或許是跟著我們很多天下來太累了，注意力不夠集中。也許我們環形的模式太環形了，因為當披頭四終於出現時，那輛雪鐵龍不見蹤影。

取代雪鐵龍停在人行道旁的是一輛普通的白色廂型車，副駕駛座的車窗搖下。駕駛是個我們從沒見過的額頭很低的傢伙，不過我們立刻認出坐在副駕駛座的人，即使他穿著灰色運動衫而不是印有披頭四圖案的衣服。我們還來不及開溜，車門就滑開來，出現另外兩個年輕人，一個額頭不高不低，另一個額頭很高。高額頭那人拿左輪手槍對準我們，不知為何面露微笑，也許只是為了抵銷從披頭四的眼睛陣陣搏動而出的源自憎恨的視覺熱射線。他連珠炮般講了一串法語，我們只聽懂不到一半，不過這次我們缺乏理解並不重要，持槍的人在翻譯時講了一口文法完美的英語。

他說給我上車，否則我們會轟出你的腦漿，持槍的人說，仍然面帶微笑，真詭異，加上法國口音的變調，這句話聽起來很迷人。

你英語講得很好。

你也是，他說。他與《蒙娜麗莎》有種令人不安的相似度，除了他的頭髮之外，他有一頭短短的鬈髮，但他的微笑就和她知名的微笑一樣恬靜，他的鼻子一樣修長，他的眼神一樣神祕。你的英語說得比李小龍還好。

你過獎了，我們說。他在《精武門》裡太了不起了。在《龍爭虎鬥》裡更厲害。

你們他媽在講什麼啊？披頭四叫道。

他有點不耐煩了，蒙娜麗莎說，他那對像黑色毛毛蟲的眉毛拱起背來，他寬闊的額頭給了它們充足的空間。你應該上車。

我們看著他手裡的小手槍。小槍暗指著自信、精準和優雅，不像大槍，在大部分狀況下大槍都是用牛刀來殺雞。我們舉起手，但街上沒有人，我的動作沒有引起注意。接著我們爬上廂型車，擠到中間那一排，坐在蒙娜麗莎和額頭不高不低的流氓中間，後者渾身都是菸味和汗味。他肌肉發達的大腿跟我貼在一起，隨著車上廣播放的奇怪音樂抖動，那音樂節奏感很強，有個黑人嗓音很用力、很清楚地發音，斷斷續續地唱著英文歌。廂型車駛離路邊，披頭四從前座扭回身怒瞪我們，他的臉是我們看到的最後一樣東西。

□

我們，或我，或我自己，或我這個人，醒來時，有談笑聲在我那像是有裂痕的鐘一樣的腦殼裡迴盪。我的脖子因為撐起那口沉重的鐘而發痛。我被綁在一張木椅上，雙手綑在背後，腳踝固定在椅腳上，四周是有灰色石牆的冰冷地窖，牆邊陳列著工業級木頭置物架，寬度就像小床，上頭堆滿木頭條板箱。音量調低的電影占據一部電視的螢幕，電視前擺了兩張破爛的沙發，跟一張茶几湊成一套。披頭四、蒙娜麗莎，以及那兩個流氓——醜男和更醜男，正邊玩牌邊抽菸。我的四肢都麻了，但箝住我脊椎的恐懼綽綽有餘地彌補了我手臂和腿失去的知覺。這不是超現實，這絕對是真實的。最好的情況是，儘管我可能活著離開這個地窖，也只會是在留下我自己的各種部位的前提下，從手指到腳趾到整條手臂、腿、眼睛或耳朵。最壞的情況是，我會橫著離開這個地窖，不過這個情況也有分不同的程度，因為我可能是有個全屍、被分屍，或是被碎屍萬段。

醜男先注意到我，用手肘頂了一下披頭四。披頭四狠狠瞪著我，拋來一連串的詞彙，包括「雜種」、「混蛋」和「中國佬」。每個我聽得懂和聽不懂的詞彙都像是一記鐵鎚敲在我有裂痕的鐘上。我腦袋裡迴蕩著我學過的所有法語髒話，包括黎高佩和七矮人在巴黎生活多年下來聽過的那些仇視亞裔的歧視性稱號，而他們又把那些稱號傳給我。披頭四想讓我知道他也懂得那些侮辱詞，但是承受了一輩子的種族歧視，我裝作不在意，勉強自己哈哈大笑。我是瘋狂雜種，沒有任何幫派分子能嚇唬我，即使事實上他嚇到我了，但是向這幫人展露懼色可不是明智之舉。他們就和所有幫派分子、律師和神職人員一樣，對他人的恐懼樂在其中。

混蛋？我盡可能狂妄地說。中國佬？不如來點 asiate、chinetoque、jaune、tchong、bridé（亞洲佬、支那佬、黃種人、清鏘沖、斜眼睛）！

披頭四笑了。你漏了 niakoué（越南佬）。

Niakoué？我沒聽過這個。

那「FILS DE PUTE」（狗娘養的）呢！

嗯，有，這個我聽過。

從現在開始，我不會再記錄所有「fils de pute」或「sale fils de pute」（你這狗娘養的）出現的時機，因為自此之後它們的作用就像是逗號或句點，隱形又過耳即忘。因為這一點，這座骯髒地窖裡的幫派分子與巴黎最爛的亞洲餐廳裡的幫派分子沒什麼兩樣，後者過度補償他們在服務業較低梯階上遭到閹割的地位，而把「操他媽的」當作口水一樣隨口亂噴，這在餐廳裡是不該有的行為。當然，對我和我自己來說，要欣然接受不只是「操他媽的」還有「fils de pute」，還包括用在我們身上那些極為種族歧視的用語，就像是站上一道斜坡，但那始終是我或我們採取的角度，先是以我們身為間諜的可疑職業，現在則是以身為幫派分子更為可疑的見習身分。但如果我以為我是因為從這些幫派分子口中偷走他們可以用在我身上的詞而遭受威脅，他們似乎並不當一回事，至少更醜男是如此，他冷笑一聲說：誰會怕中國佬大壞蛋？

我要死了，對吧？但如果我要死了，我也要用盡全力再死，至少直到用盡全力太痛苦為止。我喜歡，我叫道。那比瘋狂雜種更好，你們這群種族歧視者！

我們不是種族歧視，披頭四說。我們只是不喜歡你。

那你為什麼還不割斷我的喉嚨？我說。一方面，提醒綁架我的人他們手頭最殘暴的選項之一是什麼，或許不是個好主意。另一方面，何不釐清眼前最迫切的問題？

像宰羊一樣把你宰掉有什麼樂趣？披頭四說。你甚至不是像樣的祭品。

呵呵！吃喝無度的少校得意地笑。

哈哈！小山也加入。

閉嘴！我說。

不，**你給我閉嘴**！披頭四從沙發上的一團香菸煙霧中跳起來。**你他媽以為你是誰？**

啊！我和我自己同時說。你問到重點了，不是嗎？全人類共通的問題。從時間的初始就與我們同在的問題！

我們不要把他弄糊塗了，蒙娜麗莎說。我不想要他——**你**——閉嘴。我要你說話。

我模仿上帝，悶不吭聲。

你耳朵有問題嗎，瘋狂雜種？跟我們說說 Le Chinois 的事。

誰？

Le Chinois！披頭四叫道。

毛主義博士？

披頭四越過茶几跳過來，甩了我兩耳光，先用正手後用反手，好像他是在掌摑女演員的尚・嘉賓。這動作很迷人，很有法式風情，換作是越南人或美國人只會一拳揍上我的鼻子。Le Chinois！Le Chinois！Le Chinois！

你家老大，蒙娜麗莎說。別再甩他耳光了，我想他聽到了。

他把一包裝在透明塑膠袋裡的靈藥丟在桌上。靈藥看起來多麼無害啊！只是白色粉末，大有可能是麵粉或糖。

我想找到你家老大，賣這東西的人，也就是搶我生意的人。

我幾乎說：你想知道什麼？幾乎啦。要是我神智清楚的話，我就會這麼說了。我哪裡需要對老大效忠？他是個幫派分子、毒販、皮條客和殺手，倒不是說這些特質會讓人失去同情的資格。身為一個出類拔萃的同情者，我不但能從雙方面看待任何議題，也能從雙方面看待任何人。我就是因此才知道，我們最重要的世界領袖中有許多人也都是幫派分子、毒販、皮條客和殺手，雖然他們更喜歡自稱為總統、國王、外交官和政治家。唯一阻止老大升上更為合法存在的階級，成為社會的中流砥柱的，就是時間。我至少欠他這點時間，也能夠給他這點時間，不是為了他，而是為了阿邦。如果我把老大供出來，我幾乎絕對也等於把阿邦供出來，那是我絕不會做的事。

薩伊德是誰？我反而說出這句話。

薩伊德？披頭四震驚地說。

當心喔，吃喝無度的少校說。

神祕的薩伊德，我說。

這不是好主意，小山接口。

披頭四搖搖頭，看著蒙娜麗莎，後者愈看愈像是他們的頭頭。薩伊德，蒙娜麗莎拉長聲調唸出這名字。薩伊德是我哥哥。

當然了，我喃喃道。

很可惜，他剛好去度假了。但他去度假不表示你們就能搶走他的生意，也就是我的生意。現在我建議你把你所知道的關於這個——他指著靈藥——還有 Le Chinois 的所有事都告訴我們，否則對你來說事情會變得很糟，就像他們對你的朋友所做的那樣。

我的朋友？

那個矮子。

瞌睡蟲。

他叫這個名字？他現在永遠睡著了。

那是我幹的，披頭四說。就像你幾乎對阿邁德做的事。

阿邁德？

我朋友！他差點被你殺了。

所以滾石還在某處活著。要是此刻我不是感覺這麼糟的話，我會為他——還有為我——感到高興的。你們要刑求我嗎？我問。

別再提供他們靈感了，小山說。

我笑了。你們不能刑求我，我可是從再教育營中活下來的。

大錯已經鑄成，吃喝無度的少校說。

你覺得你去過再教育營，你就很強悍了是嗎？披頭四說。你們的戰爭還不算太糟！我們的戰爭更慘烈。我聽過那些故事！瘋狂雜種，你覺得你很強悍是吧？咱們就在你身上試試法國人對我們做的一些事。

你不就是法國人嗎？我說。

他媽的閉嘴。

接下來他們把我幹翻天。一部分的我處於極大的痛苦中，按必要程序呻吟、尖叫、哀求、擔心自己會死；但另一部分的我是專業人士，可以在事後分析與評估他們的表現。這些傢伙是業餘者，不過那不表示他們做的事就不會痛。業餘者能造成很大的破壞，即使他們在破壞時缺乏手腕。但手腕是關鍵，如果你在舉手投足間能表現出一點銳氣、一點手腕，以及大量的偽善和選擇性失憶症，你就能從對國家和大陸進行的大屠殺與大規模掠奪中全身而退。只要問法國人就知道了（或是英國人或是荷蘭人或是葡萄牙人或是比利時人或是西班牙人或是德國人或是美國人或是中國人或是日本人或甚至是我們越南人，但別問義大利人，他們不是很擅長殖民，已經把他們羅馬祖先做得一級棒的事都忘光了）。就像做什麼都善用銳氣和手腕的法國人（這兩個詞都是他們發明的），我們這些「情報界」的專業人士也必須運用技巧來執行任務。取出情報就像取出一顆牙齒，需要靈巧的手段。真正的問題是：刑求者了解這個基本又重要的議題嗎？有了香菸、同情、憐憫和對人類心理以及文化敏感度的直覺掌握的幫助，審訊者的任務更有可能成功。如果刑求者不明白這一點，他就是個笨蛋；如果刑求者其實明白這一點，但只是喜歡刑求的樂趣，那他就是個虐待狂。倒不是說你不能同時身兼笨蛋和虐待狂，笨蛋這個角色與幾乎任何身分都是可以並存的。

至於我，也許我是個被虐待狂，這並不是說我沒有身兼笨蛋。否則該如何解釋，在各種的叫嚷和喘粗氣（來自我的刑求者）以及尖叫和流淚（來自我）正進行得如火如荼之際，我為什麼卻笑了起來？被刑求的笑，這是一定的。被掐住脖子的笑，絕對沒錯。乳頭上連著電極，雙臂被繩子和鐵絲拉扯吊掛在天花板上，水灌下我的喉嚨——在這種情況下，我很難發出歡樂而愉悅的笑聲。但不管怎麼說那仍是笑聲，喉頭的咕嚕聲和鼻子的噴氣聲似乎把我的幫派分子刑求者搞糊塗了，他們無疑預期更常見的反應。

他在笑嗎？醜男說，因為指節瘀青而齜牙咧嘴。

好像是在笑，更醜男說，靠在牆上抽根菸休息一下，過去一小時他斷斷續續地對我使出鎖喉功，可把他累壞了。

你他媽有什麼毛病？披頭四說。他已經脫掉上衣，用橡皮水管打人會讓人渾身燥熱。

我趴在冰冷的水泥地板上，全身赤裸地發著抖，一邊臉頰泡在可能來自我也可能來自他們其中一人的一灘液體裡。不知道我母親能否看見我現在的模樣。我四、五歲的時候，她和我都喜歡我像這樣光溜溜地趴在竹蓆上，我把頭擱在她腿上，愉快地發出呼嚕聲，而她慢慢地撓著我的背部，從屁股上側開始，沿著背往上，到肩胛骨之間結束，然後帶著令人痛苦的快感重新再來一遍。

這時我本來就已受傷的腰側突然像被刺了一刀，因為我猛然驚覺我現在已經比我母親死時年長了幾歲，她在三十四歲那年孤零零地死在她把我養大的那間破茅屋裡，沒有任何人照顧她，至少我在美國留學六年後終於回到我的村子時，是這麼推測的。當時我剛被任命為陸軍中尉，穿著我的軍服。村子裡沒人敢直視我的眼睛，或像我小時候一樣叫我「雜種」，我的腰間可是插著一把美國製造的手槍。茅屋裡實在太乏善可陳了，根本沒人費事洗劫它或偷走任何一部分，因為它只是用樹枝、泥巴、稻草、幾塊帆布，以及從美軍設備及配給品的包裝拆下來的幾片硬紙板蓋起來的。由於沒有任何人去維護它，這座茅屋漸漸就地崩塌，直到只剩空殼。我探頭進去看了看我母親和我以前睡的小木床，床上的竹蓆已經碎裂，還看到那個小置物架，我母親在上頭放了一張耶穌基督的圖片和一支十字架。她是個孤兒，沒有父母可以悼念，所以她只有耶穌基督，祂的圖片是除了我之外她最珍貴的所有物。

我站在門口，藉著從門透進茅屋幽暗深處的陽光地毯，能夠看見耶穌胸口的紅心，那耶穌的長相可疑地像是盎格魯薩克遜人，有棕色的頭髮、棕色的山羊鬍、棕色的眼睛、白皙的皮膚。我母親用她毫無怨言給了我的愛拯救了我，而現在她自己獲得拯救了嗎？不曾被愛的她，從哪裡生出那麼多的愛？她向誰學到溫情、愛撫以及每天毫不吝惜地抹在我身上的軟語溫言，直到我吸收了現在擁有的那一小點人性？

一部分的我，那個頑強的共產黨員，相信她並沒有被拯救，因為根本沒有上帝也沒有死後世界。那部分的我很厭世。但另一部分的我，那個頑強的天主教徒，半是恐懼半是虔誠，被嚇到但沒有被煽動，相信她和那天其他難民一起飄上了天堂，我指的是在那天死去的所有人。一旦死了之後，我們不就是難民嗎，逃離悲苦的人世前往永生去避難？與像是第二世界的煉獄以及第一世界的天堂相比，整個人間不就是第三世界嗎？想到她在伊甸園——入住條件最嚴格的門禁社區——的陽台上，或許能夠看見我，我心中恐懼又虔誠的那部分不禁感到羞愧。

我趴在地窖裡，能夠看到自己那次回到我的村子以及我母親下葬的公墓的情景。當時我跪下來觸摸她的名字。至少她有名字。如果我有墓碑，我的墓碑上刻的很可能是「武名」。看到她的名字與生卒日期用像是記憶本身一樣漸漸褪色的朱紅色墨水蝕刻，我發現自己像是身在一艘木筏上，被我受到壓抑的、被水壩攔堵的洶湧的愛給沖走。最後我停止哭泣。我倚靠在一股堅實如鋼樑的殺氣騰騰的憤怒上，擦乾眼淚審視我母親身後的名聲受到怎樣的褻瀆。她的墳位於公墓外緣類似沼澤地的地方，她死後就像生前一樣受到放逐。她因為單身生下我而揹負十字架，受到親戚和村民的嘲笑。他們不知道我父親就是他們的神父，我母親出於天主教徒對良善和慈愛的信念而保護他，只可惜用錯了地方，而這種信念正是她保護的神父灌輸給她的。為了她對上帝和對他的信念，她在死後被放逐到遠離任何其他墳墓的土地，遠離那些光榮的死者和他們光榮的遺族，他們無法忍受離她太近，但她是他們之中最誠實的人，因為哪怕是只有一絲體面的人，偽善都是他們身上不可或缺的特質，而我母親完全缺乏這種特質。

我回到跟母親同住的茅屋，那是我唯一感受過愛的家，然後我用 Zippo 打火機點燃乾燥的茅草屋頂，一把火燒了它。鄰居們從家裡冒出來，跟我一起看著茅屋變成我回憶的火葬柴堆，我希望我的回憶也能化作灰燼。我的鄰居們什麼也沒說，這是正確的回應。要是他們敢說什麼，我或許會用美國製造的手槍，達成它在二十世紀之初被設計出來時企圖達成的目的：屠殺本地人，至少我的導師克勞德是這麼教我的。它先是在綏靖菲律賓人時證明了它的價值，不過現在在我們的國家也同樣有用。Zippo 打火機也是克勞德送我的，還刻了給我的個人題字。看到這個了沒？他當時說，用食指在那些字底下畫線。我偷偷跟你說喔，這是中情局非正式的座右銘：

不先操人就等著被操

我每天睡前都會說這句話，克勞德說，他朝我眨眨眼，同時把打火機滑進我的掌心。

真是睿智真言，我說。睿智真言。

等茅屋燒到只剩一堆營火大小後，我沿著馬路走到我父親所在的鄉下小教堂，奇蹟似地，他仍是那裡的堂區主任司鐸。他還活著是個奇蹟，並不是因為他年事已高——他現在已七十好幾——而是因為他是個白人，是個法國人，還是個天主教徒，在這種時局，這些因素都使他成為當地革命分子眼中極具吸引力的目標。他在他的辦公室接見我。我從沒進過他的辦公室，因為我只在三個地方見過他：天主教學校的教室，他在那裡教我；教會，我只能遠觀他；還有告解室，我只能看到他在隔板後頭的剪影。他的殺手把他變成一道黑影之前，那個低著頭的影子也是她會看到的畫面。

你已經是個男子漢了，我父親說。他說話時用的是那種對學生和農民講的緩慢、刻意、有耐心的法語。這是從我離開他的教室以來，他對我說的第一句話，我是他最優秀的學生以及最可怕的恐懼。在那之後我們只通訊過一次，是他寫信到美國告訴我我母親去世的消息。他在信中沒有喊我的名字，只在地址上方寫下我的名字，就像現在他也沒有呼喚我。他只有在點名的時候才會講出我的名字，否則他不用任何稱呼來叫我，只叫我「你」。

我去過墓園了，我用緩慢、刻意、有耐心的越南話回答，我對自以為懂越南話的法國人和美國人都是這麼說話的，而我父親在這裡住了幾十年，確實聽得懂越南話。我看到媽媽的墓了。

他在書桌後方不發一語，桌上堆滿學生的考卷。

謝謝你替她準備了那塊墓碑。那是你最起碼能做的。

沉默。到我們的對話結束前，他都不會再說一個字，不過與其說是對話，更應該說是我的獨白。他也不會垂下目光，他的眼睛盯緊我，用來表示反叛，或輕蔑，或傲慢，或懊悔，或難以言喻的愛。誰知道呢？

這是墓碑的錢，我邊說邊把一只信封丟到桌上。我當學生時沒有半毛錢，現在我有一點錢了。替她買墓碑的人應該是我，不是你。

還是沒反應。他在替我演示他的頂頭上司的沉默，也就是教父中的教父，上帝祂本人。我父親每天在祈禱時就是遇上這樣的沉默，幾億人每天懇求上帝說點什麼、任何話都好，聽到的也是這樣的沉默。祂永遠悶不吭聲，卻未使祂廣大的信徒省悟。以一個從未說過任何話的人來說，上帝絕對引起許多人的共鳴。

為什麼走的是我母親而不是你？我說，起身準備離去。她死了，你活著——這只是證明了世界上根本沒有上帝。

現在他被我激到了。現在他終於開口了，他的眼神閃爍著下一次布道的靈感。你親愛的母親用她全部的靈魂相信上帝，現在她活在天堂，因為上帝救了她，他說。難道你眼裡就沒有任何東西是神聖的嗎？

難道沒有任何東西是神聖的嗎？我大笑。然後我停下來，說：我希望你代替她死掉。

這句話呼應了我寫給阿敏的信，我從我父親的信上得知我母親的死訊與葬禮後，從加州寫信給阿敏說：**我多希望他死了算了**。我的話預示著我跟我父親見面後一個月發生的事，那時殺手假裝是懺悔者跪在我父親的告解室裡，朝他的太陽穴開了一槍，他垂死的大腦可能把這閃電般的亮光和雷霆般的轟鳴當作終於降臨的神之言，是上帝本人在說話。幾年後，我們在再教育營裡密談時，阿敏用開罐器打開我的腦殼並撫弄我的大腦，他告訴我我致命的願望是他下達的命令。畢竟，他是我最好的朋友和血盟兄弟。他認真看待我的話，派了那個共產黨特務去執行我的話，而她找到了殺手，一個爺爺被法國人殺害、父親被美國人殺害、哥哥被越南共和軍殺害的十六歲少女。誰說話語不能殺人？但我本來不知道我的話語的力量，至少我是這麼告訴自己的。現在我知道它們的力量了，不過我也知道比話語更強大的唯一一樣東西就是沉默。

10

我腦袋裡的嗡鳴讓我聯想起父親教堂裡那座鐘的嗡鳴。那座從法國進口的鐘所發出的聲音有如迴力鏢，越過漫漫多年把我送回這座黑暗、潮濕的法國地窖裡。我似乎也聽到父親在對我說話，我那有裂痕的鐘裡頭的各種回音匯聚成他對我使用的字眼：**你！**有人在敲我的鐘，意思是有人在甩我耳光。每一巴掌都點亮我緊閉眼皮的內側，在我眼皮內撒滿黃色和紅色的火花。

嘿！

你！

那個你（也就是我）睜開了眼睛。我不在我母親的茅屋裡，我不在我的村子裡，我不在我父親的教堂裡。我仍在那濕漉漉的地窖地板上，甩我耳光的手不是上帝的手，而是兩個流氓其中之一的手。是醜男，也可能是更醜男。

你引起他的注意了，蒙娜麗莎蹲在我旁邊說。他現在醒了，臉上有點顏色了。

你為什麼不反抗？剛才甩我耳光的流氓說。我的眼神聚焦了。他絕對是醜男沒錯。如果我們不能刑求你，還有什麼好玩的？

好無聊喔，更醜男說。

我們現在不能直接殺了他嗎？醜男問。

閉嘴！披頭四說。他在蒙娜麗莎後頭來回踱步。你們這些沒路用的懶鬼，你們連揍人都非得要抱怨才行。

好啦，醜男說。好吧。可是我的腳趾好痛。

我猜穿著運動鞋踢人並不是好主意，披頭四說。去買雙靴子吧。

醜男嘆口氣站起身，想必是打算再踢我一腳，但他正把腿往後拉，蒙娜麗莎就舉起手。

我有個點子，他說。蒙娜麗莎單膝跪在我面前，我這才注意到他穿著我的 Bruno Magli 皮鞋。他注意到我注意到了，說：這雙非常高級的鞋穿在你腳上是暴殄天物。現在，你準備好玩一場遊戲了嗎？

我寧可不要，我說，但若非我沒說出口，就是我說得太小聲而只有我聽見，或是我說了但沒人鳥我，因為所有人都沒反應。蒙娜麗莎從腰帶裡抽出一把左輪手槍，拿槍對著我，然後慢慢湊近，直到槍口抵住我的額頭。接著他把槍收回去，啪地打開它的旋轉彈膛，甩出六顆子彈，用掌心捧著。

你瞧瞧，他說。

我沒辦法看其他任何東西。

他讓一顆子彈落在水泥地上，它發出「叮」的一聲金屬音，從我鼻子前方彈開。

真是個小東西，吃喝無度的少校在我耳邊低語。但它大到能撞破你的腦殼。問我最清楚，不是嗎？

對不起，我對吃喝無度的少校說。真的很對不起。

你是該道歉，蒙娜麗莎說。他讓第二顆子彈掉到地上，它往另一個方向彈，最後停在我眼睛附近。可是你還會覺得更遺憾。

我的對不起呢？小山在我另一邊耳朵低語，同時第三顆子彈撞擊地面。我那次你甚至真的扣了扳機。要是你當時射得準一點，用一顆子彈就殺了我，而不是像你最後用了六顆，我會覺得很欣慰的。

對不起，我對小山說。真的很對不起。

我剛才就聽到了，蒙娜麗莎邊說邊丟下第四顆子彈。你愛說幾遍就說幾遍，不過現在道歉是救不了你的。

他讓第五顆子彈落下。它以慢動作墜落，我能在它下降的過程中仔細研究它無比的光輝。這一顆漂亮的子彈裹著一層紅銅外殼，以特殊的方式反射光線，因此當它像是奧運跳水選手般優雅地墜落時，它似乎在朝我眨眼睛。子彈末端是暗沉的橘色，我確定它是顆軟頭彈，這詞彙很諷刺，因為這種子彈的特色不是比較柔軟，而是當彈尖接觸目標，也就是我和我自己時，會變形「開花」，造成更大的傷害。當第五顆子彈終於落地彈開，我納悶我為什麼從來沒向被我殺死的兩個人道歉。

我們也在納悶，他們說。

我沒想到你們會想聽我道歉，我說。

我們當然想聽你道歉，蒙娜麗莎說，用拇指和食指捏著第六顆子彈。倒不是說道歉對你有任何好處，但你把事情搞砸的時候，道歉才有禮貌。尤其是像你搞砸得這麼徹底。你確實了解你現在麻煩大了，對吧？

他把子彈拿在旋轉彈膛的一個膛室上方，讓它懸在那兒。然後他慢慢將那一顆子彈填入等著接收它的膛室。我有很多時間研究那顆寫了我名字的子彈。這種說法是我從克勞德那裡學來的。你躲不掉寫了你名字的子彈，他會這麼說。以眼前的情況而言，那空白子彈上真的沒有任何名字，而對我這個叫「武名」的人來說，豈不是正好。我給自己取名叫「無名」是對法國的官僚開的小玩笑，因為如果你不能拿玩笑來攻擊官僚，你會暈倒並死於無聊，那可比我即將迎接的死法要好一百萬倍。

蒙娜麗莎在往地上丟子彈的這不知多久的整段時間，我都沒有眨過眼，現在我乾澀的眼睛逼我眨眼，而就在一瞬間，蒙娜麗莎已經啪地闔上旋轉彈膛，敲定我的命運。他把旋轉彈膛轉了一次、兩次、三次。

你們越南人喜歡玩俄羅斯輪盤，對吧？他說。我在電影裡看過。你準備好讓我們瞧瞧你有多會玩那個遊戲了嗎？

對不起，對不起，對不起，我啜泣地說。

來不及了，蒙娜麗莎說。坐起來。

坐起來，我對自己說，但我自己不知去向。即使披頭四又甩了我幾巴掌，我還是動彈不得，結果醜男和更醜男只好被使喚來抓著我的手臂把我拽起來，然後靠坐在沙發上。

我一直對你很有耐心，蒙娜麗莎說。他把槍塞到我手裡。現在你要嘛玩這遊戲，要嘛你不玩，那我們會讓你更痛苦。

對有兩張臉和兩顆心的人來說，必輸的局面適得其所。不管硬幣怎麼落下，哪一面朝上，結果都是壞的。理論上來說，那會比「不是輸就是贏」的局面來得更容易讓人做出選擇，因為結果是無法改變的。即使如此，還是沒有哪個腦袋正常的人會玩俄羅斯輪盤。

你！披頭四重重地甩我耳光，我都看到重影了。**嘿，你！**你要玩這遊戲嗎？

我沒有瘋到玩這遊戲！但**你**有，你這瘋狂雜種。我看到你用我的手拿起左輪手槍，以慢動作進行。你極其無力地舉起槍，你看到醜男和更醜男都用他們的槍對準你，那也包括我在內，以防你心血來潮做出什麼戲劇化的逞英雄舉動。但你從來就不是英雄，你只是個倖存者和有信念的人，真心想做需要做的事。而現在需要做的事就是盡快把這件事結束。在必輸的局面中，歹戲拖棚有什麼意義？

咔！

我簡直不敢相信！**你**動手了！**你**扣扳機了！在擊錘的咔嗒聲之後，整個世界都變安靜了。蒙娜麗莎在說著什麼，不過儘管他的嘴巴在動，我們卻什麼也沒聽見，只聽見我們腦袋裡的齒輪轉動的聲音，它們毫無作用地磨擦著，因為有一顆螺絲不見了。你占有機率上的優勢，六分之一，或者反過來說，五比一。數學始終不是你的強項，自從**你**出生為某人的一半，而那人的另一半就是**我**。歷史才是引起你興趣的科目，而現在歷史成了人類的絆腳石。你和這些幫派分子，他們的母親也許和你我的母親沒什麼不同，而這些兒子被歷史帶到這裡、帶到這一刻。他們也是被一些很糟糕的選擇帶過來的。

雖然你和醜男、更醜男、披頭四同屬於糟糕選擇的愛好者，你卻發現自己很難同情他們，因為從他們嘴巴的動作和臉部表情判斷，他們似乎正在狂笑，就像海盜靠近你的船時那樣嗥叫。我原本已經忘了那件事，或至少我努力不去想它。我的專長是同情心，不是記憶力。我甚至同情那些拿「哪顆子彈會幹掉我們」來下注的幫派分子。但是記憶力想必是你的專長。你並沒有忘記。你的人生總是在等**你**和**我**，你的記憶總是上好膛，準備好發射進我的大腦。大部分時候，這個魔鬼記憶法遊戲裡的槍管是空的。大部分時候。

咔！

你又動手了！**你**扣了扳機！現在我有點緊張了。緊張的程度可比當我們全都意識到，終於，終於，在一望無際的大海上有另一艘船為我們停下來，但是天啊，天啊，他們是海盜。我們都還因為從前一天的暴風雨中撐過來而暈沉沉的，這時海盜已經爬上船，渾身散發積了好幾天的汗、劣質的酒的臭味，以及不良意圖，手裡揮舞刀子、管子、鐵鍊、斧頭和幾把AK-47來確保交易順利。你確定有很多泰國人都善良又正派，不過我們遇到的是不幸的案例。船上的女人尖叫起來，因為海盜剝光她們以及所有人身上稍微值錢的東西。接著女人們繃緊神經，以為海盜也將剝光她們，那些海盜某方面來說是你周圍這些幫派分子的遠房表親，又戳又刺，問一些你聽不見的問題，看你沒有回應就打你耳光，一次、兩次、三次。噢，我真慶幸我不是**你**！

當然，結果在船上事情的發展並不是太糟。至少對我們來說。或是對那些女人來說。誰知道這是最奇怪的一群海盜呢？每個人都聽說過難民船上的少女和婦女被綁架和強暴的事，但沒人聽說過**這個**，一群沒洗澡的海盜直接從年輕且發育成熟的女性身邊走過，那些女性穿著單薄的衣衫瑟瑟發抖，盡力縮小身體並表現得毫無吸引力。我不會讓你們帶走我妹妹！你身旁高尚的青年叫道。你們得先殺了我！噢，那些海盜笑得多厲害啊！噢，那些海盜笑彎了腰，互拍彼此的背！噢，他們朝我們大家吼出他們的語言，我們誰也聽不懂！可是當海盜中最瘦弱的一人慢悠悠地走向我們的青年，他們說了什麼突然變得明確：海盜完全不理會青年那正值青春期的妹妹，只用他怪異的手指撫過青年乾裂的嘴唇，然後一把揪住他的頭髮，把**他**而不是他的妹妹拖回他們的船上。

困惑！混亂！混沌！大家都不太敢相信自己看到什麼，同時那些斜睨著眼的海盜又多抓了幾個身材最瘦、體毛最少的青年和少年。這些怪物在做什麼？他們擄走這些青年和少年是當作海盜學徒嗎？他們綁架他們是要賣作奴工嗎？難道他們——莫非——不——

咔！

你——**住手！**馬上停止。別哭了，還有看在上帝的份上，別再扣扳機了！你簡直歇斯底里！我必須承認，我狀況也不好。誰在乎披頭四在對你尖叫、甩你耳光？你必須停止成為歷史上的歇斯底里患者！何必在意你的母親和父親，你的身世，你是雜種的事，你當間諜的地下生活，戰爭的事、再教育營的事、無臉人的事、難民船的事，因為長得太醜，海盜船長看了你一眼，用他肯定是從那些打完你的戰爭去他的國家度假、尋求物美價廉嘿咻的美國大兵那裡學來的破英語說：你看起來像屎！

嗯，他並沒有說錯，不是嗎？**你**看起來當然像屎，因為你被地獄的迂迴腸道消化過。你認為我看起來是什麼樣子？你曾經說你的肝臟是你身上最受到濫用的一部分。我要糾正你：我才是最受到濫用的一部分！即使嚴格說來，作為你的良心和意識，我並不是你身體的一部分。可是誰知道你的身體與你的心智或我的心智之間的分界在哪裡？我所知道的是：放下吧！前進吧！忘記吧！過去已逝，未來永存，當下永遠在這裡卻又已消失，所以我需要你同情我，也就是說，**你**——

咔！

不！你瘋了嗎？等等，我收回這句話。對，你是瘋了！或許有充分理由，但那不成藉口。你已經開了四槍，還剩兩個膛室。我們在拿運氣開玩笑。讓我成為理性的聲音吧。我鼓勵你給他們他們想要的，他們只想知道老大在哪裡，供出老大不表示你也供出阿邦——

咔！

耶穌基督！天殺的！誰叫你這麼做的，你這瘋狂雜種？你都沒在聽我說的話嗎？你也會害到我耶，狗娘養的！

好吧，好了，請原諒我情緒失控，不過現在既然我們已經釐清了狀況，選項變得相當明顯，事實上可以說是百分之百地明顯，我們冷靜下來，別再發抖，放下槍，不管小山和吃喝無度的少校現在正告訴你你手裡的槍很像阿邦用來殺吃喝無度的少校的那把槍，就定義來說他們都是極具偏見的個體，因為他們很樂意看你死，所以別聽他們的，**你**必須理解即使你到地獄走過一遭，而且你瘋了，而且你看起來像屎，但那並不表示你就不能擁有好的人生，你還年輕，才剛要邁入中年，如果我們假設我們能活到高齡的話，有何不可呢？未來看似一片光明，你只需要撐過眼前的難關，阿邦能顧好他自己的。別再笑了！你為什麼在笑？這不是鬧著玩的！不要——

咔！

HẾT*

* 譯注：越南文。結束之意。

劇終*

* 譯注：法文。結束之意。

第三部

我這個人

11

我沒了。

是嗎？

我完蛋了。

真的嗎？

都結束了。

話說回來，也不一定……

誰在笑？

不是我。

是**你**！

不是嗎？

你不能跟**我**一起笑，因為我並沒有在笑，那就表示**你**一定在笑**我**，有何不可呢？瞧我這模樣。我看著手裡拿著槍的自己，納悶它怎麼跑到那兒去的，因為原本拿著槍的人是**你**。所有東西都搖晃得好厲害，我分不清是我的手在發抖，還是我的眼球在腦殼裡晃動。**我們會活下去！**這是笑話的哏，對吧？鬧笑話的人總是我們，因為上帝是個雜種。這一定是個很好笑的笑話，因為原本困惑不解的幫派分子都在笑，蒙娜麗莎變魔術般拿出第六顆子彈，就是寫了我的名字「武名」的那一顆。但我躲過那顆子彈，不是因為他在遊戲前從手槍裡把子彈取出來，或甚至一開始就沒把子彈填入膛室。我躲過那顆子彈是因為他不知道「武名」只代表「沒有名字」的意思。一個沒有名字的人是不可能被寫著他的名字的子彈殺死的！鬧笑話的人是他，不是我！

他為什麼在笑？醜男說。

他是個瘋狂雜種，披頭四說。

這一手你練習了多久？更醜男問。

從我看過那部越戰電影後就開始練了，蒙娜麗莎說，他邊擦眼淚邊站起來。我要去小便。他上樓之前，扭頭對我說：我喜歡你那副痛苦的表情，因為我知道那是真的。

我們再玩一次，醜男說。

你想再玩一次嗎？披頭四說。

沒差，我——或我們——笑著說。我們會活下去！

什麼？披頭四說。

我們會活下去，我們——或我——說。

你這瘋狂雜種！Le Chinois 是誰？

我又笑了，因為現在我明白這綽號畢竟不是種侮辱。不不不！它是個**笑話**。我！我說。**我**就是 Le Chinois。

你？

剛才是用法語、越南話和英語夾雜的方式發表演說，通往樓梯的門就被衝開，黎高佩坐在扶手上滑下來，墨鏡遮住他的眼睛，嘴裡叼著牙籤，兩手都拿著自動手槍——**砰！砰！砰！**——在他身後的是穿著閃亮綠色雙排釦西裝的浪人，他的絲質襯衫開到胸口，手持一把泵動式霰彈槍——**砰！砰！砰！**——阿邦跟在他後面，蹲在樓梯頂端，將一把衝鋒槍架在膝上提供掩護的火力——**砰！砰！砰！**——在地窖裡聲音真的有夠大，尖叫、嘶吼和咒罵聲有如雪上加霜，我探身過去拿起菸灰缸裡那根披頭四原本在抽的香菸，它幾乎還沒點著——**砰！砰！砰！**——我的癮頭遭到剝奪後，這種感覺真好，即使當披頭四被好幾顆子彈打得向後撞上茶几，也沒有掃了我的興致，他那凝膠狀的軟糊腦漿看起來跟我見過的所有腦漿都很像，因為我們都是人類，為什麼我們就不能好好相處呢——**砰！砰！砰！**——我低頭看著他失去生命力的眼睛，他破掉的頭顱像個半空的杯子靠在我膝蓋附近的茶几邊緣，我為他哭泣，因為如果我是他，出生在他的位置，過著他的人生，我或許也會做出他做的那些令人髮指的事，即使是對我——**砰！砰！砰！**——醜男和更醜男也在噴血，他們的血不是白的或黃的或黑的或棕的，而是紅的，深紅色，甚至算紫色，不管我們外面看起來怎麼樣，當我們的裡面被翻出來時看起來都一樣，過不了多久，他們的媽媽就會因為他們沒回家而擔心，而她們的擔心永遠不會結束，它將一直跟著她們，就像她們會永遠感覺到她們化作鬼魂的兒子簡潔的存在，在她們自己那苦甜參半的死亡時刻過後，她們終將在另一邊見到兒子，她們既恐懼又渴望死亡，因為死亡是送她們與所愛之人重聚的唯一車票——**砰！砰！砰！**——如果醜男和更醜男剛才還沒死，現在也死了，因為浪人從外套底下取出一把左輪手槍，給了他們一人一發致命的最後祝福。**砰！砰！砰！**

真過癮，浪人心滿意足地說，說的是法語，這次我一點都不覺得法語迷人了。

該死，卡繆，你看起來像屎，黎高佩說。

這話我聽過了，我喃喃道。

看來我們及時趕到，浪人說。

對不起，阿邦說。我們差點害死你。

他把衝鋒槍掛在脖子上，把我從沙發上抱起來。我仍光著身體，浪人讚嘆地看著我，說：以亞洲人來說你還滿大的，不過我猜那要歸功於你的法國老爸，黎高佩說：我看過更大的，例如我的，阿邦說：他媽的閉嘴啦，你們兩個差點害死他，我說：第四個傢伙在哪裡？他們面面相覷，說：該死！

□

他們沒找到蒙娜麗莎，擔任善後清理小組而下樓來的三個矮人也沒找到他。他們戴著 Sony Walkman 耳機，拖著垃圾袋、一罐罐的漂白水，還有我以為是手鋸，但後來（為了字義上的精確）知道是骨鋸的工具。廁所在一樓，蒙娜麗莎聽到槍聲時一定躲在廁所，然後在矮人們跑過去之後逃走。他消失在倉庫間，夜裡的這個時間沒人在這裡。阿邦協助我穿上衣服，扶我坐進浪人的 Aryan 車後座，我被一隻曾經有感覺的動物那又厚又有紋路、非常舒適的皮革給包住。阿邦坐在我旁邊，黎高佩在調收音機，浪人負責開車。給他好東西，浪人說。真正的好東西。

真正的好東西放在置物箱裡，是一瓶干邑白蘭地，高級到我覺得直接就著瓶口喝是一種罪過，不過良心不安從來就阻止不了我，所以我還是喝了。我瘀青的嘴唇順從地張開接受這恩賜，瓶子的觸感讓我想起過去這幾小時，或幾天，或幾年，或不管那些幫派分子囚禁我多久，這期間他們曾多次把一個漏斗硬塞進我嘴裡然後灌水，讓我醒悟到維繫生命的物質與導致死亡的物質只有程度上的差別。就那個層面而言，遭到刑求就像是上教堂，過了一陣子之後，兩者都沒有新東西可教了，那些儀式與重複的動作只是強化你已經知道但有可能忘記的知識，所以刑求者不光是用鉗子盡他們的職責，也會拿出像我父親這樣的神職人員的信念，我父親正是以他自己隱微的方式來刑求我。晨曦溫暖的光照亮我黑暗的內心，耶穌基督被釘在十字架後活下來的每一個黎明，勢必都看到同樣溫暖的朝陽光芒。

你們怎麼找到我的？我問。

我去找了個算命仙，浪人說。我在星座間看出你的命運。我把一頭鬣狗開膛剖肚，然後研究牠的內臟。他從後視鏡看我，對我眨眨眼。開玩笑的。我打給一個朋友，一個印度支那老手，他以前在軍方情報單位時我就認識他了。他現在還在搞情報，很難放棄那把戲啊。把你的鞋底撬開，你會發現他給我的一個神奇小裝置，一個跟你拇指指甲差不多大的無線電傳輸追蹤器。是日本人做的。心靈手巧的小混蛋。

你們可以再早一點來的。

最後關頭的援救比較有趣嘛。至少對我來說。

你們也可以先告訴我追蹤器的事。

我不想讓你抱著虛幻的希望。萬一它沒用怎麼辦？

不管多麼虛幻，有點希望真有那麼糟嗎？我把酒瓶遞給阿邦，但他搖搖頭，用手握著我的膝蓋緊緊捏了一下。我能感覺得出來，他因為辜負我而心裡難過，但他不知道該如何表達，只能說他很抱歉，這一點他做得比我好。我過了好幾年才終於向小山和吃喝無度的少校道歉。我的道歉不夠真誠嗎？不夠重要嗎？起碼是個開始吧。至於阿邦，我沒辦法對他的悲傷和遺憾做出什麼表示，只能說：喝吧，你會感覺好一點的，而他終於接過酒瓶，我們在後座像兄弟般喝到呆滯，以男人或動物或樹木的方式無聲地交談。

我們的目的地是天堂，它有自己的車庫，噁心又亂七八糟的東西，也就是我，可以在車庫裡被悄悄弄下車帶進屋裡。天堂裡的白天是夜晚、夜晚是白天，從樓上等待室傳來的笑聲和叫嚷聲判斷，每個人都醒著，都玩得很開心。黎高佩去了等待室，浪人和阿邦則帶我沿著走廊去我之前住了一星期療傷的那間客房。老大坐在客房裡，另外還有一個很時髦、膚色曬得很漂亮的醫生，從他下班後的打扮看來，他應該是個名醫，他穿著休閒褲和量身定製、做工精細的針織上衣，看起來比我擁有過的最高級西裝還貴。他對待浪人和老大的態度熟稔而不失恭敬，打量我和我的狀況的目光則毫不訝異。浪人和老大大可以找一個便宜點的醫生來，那種在骯髒診所工作的醫生，通常專門服務黎高佩這一行的人，他們口風緊不緊比醫術高不高明更重要，但這個醫生是 Aryan 轎車的人類版本，是金錢所能買到最好的選擇。

你有招供嗎？老大問我，同時那個很時髦、膚色曬得很漂亮的醫生在檢查我再次赤裸的身體。浪人和阿邦站著，我躺在我沒體驗過任何男歡女愛的床上，老大坐在唯一的椅子裡。矮冬瓜還住在那裡，那個半幸運的王八蛋，到處都是他留下的穿過的內褲和空的外帶餐盒。當我抬頭一看，房間裡的狀況變得更糟了，因為我不只看到小山和吃喝無度的少校躺在天花板上朝我微笑，披頭四、醜男和更醜男也在那裡對著我皺眉、瞪眼、做手勢，他們不習慣當個死人，突然間可以違抗地心引力以及感知能力的法則。

我看起來像有招供嗎？我說。我跟他說了俄羅斯輪盤的事。我指著我從披頭四死去的手裡拿來的那把未裝子彈的槍，那是我跟那群幫派分子共處的時光中我真正想保留的紀念品。

阿邦拿著那把槍，說：要是可以的話，我會讓他們的痛苦持續久一點。他沒說的是他救了我的命，但他不需要說。他沒招供，阿邦說。他打算自殺，也不願供出我們。

浪人佩服地吹了聲口哨。所以基本上，他確實自殺了。他有那個意圖，也做了那個動作。只不過槍裡沒有子彈。

老大從阿邦手裡拿走未裝子彈的槍，打開膛室，轉動它，像保險箱竊賊傾聽保險箱裡桿鎖簧落下來的聲音般聽著咔嗒聲。你很特別，他說，他指的是我而不是槍。很多人都身不由己地面臨死亡，很多人死了，很多人僥倖活下來，但只有少數人自願選擇死亡，這之中又只有極少數極少數的人活下來。從現在起，你我以兄弟相稱，你是我的弟弟，老大轉頭看醫生。他怎麼樣？

他確實看起來像屎，很時髦、膚色曬得很漂亮的醫生說，這句話用法語說還挺迷人的。但他會活下來。

謝謝你，醫生。我等一下去你的車上找你。

醫生走了以後，老大說：所以你會活下來。他站起來低頭看著我時，看起來真的很滿意，我則握著他給我的槍。然後他轉頭怒瞪阿邦和浪人，說：你們兩個放走的那個王八蛋也會活下來。

阿邦面無表情。浪人說：他運氣好。

運氣好？業餘者才運氣好，或是運氣差。我以為你們兩個是專業人士。你們沒有守住出口？

矮人們在外面等，浪人說。

那他們為什麼沒抓到他？

廁所有個小窗戶。他一定聽到槍聲了。

他聰明到從窗戶爬出去，但你們沒有聰明到派人守在窗戶外。

我們犯了個錯，阿邦說。我們會處理的。

你最好說到做到，老大說。即使如此，還是太遲了。他已經去找朋友了，現在我們有一個目擊證人了。我痛恨目擊證人。

嚴格來說，他什麼也沒看見，浪人說。他在廁所裡——

給我他媽的閉嘴！老大怒吼。

人非聖賢，孰能無過，浪人說。難道你就沒犯過錯嗎？沒有運氣不好的時候？不用回答，我知道答案。

我忍不住輕輕呻吟，讓老大有藉口背向浪人低頭看我。你跟我很像，他說。還有阿邦，還有黎高佩，還有浪人。我們全都選擇了死亡，我們也全都活下來了。現在你是我們的一分子了。

□

我受到的驚嚇漸漸消退，我開始感覺跟我看起來的一樣糟。這次我沒有待在天堂，而是被很時髦、膚色曬得很漂亮的醫生帶到一間私人醫院，那間醫院位在巴黎市郊一個小時車程的某處，專門服務付完法國稅金和社會保險後還有可觀財富的人。他們給我一間有舒適家具的專屬臥室，而不是醫院病房裡的一張病床。我的浴袍是雲朵般蓬鬆的白色棉布，我的電視接收的訊號非常清晰，我的白人護士們客氣又專業，我的飲食受到監控，我的食物一級棒，我的牆壁是厚厚的石頭，我看出去的風景是乾草地和深秋的鄉間風情。我可以泡熱水澡，在三溫暖裡流汗，在花園散步。我是這間療養院裡唯一的非白人，這裡以前是一座小莊園。我沒有與別人打交道。

每隔一週左右，那個很時髦、膚色曬得很漂亮的醫生會來檢查我的復原狀況。他會為我帶來書和雜誌、葡萄酒和干邑白蘭地，還有小包的哈希什和小瓶的靈藥，他並不認同這兩樣東西，但他別無選擇：那是浪人的禮物，不容你拒絕的禮物。除了每天都會來的護士和勤務員，以及偶爾現身的醫生之外，沒有人打擾我。我在房間吃飯，自己到處蹓躂，先是用助行器，後來用拐杖幫忙，最後終於靠自己的雙腳。一切都好安靜，通常只聽見鳥兒的歌唱聲。如果我已經去過天堂，那麼這裡就是樂園。在療養院的大把空閒時間裡，我把全副精力都用在精進法語上，方法是看法語電視、聽法語音樂、讀醫生順應我的要求帶來的書籍和雜誌，還有努力研讀法農的《黑皮膚，白面具》。我向醫生問起費用的事，他說：你家老大會處理。那時我就知道我畢業了，我已經觸底然後反彈了，從下水道裡浮上來了，雖然看起來像屎，但喘著氣在呼吸。我還活著。

我現在明白，面對死亡，我們沒什麼好怕的。這不是各大宗教給我們的教誨嗎？或該說這不是它們應該給我們的教誨嗎？我就像耶穌基督，死而復生，我學到恐懼死亡沒有必要，只要你曾擁有完整而充滿意義的一生。我曾擁有這樣的一生，即使有些人會稱之為愚蠢且毫無意義的。然而，一個人的一生是否活得值得，是只有那個人本身和上帝才能回答的問題。而由於上帝並不存在，其實能回答的人只剩你自己。我就寢前並不會呼喚一個不存在的神，倒是會複誦《黑皮膚，白面具》的最後一句話：「我最後的禱詞：噢我的身體啊，讓我永遠是一個懂得質疑的人吧！」

干邑白蘭地、哈希什和靈藥都有助於我復原。我把它們應用在一套食療法中，這套食療法的原則是：跟著感覺走，想用哪個就用哪個。而我的感覺還滿常說來就來的。就整體而言，我所攝取的非醫療性藥物將我的心智與我的身體和它體驗到的痛苦隔絕開來，包括生理和心理的痛苦。儘管靈藥拖慢了我閱讀法文的能力，但我的口說流暢度和社交能力都有所增進。在靈藥的影響下，我熱切地想和醫生、護士說話，還有在少數遇到其他患者的時候，也想跟他們交談，而他們對我很包容，把我當作他們自己的 Le Chinois。我現在是那個男人或那個女孩，是在一群（白）人中落單的亞洲人，在一面白色帆布上濺上的一小滴焦慮的黃色顏料，證明所有人都很開明很寬容，並且世故到在吃米飯時使用筷子。**難道不是哪裡都必定有一個 Le Chinois 嗎？**我在寫給堂姑的信裡說，**除了有一個 La Chinoise（中國女人）的時候之外？**

幾星期過去，冬天來了。我每天都看報紙，很慶幸沒看到報紙提及某倉庫裡的大屠殺。矮人們處理掉物證，並且清理現場。即使我們罪大惡極，我們亞洲人仍然謹慎而有禮貌。我們進到別人家時會脫鞋，棄置屍塊時做得安靜俐落。要是有可能把那些屍塊的影像從你的良心和記憶中抹除該有多好！毫無例外，每個國家都隨時在處理屍塊。要不是有那些萬人塚來埋葬我們遺忘的東西，我們怎麼能抬頭挺胸做人？

□

最後很時髦、膚色曬得很漂亮的醫生宣布我康復了，但是我的狀況證明他的診斷是錯的。我確實沒有任何感覺，不管是內在或外在，但這難道不是個問題嗎？為什麼我不感到麻木的時候，又時時刻刻覺得需要靈藥呢？答案勢必是即使**你**沒有把一發真正的子彈射進我的大腦，**你**也把一發隱形的子彈射進了我的心智。對多數人而言，結果很可能是一場大災難。但我比多數人撐了更久，而目前為止還沒有什麼可以殺了我。我不再是傳統定義下的人，而是一個超人。我是瘋狂雜種。穿透我腦袋的隱形子彈沒有轟掉我的頭，卻或多或少把它拼了回去。你和我，我和我自己，終於重新結合為一。或是換另一種說法，我和我自己合起來就是那個最重要的問題的答案，那個全人類共通的問題，那個我們都在某個時間點問過自己的問題，或是問過別人的問題，至少在我們自己心裡問過：

你
他媽

以為自己是誰？

在樂園籠罩我的平靜感，讓我聯想到我們通過狂亂暴風雨之後，在船上降臨的那股平靜感。唯一能聽見的聲音是海浪拍打船身以及倖存者的啜泣聲。感謝上帝！神父說。感謝上帝！我們通過暴風雨了，我們還活著！最糟的已經過去了！當然，神父錯了，明天將迎來那些活潑的海盜。

想到那個神父以及他對神的錯覺，我不禁對自己感到噁心。我他媽是怎麼回事？我把靈藥怎麼了？我有好幾個茶包大小的透明塑膠袋，每個塑膠袋裡都裝著白色粉末，它們是前往月亮的小小車票，只可惜是來回票。你在旅程高峰可以欺騙自己你正撫摸著上帝的臉*，而事實上你什麼都沒摸到。靈藥是一種和別人沒什麼不同的宗教，也就是人造的信仰，而我是個無神論者。我不會像幾十億狂熱分子一樣成癮，對他們來說，宗教是大眾的鴉片——還是該說鴉片是大眾的宗教？——所以我撕開第一包粉末，把它倒進馬桶。然後我沖水。

我沖掉三包，正準備打開第四包時，突然聽到哈希什的聲音。**你腦子壞掉了嗎？**我停下來。嗯，是啊，我很可能腦子壞掉了，至少是其中一個腦子。**你用馬桶沖掉的是好東西啊！**沒錯，

---

* 譯注：典故出自小約翰・吉萊斯皮・馬吉（John Gillespie Magee Jr., 1922-1941）所寫的十四行詩〈高空飛行〉（High Flight），此詩靈感源自他在二戰中駕駛戰鬥機的親身經歷，在詩的最後形容飛到高空時，伸出手彷彿便能觸及上帝的臉。

但它對我沒好處。**你知道那值多少錢嗎？我還滿清楚答案的。比它的等重黃金還貴！**是啊，可是……**多想一下，不要衝動。你永遠不知道什麼時候可能需要。**我手中的兩包白粉不發一語。靈藥跟哈希什不一樣，它不需要說話。哈希什也許是預言家，但白粉是上帝。

□

那是老大的主意，也可能是浪人的主意。新年後他們來看我，那時候我在樂園待的日子已接近尾聲了，他們把話題帶到ＢＦＤ身上。儘管天寒地凍，我們還是坐在花園裡的一張綠色長椅上，老大在我一側，浪人在我另一側。

我痛恨那個該死的雜種，浪人說。別見怪，世上有分這種雜種和那種雜種，以你來說沒有選擇的餘地，這傢伙則是自己選擇要當雜種的，或是被養成了雜種，但不管怎麼說……

他跟你的生意有什麼關係？我說。

勒索始終是門好生意，因為可以勒索的事實在太多了。但是除了金錢的利潤之外，咱們姑且說這是我在做善事。我也因為他的政治傾向討厭他，也討厭他的社會主義者總統。他可不是我的總統。蘇聯已經占領阿富汗，現在有幾千輛蘇聯坦克在富爾達缺口的另一側。共產黨已經準備好要入侵西歐了，結果法國人還笨到選一個社會主義者？有人應該趁他還年輕，後果還不會太嚴重時把他轟下台。也許我現在動不了總統，但我能在這雜種坐大之前動他。尤其是我們有你近在他身邊。

我可不會說有多近。

夠近了。你只需要把他弄到天堂去就行了。

我能得到什麼好處？

你可以用現金買一輛拉風的跑車。去環遊世界。在天堂住上一兩年。

我會給你一筆預付金，老大補充。還有從餐廳升職，改去我的新酒吧工作。

你開了新的酒吧？

它叫「鴉片」，他有一絲得意地說。我自己想的名字。你覺得怎麼樣？

在相對而言很短的時間裡，你能完成這麼多事，真是太了不起了，我說，拍他的馬屁，抱他的大腿，捧他的卵葩，用我滾瓜爛熟的方式，也就是統統一起用下去。你真的很有做生意的天分耶，老大。

我從很多年前開始就透過浪人在投資了，早在西貢淪陷之前就布好這裡的棋局了。因為人必須為意外事件做好準備。

克勞德也會說一樣的話，我心想。

你會喜歡它的，它在城裡時髦的拉丁區，觀光客最喜歡去那裡了。皮椅、各種不同價格的酒、性感的女服務生，有水菸斗讓你抽正經的菸，還有水菸壺可以嘗試異國風味。有仿造鴉片館打造的包廂。只是一些鴉片的暗示，又沒有真的鴉片。

太棒了，我說。很有……想像空間。可是ＢＦＤ的事——你為什麼覺得他會有興趣？我是說去天堂？

他喜歡女人啊。嗯，誰不喜歡呢？但他特別喜歡，遠超出平均值。而且他願意為她們花錢。

把他弄到那裡，剩下的我們會搞定。

剩下的是什麼？

到時候你就知道了，老大說。還有比天堂更好的東西。

12

堂姑來療養院接我的那天早上，我在原野間散了最後一次步。我在這裡住了多久？幾乎兩個月？我已經好多年沒有這麼放鬆了。我連一次突然的爆哭都沒有，也不曾感覺情緒有太劇烈的起伏，我幾乎很……快樂，沒有任何事令我煩心，甚至包括堂姑某一次來看我時帶給我的禮物，我們的老朋友送的新書，她說。我們要翻譯它。我看到書封上的作者名時幾乎畏縮——理查・賀德，《亞洲共產主義與東方破壞模式》的作者，我們用來互寄加密訊息的密碼檢索本。他的新書書名是英文，《邪惡帝國的東方起源》。書封上的另一個名字是為它背書的人——亨利・季辛吉，他的頭銜是「諾貝爾和平獎得主」，這個哏好笑到害我笑出來。如果我在街上拿刀刺某個人，我是個殺人犯。但如果我像季辛吉一樣，是尼克森總統的國家安全顧問，我同意讓好幾隊轟炸機把好幾噸炸彈投射到好幾千個無辜的人身上，我就是位政治家。而如果我跟人談成一筆交易，暫時停止我的綏靖之戰，我就能獲得帶來和平的美名。要是希特勒成功的話，他或許也會贏得諾貝爾和平獎，因為沒有什麼比盡可能消滅最多敵人更能有效帶來和平的方式了。

但我離題了。季辛吉對賀德的最新著作是這麼說的：「對蘇聯思想做出發人深省且鞭辟入裡的探討，正如賀德以驚人效果呈現在我們眼前的，蘇聯思想是它自己最大的敵人。」這本書的論點以大寫字母摘要列在書底：

具開創性的作者所提出的突破性分析，揭露了蘇聯並不真的屬於歐洲，而是東方式的。理查·賀德為「東方專制主義」賦予新的意義，呈現出論及共產主義與民主主義，東方和西方是涇渭分明的。

所以現在共產黨成了東方的東西？我實在太困惑了，我同時被共產主義和東方主義給汙染，以至於我承認到了我在樂園的最後一天，我都還沒有讀那本書。我寧可把閒暇時間用來一遍又一遍地聽強尼·哈立戴的歌，徒勞無功地試著理解他的音樂魅力，同時也讀《巴黎競賽》裡的名人八卦（我從這本雜誌知道巴黎市長和他的妻子收養了一個越南女孩，我好嫉妒）。但我散最後一次步時帶著賀德的書，預期我會需要讓堂姑看看我很喜歡她送的禮物。

我在一座露台下的長椅上坐下，打開書，迅速翻到最後面——五百一十二頁！——然後讀了最後一頁的開頭幾行：

我們必須更新對民主與勝利的奉獻，因為民主與勝利並不是從天上掉下來的。我們的優勢在於有一個較優越——說真的，是優越很多——的民主思維與信念的系統，承繼自希臘人並經過數千年的精煉。然而他們有一股蠻力，他們可以眼皮眨都不眨就屠殺幾百萬人，即使那幾百萬人是他們自己的人民。從歷史來看，有時候用蠻力的人

> 會獲勝。現在蘇聯正試圖在阿富汗再一次示範那悲哀又醜陋的事實。我們必須致力確保阿富汗是他們的越南。

「他們的越南」？那是什麼意思？是不是就像在說：我們永遠都有巴黎？只不過大家說到「巴黎」時，他們指的是酥脆的可頌，艾菲爾鐵塔，還有像卡萊·葛倫和奧黛麗·赫本在《謎中謎》裡乘船遊覽塞納河，還有一杯香醇的松賽爾白酒，還有在巴黎聖母院上眺望風景，同時頭戴貝雷帽、身穿條紋衫、演奏手風琴的丑角提供娛樂，等等如此這般。上帝幫幫我——「上帝」在這裡只是象徵性的說法——我也相信這樣的巴黎！一個就像上帝一樣「真實存在」的巴黎。但是當理查·賀德這樣的人說「越南」，他和他大部分的讀者所想的是燒夷彈，燃燒的女孩，還有中彈的頭部，還有一大群戴著斗笠、面目模糊的人，他們穿著普通的黑衣服，如果天時地利人和的話，那身裝束也可能是巴黎最時尚的高級定製服。「越南」簡言之就是戰爭、悲劇和死亡，等等如此這般，我很想知道，它要到哪一天才不再等於這些關鍵字？

等堂姑來接我時，我還把這個問題當一根大腿骨在努力地啃。過去有太多的骨頭等著被挖出來，我永遠不愁沒有東西可啃。我想停下來，真的，可是像我這樣罪大惡極之人沒有權利停下，也許唯有我為我的罪行遭到懲罰後，我才有權利遺忘過去吧。問題是雖然我在再教育營裡受到頗為無情的懲罰，那卻只是為了一樁罪行，也就是眼睜睜看著中情局訓練出來的南越警察強暴共產黨特務，而沒有試著阻止他們。另一方面，我其他所有的罪行都未遭到懲罰：背叛阿邦，協助他殺死吃喝無度的少校，殺死小山，還有最近期的，被牽扯進披頭四、醜男和更醜男之死。至少我終於對小山和吃喝無度的少校說了對不起。道歉最起碼是個開始。但如果這是開始，它會怎麼結束？

□

堂姑開著一輛向ＢＦＤ借來的迷人義大利敞篷車停在樂園門口。有個有錢的朋友和捐助人真好，她說。我先前告訴她我的住院費是我那非常慷慨的老闆付的，他很關心我精神崩潰的事，這是很貼近事實的謊言。我確實精神緊張，也確實崩潰失常了。你現在覺得怎麼樣？我們駛離樂園時她問。

我轉頭看著石造農舍，它在幾十年前被改建成樂園的主要辦公室，我憂悶地嘆口氣。樂園是我住過最舒服的地方，而我能住進這裡的唯一條件就是死掉。我感覺好極了，我說，但她一副不相信的表情，我覺得有種必須進一步解釋的衝動：我無所事事地過了七週。這七週感覺更像七個月——

也許你應該搬回來跟我住。我不知道你在餐廳做的這些工作對你究竟好不好，跟阿邦住在一起也是。既然你都精神崩潰了，這些事對你一定沒好處。你可以睡我的沙發，也不用付房租。

那妳抽的哈希什佣金呢？

只要你賣給我的朋友，你就要繼續付我錢。不過除此之外，你就回學校去專心學法語吧。她瞥向我放在腿上的《黑皮膚，白面具》。你真的讀那個的法文版嗎？

是啊，我說。我的法文現在真的很好，幾乎恢復到我從法語學校畢業時的水準。

那是殖民地學童式的法語。除非你的法語很完美，否則你不能期望當法國人，她說。即使在美國，就算你說一口完美英語，可是長得像你或我，你就不是真正的美國人，不是嗎？

我很難質疑她的主張，但我說：妳覺得妳完全是法國人嗎？白人也認為妳是法國人？

我當然是法國人！我們不像美國人，他們真的有種族歧視。看看他們是怎麼對待黑人的。奴役！私刑！種族隔離！強暴！永遠的二等公民。我的天啊，在美國當黑人一定很慘，你在美國永遠都是黑的。現在流行的說法是什麼？「非裔美國人」（Afro-American）？想像一下，你這輩子都得被一個連字號跟別人區隔開來！在這裡，任何人都能當法國人，但你必須想要當法國人。你必須在照鏡子時看到一個法國人，不是一個亞洲人或某個有色人種。你想要當法國人嗎？

我遲疑著。一部分的我確實渴望當法國人，那部分的我在看到一片柔嫩的肥鵝肝時會忍不住流口水。只要我父親承認我是他兒子，我原本是可以當法國人的，但他卻拒絕接受我，這種拒斥與享受肥鵝肝時最重要的一味食材——健忘——沒什麼兩樣，因為如果我們能看見肥鵝肝是怎麼做出來的，農夫用漏斗強迫灌食可憐的鵝吞下大量穀物，直到牠的肝幾乎要爆掉，那麼或許我們就沒有那麼好的胃口享受這份佳餚，它就和許多佳餚一樣，是用悲慘來調味的。即使如此，我還是想說我想要，真的，我想要想要想要——

你想要當法國人嗎？他們就在那裡，法國文化和文明的手藉由堂姑朝我伸出，她活生生地體現了我能成為什麼模樣，以及法國給我什麼樣的承諾。我只需要說——

不，我說。我不想。

那麼這就是問題所在了。

當然，我就是問題。問題永遠都出在我身上。我望著鏡子時，看到的既不是法國人也不是美國人也不是越南人。不，我不是一個國家。我誰也不是，說得好聽是一種否定，說得難聽是個雜種。我從法農的文字獲得勇氣，他以黑人的立場寫作，本身也算是一種雜種，至少在黑人恐懼症患者的眼中是如此。他的困境也是我的困境：「當我開始看出黑人是罪惡的象徵後，我發現自己仇視黑人。但接著我又發現我就是黑人。有兩種方法可以從這種矛盾中解套。要嘛我要求別人不要注意我的膚色，不然我就希望他們注意到我的膚色。」對黑人來說，你是不可能否認自己的黑人身分的，就像我也不可能否認我的雜種身分。儘管正如馬克思的主張，一般人在資本主義下是與自己異化的，因此就連富有的中產階級也覺得不快樂，而有色人種——我覺得自己算是——更是雙倍地異化，在資本主義以及它的舞伴——殖民主義——下，種族歧視會惡化他們的體驗。這種異化不是黑人或雜種創造的，而是真正的雜種——種族歧視者和殖民者創造的，他們把加害者創造的環境怪罪在受害者身上，而這種異化只有一個解決之道。解決之道就是「起身抽離其他人安排在我周圍的荒謬鬧劇，回絕那兩個同樣令人無法接受的詞彙，然後透過一個人類朝全宇宙伸出手」。

對！我也是舉世皆通的，而我舉世皆通的身分就是我、徹底的我，即使我已經完全搞砸了，那不就是法國人要的嗎？法國人把我們共有的過去視為歷史上一個悲慘的偶然事件，一個出了差錯的浪漫愛情故事，這話只對了一半，因為我把我們的過去視為他們犯下的罪，那才是百分之百正確。你要相信誰？強暴犯還是強暴的結晶？文明人還是雜種？

我希望你會來住，堂姑繼續說。不過我得提醒你，目前剛好有人來借住兩晚。

我猜猜，一半一半的機率。是我們的朋友毛主義博士？

不是。

BFD？

我不是說過你傳統得令人鬱悶嗎？我只是跟他們上床，並不會真的讓他們留宿超過一晚。你在表演會上會見到她的。

堂姑真是充滿驚奇，以至於就某種程度而言我甚至不覺得驚奇了。

□

我們設法通過一個區域，那裡的街道比法國人的平均思維還要狹窄，最後終於在互助會活動中心的街角找到停車位，協會的春節文化表演將在那裡舉行。我們步行轉過聖維克多街的街角後，看到一群鬧哄哄的人聚在活動中心外頭，看起來是二、三十個越南人，他們正藉由法國最受歡迎的國民運動來用力表現他們有多像法國人或是多麼想成為法國人：他們在抗議。他們的標語牌寫著「共產主義是邪惡的」、「打倒共產主義」、「胡志明是殺人犯」等等，重複到讓人厭煩。他們用越南話大聲喊出這些以及其他口號，走進活動中心的人則用法語低聲交談。抗議者散發著一股難以言喻的氣息，讓人覺得他們是剛來不久的難民。是男人們積在腳踝處的褲腳，令人不由自主注意他們灰撲撲的鞋子嗎？還是女人們有厚重瀏海的俗氣髮型？

哎唷喂，堂姑喃喃道，我想她的意思是有這麼多越南人聚在同一個地方，又不只是為了饒富風雅地證明他們的出身，像是吃一頓飯或是進行文化表演，而是為了**製造噪音**，這有點令人不舒服。製造噪音不是越南人會在法國做的事。製造噪音是越南人在越南或美國做的事。法國的越南後裔都安靜、低調、迷人，最重要的是，不具殺傷力。他們屬於比較高級的階層，或至少到現在之前都是，他們想像自己是法國人（在發揮同化力的最佳狀態下）以及流亡者（在他們個人主義作祟的最壞狀態下），但是這一群寒酸的難民完全談不上同化主義或個人主義。

共產黨！有個女人指著我們大叫。我很想說：不好意思喔，我是前共產黨員，但我忍住了。不過堂姑毫不客氣地伸出手指回敬她，說：共產主義統一並解放了國家。像妳這樣的人讓國家分裂，現在妳還想用妳的反共意識分化我們。

妳這愚蠢的**母狗**——

妳才是愚蠢的母狗，妳這肥牛——

她不能又是母狗又是肥牛，不過也許雜種沒資格說三道四。我拉著堂姑走進大門，不確定她是突然很像越南人還是單純展現巴黎作風，因為對這兩個文化而言，潑辣都是第二天性。

真是丟臉，我們跨進門檻後堂姑就嘟噥。那些人喔！

真的，我嘟噥回應，這時協會主席從參加表演前的招待會人群中走出來。他看起來頗為沮喪。親愛的，他對堂姑說，他們本來就熟識。那些人是誰啊？

那些人是我們的同胞，我想要說，可是那不完全是事實。外頭的抗議者自認為是因緣際會身在法國的越南人，而裡面的人自認為是因緣際會跟越南有點瓜葛的法國人。面對這兩種選項，也許當個雜種也不是太糟。我一眼看到阿邦，他在門廳，他一直都接受我的雜種身分。他在角落裡閒晃，穿戴著人體迷彩服：鬍子刮得乾乾淨淨的臉，頭髮梳整過，還有一套有誇張墊肩、樣式還不算難看的灰色雙排釦西裝，我猜這一切都該歸功於阿鸞。我上一回看到他這麼上得了檯面或這麼渾身不自在，還是西貢淪陷之前的事，那時阿鈴逼他打扮得像個成年人。

你看起來不像屎了，阿邦用這句話向我打招呼。

你看起來像個正常人類，我回答。

是嗎？我感覺像屎呢。我應該在外面跟聯盟的人在一起。

聯盟？

自由越南人民聯盟。他們決定不要讓協會的共產黨代替所有越南人民發言。我應該跟他們在一起抗議這些人，而不是在裡面假裝跟這些人是朋友。

我看到阿鸞朝我們走過來，就說：你是為阿鸞做的，不是你自己。

他擺個臭臉，在阿鸞走近時保持安靜。阿鸞穿著絲質紅色奧黛搭配絲質黃色長褲，這要嘛就是反共旗幟的顏色（從某個角度來看），要嘛就是共產黨旗幟的顏色（從另一個角度來看）。不管怎麼說，穿著這些顏色的年輕女人都很像象徵我們國家的婀娜多姿的少女。這些少女出現在漆畫和貝雕畫裡，幾乎家家戶戶和每間美術古董店都有這些畫。阿邦表情開朗起來，露出溫柔的笑容，這讓人有點不安，因為我熟悉且喜愛的阿邦是個憂鬱的殺手。親愛的，她說，而他也回應：親愛的。我完全被搞糊塗了，因為如果阿邦都能夠找到愛情，而我這個慣於每幾個月就墜入愛河一次的人卻只能獨飲寂寞，這世界是怎麼了。阿鸞邀請我去她的公寓吃晚餐，非常熱心地堅持要我答應。她的殷勤感動了我，提醒我人性的存在——不只是她的人性，也包括我的人性。

這是我的榮幸，我說。

你看起來很棒，她用這句話當作道別，走開去向成功穿越抗議人群的朋友打招呼。即使一部分的我知道她在說謊，另一部分的我卻想相信她。也許我真的在回到人性的路上了，盲目地摸索著，許多小小的善意在輔助我。阿邦破壞了我的心情，他悄聲說：我有東西要給你看，然後從他外套的內側口袋取出一張照片。這是雜種的照片。

我一開始以為他指的是我，但照片中是別人，那男人戴著棕色紳士帽，身穿深藍色大衣，還戴著……白色面具。這張面具和悲劇與喜劇面具那種大哭和大笑的表情不同，它很平滑，沒有五官，沒有表情，遮住他大部分的臉，只在眼睛和嘴巴的位置開了縫。他身後有個路人回頭看，被戴著面具的男人弄得有點憂慮和困惑，但至少她沒有被沒有臉的男人嚇得花容失色。

你覺得這就是他？我邊說邊摩挲照片邊緣。

我知道這就是他。他當時正從大使館出來。我已經在馬路對面的咖啡館坐了好幾天好幾夜，就為了等一個機會。我本來想跟蹤他的，但他上了計程車，而我沒叫到計程車。他好像住在大使館，幾乎足不出戶。我們去廁所吧。

你去吧，我不想上。

我們去廁所。

我跟著他，中途暫時停下來跟協會的波希米亞人打招呼，他們已經成為哈希什和靈藥的忠實擁護者。學生、律師、牙醫、醫生……全都是值得尊敬的人，而他們私底下也喜歡拓展自己的心智。

你不能永遠做這個，阿邦在廁所裡說。這種事沒有未來可言。

我們是半斤八兩吧。

等我殺了無臉人，我就不幹了，阿邦說。我會辭職。

你不能向幫派辭職，我說，絕望地想轉移他的注意力。而且老大要你殺了蒙娜麗莎。

好吧，他對你做了那種事是該死。我殺了他以後就退休。

你認為老大會放你走？

他知道如果他不讓我走，我會殺了他。

你這麼告訴他？

像他和我和浪人這樣的人不需要明講，我們只要看對方的眼神就知道了。像你這樣的傢伙才需要講個不停，要你不講話簡直就像要你的命，你會不知道該怎麼辦才好。但至少你可以做點有意義的事，幫助我殺了無臉人。只可惜他今晚沒有來。

我暗中鬆了口氣，但我說：我不知道你在等他。

既然無臉人沒有臉，我想他並不是很喜歡交際應酬。不過你大可以殺了大使啊。大使有來。

那我就永遠沒機會殺無臉人了。

如果你殺了無臉人，你就永遠沒機會殺大使了。

被你抓到小辮子了。阿邦聳聳肩。好吧，我也想報仇，這有什麼錯嗎？

嚴格說來，沒什麼錯。不過嚴格說來，無臉人幾乎不離開大使館，你打算怎麼對他出手？

我有個計畫。

另一個計畫？我的心跳稍微加速。你打算什麼時候告訴我計畫的內容？

我現在就告訴你。他從外套口袋拿出一只信封，裡頭是兩張下個月的《幻想曲八：巴黎現場秀》入場券，表演結束後還要在鴉片酒吧開慶功宴。我攤開信封裡的宣傳單時，第一眼看到的是**她**，我唯一不該愛上的女人，她的頭向後仰，秀髮飄揚，紅唇微微張開，露出若隱若現的白牙以及說不定，只是**說不定**，也露出了她的舌尖。我的身體仍然記得那條舌頭的觸感。蘭娜。兩個音節，我的舌頭在上顎頂兩下。ㄌ—ㄌ—ㄌㄢ—ㄋㄚ！許多年以前，當我們在做愛，或性交，或私通，或交配，或也許同時做以上所有事的時候，我就是這樣喊出她的名字嗎？蘭——娜——！

噢，我說。

確實是該噢。你有機會在鴉片跟老情人見面了。或也許在那之前，如果她想做點更私密的事的話。

你的計畫是怎樣？

我們的無臉人這輩子已經看過無數春節慶祝活動了，他來巴黎不是為了再看一場。我不知道他來做什麼，但他會去看《幻想曲》的。

因為他是個喜歡找樂子的人？

因為他是個越南人。巴黎的所有越南人都會去看這場表演，即使是自認為法國人的那些人。

即使是共產黨？

他們從太久以前就已經被剝奪好的娛樂了，他微笑。尤其是這個共產黨，政委。再教育營裡有傳言說這個政委有點腐敗，他喜歡西方音樂，流行樂和搖滾樂，民謠，那些病態的東西，黃色歌曲。

我點點頭。這倒是真的。那些病態的東西，黃色歌曲，是我蒐藏的唱片，我離開西貢前把它們送給阿敏，其中最值得一提的專輯包括貓王、五黑寶合唱團、查克·貝瑞，當然還有披頭四和滾石合唱團。阿敏把我的唱片都搬到再教育營，不過在那裡我並沒有機會聽。可是我沒提起我的寶貝唱片，我說的是：如果你被逮到，你和阿鸞會怎麼樣？阿鸞是不是共產黨我們不知道，不過她絕對是左派人士，一個同路人，否則她不會跟大使共處一室。難道這不會使你——

阿鸞的事不用你操心，他沒好氣地說。

我觸碰到一根敏感的神經了，不是因為我想，而是因為有太多神經等著被觸碰。還是說有某部分的我——不如說我自己好了——想要挑逗那根神經？

我剛才說過了，我要退休了。我會解決掉無臉人，然後跟阿鸞結婚。

我驚愕到對他瞞著我的又一個計畫啞口無言。阿邦看到這宣告造成的效果不禁面露微笑，為了強化他的喜悅，他從外套裡面取出一把槍，那槍本來藏在他後腰處。這不是他後來瞄準我的槍，而是蒙娜麗莎的槍，也就是我用來殺死自己的左輪手槍。送你的小禮物，他邊說邊遞給我。它的握把觸感很熟悉，重量也很熟悉。這左輪手槍的重量差不多等同於一個靈魂，或五個靈魂，也或許甚至是三百萬或四百萬或六百萬個靈魂。有何不可？畢竟死去的靈魂幾乎沒有重量。

13

我們到後台換上戲服，我們要在第一齣滑稽短劇中扮演農夫。在現實生活裡，這類服裝在最好的狀態下也應該浸滿泥巴和汗水，更糟的根本會是補了又補的破布，但這是一場正式文化表演（相對於非正式文化表演），所以我們棕色的上衣和黑色的長褲都整齊、潔淨、乾爽，我們的光腳丫也是。我就以這副打扮在舞台側邊就定位，與其他舞者待在一起，這時主席跳上舞台。他的言論長度超出必要一倍，因為是雙語的，等他終於講完時我已經在打瞌睡了，他詳述了協會的歷史、越南文化的重要，以及越南人對法國的感謝，不過他完全沒提到在外頭抗議的聯盟。接著他介紹越南大使，我差點崩潰尖叫。大使也如法炮製，繼續用雙語老哏舒芙蕾荼毒他的聽眾，頂端再加上打發鮮奶油——大量塗抹到法國文化上的過度讚美。要用兩種語言說那麼多話卻又言之無物，需要一點真本事。

到了這個節骨眼，我的大腿已經在默默哭泣，我身體的其他部位也是，因為我們鄉下農夫全都蹲坐在自己的腳跟上，這姿勢可追溯到幾千年前了，但是西化的我已經很多年沒有練習過這個動作。身為一個雜種，也許我在基因上就不適合這樣蹲著，不像我母親可以維持這姿勢一整天，看顧柴火、做飯，或是照顧嬰兒和幼童來賺錢。我能感覺到其他農夫們也有些不安，他們都是法國都市的中產階級，很可能連鋪滿糞肥的土地都沒踩過，不管是在哪一邊的祖國。假農夫們不斷轉換左右腳重心，努力不露出苦瓜臉，大使終於講完時，我們全都準備好一躍而起。這時主席回到講台，說：現在有請我們下一位致詞者……

我輕聲呻吟，其他農夫也是，除了阿邦之外，他只是悶哼了一聲，完全不以蹲姿為苦。主席介紹今晚的特別嘉賓，「越南和越南人民的朋友」以及「一九六八年五月的革命者」。他是——還會有誰？——BFD。堂姑提過他會出席，發表一篇無疑是罐頭式的致詞，大有可能用含有肉毒桿菌的東拼西湊想法害我中毒。他是另一區的區長，但他負責的十三區正湧入愈來愈多的越南人，全都是痛恨共產黨的難民，搞不好還包括其中一些抗議者。對那些難民來說，社會主義者只是衣服比較漂亮的共產黨，是粉紅色而不是紅色，他們相信應該藉由稅賦、社會效益以及福利國家來強制進行財富重分配，而不是採行土地改革、經濟共同體和警察國家。BFD在這些抗議者面前討不了任何好處，但他想要證明自己在不同意識形態和更高階級的越南人之間廣受支持，至少堂姑是這麼說的。

更高階級的人？我當時說。一個社會主義者說這種話不覺得諷刺嗎？

不諷刺就不叫法國人了。

嗯，有哪國的人不諷刺嗎？你能舉出任何一個國家，不是說話說得冠冕堂皇，一轉身又做出卑鄙齷齪的事嗎？BFD就像是諷刺的化身一樣走上舞台，這個人民公僕穿的西裝昂貴到能夠餵飽一整個村子。他也是一個民選官員，獻殷勤的對象卻不是他自己的選民，也許他認為他的演說能打動觀眾中的某個人搬到他的選區並投票給他。又或者他是在效法沙特，儘管沙特是很投入政治的激進分子，也同聲呼籲要幫助越南難民逃離共產主義。又或者BFD就和每個政客一樣，難以抗拒在聚光燈下冒汗這個最基本的政治活動。

我親愛的朋友們，他開口。今晚很榮幸來到這裡，與你們一同頌揚越南文化。我們這兩個民族——法國人和越南人——擁有悠久的歷史，也值得好好頌揚。〔**掌聲**〕你們早就已經成為法國的一部分了，你們讓我們想起法國文化的偉大以及越南文化的偉大，而法國人並不能好好認知到這一點。我們來到越南時，我們並非每次都表現出適當的行為。殖民是錯的，我的朋友們，法國人根本不該奪走另一個國家的獨立。〔**掌聲**〕當越南人起身對抗我們時，他們教了我們沉痛而必要的一課。可是到了一九六八年，我們許多人——包括我在內——站在歷史正確的一方，支持胡志明。而法國整體而言站在和平的一方。我不需要提醒你們，終結美國在越南的帝國主義的和平協約，就是在這裡，在我們光榮的城市簽署的！讓我們期盼美國帝國主義者也從越南身上學到了教訓。如果他們學到了教訓，有朝一日他們也會感謝勇敢的越南人民！〔**掌聲**〕儘管法國的殖民令人遺憾，我們卻從未做過像美國人做的那些可怕的事，而且我們留下了**文化**。有鑑於此，我希望越南人民已經原諒法國人。我們懷著高尚的意圖來到印度支那。我們帶來自由、平等、博愛。〔**掌聲**〕我們鋪馬路，我們開運河並排空沼澤，我們建設西貢，我們蓋法語學校和大學，好讓每個人都有機會受教育並治理自己的國家，而不只是由滿清官吏獨攬大權。我們訓練出一批藝術家，後來他們為胡志明和他的自由鬥士畫了許多輝煌的畫作。若是沒有法國，根本不會有胡志明或他的盟軍了。我們把越南學生帶到法國，給了他們在革命中戰鬥的工具——用來反抗我們！簡單來說，沒有什麼是絕對的好或絕對的壞。我見過許多在法國這裡很快樂的越南人，他們覺得這裡就像家一樣。他們當然會有這種感覺！因為法國就是你們的家啊！你們回家了！〔**掌聲**〕你們人在法國，就表示我們可以放下過去。你們人在這裡讓我們知道我們都是法國人。你們人在法國證明我們法國文化的偉大。共和國萬歲！法國萬歲！〔**掌聲**〕

由於我仍然能從雙方面檢視任何議題，儘管我的大腿痛到快抽筋了，但我看得出BFD並沒有完全說錯。他甚至可能幾乎說對了。而從觀眾熱烈的掌聲研判，許多人顯然都贊同他的說法。他們怎麼會不贊同呢？他們在這裡當然有回到家的感覺！事實很可能是，他們或他們的父母，或甚至是他們的祖父母，在**他們還在越南的時候**就把法國當家了！來到法國後沒有回到家的感覺的越南人，不是回去越南為革命奮戰，就是被懷疑他們不夠法國的法國人驅逐出境。這些是真心誠意相信自由、平等、博愛的越南人，以至於他們沒看見法國人用來取代連字號的括號：「自由、平等、博愛（但晚點再說，至少對你們而言）。」這些大吃一驚的革命分子成為難以消化的越南人，他們吞不下法國，本身也讓人吞不下去。至於留在法國的越南人，自從他們還在越南的時候，法國文化就開始啃咬他們了。等他們來到法國的時候，他們已經像某幾種起司，頗為柔軟且易於消化，而他們在意識形態上經過巴氏消毒的兒女也繼承了這些特質。

等我們終於能站起來，皺著臉，雙腿像睡著般不聽使喚，我們演出的是一場易於入口的文化表演。充滿敵意和批判性的文化表演對像我這樣充滿敵意和批判性的人來說會很有意思，但我的品味異於常人。對多數人來說，文化表演就是一個個立體透視模型，以互相殷勤招待為主題，而不是法國人在他們的殖民地展示的權力，以充滿愛的暴力或暴力的愛為特色。以我們來說，主席把我們的盛會改編為劇本，或許隱約有點自傳色彩，或至少不完全是憑空杜撰。他寫的是一個愛情故事，由一個富有的中年醫生在淚眼朦朧中追憶敘述，故事中有個來自窮苦鄉下人家的年輕人，憑著勤奮刻苦的力量以及慈善的法國教育系統，獲得前往法國的獎學金，到了法國以後，憑著勤奮刻苦的力量以及慈善的法國文化，他成為醫生，而憑著勤奮刻苦的力量以及某個慈善的法國家庭，他贏得某個楚楚動人的法國（白人）女孩的芳心，她憑著勤奮刻苦的力量以及慈善的法國飲食習慣，一邊維持她苗條的法國身材，一邊生育並養大兩個可愛的法國孩子，他們雖然身為混血兒，卻能毫無障礙地當個法國人。劇終。

噢，我多想要那種生活啊！誰不想要呢？那比我母親過的生活好上太多了。雖然她跟那個未來的醫生年齡相仿，她體驗的卻是截然不同版本的北方鄉村生活。身為女孩，她在重挫北方的大饑荒中差點死去，那場饑荒奪走一百萬條人命，而全國總人口大概是兩千萬。一百萬！那麼多人，這卻是一場有違常理地、很容易遭到遺忘的事件。他們死時連張照片都沒有留下，不然全世界，或甚至只是越南人，也可以記住占領我們的日本人以大東亞共榮圈的名義做了什麼，還有為日本人服務的法國人為了自由、平等、博愛，或也許只是為了合作，而做了什麼。「合作」是法國人二十世紀的一大罪惡，他們只能含糊地嘟囔這個詞，音節像小石子在他們嘴巴裡滾來滾去。跟我們共同的法國殖民者直接屠殺他們人民的行為相比，阿爾及利亞人或許不贊同合作是一大罪惡。不過誰在乎阿爾及利亞人怎麼想？嚴格說來，又有誰在乎**我們**怎麼想，尤其是如果我們沉默無語，就像正常的死人一樣？

我活在死人之間，一顆隱形的子彈已經轟掉我的心智。即使如此，我還是看不見死人。我只能看見我母親給我的東西，那些跟著她一起死去的沒被拍下的照片，照片中是巷弄中和田野間的死人，帶著皮膚的骷髏，縮在當他們死時對他們來說已太大的衣服裡，鄰居、玩伴、嬰兒。是誰救了她？我的法國父親！他給了她米，那是我們的日本統治者命令他們的法國走狗把持的米，好留給日本人當作戰備物資。我父親這個殖民合作者可能會抱怨拿到米而不是麵包，但對我母親來說，餓了幾星期後吃到的第一口飯，簡直就是人生中最美味的珍饈。我父親用湯匙一瓢瓢地餵她吃飯吃了兩三天，讓她皺縮的胃習慣接收食物，然後才給她吃整碗的粥。我可憐的小母親是個奇蹟，十二歲的孤兒，在饑荒中努力求生存，沒有人照顧她。他救了我，她說。我情不自禁地愛上他，即使他是個——她說不出「神父」兩個字，便代換成「神職人員」，而她則成為他的「女傭」。這兩個委婉語放在一起，在兩年後創造出我，七磅重的高爆炸性人員殺傷砲彈，有一條延時引信，從她的炸彈艙落下以後，就在等著「轟」！即使是現在我都能看見她的臉，永遠溫柔，永遠年輕，她去世時年紀比現在的我還小。我還記得她告訴我我父親餵她吃飯的故事時，我先是震驚繼而憤怒的反應，我母親哭著把我緊摟在她懷中，在那之前和之後都沒有女人這樣抱過我。她說：原諒他，親愛的。我原諒他了，要是沒有他，我就不會有你，我愛你更甚於我自己的命。即使那是你能做的最後一件事，也原諒你父親吧。你在哭什麼？我們走下舞台時阿邦問我。

沒有，我邊說邊擦眼淚。完全沒有。

□

表演結束後，我抹掉臉上黏糊糊的多愁善感，然後從皮革包有點擁擠的活動夾層取出左輪手槍，它塞在我的自白書以及理查．賀德那本破爛泛黃的《亞洲共產主義與東方破壞模式》之間。接著我把手槍塞進褲子後口袋而不是前口袋，因為我總是擔心槍會走火，殺死我的未來後代，即使我從來就不打算生兒育女。我外套口袋裡的哈希什一如往常地對我的邏輯發笑和碎唸，但手槍是陽剛而沉默的類型，它引起我注意的方式不是製造噪音，而是用它陰沉、俐落的堅硬頂住我的脊椎和尾椎。每把槍都希望被使用，這一把也不例外。

我在派對現場遊逛，一部分的我試著想出該怎麼阻止阿邦、保護阿敏，另一部分的我則和顧客閒聊。我和其中兩人到外面去抽特別濃郁的香菸，一人是醫生，一人是進出口貿易商。我透過他們和我其他的客戶，把所有的存貨都銷掉了，還約了好幾場會面要再賣更多，不過我並不開心。我回到派對時，堂姑招手要我過去，介紹我認識她的新朋友，我一開始從遠處看還以為那是個男人。她是律師，堂姑用越南話說。剛從柬埔寨回來。

那律師穿著窄版灰西裝配上細細的黑領帶，並沒有對我露出笑容。我很快就會懂得不要當作她是對我有什麼意見，因為她本身就是正經八百，連敷衍的微笑對她來說都是強人所難。她的長相英氣逼人，不過她的臉和短髮幾乎全是由直線組成的，所以在缺乏微笑的情況下，她臉上就只有眼睛和眉毛有弧度而已。她和我還有堂姑一樣，血統也是落在西方和東方之間的光譜上，而且有鑑於她能優雅地駕馭我們的母語，她很可能有越南人的血統。

柬埔寨？我想不是可以輕鬆造訪的國家。

英氣逼人且正經八百的律師說：我不是去觀光的。

我想也是。所以妳是去做什麼的？

堂姑和律師互看一眼，堂姑點點頭。我去見波布，律師說。

我裝作若無其事。要見他應該不容易吧。

要見他非常難。越南軍隊不想讓任何人走柬埔寨跟他見面，所以我必須從泰國走。他待在靠近邊界的一座山營裡。

我相信越南人想抓到他，讓他受審。

他們已經讓他受審了。缺席審判。猜猜結果如何？

有罪？

你知道他們為什麼判他有罪嗎？

因為他有罪？

因為缺席審判的結果永遠都是裁定有罪。英氣逼人且正經八百的律師因為沒辦法對我的天真露出微笑，便用哼氣代替。在缺席審判中有任何人被裁定為**無罪**過嗎？那些審判與正義無關，它們只是道德秀。

感覺裁定一個害死幾十萬人民的人有罪，也算是公道。

你怎麼知道那些人是他害死的？

我承認我慌了手腳。我習慣自己是在場最憤世嫉俗的人，即使我用親切友好的態度、恰如其分的屈從態度或學富五車的優越態度當面具，因與我對話的人的身分而異，把我的憤世嫉俗隱藏得很好，我仍因為在這麼令人愉快的場合談起這麼嚴肅的話題而侷促不安，尤其是我正在哈希什引發的恍神狀態中。

你怎麼知道？律師複述，好像我是法庭上的證人。

我想到麥德琳在天堂的廚房裡哭泣，便說：從報紙上看來的。還有從柬埔寨朋友那裡聽來的。

我當然不是質疑有幾十萬人死亡這件事。我感興趣的是真實的正義，而不是多數人想要的輕鬆或虛假的正義。他是個代罪羔羊，一個我們可以指著的魔鬼，指著他說：是**他**幹的。

但確實是他幹的——

他說不是他幹的。他根本沒看到那些人死去。他說他的組織對他說的是另一套說詞。

妳相信他？就算妳相信，那就表示他是清白的嗎？

他有權接受真正的審判。輿論法庭不是真正的法庭。就拿外頭那些抗議者來說好了，他們正在挑戰輿論。在這個案例中，正好跟波布的情況相反。每個人都認為胡志明是聖人，除了他殺死的那些人的親戚，而我跟其中一些人見過面。我是無政府主義者，我告訴你胡志明是怎麼當上聖人的——殺光他左邊和右邊的所有敵人，包括無政府主義者在內。

我看著堂姑。妳有一張他的照片耶。

她面露痛苦。我也不知道這有沒有獲得證明——

他在掃除法國人之前，先掃除所有越南競爭者。

我試著回想偶爾聽到的對胡伯伯政治謀略的評論。肅清，我說。他肅清政敵。

肅清，律師說。好像在用瀉藥通便似地。把自己清乾淨，順便清掉麻煩的東西，例如像我這樣的無政府主義者，還有民族主義者、君主主義者、托洛斯基分子、意識形態不夠強烈的反殖民主義者。你知道為什麼嗎？有太多陣營了。他需要只有兩個陣營，這樣人民才會理解——你要嘛支持、要嘛反對法國人。而反對者最好贊同唯一的方式就是共產黨的方式。這裡的共產主義者或社會主義者或左派分子沒有一個人會承認這件事的，他們就像多數人一樣，只對自私自利的正義感興趣。他們都把越南共產黨浪漫化了。他們給胡志明消毒，這樣他們自己也是乾淨的。他們高唱革命的正義，但那不是真正的正義。如果你想要真正的正義，你需要真正的律師。

她真的是很厲害的律師，堂姑崇拜地說。身為編輯，她對論說與概念的標準很高，而她常把這種標準與對人的判斷混為一談。願意為波布辯護的律師並不多。

願意為你辯護的律師也不多，我的鬼魂合唱團說道。

妳怎麼說服自己為他那種人辯護的？我說，我的嗓音很尖。即使妳是個無政府主義者？話說回來，無政府主義者可以當律師嗎？

她聳聳肩，勢必不是第一次聽到這個問題。要怎麼為大部分人認為無可辯解的事辯護？她問。其實很簡單。法國人在印度支那或是阿爾及利亞做的事是無可辯解的，但法國人一直都在為它辯解。或乾脆忘了它。道理是一樣的，原則是我們的敵人做的事讓人難以理解，而我們做的事完全情有可原。為某些人稱之為無可辯解的事辯護，迫使我思考一個所有律師和法官都該想一想的問題——

該如何原諒不可原諒之人？堂姑說。

而且都說了是不可原諒之人，還可能原諒嗎？律師說，她投射給堂姑的眼神是如此炙熱，堂姑回應的眼神也一樣，害得我都有點臉紅了。沒有什麼比共享世上只有極少數人抱持的信念更性感的事了。

就在這一刻，在信念上非常有彈性的男人ＢＦＤ靈巧地滑過來。我身體一僵，想起他知道我的祕密，只稍微安心地相信他不太可能跟他根本不認識的阿邦交談。他用微笑照亮我們大家，然後對律師用法語說：親愛的，我最近在研究妳最新的客戶，那個柬埔寨人！

波布。

他讓越南人挺頭大的，對吧？ＢＦＤ點頭附和自己，並伸出一指擱在下巴，好像有人在替他拍作者肖像照，我最討厭這種姿勢了。很諷刺對吧？越南人被困在一場打不完的游擊戰裡了。妳不覺得柬埔寨好像變成越南的越南了嗎？

我終於看到一名侍者端著一托盤的香檳，馬上劈手拿了一杯，讓我能夠小口啜飲，而不是說些得罪人的話，也就是實話。我的國家淪為一場戰爭，以及我的國家變成一個老哏，這兩者哪個比較糟？

妳確實喜歡追求罵名呢，ＢＦＤ繼續說。

沒有這回事。我只是喜歡一場好的審判。

以及有趣的被告。ＢＦＤ看著我。你有沒有聽說——

我聽說了。

你也聽說她之前最惡名昭彰的客戶是誰嗎？那個巴勒斯坦恐怖分子？她包著庫菲亞頭巾的模樣真是風姿綽約！

是自由鬥士，正經八百且英氣逼人的律師說。國家才是真正的恐怖分子。自由鬥士跟國家，誰殺了更多人？

我認錯。劫機確實有其迷人之處。

你最好巴結我一點，也許哪一天你自己就需要律師了。

妳這麼反對國家，對法律卻這麼有信心，還滿奇怪的。

法律只是實現正義的一種手段。適用於不完美世界的不完美手段。

機敏的應答就這樣持續下去。我把無意義的笑容當作印花手帕裹在臉上，我希望我的笑容跟《蒙娜麗莎》一樣讓人摸不透，我終於在羅浮宮親眼看到那幅畫了，而我走開時一頭霧水。就這樣？當你站在西方世界最著名的畫作面前，怎麼可能不覺得大失所望？在周圍推擠的人群中，我花了盡可能長的時間研究它。很好的一幅畫。但是羅浮宮還有另外十幾幅肖像畫，其中一些臉孔似乎一樣莫測高深，跟它們相比，這一幅就比較強嗎？抑或歐洲人的莫測高深就等於亞洲人的難以捉摸？我無法理解為何要小題大作，因而有些慌亂。我只是缺乏教養嗎？這我能接受。我把注意力集中在我的缺乏教養上頭，並做好準備迎接對話的結尾，當ＢＦＤ總算開始飄走時，我走到他身邊，他正在掃視人群。他瞥了我一眼，無意義的笑容也是他臉上的偽裝，我說：你有沒有聽過一個叫天堂的地方？

當我用英語小聲向他簡述天堂是什麼樣的地方，他無意義的笑容並沒有變得有意義。我想像他眼中的我，為了這麼做，我必須想像自己是ＢＦＤ，藉由從堂姑和報紙搜刮來的細節建構他這個人。他家族中的某個人參與了共和國所有重大的歷史事件，總是站在正確的一方，也就是左方，從衝進巴士底監獄到與巴黎公社社員一同看守路障。他的祖父曾與左拉站在同一陣線，堅定地捍衛猶太裔軍官屈里弗斯。他的父親是共產黨的幹部，曾批評在印度支那殖民並反抗納粹。ＢＦＤ在意識形態上有些弱化了，他是個玫瑰紅的社會主義者，而不像他父親是卡本內葡萄酒般的深紅共產主義者。他的革命色彩不及毛主義博士或無政府主義律師，但他在一九六八年丟過石頭，也被催淚瓦斯鎮壓過，雖然當時他早就從索邦大學畢業了。他也高喊過胡志明的名字，揮舞過越南南方民族解放陣線的旗幟和《毛語錄》。在一九七〇年代，他的革命熱情隨年齡發展成務實、以參選為目的的左派立場，他的行為被一場婚姻收拾得乾淨俐落，他娶了一個來自富裕自由派家庭的年輕女人，岳家是做肥皂起家的。他什麼都有了，在他眼中，我除了是個投身於歷史上錯誤一方的人之外，還會是什麼？

我是個小傢伙，說著他的語言的移民版本，那個語言屬於一個享盡兩邊世界所有好處的國家：它曾經是帝國式政權，用槍桿子劫掠較弱勢的國家，同時它又已經不是帝國式政權，而不必應付像蚊蟲、瘧疾或怨恨與革命這類惱人的事物。我唯一的優勢在於我說英語，或是更精確地說，美式英語。耶比！呀呼！洋基！美式英語仍然是帝國式的語言，雖然ＢＦＤ全心反對美國帝國主義，他卻偷偷懷念法國帝國主義，正如同幾乎所有法國人在心底深處、靈魂深處、羅浮宮深處的想法。對反帝國主義者來說，最好的狀況是住在一個帝國主義國家，你可以一邊享受帝國主義帶來的好處、一邊義正嚴詞地反對它，在美國就常常是這樣。不過法國人遇上的是次佳的狀況：在前帝國主義國家裡當反帝國主義者。因此，對ＢＦＤ而言，聽我講美式英語等於同時聽到美國帝國主義的語言，以及失落的法國帝國主義即將消逝的回音。他不喜歡我，但我的表現正符合他對我這種無名小卒的預期：迎合他最基本的本性，引誘他去天堂。堂姑告訴我他對她所有有魅力的朋友都勾搭過一輪時，我已經了解他是哪種男人了。太糟糕了，我當時說，而堂姑不以為意地回答：他是個法國人。雖然我缺點一籮筐，但我從沒背著女友偷吃，或試圖勾引她的朋友。我相信忠誠的價值，哪怕這種忠誠只能維持一夜。忠誠是一種原則，而ＢＦＤ沒有這種原則。

有意思，他喃喃道，派對的人群在我們周圍川流不息。你說天堂是吧？也許我們可以找個時間兜兜風，開車去這個……有趣的地方瞧一瞧。

說完他就走了，不過魚兒已經上勾。浪人說得沒錯。ＢＦＤ絕對不會直接跟我買貨，但他對另一種商品的喜好將他引向一個美麗陌生人赤裸青春的炙熱與新奇中。這是另一種亢奮狀態，即使不像嗑藥嗑到嗨般維持那麼久，但這表示對這種快感的渴求能夠獲得更頻繁的滿足。我承認我自己仍然對這種事感興趣，只不過不是全部的我都有同感。我告訴自己我很難專心，因為死人合唱團在我的耳邊窸窣低語，我照鏡子時共產黨特務又在我肩膀後頭瞪著我。唯一的解決方式就是不要看。

□

那天晚上，我們回到堂姑家後，我躺在她的沙發上，堂姑臥室傳出來的聲音讓我很不自在。即使已是凌晨兩點，堂姑和律師還是製造出頗大的噪音，而我則仍然穿著長褲和襯衫躺在黑暗中。我把毛毯拉到下巴處，想著阿邦殺死阿敏，還有我跟蘭娜做愛，同時微微驚恐地聽著堂姑門後傳來的聲響。我聽過那扇門後傳出聲音，是她跟ＢＦＤ或毛主義博士，但那些聲音低微而熟悉。主要是堂姑的床在哀鳴所發出的音波干擾，那種合奏會因為客人的身分而異。ＢＦＤ是短跑健將或像奔馳的馬，以最快速度抵達目的地；毛主義博士是個浪蕩子，偶爾會乾脆俐落，不過一般而言都是慢條斯理。ＢＦＤ結束時會從喉嚨發出一聲低吼，用驚嘆號來標記歷史的終結！毛主義博士則用沉思性的長嘆來收尾，用刪節號來表示尚未到來的未知未來……至於堂姑，她鮮少發出聲音，除了有時會低聲呻吟和喘氣。從可聽見的證據來判斷，她像是體育賽事現場的觀眾，偶爾會為一記好球而歡呼。她看的一定是足球，因為有一兩次我聽見她叫道：**射門——得分！**或之類的話。一開始她和那些男人發出的聲音令我很困擾，不過不久後我便更在意她的沉默。有一次我甚至算了她上一次發出聲音到下一次發出聲音之間隔了多久——四分鐘又三十二秒，她在第三十三秒時終於喃喃說了什麼。為什麼這麼安靜？她在想什麼？或有什麼感覺？在那聲音缺席的肥沃空檔間，我的腦袋裡長出一根令人困擾的藤蔓，它的精力暗示也許在我跟女人交會的許多次經驗中，都存在我沒有聽見的沉默……因為我只聽得到自己的聲音。

我無奈地聽著堂姑主動回應正經八百且英氣逼人的律師，突然覺得再沒有什麼是值得信任的了。那些女人說我是最棒的，說剛才發生的事是最棒的，或甚至只是說她們覺得很舒服，到底是不是真心話？我和蘭娜溫存後，她是怎麼對我說的？**那真是太美妙了**。她在撒謊嗎？我是否比我自己意識到的更像ＢＦＤ和毛主義博士？我原本以為堂姑純粹就只是那種在做愛時不會用口語來表達自己的人。但我錯了！不管現在正發生什麼事，都使堂姑用擬聲字的方式表現歡愉，讓我打心裡感到不舒服。為什麼我沒有被撩起欲火？這是精采絕倫的表演啊，英氣逼人且

生命對東方人來說很有價值，對西方人卻是「無價」的。

這是我說的！我對賀德說了這句話，現場有十幾個證人，包括將軍、議員和一群穿著西裝和謊言的白人。這句話怎麼會跑到這來？跟很多時候一樣，是便宜的香檳誤了事，而那甚至不算是香檳，因為它的產地在加州。當時賀德遞給我一杯那種次等的美國酒，並說：年輕人，我下一本書想引用你剛才那句令人難忘的話，希望你不會介意。我再高興不過了，我說道。我當然在說謊，還有很多事都會讓我更高興，但我當時要嘛是展現令人猜不透的亞洲人作風，要嘛就只是說客套話。不過不管我是怎麼想的，我之所以答應，都是假定如果他要用我的句子，他會註明那是我講的。結果事實擺在眼前，它們被當作理查．賀德爵士自己的句子，而我則被抹除。我氣到手足無措，這是我再次投向靈藥的唯一藉口，即使靈藥沒有讓我感覺好多了，它也讓我沒有感覺了。

□

我醒來時，陽光從後方照亮窗簾，我嘴裡有一股存在危機的肉味，用大量的慌亂來調味。我一踩上小地毯並試著站起來，就成為一個沒有方向感的亞洲人，因為暈眩而茫然失措。在廚房裡，麝香貓咖啡已經快煮好，堂姑的音響傳出馮絲華．哈蒂的歌聲，她正唱著極度不合時宜的〈所有男孩和女孩〉（我承認，哈蒂是法國文明的明確象徵）。律師穿著堂姑每個情人都有一件的榮譽睡袍，堂姑則包著頭巾、身穿絲質睡衣，讓斜躺在沙發上的她看起來像是波斯的交際花，她就在那等著律師煮完跟我內心的空洞一樣黑的咖啡。

麝香貓咖啡？律師唸出包裝上的字。

堂姑一直很節省地喝這咖啡，只留給「特殊場合」，她說：這是專門為妳這樣的人而做的。英氣逼人且正經八百的律師皺起鼻子，於是一幅畫面不請自來地點亮在此之前一直處於陰暗狀態的我的腦內劇場，主角是堂姑和律師，在她的黃銅床上交纏。我們分坐在堂姑坐的沙發兩側的扶手椅上，一邊喝咖啡吃糕點，一邊討論她們最近看過的幾部電影、共產黨革新的可能，以及蘇聯在阿富汗的困境。這兩個女人顯然相愛，或至少深深迷戀對方。一方面，我很開心BFD和毛主義博士不是英氣逼人且正經八百的律師的對手。另一方面，他們是男人，我也是男人，而如果這奇怪的新戀情裡沒有男人的容身之處，會有我的容身之處嗎？可是提起這一點並不明智，因此我提起賀德。

「具開創性的作者所提出的突破性分析」，堂姑引用書底的文字。噢，天哪，**具開創性的！**＊

律師笑起來，我納悶笑點在哪裡。堂姑一定是瞄到我的表情，因為她補充說明：如果作者被形容為「陰道的」，我會比較服氣。作者——幾乎全都是男人——不是常形容自己生出一本書嗎？既然如此，「陰道的」不是更恰當的形容詞嗎？

那不會排除所有沒有——呃——妳知道的，陰道的作者嗎？

可是排除所有不會製造精液的作者，你就完全不介意了，律師說，帶有一絲法庭上的狠勁。

我一直認為「開創性的／精液的」只是，妳知道，一種隱喻，還是說那是——我不知道

——明喻？一種開創性的明喻？

修辭用法對你有利，總是感覺很好吧？堂姑問。

這一大篇「精液的」和「陰道的」的對話讓我尷尬得渾身發熱，我趕緊換個話題。妳們覺得這個句子怎麼樣？我翻到最後一頁，把關鍵句唸給她們聽：「生命對東方人來說很有價值，對西方人卻是『無價』的。」

堂姑呻吟一聲，律師噗哧一笑。美國人是怎麼說來著？律師說。噢，對了，他腦袋裝屎啊。

我們都笑了，而我笑得最厲害。我鬆了一口氣，因為這是個我聽得懂的笑話。我要聽的就是這種批評！只不過她批評的是我的句子。我說這句話的用意是在嘲諷，但如果一個腦袋裝屎的傢伙引用我的話，那我成了什麼？

這些男人各個在發表對世界的高見，律師說。好像唯一重要的政治必定跟國家、軍隊、戰爭脫不了關係。我根本不用看他的參考書目，也能向你們保證他只會引用男人的文章。也許有一個例外：漢娜・鄂蘭。

我看了看參考書目，果不其然，鄂蘭列在上頭，他參考了她的《論革命》。但是快速瀏覽其他條目，並沒有看到其他女人的名字。那麼他應該引用誰才對呢？我問。我並沒有挑釁的意思，不過堂姑當作我有那個意思。

首先，你將女人排除在政治和政府和大學之外，然後你問女人都在哪裡，你問我們應該引

＊譯注：此處原文為seminal，除了「開創性」的意思之外，也有「精液的」的意思。

用哪些女人的文章？

呃，我——

法國女人要到一九四五年才能投票！在我出生**以後**。我們幾乎不算是脫離了黑暗時代！你們男人實在太荒謬了。你讀馬克思和西澤爾和法農，沒完沒了地談資本主義和殖民主義和種族歧視，但你上一本讀過的女性作者作品是什麼？你的嘴巴上一次吐出「性別歧視」或「父權」或「陽具」這些詞是什麼時候的事？噢，我何必多費唇舌問這些問題？你的自白書可不是「陰性書寫」，對吧？我的天啊，愛蓮．西克蘇會把你打趴。她站起來走到書架邊，我閉緊嘴巴，這讓我不必承認從來沒聽過「陰性書寫」或愛蓮．西克蘇。堂姑拿著一本書走回來，說：你至少讀過西蒙．波娃吧？

當然！我撒謊，裝作義憤填膺的模樣，並引用我唯一聽過波娃說過的話：「女人是做出來的，不是生出來的！」

「女人不是天生的，而是逐步養成的。」堂姑冷冷地說。至少你講得算接近了。現在你該進階到茱莉亞．克莉斯蒂娃了。這樣你就能說你讀過兩個法國女性主義作家的書了。

我看著她塞到我手裡的書：《恐怖的力量》。我翻開來瀏覽目次：

卑賤的取徑*

害怕什麼

從汙穢到玷汙

聖經的憎惡符號學
苦痛／恐怖
這些女人糟蹋了我們永恆的生命
太初與無盡……
恐怖的力量

相信我，堂姑說。這太適合你了。

＊ 譯注：章節名的譯法引用二〇〇三年桂冠出版社《恐怖的力量》（彭仁郁譯）。

14

當天傍晚，律師和堂姑去吃晚餐，她們會在我不在場的地方繼續交談——沒有男人在時，兩個女人對話還會真的發出聲音嗎？——ＢＦＤ開著他的敞篷車來接我。我們小心翼翼地和對方打招呼，然後車子就用莽撞的速度衝出去。也許ＢＦＤ一向開得很快，也或許他不想跟我獨處太久，也可能他迫不及待想去天堂。或以上皆是。

他用左手操控方向盤，右手打檔、往嘴裡塞菸，還有用車上的點菸器點菸。他有我嚮往的電影明星架勢，從他佩斯里渦紋的領巾式領帶和義大利敞篷車來判斷，這部片的導演是費里尼。只可惜在這寒冽的一月中，敞篷車的車頂不能打開。他的偽明星光環幾乎抵銷了所有戴領巾式領帶的人都該被拖去砍頭的事實，雖然那只是我的個人見解——強烈的個人見解。我這個人意見可不少，ＢＦＤ也不遑多讓。

為了避免交談，我們都不停抽菸，並聽著強尼．哈立戴的熱門金曲錄音帶，這等於是音波版的力加茴香酒，世界上其他地方的人都難以理解的品味。我們言不及義地聊了幾句，唯一的重點是ＢＦＤ若無其事地說他已經好一陣子沒跟我堂姑見面了。我想她一定找到另一個男人讓她忙吧？他問。當然，除了我們親愛的朋友之外。他指的是毛主義博士。

她沒有別的男人，我說。我沒有提起律師。談論她和她驚人的成就，似乎背叛了在那扇關著的門後發生的謎團，我沒有權利碰那個祕密，除了在我的想像中，不過就連律師可能都會贊同想像不需要為它的行為負責。

也許她需要休息一下，ＢＦＤ邊說邊彎進通往天堂的那條街。女人是很敏感的生物。

我想你應該認識很多女人吧，我說，把菸蒂彈出車窗。

他掛著得意的笑容把敞篷車停好。難道你不是嗎？

是啊，我心想。**還真的是多到數不清**，因為我老早就沒在數了。可是我沒有說出口，因為難得有一回——應該說是頭一遭——我以自己認識那麼多女人為恥，而我並不渴望博取ＢＦＤ的認可。說真的，獲得他的認可表示我跟他是一丘之貉——而我不是，對吧？

我是天主教徒，我邊說邊打開車門，好像身為天主教徒就能作為所有事的解釋，不過通常確實如此。

ＢＦＤ的笑容從得意轉為微微的輕蔑。他對宗教無感，許多法國人都是這樣，這是我覺得他們迷人的其中一個原因。不是每個人都能應付女人帶來的快樂和麻煩，他說，同時跟著我走到天堂的入口。對我們這些喜歡那種事的人來說，她們是一種挑戰。

我壓抑著一拳打在他喉嚨上的衝動。克勞德和阿邦都教過我，這是撂倒對手的最快方式，因為對方的直覺反應是先保護他的下體。然而我只是微笑並按門鈴，按得很用力，然後又按了第二次，假裝我是把他的眼球摁進眼窩裡。我講出密語——**我想去天堂**——後，管家迎我們進門。耶穌基督在十字架上暈過去之前，勢必也曾嗚咽地說過這句話。我離開的這陣子什麼都沒變，天堂是永恆的，管家仍然八面玲瓏，電視仍然播著知識型談話節目，末世論保鑣仍然坐在他的扶手椅上，膝上放著一本薄書。唯一的差別是他除了左臉頰有塊ＯＫ繃，右邊太陽穴也貼了一塊。

即使在這不協調的情境下，ＢＦＤ仍散發一股閒適中不失瀟灑且世界大同的氛圍。他穿著粉紅色長褲，釦子開到胸口的白襯衫，肩上披著萊姆綠毛衣，兩條袖子鬆鬆地在胸前打了個結，繡有姓名縮寫花押字母的手帕，勞力士金表，微舊的草編鞋，還有沒穿襪子的白皙腳踝。在這個屬於平凡男人的等待室裡，只有當我們進去時那個站著的男士能夠與他無懈可擊的裝扮匹敵。那個男人明顯帶有法國瀕臨絕種的少數族群的標記：他是個資本主義者，在巴黎比較不入流的區域，也就是我打發時間的區域，鮮少能看到這種顯赫的人士。眼前這一位像鳥類炫示羽毛般展示那一身量身訂做的格紋西裝，品味高雅的領帶打成肥厚的溫莎結，閃亮的袖釦，擦得光亮的翼紋牛津鞋，手拿《費加洛報》，俐落的側影最凸出的一包不是在他的褲子前端，而是在後側，在遭踹時能保護他屁股的厚皮夾。只有他的鞋跟顯露磨損的痕跡，它被用來碾碎勞工階層的希望與夢想。儘管穿著用料大方的西裝、擁有一個大肚腩的美國資本主義者樂於吞食人民的血，苗條又有貴族氣派的法國資本主義者卻代表資本主義迷人與優雅的一面。左手是醜陋的美國人，他不在乎自己吃的是什麼，只要能夠吃得過量就好，尤其是超大塊還在滲血的紅肉。右手是時髦的法國人，他偏好精緻而殘忍的肥鵝肝。

現在兩隻手都被占去了，你只得低頭看看你的腳，才能看到中國和越南式的資本主義長什麼樣，而代表人物就是買一送一的老大，身為越南華人的他完美結合兩者。老大與美國牛仔式的資本主義和法國世界性的資本主義相反，他實踐的是幫派式的資本主義。有些人認為幫派版本是資本主義無法無天的墮落，但其實幫派主義是被資本主義推翻的、狗吃狗的前身，英語的這種說法真有意思：「狗吃狗的世界」，因為其實狗並不會吃狗（狗倒是會吃屎，不過那是另一回事了）。

親愛的！焦糖烤布蕾喊道，我們可憐的瀕危資本主義者剛才就是為了她而站起身。她從走廊穿過一面珠簾走出來，身穿她的迷你裙和服。她的目光鎖定在瀕危資本主義者身上，後者把報紙往旁邊一扔，他大概也是這麼丟開人命的。如果她年輕貌美，而他年老色衰，這就是金錢和白皮膚加總起來能夠買到的東西。親愛的！她軟語呢喃。你有沒有想小焦糖烤布蕾？

說出來妳都不相信呢，他說。妳還是跟以前一樣漂亮。

希望你沒有等太久。

一點都不久，只不過妳的保鑣堅持要看這糟糕的節目。

末世論保鑣聳聳肩。如果你認真聽，也許會學到東西。

別理他，焦糖烤布蕾撒嬌道。他覺得很無聊，也希望把大家都弄得很無聊。

她微笑伸出手臂。她微微發亮的赤裸肌膚像是催眠了瀕危資本主義者，他伸出手慢慢走向她，其中一根手指戴著全世界最沒有意義的象徵符號：婚戒。她退回珠簾後頭，把他拉進去，就在我示意 BFD 坐到瀕危資本主義者的座位上時，表現主義老闆娘從珠簾裡鑽出來，臉上掛著罐頭式的誠懇笑容，因此我知道她不是在對我笑。

親愛的先生！她抓住 BFD 的手。我們等您好久了！

親愛的女士，他客氣地一鞠躬。我很開心能來這裡！

他說完這句話，表現主義老闆娘就迅速把他帶到珠簾後，用她從未對我說過的甜言蜜語跟他拉近關係。她正把BFD護送到VIP室，因為對BFD這種人來說到哪裡都會有VIP室的，這表示那個瀕危資本主義者是個低階資本主義者，只是他剛好享有特權。我被留在等待室，和其他幾個非VIP笨蛋還有末世論保鑣待在一起，我問保鑣他的頭是不是受傷了。他舉起腿上那本伏爾泰的《憨第德》遮住嘴，悄聲說：我的頭沒事。

那你為什麼又貼一個OK繃？我疑惑地問。而且臉頰上也貼了一個？

我的臉頰和頭或許沒事，但其他部分有事。

你哪裡有問題？

這正是我希望別人看見OK繃時心裡會問的問題，而且所有人都會看見這些OK繃。有點顯眼，我說。

OK繃本來是做得讓人看不見的，但貼在我身上就不是這麼回事了。

珠簾再次沙沙響，麥德琳走出來。她看到我，職業笑容仍釘在臉上，跟《蒙娜麗莎》一樣神祕。她朝我點點頭，不過走向沙發上的一個笨蛋，那個沒刮鬍子的男人穿著運動服，好像要去參加運動會似地。她帶著那個幸運的笨蛋經過我身邊，走向被珠簾遮住的充滿可能的走廊，這時我知道我必須做什麼了。

我可以見麥德琳嗎？我問末世論保鑣。

他聳肩。任何人都能見麥德琳。

□

接下來一小時，我一邊揣測麥德琳和ＢＦＤ誰會先從珠簾後走出來，一邊跟末世論保鑣聊西澤爾、法農，以及我擔心在這個有如暴風雨的世界裡，我就是西澤爾眼裡的愛麗兒。西澤爾和法農認為在努力對抗殖民時，暴力無可避免，而我不願意繼續贊同這樣的觀點，是否隱隱顯露我基於我的革命經驗，而做出理論方面的修正呢？抑或這純粹只是個藉口，其實我是不願意以他們對忠誠的標準獻出忠誠，亦即參與暴力起義？

這個嘛，你不是黑人，你不是非裔，你不再被殖民，而且你是知識分子，末世論保鑣說。這有回答到你的疑問嗎？

謝了，我喃喃地說。那你呢？你選擇坐在這裡看守妓院？

既然革命分子在監獄裡都能自學了，在妓院又有何不可呢？難道妓女不可能跟囚犯一樣激進嗎？

所以你在等待對的時機——

從洞裡爬出來？對。或者換個說法吧。你經歷過葛蘭西所稱的機動戰：街頭的暴力、革命或至少是衝突。我，我身處於葛蘭西所稱的陣地戰中，為思想而戰，為陣線、聯盟、新運動而戰，為新的願景而奮鬥——

珠簾分開來，讓我不必承認我從沒聽過葛蘭西這號人物。麥德琳走出來，用她的職業笑容把我凍結，並說——她對所有笨蛋都這麼說——你準備好嚐一嚐天堂的滋味了嗎？片刻之後我的屁股回到她的臥室，這是許多羞辱上演的劇場，我曾在這裡讓我對自己造成的傷害閹割自己。當麥德琳上前一步，讓半長不短的和服落下，我舉起一手說：等一下。

等一下？她說，好像她從沒聽過男人講出這三個字。但我是男人嗎？抑或只是有兩瓣肉的屁股，就像其他所有要求她身體二、三十分鐘的笨蛋？兩瓣屁股剛好配我的兩顆心。

請坐下，我說。

她在她的職業生涯中勢必聽過無數奇怪要求，這個要求聽起來是無害的。麥德琳保持笑容，聳聳肩，坐到床邊，蹺起二郎腿。我能為你做什麼？她問。

什麼都不用。我想為妳做一件事。

我跪到她面前。

等一下，她說，但我沒有等。我在再教育營經常下跪，我在教堂總是跪著，但除此之外我鮮少下跪，除非你把象徵意義上跪在最神聖的、世俗的法國文化面前也算在內。我在這裡是自願跪下的，這不是我的正常行為，但見鬼地有何不可？為什麼我對一直都在那裡的事物視而不見，直到英氣逼人且正經八百的律師從關著的門後示範（姑且如此形容）給我看？我幾乎從未做過這件事，這不符合我的癖好，吸引我的那些慷慨的女人也不期待我這麼做，現在我才明白，她們給我的總是超出我給她們的。可是一旦我給自己設下任務，我必定全力以赴，於是我盡其所能地取悅麥德琳，她詫異的呢喃和呻吟誘使我繼續，邊做邊學，一方面專注於眼前不得不說有點機械化的工作，一方面又被我那海潮般的思緒拍打回從前，穿越這個共和國的黑暗原野以及將它與家鄉隔開的黑暗海洋，回到另一個我曾跪在地上的場合：我的初領聖體禮。七歲時的這個儀式的重要性，在某些方面很像我跪在麥德琳面前的感覺。我們是一列超級可愛的隊伍，緩緩走向神父，兩旁站滿虔誠信徒，初領聖體禮將讓我們加入他們的社群。主持儀式的神父正是我父親，不過當時我還不知道。基督聖體，他說，把硬幣大小的白色月亮舉在我們每個人面前。然後他把它放在我們伸長的舌頭上。我想到神父的手指碰到我的舌頭就不禁微微顫慄，但我只感覺到又扁又乾的聖餅，我好奇我嘴裡的是基督的哪個部分——一片腸子嗎？眼球的橫切面？圓片狀的骨頭？沒時間再想下去了，因為那個虔誠的、自以為高人一等的唱詩班男童端著裝在聖餐杯裡的基督之血在等我。雖然我看到唱詩班男童用白布擦拭杯緣，想到有多少張嘴碰過那個杯子，我還是忍不住發抖。然後我把乾裂的嘴唇湊到杯緣，用一口基督之血把祂的聖體碎片沖下肚，這使我同時成了吸血鬼和食人魔。對一條不習慣嚐到甜味的貧窮舌頭來說，這基督之血是甜美的糖漿，它不會引領我走上更加篤信上帝之途，最終倒是帶我走上縱情酒色之路。如果我愛酒愛過了頭，我要怪上帝，或至少怪他的僕人。聖禮酒是這個七歲雜種品嚐到的第一口靈藥。

我上一回喝到聖禮酒是去西貢的聖母大教堂參加彌撒時，那座教堂是以巴黎聖母院為藍本縮小比例複製而建的，對我們來說很適合，就像是法國主人的縮小版。現在我看到真正的聖母院了，就像比我早來過法國的海綿教授一樣，它的外觀讓我察覺到我們那個殖民地的熱帶版本只不過是個娃娃屋。一九七五年四月，在這個玩具版的聖母院裡，阿敏和我跪在地上，我們兩人都是潛入南軍的間諜，他是交給我任務的上級長官：跟著南軍的殘兵敗將逃往美國，在美國監視他們如何努力從我們勝利的共產主義革命中奪回他們的國家。我們跪在那兒悄聲密謀策略時，每天都參加彌撒的那些老太太則唸誦禱詞。我一向很害怕她們數著念珠時那低沉單調的嗓音，她們的目光牢牢盯住懸在聖壇上方被釘在十字架上的基督。我寧可跪在麥德琳面前，用我的舌頭描出越南文字母，它們跟法文字母其實差異不大。我父親曾教我那套字母，而現在我在麥德琳身上拼寫，一遍又一遍地複習每個字母，她則以她的母語喊叫著，為了保險起見，我還加上標點符號和重音符號，直到我——終於，終於——不再是文盲。

□

BFD坐上敞篷車時滿面春風，也許我也是。給我小小的勝利吧，讓我暫時當一個在快樂的洋流中輕柔擺動的海葵吧。從我第一次跟女人打交道起，我就不曾感受過這樣的狂喜，我的第一次是在西方學院就讀大一時，在那個稱為南加州的人間樂園，對象是個主修法文的學生，她喜歡稱我為她的 petit métis（小混血兒）。若非這麼叫我的是一個金髮美女，我一定會氣炸。金髮美女想怎麼叫我都行。後來我發現她的髮色是染的，不過那又如何？我原諒她這一點小小的保護色，因為我自己偽裝成一個無害的外籍生，也不是真的如我看起來的那樣，不過說起來誰也不是真的表裡如一。

抱歉我耽擱了很長時間，BFD說，打斷我的神遊。他配合另一首歌輕敲方向盤，他換了一捲錄音帶，換成 yé-yé 音樂的金曲精選集，我覺得這種音樂風格還滿迷人的。你怎麼可能不喜歡〈棒棒糖〉，尤其主唱者是法蘭絲．蓋兒？我跟著錄音帶哼唱，BFD則駕著他的義大利駿馬經過形形色色的寶獅、雷諾和雪鐵龍，除了法國人似乎鮮少有人對這些廠牌的汽車感興趣。我忘了注意時間！BFD說，興致勃勃地吞雲吐霧。跟晨牡丹還有麗蓮在一起很容易發生這種事，年輕小妞知道怎麼讓男人感覺像個男人！

是喔？我沒有向晨牡丹和麗蓮請教一番，是不是錯過良機了？我迫切地需要感覺像個男人啊！或許我只是想要感覺像個男人。不**需要**像個男人似乎很……自由。或許那才是我需要的，需要更少的東西。少需要一點。想要……什麼都不想要？

可是，我說。你知道怎麼讓女人感覺像個女人嗎？

他蠻橫地對一輛切到他前面而冒犯他的德國車按喇叭，那輛巴伐利亞野獸同時提醒他，他不但是個軟弱的法國人，而且他的義大利敞篷車就跟它的生產國一樣，既美麗又馬力不足。去問問任何一個跟我好過的女人，他咆哮。我保證她們都很滿足！當然——他用眼角餘光瞄我——有些人懷疑自己滿足女人的能力，但我從來沒有這個問題。

我壓抑著挖出ＢＦＤ眼珠的衝動，克勞德和阿邦都跟我說過，那是撂倒對手第二快的方法。但我們正以極快的速度行駛在黑暗中，而我並不想像卡繆一樣死於車禍，他在驟逝之前好歹嚐過出名的滋味，但我到目前有什麼成就？什麼也沒有。而且我還有個針對ＢＦＤ的任務要完成，為了完成任務，我不能跟他對立，而是應該把我最擅長的一項才能發揮到極致，那就是拍馬屁。不過我還是忍不住問了最顯而易見的問題：你不覺得付錢給那些小妞，可能讓你很難判斷她們是不是真的有滿足到嗎？

我猜她們是因為我付了錢而滿足，他說。資本主義會貶低她們和我的人格嗎？當然會！所以我是社會主義者。如果我們奉行社會主義，那些小妞就不**需要**當應召女郎了。她們會**想要**當應召女郎。她們也不需要老鴇或皮條客，她們會直接分得一份利潤。她們會是性股東而不是性勞工！

ＢＦＤ對色情社會主義提出的自我滿足又洋洋得意的邏輯感覺有哪裡不對勁，正如同我付錢給麥德琳感覺也不太對勁，還包括我做了最不符合越南作風的事：給她小費。我指的是真正的小費，不是多數越南人認為已經足夠的一美元或五法郎，也不管實際的消費總金額是多少。我說的真正的小費是百分之十，這個數字會嚇壞大部分越南人，尤其是越南男人，尤其是以這個狀況來說。他們會說所有工作都是我做的——沒有任何越南男人願意做，或至少承認做過的工作——卻沒得到半點回報。但我不要任何回報。

聽著，我說，換了個話題，如果你喜歡這趟小小的天堂之旅，我還知道另一個地方，比天堂更像天堂。

ＢＦＤ咧嘴一笑，握著我的肩膀捏了捏，主動展現親暱，也或許是在算計。如果這個比天堂更像天堂的地方有更多像晨牡丹和麗蓮一樣的美人，我會去的，他說。噢，二十五歲的青春肉體真是太棒了！而且當她們是你們之中的一員——簡直是秀色可餐！你們的女人哪——噢，我的朋友，你實在太幸運了。她們令人不敢置信。那麼纖巧，那麼有直覺力，那麼光滑無毛，那麼青春不老，那麼**永不疲倦**。亞洲女人比西方女人更了解男人。她比我們自己更了解男人，她太完美了！

說完這句話，他將手指抵在唇邊，對著空氣吹了聲口哨表示激賞，傳送的對象是我從未見過的這個亞洲女人，儘管我已見過幾千個亞洲女人。莫非有個亞洲女人祕密俱樂部，專門保留給白種男人參加？

她唯一的缺點，ＢＦＤ繼續說。雖然這也是她吸引人之處，就是她基本上是不可知的。

不可知？我說。

令人摸不透。就像你一樣。

像我一樣？

是啊。BFD轉頭看我，儘管敞篷車仍然以極快的速度沿著巴黎市中心黑暗的外圍奔馳。我可以憑直覺知道別人的很多事，畢竟我是搞政治的。可是對你嘛——我得承認，根本不可能。你的臉就跟……跟《蒙娜麗莎》的臉一樣泰然自若。

我不知道我是否讓人摸不透。也許讓人讀不懂吧。

差別在哪？

如果我讓人讀不懂——如果你提到的那些亞洲人都讓人讀不懂——也許我們只是對那些不懂得閱讀的人來說是讀不懂的。

這是語義學——

即使我們讓人摸不透，白人又算是什麼？白人有被形容為讓人摸不透過嗎？不，你會說難以解讀的白人有張撲克臉，這種說法帶有正面的言外之意，有策略性的意味，暗指謹慎地守住資訊，而我們只是讓人摸不透，因為你們白人相信我們總是在隱瞞什麼——

你又來了，「白人」這個、「白人」那個的。他哼了一聲，在我面前搖搖手指。你只是個社群主義者（communitarian）。

「你」有資格給我安上**共產主義者**（communist）的罪名嗎？

是社群主義者，你這白痴！社群主義者！一個愁苦主義者！沉迷在悲慘中的人，無法超越自己的身分這類瑣碎的條件或是對膚色的執著，思想跳脫不了他的小圈圈，他的**社群**，**永遠**不能只是當個**人類**，更別說擁有**普世性**！

我有沒有聽錯？一個跟維克多．雨果來自同樣文化的白種男人——我們的高台教把雨果尊為聖人——他給了世界《悲慘世界》（我承認我還沒讀過，因為，你知道嘛，它有一千頁之厚）——這個人卻指控**我**是個愁苦主義者，好像認知到悲慘是件壞事？悲慘多麼糟糕啊，我們千萬別沉溺在裡頭！當然，在認知到勞動階層或法國人的悲慘時例外，因為那種時候，沉溺在悲慘中顯然不是愁苦主義，而是**普世主義**了。

你！我大叫，因為他也在大叫，我們兩人誰也沒在看路。你——我叫你和你的白人同胞白人，讓你氣得要命——是你先叫我和我的同胞亞洲人的！

我叫你亞洲人是因為你自己說你是亞洲人！

我從來沒說自己是亞洲人！你生氣是因為我讓你認清你自己。你喜歡自認為只是個男人，不是個白種男人，除非你帶著某種自覺式的嘲諷自稱是白人。但由我來叫**你**白人你就不能接受了，這是赤裸裸的種族歧視，即使你自己和所有白人時不時地說別人是「亞洲女人」或「黑人」，好像黑人就不純粹是個男人，就像你純粹是個男人一樣。我注意到你很白那又怎樣——真是不可饒恕啊！我猜唯一更沒有禮貌的舉動就是注意到你的**老二**了吧。

你這個愚蠢又粗俗的雜種！我只是說我很喜歡亞洲女人，你又說我種族歧視？這算哪門子——

種族歧視的喜歡仍然是種族歧視！至於我不夠普世性——為什麼？因為我是黃種人嗎？因為我只是半個白人嗎？因為我是難民嗎？因為我來自你們過去的殖民地嗎？因為我的口音不對？因為我的長相受到鄙視？因為我的食物令人作嘔？耶穌基督是難民之子，在馬廄中出生的窮人，一個被殖民的人，來自落後地方的鄉巴佬，被他那個社會的領導者和他的領導者的統治者唾棄，一個謙卑的木匠——如果這個耶穌基督都變得有普世性，那麼我也能，你這個王八蛋！

敞篷車在我堂姑的住址前猛然煞住，所以必須讚美ＢＦＤ這一點，他把我送到目的地，而不是將我丟在街上。我推開車門跳到人行道上，感謝我並不相信其存在的上帝，我沒有踩進一坨屎，因為如果發生這種事，我大概會當下就宰了ＢＦＤ，因為他代表一個種族，或國家，或民族，或文化，這玩意兒在狗身上賦予的自由和愛和理解，超過生活在這裡的黃種人。但是由於沒有踩到狗屎，我感到自由，儘管我失去了冷靜，也揭露了「無害的亞洲人、友善的越南人、感激的殖民地臣民」只是我的偽裝。我用力甩上車門，直到我看向ＢＦＤ，我才意識到我惹怒他到什麼地步，因為他終於說不出話來了。他沒有滔滔不絕，而是用兩根食指指尖把眼角往上拉，這姿勢他只維持了一下子，他就把手指抽離眼睛，對我冷笑了一下，然後伴隨著尖銳磨擦聲和猛然噴發的柴油廢氣，車子迅速駛離，留下我呆站在人行道上。我們對話內容之卑劣使我的心跳得飛快，我從堂姑那棟樓的大門前退開，讓自己冷靜一下。真是似是而非，宣稱眼裡沒有種族之分的人，事實上經常看見明白的種族之分！

我躲在街道的陰影中，深深吸氣並閉上眼睛。ＢＦＤ不會毀了我這一個晚上。我不會讓他毀了麥德琳和我之間的美好，我將把這段回憶帶進墳墓。**那種事**可不常有，事後她小鳥依人地說。她指的並不是小費，**那個**，她對著我做愛後的脖子吐氣如蘭，是真正的禮物。與她一起躺在那兒，保持著最不自然且最令人意外的性愛姿勢——相依偎——我想不起自己上一回給任何人禮物是什麼時候的事了。

15

隔天下午我回到老大在巴黎的餐廳，感覺既愧疚又羞恥，這種混合物對被迫成為天主教徒的我來說很熟悉，我小時候每天都等於被強灌下這樣的飲料。那些直視著種族卻看不見種族的人，是否真的有其道理呢？譬如說，也許我低估了全巴黎最爛的亞洲餐廳。它可以遠不止是最爛的**亞洲**餐廳——它大可以是全巴黎最爛的餐廳，句點。我們何苦連詆毀自己時都要羞辱自己呢？如果米其林出版一份最爛的餐廳指南，我們的店可以拿三顆星！一股刻意唱反調的驕傲感讓我膨脹起來，但我又迅速洩了氣，因為我走進餐廳時，正在拖地的愛生氣不發一語地指著通往樓下廁所的樓梯。

Merde（屎）？我問。

Merde，他證實。

Merde！法語中最實用的一個詞，很容易發音，又能充分表達各種狀況，包括字面上的排泄物和令人不愉快的存在。我嘆口氣，朝廁所走去，但黎高佩從廚房門口探出頭，說：卡繆，過來這裡。浪人和阿邦也在廚房，還有另外兩個矮人，他們正在處理一隻不明動物的屍塊，它最終可能會成為一道晚餐主菜，他們持著切肉刀劈砍，香菸末端的菸灰橋微微顫抖。看到阿邦讓我想起我既渴望又害怕的事：兩個星期後的《幻想曲》，到時候如果我運氣好的話，我可能會再次見到我心愛的蘭娜，以及阿敏（如果我——和他——運氣不好的話）。我們致命的會合逐漸逼近，我還是不知道該怎麼救他，因此我很樂於接受黎高佩請我的香菸帶來的安慰。阿邦為我點菸，浪人說：我們找到你的鞋子了。

我的鞋子？

你還記得我們用你的鞋子追蹤你吧？那個追蹤器是最先進的監視科技，可不是什麼便宜貨。借我那裝置的印度支那老手打電話給我。我得承認我完全忘了要把它拿回來了。然後我突然想到，那天晚上我們找到你時，你沒穿鞋子。然後我突然想到，我沒看到你的鞋子擺在那座地窖裡，於是我問我自己，萬一——

他穿著我的鞋逃走了。

浪人咧嘴一笑，指著他旁邊檯子上的工業金屬箱，它綠色的陰極射線螢幕秀出一面網格和一個緩慢移動的閃爍光點。我已經盯著這個看了兩天，浪人說。他已經連續兩晚回到同一個地方，整夜都待在那裡。我認為他今晚也會回去那裡。

這會很有趣的，黎高佩笑著說。他給我們一人倒了一小杯劣質的中國烈酒，它看起來像水，沒有味道，只會在食道內側留下被麻繩擦傷的感覺。我作嘔，眼眶充淚，但阿邦看來不為所動。浪人被我缺乏男子氣概的模樣給逗樂，他邊嘿嘿笑邊給自己倒了第二杯，喝下肚後愉快地哼了一聲。

真的，他邊咂嘴邊說。這會超級有趣！

□

我們沒有馬上出發去找蒙娜麗莎。我得先下到地下室，讓受害馬桶被塞住的喉嚨恢復暢通。由於餐廳的客人極少，也由於從來沒有哪個客人把餐點吃完，犯人是客人的機率很低。另一方面，每個餐廳員工都不停發誓災難不是他造成的，罪魁禍首另有其人。

這確實讓人鬱悶，不是嗎，黎高佩說。我剛從廁所回來，全身顫抖、眨著泛淚的眼睛，想到我們在家鄉是怎麼做的，蹲在小溪或池塘邊，看著星空，聽著蟬鳴？呼吸著新鮮空氣！從來不必忍受堵住的馬桶或臭烘烘的廁所，只不過你可不會想待在下游。來，再來一杯吧，你會感覺好一點的。

他又倒了一杯可憎的中國烈酒給我，那股刺激感確實幫助我忘記剛才看到和聞到什麼。目睹人類體內的東西從來就不是令人愉快的經驗。

我們在接近傍晚時出發，開的是餐廳用來裝備料的廂型車，不過車身重新油漆過了，寫上虛構的電工名稱「狗兄弟」。黎高佩開得很爛，可能是故意的，因為車上沒有多的座位，阿邦和我只能坐在骯髒、無窗、空蕩蕩的貨廂，在地上前後滑動，黎高佩則咯咯笑個不停。沒人會懷疑為什麼有一輛電工的廂型車停在自家街道上，浪人在副駕駛座說，他膝上放著追蹤裝置，還有一張地圖，上頭標示出蒙娜麗莎落腳處的座標。我們開了半小時，從城市街道開到市區外圍，我們全都在抽菸，黎高佩則控制著音響，播放流行樂和搖滾樂混雜的一連串歌曲，其中最棒的一首是〈陽光季節〉，我們四個人——以及至少兩個我的鬼——都含淚跟著唱：

再會了我的朋友，我真捨不得死去
天上的鳥兒正唱著動聽的歌曲
現在春天已到來
到處都是漂亮的女孩
只要想著我，我就會在

這首歌適切地融合了歡快的流行樂、悲觀的憂思以及易於理解的哲學，可以完美表現我們越南人的善感。這包括了浪人的榮譽越南人的善感，他就和所有追求榮譽越南人地位的白人一樣，發現這頭銜很容易取得，因為我們都覺得困惑、逗趣又光榮，竟然有非越南人想認同我們的身分，當然，這再一次象徵我們的國家地位很低，而我們的集體思想都殖民化了。法國人和美國人，以及中國人和日本人，就和所有帝國主義者一樣，理所當然地接受所有人都想成為法國人或美國人或中國人或日本人的事實。

我們有過樂趣，有過喜悅
我們有過陽光季節
但我們爬過的小山
都已是過往雲煙

所以我們就這樣自己找樂子，直到黎高佩把廂型車停在蒙娜麗莎住的那棟建築外頭，說：現在，我們等吧。

浪人點了點追蹤裝置的螢幕，說：他在移動，兩、三公里外。他看著我。你得指認他。

接下來兩小時，我們採一人坐前面、三人在後面的模式，我們抽菸、玩牌、賭錢，賭錢是排在戰爭之後、愛情之前，毀掉最多越南人人生的第二大原因。但我們是幫派分子耶！毀掉人的人生，包括我們自己的人生，是我們這個職業指定的意圖及本身就存在的危害。我們在消磨時間時唯二沒做的事就是喝酒和抽哈希什，因為就像浪人說的，我們可是在工作。我把錢都輸光了，正滿腹怨恨地坐在廂型車角落，看著黎高佩和阿邦用我的現金賭博，這時前座的浪人說：他接近了。阿邦和我套上棕色長髮假髮和羊毛帽，再加上阿邦的染色眼鏡和我的仿冒飛行員墨鏡。然後我們脫掉外套和長褲，穿上垃圾袋裡的另一件外套和長褲，那一袋偽裝用衣物是浪人不知道從哪弄來的。黎高佩發動車子開離路邊，我蹲在他和浪人的座位之間。他盯著追蹤裝置的螢幕說：左轉、右轉、右轉、直走，如此這般指示我們開車去攔截蒙娜麗莎，他顯然移動得很慢，大概出了大區快鐵車站後就用步行的。我隔著擋風玻璃看到一整區灰撲撲、單調、死氣沉沉的公寓大樓，它們就和它們的住戶一樣，從未獲得好好活一遍的機會。如果明信片上的巴黎市中心是充滿讓人心醉神迷傳統色彩的建築饗宴，這個讓人胃口盡失的郊區就是建築速食。接著我們彎過一個街角，我看到蒙娜麗莎就在幾公尺外，穿著**我的** Bruno Magli 皮鞋走路。他拖著一台購物車朝我們走來。這是巴黎生活最迷人的一面，居民們走路去取得日用品，這讓他們維持穠纖合度的身材，不像那些臀部豐滿的一般美國人，只要超過一個街區的距離，他們必定要開車去。

那就是他，我說，同時躲到浪人的座位後頭，好像我沒有變裝似地。穿灰色大衣的。黎高佩用力踩煞車，我撞到浪人的座椅後側並彈開，側身著地。阿邦在罵髒話，因為他也被狠甩了一番，不過他夠聰明，緊抓著門把。他站穩腳步以後一把拉開拉門，害我曝了光，然後他跳到街上。我坐起身，跟狀況外的蒙娜麗莎對到視線，他身為專業的幫派分子，實在不該狀況外才是。阿邦用側身擠向蒙娜麗莎，讓他們兩人貌似兄弟或朋友般緊挨在一起，這讓阿邦能夠把他的P38槍口頂在蒙娜麗莎腰間而不讓任何人看見，就在蒙娜麗莎僵在原地，試著決定是要逃跑、待著不動，還是聽從阿邦用法語命令他的話——Allez! Dans le camion!（快點！上車！）——時，我跳下廂型車，伸手摟住蒙娜麗莎，用我的槍，也就是曾經屬於他的槍，戳著他另一邊的腰，把他朝廂型車那裡推。他開始大叫，但已經滑到廂型車後頭的浪人揪住他的大衣衣領把他拉上車。去拿他的購物車，浪人說，阿邦跳回廂型車，我則轉身執行他的命令。我在做這件事時，看到一個穿米色防水外套的男人從附近的門口鑽出來，他年紀很大，背駝得像個逗號，正對我大吼大叫。我看到他的直覺反應是心想：**阿拉伯人**。他又看見什麼，或看見誰？肯定不是亞洲人或黃種人，因為我變裝了。不，他看到的是我舉世共通的身分，是我那毫無疑問的自我所燃燒的光芒，透過有如燈罩般的皮膚發光，在他最後吐出的一句話中化作實體：**站住，你這雜種！**

□

開了半小時後，我們來到另一個由許多倉庫組成的灰色邊緣世界，它不是巴黎的肚子或是下腹部，也不是它的腋窩或肚臍，而是這座城市的屁股縫，那個你可說從來不會看見的地方，也幾乎絕對不會去想它。這個潮濕而充滿霉味的裂縫搞不好就是蒙娜麗莎關押我的那個沒有靈魂的區域，不過由於我沒在白天見過那個區域，我不確定。

忘了你知道這地方在哪裡，黎高佩邊說邊把車停進一棟灰色倉庫，這棟倉庫既沒有名字也沒有個性，外觀跟天空一樣灰白。

浪人說：抓他，並指著蒙娜麗莎，他的雙臂被綁在背後，頭上套著個布袋。

阿邦和我脫掉偽裝，塞回垃圾袋，穿上自己的衣服。然後我們四人把蒙娜麗莎押送到倉庫更深處，經過一個個棧板，上頭標示著咖啡字樣的板條箱堆積成高塔，然後我們來到一間辦公室，兩個矮人從裡頭出來，他們穿著連身工作服，戴著口罩和護目鏡。

他們要做什麼？我問。

重新油漆廂型車，黎高佩說。「狗兄弟」已經作古了，他們要把它漆成黃色的。

辦公室後側有一扇門，通往儲藏室，儲藏室後側有另一扇門，通往一個沒有窗戶、寬敞的空房間，涼爽的程度正適合存放葡萄酒以及凌虐囚犯。蒙娜麗莎被黎高佩推了一把，趺趴在水泥地上，這水泥地被頭頂的單獨一盞燈照亮，這是極簡主義式的舞台，準備好供山繆·貝克特之流的前衛戲劇使用。說到凌虐觀眾，貝克特已經算是某種虐待狂了。我看過西方學院戲劇系演出的《美好時光》和《等待果陀》，結果我如墜五里霧中，發生什麼事？什麼事都沒發生！可是如果什麼事都沒發生，為什麼直到現在我都忘不了那兩齣戲？

浪人轉頭看我，眨眨眼睛，悄聲說：我們先幫你把他弄「軟」一點。然後他大聲說：拿掉他的頭套。

為什麼總是有頭套登場，即使常常只是個布袋而已？我已見過多少回，囚犯們的頭被蒙起來，盲目而跌跌撞撞地跟著走，或是跟現在一樣，躺在地上發抖？蒙娜麗莎被迫剝光衣服後，浪人和黎高佩輪流上陣，使出他們的拳頭和腳，還有鐵鍊、Louisville Slugger 球棒，偶爾再加上黎高佩的爛詩，他們三不五時會暫停一下，喝個啤酒、吃點零食。阿邦和我靠在遠端的牆上，蹲著，坐在地上，邊抽菸邊看。

你知道我會後悔什麼事嗎？阿邦問。

什麼事？我說。

我沒機會對無臉人做這種事。

我這個永遠都有計畫的人，卻想不出任何辦法。我穿上我的 Bruno Magli 皮鞋，再次試著想出一個既能救阿敏又能對阿邦守住我祕密的妙計，但看著和聽著蒙娜麗莎讓人分心，他哀號、悲鳴、撲騰、滾動、乞求、尖叫、啜泣，浪人和黎高佩則咒罵、嘲弄、嘻笑、打趣、竊喜，還用拍立得照了幾張他們的作品，最後蒙娜麗莎終於昏過去了，我也總算能聽見自己思考的聲音了，黎高佩抹去額上的汗水和指節上的血，說：好了，換你了。

換我幹嘛？我說，雖然我心知肚明。

你這瘋狂雜種，他笑著說，搥了一下我的手臂。你好歹也積極一點吧。你可以獨占他一會兒呢，這是老大給你的小禮物，知道吧？他想說你會想要一點甜蜜的復仇。

我試著積極一點，不過我不喜歡甜蜜的東西，也對凌虐興趣缺缺，凌虐更常見的說法是審問，比較少見的說法是找樂子。咱們來找樂子吧！每當有新囚犯被帶到我們這裡，克勞德就會這麼說。由於我很擅長做我的工作，包括審問者和間諜這兩種工作，我會假裝找樂子，即使當時我的花招其實很危險：我會盡可能地對囚犯施加最少的痛苦，同時試著盡力套出最多的祕密。我以為我成功了，直到我和那個共產黨特務面對面，當時她就和現在的蒙娜麗莎一樣赤裸，她在三個喘吁吁的警察手裡和肢體末端體驗到許多樂子。事情發生的審問室，也就是他們口中的「戲院」，就跟這個房間一樣有著明亮而難看的光線。希望審問者能理解燈光對營造氣氛有多重要，是不是一種奢求？

老大說你是專業的，黎高佩說。好像我們就不專業似地。

你們不像他那麼專業，阿邦說。他以前是祕密警察，為政治保安處工作的高級審問官！他的語氣很驕傲，為我們的友情、為我的能力、為我們殲滅共產主義威脅的任務而驕傲，最後這一項不知怎麼地，跟幫派主義的這另一個計畫牽連在一起了。不過阿邦之所以以我為傲，或許只是因為我從沒跟他說過共產黨特務是怎麼被審問的，當然，還包括沒告訴他我自己就是（或曾經是）他永遠不能原諒的東西：一個共產黨員。不過人能夠停止當共產黨員嗎？就像你能夠停止當天主教徒嗎？

我是專業的，我說。就像醫生。

如果你是醫生，你專精的領域是什麼？黎高佩說。

直腸病學，我說，這讓黎高佩、浪人和阿邦都微微做出怪相，進一步證明以審問者來說，我總是知道該把手指伸到哪裡，這次我是把譬喻上的拇指塞進他們的兩瓣屁股之間。這表示我喜歡在工作時保有隱私，我補充。

你慢慢來。浪人檢視他缺了一角的指甲。我們不趕時間。不過你最好在老大來之前復仇完畢。

他什麼時候來？

黎高佩聳肩。他想來的時候。

你想對他做什麼？阿邦朝著蒙娜麗莎點點頭說道。

任何事。所有事。他殺了我們的人。

大家都知道，這表示蒙娜麗莎最終是死路一條。

□

我被單獨留下，跟蒙娜麗莎待在一起，只有一個矮人在一小時後帶著我要求的審問材料過來：一條香菸、一瓶威士忌、兩瓶水（一瓶氣泡水一瓶純水），還有蒙娜麗莎的購物車。這個矮人叫大個子，因為他是七人中最高的，不過並沒有高到哪去。你知道為了買你的威士忌我得跑多遠嗎？他說。專業人士到底要威士忌幹嘛？

你對專業人士的手法一竅不通，我邊說邊揮手打發他。

我確定除了我的鬼以外沒有別的干擾源後，便開始做我最喜歡的兩種休閒活動：喝酒（第三名）和閱讀（第二名）。上次看到末世論保鑣在看《憨第德》後，我就買了一本自己的口袋本。

我在法語學校時就讀過，當時我很喜歡書中的人性喜劇，現在更是樂在其中。我那海綿教授實際上滴了一些微溫的智慧在我的額頭上，因為他曾對我們全班宣告的事是真的，亦即等我們有了人生歷練後再回頭看某些書，它們會產生不同的意義。就以這段尖酸的文字為例吧，它讓我既畏縮又樂不可支：

「我想知道何者更糟：被黑人海盜強姦一百遍，一邊屁股被割掉，受到保加利亞人的攻擊，在天主教裁判所的判決儀式中被鞭打和吊死，被解剖，必須在大帆船上划槳——簡言之，就是承受我們每一個人遭遇的苦難——還是純粹坐在這裡無所事事？」

「這，」憨第德說，「是個很深奧的問題。」

果真深奧！有個問題甚至比伏爾泰的問題還深奧——不過想必沒有比他想像中那些源源不絕的黑人海盜來得難纏——那就是我在憎恨法國人的過程中有時候會產生的問題。他們是殖民別人的雜種，但他們給了我們這些句子，即使這些句子或許根本不是寫給像我這樣受殖民的雜種看的，我只是半個法國人加半個越南人，這簡單的數學題加起來卻成了非人類，極度的非人類。

蒙娜麗莎呻吟一聲。他總算醒了，不過有點昏昏沉沉的，躺在地上搖頭晃腦，流出一點口水，像是在麻醉檯上甦醒的病患。我把他拖到牆角讓他坐起來。他蜷縮在那裡，細細的眼白在眼皮後動來動去。

要不要來一杯？別人問我這個問題時，總是會讓我心情變得愉快一點。我坐到他身旁冰冷的地板上，倒了一杯威士忌。來兩杯怎麼樣？

我不喝酒，他喃喃道。

不喝酒的男人總讓我有點驚訝，不過我試著不去評斷他，即使他錯過了人類最偉大的發明之一。於是我改問他要不要喝水，這次他說好。我扶穩他的手，讓他舉起杯子，接著我問他要不要抽菸，他沒有拒絕。水和菸讓他恢復一點精神，他的眼皮稍微睜大了一點。

你現在開心了吧？他喃喃道。你抓到我了。

我已經很久沒開心過了。你知道嗎，我有兩顆心——

閉嘴。

——我知道你現在的心情。這是我的專長——

閉嘴。

——我真的曾經與你同病相憐，我怕你忘了。但你對我做的事並不是第一次有人對我做出那些事。而且我對很多人做了很多事，所以我知道身為找樂子的一方是什麼感覺。

閉嘴。

此時此刻有兩個你。一個你坐在這裡叫我閉嘴，另一個你在天花板上某處，看著我們的小小演出。你得把蛋敲開才能將蛋白與蛋黃分開，而你已經被敲開了。我正在跟蛋黃說話。你的蛋白部分在上頭，一層透明的外質，像精液一樣滑溜的物質——

閉嘴。

你或許不了解我，但你也確實了解我，不是嗎？

你為什麼不趕快把事情結束掉就算了？他喃喃道。

我的鬼魂五重奏在他背後哼唱：**把事情結束掉**，但我不理他們和他。我說：我不準備對你做你對我做的事。我說話的時候，我相信我看著蒙娜麗莎的眼神，就和羅浮宮裡的《蒙娜麗莎》看著世界的眼神一樣，對那蜂擁而至來看她的幾百萬人抱以強烈的同情。如果我看著某人夠長時間，如果我聆聽他夠長時間，我就能把他的臉移花接木到我的其中一張臉上，然後用他的眼睛觀察世界。當我擔任間諜時，目標是獲取資訊，我上頭的幹部會利用這些資訊來暗中破壞我監視對象的事業。當我擔任審問官，我在對確實知道我其實跟他們站在同一邊的囚犯問話時，我的目的有所不同。如果我能讓受審問者開口，或許我能從刑求者手中救下他。如果我能讓受審問者停止反抗，那麼我能從他自己手中救下他。

你打算光是坐在那裡看著我嗎？他喃喃道。說點什麼吧。

然而我只是默默地給了他更多水和香菸，這是建構人生的兩塊積木。我們喝了一點水，抽了很多菸，這是正確的菸水比例，然後他說：你覺得自己很聰明吧？像是某種丁丁？一個做好事的人？嗯，我才不把丁丁放在眼裡，他只是另一個殖民者罷了。

他剛才是不是侮辱了丁丁，那個少年記者、業餘偵探、無畏的英雄？我從就讀法語學校以來就是丁丁的粉絲，他這話惹到我了。但我壓下怒氣，回應更嚴重的議題：我不是殖民者！我跟你一樣是被殖民者。

你是支持法國人還是反對法國人？

老大認為我支持法國人，因此我一如往常，自打嘴巴地說：支持法國人。

他又笑了。當然了，你老爸是法國人嘛。

我恨我父親，我說，能說出這一句實話感覺真好，清楚俐落。

蒙娜麗莎仔細研究我，就像學生研究微積分課本那樣，帶著百般不情願，又有點厭惡。你永遠都不該恨你的父親，他終於說。即使他是個混蛋*。我們來自母親的子宮和父親的屁眼。

他開始說話了，每個真正的審問者（而不只是虐待狂）都會希望審問對象開口說話。你餓了嗎？我說。

他的飢餓戰勝了自尊，他點點頭。我翻找他的購物車，找出他生存的線索：Orangina 碳酸飲料、一罐能多益榛果可可醬、餐巾紙、胡蘿蔔絲、一盒雞蛋，還有一袋工廠量產的可頌，這讓我覺得很悲哀或罪惡，或是在這個國家應該兩者皆是。他還買了過熟的軟香蕉，我剝了一根遞給他。但他的手被浪人和黎高佩用力踩過，沒辦法握住香蕉，所以我替他舉著。他慢慢地吃著，一口、兩口，吃到第三口時，香蕉已去掉一半，我那深不見底的體內湧上一段半消化的記憶，我已經很多年，甚至有幾十年沒去咀嚼它了，那是我母親餵我吃香蕉當早餐，我則坐在凳子上看放在腿上的書，她的手拿著香蕉懸在我臉頰旁邊。我母親幾乎不識字，除非讀得很慢且大聲唸出來——這個母親從未懷疑過我該學習識字，且該隨時都在閱讀。你天生就該讀書，她對我說過不止一次，於是我閱讀、閱讀、閱讀，直到現在，我都沒有對自己承認，我唯一一次問我母親那些書是打哪來的，她告訴我的答案——它們是我父親的個人藏書。

蒙娜麗莎吃完柔滑的白色果肉，向後一靠，把香蕉的豹皮留給我，它是有著黑點的黃皮。我把滑滑的蕉皮丟到遠處牆角，晚點再叫大個子去清理。阿爾及利亞也有種香蕉嗎？我問。讓受審問者持續說話，讓他感覺自在，對話是最好且最持久的一種誘惑形式。

蒙娜麗莎悶哼一聲，說：我不知道。我只去過阿爾及利亞兩次，當時我年紀還小，我父母認為我應該要了解它。

因為你是在那裡出生的，我說。

我不是在那裡出生的！我是在這裡出生的。我是法國人……就官方說法而言。

那非官方說法呢？

在阿爾及利亞，他們叫我法國人。但是在這裡，有時候別人說我是阿爾及利亞人，有時候他們說我是阿拉伯人。我真的很幸運的時候，就是別人口中的髒阿拉伯人。

哈囉，你這個髒阿拉伯人。我是瘋狂雜種。

他露出慈祥的笑容。其實你是 Le Chinois。

這樣嗎？那你是——我停口。我很慚愧，因為來到巴黎之前，我不認識任何阿爾及利亞人或阿拉伯人或穆斯林或北非人。抱歉，我誠心誠意地說。我不知道任何可以用在你身上的種族歧視用語。

一個都不知道？這倒新鮮了。好吧……試試 bougnoule（黑鬼）。

---

* 譯注：asshole 又可直譯為屁眼。

什麼？

快啊。Bougnoule！別害羞。

Bougnoule！

太好了！

成功的光芒在我體內點亮，那股暖意舒服得就像來自高級的威士忌、伏特加、白蘭地或干邑白蘭地。我的法語愈來愈強了！

現在說 sale bougnoule（髒黑鬼），但要多點力道。加一點吐口水的意思進去。

Sale bougnoule！

更好了！你講話就像個法國男人，或是法國女人，或甚至是法國小孩。只不過你絕對別叫我 arabe de service（典型的阿拉伯人），我會殺了你。

蒙娜麗莎笑到發抖，我對他產生一波心軟的情緒，像海浪一樣漫過我那有如冰冷沙灘的心。來點這個吧，我說，從口袋掏出一包靈藥。見鬼，它是怎麼跑到那裡去的？我不是都沖掉了嗎？它怎麼會神奇地從我口袋裡不停冒出來？一小顆用塑膠袋包起來、像毛瑟槍子彈的粉末。你會感覺好一點的，我說。或者你會沒有感覺，而以你的狀況來說，那等於感覺好一點。

他盯著白粉看了一會兒，遲疑著，終於點點頭。靈藥的用法靈活多變，就像是演什麼像什麼的角色演員。它可以抹在皮膚或牙齦上，注射到靜脈裡，或是從鼻孔吸進去。我從他的購物車裡拿了一盒蘇打餅乾，在盒子上倒了四排白色粉末。接著我用十法郎的鈔票捲成一根管子，替他拿好，讓他能吸進第一排粉末。然後是第二排。哇，我說。然後是第三排。等他吸完第四排，我說：你真是無師自通。

什麼？他抬起頭，吸著鼻子。你也要嗎？

以一個不喝酒的傢伙來說，你還真能吸收那個。

美國人是怎麼說來著？噢，對了。這是好屎。我幾乎什麼感覺都沒有了。

我的靈藥存貨都沒了，我只好抽哈希什香菸來解饞，結果蒙娜麗莎又來分一杯羹。像你這樣的好男孩怎麼會跑來做這個？我隔著從我們肺裡吐出來後混在一起的煙霧對他說，這問題又把他逗笑了。

問我哥啊，他說。就是被你搶走生意的那個。

他又沒有留下字條說那個人脈是他的。

那倒是。薩伊德是瘋子，就跟你一樣。或只是有他自己的瘋法。

那他在哪裡？精神病院？

阿富汗。阿富汗！他決定要去之前，我連聽都沒聽過那個地方。他不知道哪來的念頭，一心想跟蘇聯對抗。那跟我們有什麼關係？誰在乎共產主義？你知道他說什麼嗎？這件事跟共產主義無關，而是跟伊斯蘭教有關。蘇聯在屠殺我們的兄弟。兄弟？我說。穆斯林同胞，他說。所以我說他瘋了，我們從小到大，他從來就不在乎伊斯蘭教，就連三年前他也不在乎伊斯蘭教。他就和你我一樣，偷東西、賣毒品，找樂子！把他的人脈交給我是他最起碼能做的，但你知道他怎麼說嗎？我不想鼓勵你。

你聽了有什麼感覺？我說。

我想一拳揍在他臉上。

基於很多人都想揍我的臉，或我的兩張臉，我能體會薩伊德的心情。噢，又是那該死的情緒化！瘋狂的薩伊德。但除了瘋狂，我們還能如何形容不幸到相信上帝存在的人？還是阿拉？還是穆罕默德？我對伊斯蘭教的了解就和對阿拉伯人的了解一樣淺薄。但伊斯蘭教是一種宗教，就像天主教是一種宗教，而所有宗教都建立在流沙上，它們需要需要相信某種事物的人，我本來是這樣的人，直到我被迫相信虛無，不過仔細想想，宗教其實就是這麼回事。

也許你該原諒他，我說。

原諒他？

就像我原諒你一樣，我說，我的語調有如神父。

你原諒**我**？他抽搐了一下。原諒我什麼？

我可是不容易吃驚的，但我大吃一驚。原諒你凌虐我啊，我氣急敗壞地說。還有逼我玩俄羅斯輪盤！你都忘了嗎？

他不停地笑啊笑。如果笑是最好的藥，那我一定是個很高明的直腸科醫生了。你真該看看你的臉，他說。超爆笑的！然後他止住笑，說：我不需要你原諒。

你不必求我原諒，我也會原諒你的，我說。

我才不想要你原諒我！他大叫。去你的，去你的原諒！

你不必想要我原諒你，我就直接給你了。

蒙娜麗莎看起來很困惑，我的那群鬼也是，他們就站在他身後。他們預期看到一場中世紀式的復仇，不過那其實並沒有那麼中世紀，因為我們那些「文明」的殖民者經常把幾百年前的懲罰與刑求方法用在我們身上，一直到……我不確定耶，兩三年前吧，都還這麼做，正如同我們自以為是地把敵人開膛剖肚、並滿懷愛國心驕傲地搥著胸膛。但如果我讓蒙娜麗莎和我的鬼們出乎意料，我也讓自己出乎意料，這一向不是最好就是最壞的一種意外。我原本並沒有打算原諒他，即使我自己也不確定要怎麼做。我只想看著他，男人對男人，面對面，胯下對胯下，把事情搞清楚。我之所以能原諒你，我說，我的自傲讓我的嗓音高高揚起，是因為你對我做的事，我也對別人做過。我不但沒有比你好，或許還比你糟得多。

我並不覺得抱歉，蒙娜麗莎說。見鬼，我有機會還會再做一次，你這雜種。

那我會再原諒你一次，我說。

曾經有一段時期，換言之也就是我大部分的人生，但凡有人敢叫我雜種，我都會揚言要挖出他的眼睛、打碎他的膝蓋，就像你不該對上帝直呼其名，你也不該叫我「雜種」。每次有人叫我雜種，我的臉會漲紅，我的心跳會加速，我的拳頭會緊握，我的喉頭會收縮，憤怒的淋巴結會在我的血管中氾濫成災。但我此刻並不生氣，發生什麼事了？我能從他的角度看到我。因為我是出類拔萃的同情者，我同時住進他的心和他的腦，我知道他說出我的真名，不論是什麼樣的手創造了我，那隻手都在我細胞的每個構造上刻下我的生命序號。然而他也是個雜種，至少就道德意義上來說。我們只相隔幾十公分坐在那裡，我看出我們共同的人性，或者更可能是缺乏人性。差別何在？說我們都是人只是灑狗血，但說我們都不是人才是掏心掏肺。放眼望去，有哪個時代我們人類表現得不像個雜種？

第四部

你們

16

你知道你知道什麼。
你知道你**不**知道什麼。
但你**不**知道你**不**知道什麼？
而你**已經**知道你**不肯**知道什麼？

這些是師父克勞德灌輸給我——他積極向上的學徒——的原則和問題，在那數個月和數年間，我是政治保安處的祕密警察，那個單位是中央情報局的繼子，是依照美國最先進、最高級的警務方法培育，再送到我的國家來，而背後是跟貌似不可能的對象——沒沒無聞的密西根州立大學一群剪平頭的技術官僚——談好許多交換條件。當時我們並不知道，密西根州立大學是一所中階州內排名第二的大學。我們可能聽過的美國大學就只有哈佛，或許還有耶魯和史丹佛，所以我們把沒聽過密西根州立大學這回事歸因於自己的無知。以留學生身分來到美國之前，我對密西根唯一的了解就是海明威年輕時最喜歡去那裡度過夏天，克勞德說若不是海明威已經用獵槍給自己最後的試煉，他在戰爭那幾年一定會去越南測試自己的男子氣概和寫作技巧。

只有真男人能以那種方式死去，克勞德在我二十五歲生日當天說，並送我一本《沒有女人的男人》，那是我人生中第一份生日禮物，除非你把我的出生也算在內，那確實是、也永遠會是最好的生日禮物，是唯一能給我這份禮物的人——我母親——贈予的。你人生中第一份生日禮物？克勞德詫異地說。我告訴他我甚至從沒辦過慶生會，至少我記憶中沒有，因為我的同胞——越南人那一半，不是法國人——一般而言不會慶祝生日，只會慶祝一歲和八十歲生日。有鑑於嬰兒死亡率很高，滿週歲是件大事，至於活到八十歲也是個里程碑，因為在我那個貧窮、鄉下、混亂、不公不義（但仍然美麗）的國家，有多采多姿、琳瑯滿目的死法任君挑選。

好好活著，也讓別人好好活著，克勞德邊說邊把禮物交給我，它用報紙包著。這是我最喜歡的一本海明威作品，他繼續說，我在他位於伊甸園內熱得令人有些難受的公寓裡坐下，伊甸園是中情局選擇的西貢駐地。海明威被稱為人類史上最偉大的世紀中最偉大的國家裡最偉大的作家，克勞德說。因此他是古往今來最偉大的作家。

他為我倒了兩指深的傑克丹尼威士忌，我很慶幸他的手指比我的要粗得多。

比較沒種的男人會用槍管很短的手槍，克勞德說，他畢恭畢敬地舉起酒杯，就像我父親在他的會眾面前舉起聖餐杯。但海明威老爹選擇獵槍。**轟！**

祝我們最後都那麼勇敢，克勞德後來對全部學生說，其中只有我聽過海明威的名字，那還只是因為我在西方學院海默教授的課堂上，學到爵士時代和失落的一代時，曾讀過《太陽依舊升起》。克勞德在我們令人困惑的課堂開始前深思，並說：我很好奇，海明威老爹是否了解自己。真正了解自己。因為你們身為審問官的工作是要了解你們自己，這樣你們才能說服你們的受審問者了解他們自己。我說的是真正的審問官，小夥子們，不是刑求者。**你們不是刑求者。**

任何人都能當刑求者，雖然那也是一種藝術，就像色情書刊也可以是一種藝術。

克勞德用文學批評來描繪審問技巧，有時候會把我的同學們弄糊塗，但他出身自一支稀有而活力充沛的美國人家系，既滿懷愛國心又有貴族風範。他和我一樣曾就讀寄宿學校，不過是一間超級菁英學校——新英格蘭的菲利普斯埃克塞特學院。他在這間學校研讀經典文學、划艇，並準備好成為美國例外論的帝國震撃兵*。美國例外論是美國人指稱「美國帝國主義」的含蓄說法，你絕對不能對美國人說出「美國帝國主義」這幾個字，因為美國人就像所有帝國主義者一樣，真心相信他們是為了世界著想才接管世界，就好像帝國主義是一種盤尼西林（對當地人而言），權力、利潤和愉悅只是令人意外的副作用（對醫生而言）。克勞德和我一樣，相信藝術與文學有其優點，而且一點都不覺得深具文化素養之人能夠身兼戰士是很矛盾的事。就跟希臘人一樣嘛，他說。身體以及你用它來做什麼也是一種藝術。因此接下來兩星期，在那間倉庫裡，我在蒙娜麗莎的身體——和心智——上實踐我從克勞德那裡學來的藝術，阿邦、浪人和黎高佩也是，而事實漸漸明朗，對浪人和黎高佩來說，這場審問是一件為藝術而藝術的藝術。阿邦把審問視為運動，是一件可能愉快也可能不愉快的事，不過必須有效且相對快速地執行。但浪人和黎高佩並不注重效率，他們每隔一兩天會晃進來享受一段時光，絲毫不急於達成目標，亦即查出蒙娜麗莎其他的同夥躲在哪裡，讓老大能清除對手。至於老大，他只來過一次，來看看進度如何。他仔細端詳蒙娜麗莎蜷成一團、赤裸瘀青的身體，似乎感到滿意，不過我查出來

* 譯注：shock trooper 出自電影《星際大戰》，是隸屬銀河帝國底下的菁英部隊。

並記在筆記本上的資訊並未讓他眼睛一亮，這些資訊包括蒙娜麗莎父母的老家（蘇爾古茲蘭）、他的學術表現（中等）、他的嗜好（組裝模型飛機）、他最愛的食物（土耳其烤肉）、他其中一個伯伯的下場（被憲兵連同另外二、三十個阿爾及利亞人扔進塞納河，因為豬就是豬，管他們是來自哪國）、他的政治觀（介於漠不關心和無政府主義之間），或是他成為幫派分子的動機。他和我一樣有父親情結。但我不恨我父親，蒙娜麗莎說。如果他打我和我的兄弟們，那也只是因為法國人先打他。或許不該說只是，或許他其實就是個混蛋，而法國人只是引出他的劣根性，誰知道呢？我的另一個伯伯在阿爾及利亞作戰對抗法國，傘兵把他帶走，結果我父親——當時只是個青少年——必須撿起他哥哥的殘骸來埋葬。那種事會毀了你，然後你再毀了你的孩子，你的孩子再毀了他們的孩子，以此類推。

如果你對毀了某人這件事這麼敏感，我說，你可以試著停止。

試？我試過了。我在學校表現得不算差。我知道怎麼打上領帶去面試。我能說流利的法語。我是在這裡出生的。但如果我進展到那一步，他們說出我的名字時，我能在電話中聽出他們的語氣變了，或是看到他們的表情。穆薩。這不是法國名字，他們會說，好像他們讓我來面試就只是為了當面告訴我這句話。我只需要改名就好。我承認，我試過一些不同的名字。卡斯柏、馬克西、查爾斯，但它們不合適，感覺不對勁。我心想：**我讀了你們的學校，那也是我的學校。我學了你們的語言，那也是我的語言。我一點都不覺得我是阿拉伯人，除了別人叫我阿拉伯人的時候。那還不夠嗎？現在我還得改掉我父母給我的名字嗎？**我知道事情不會到這裡就結束了，事情永遠不會結束。除非我娶一個長得像他們的女人，為他們生下長得更像他們而不是我的孩子，只跟他們當朋友的孩子，他們才會滿意。他們想要我的靈魂。我不打算給他們。我可以當百分之百的法國人，也可以只是一個髒阿拉伯人，所以我決定當個百分之百的幫派分子。

我把這段對話記在筆記本裡，老大快速掃過一遍之後，將筆記本往我胸前一捅。我幹嘛付錢給你做這狗屁？他最喜歡的電視節目和歌手？他心目中的理想對象？他想怎麼處理他的人生？你在替他寫傳記嗎？**他媽的誰在乎啊？**

他停頓了一下，怒沖沖地瞪著我，我像狗一樣垂下眼皮，兩人都等著適切的靜默流逝，作為他那個設問句的回應。

星期六之前把這件事搞定，老大終於說。那天傍晚就是《幻想曲》開演的日子，而且前一天晚上還有一場非常特別的派對，要招待BFD和其他許多VIP。他對上次的天堂之行很滿意，非常滿意。他又光顧了兩次。既然他喜歡天堂——

他一定會愛上我們為他準備的東西，浪人笑著說。

你們準備了什麼？我問。

到時候你就知道了。你也是表演的一部分。我們需要動用所有的人力。六點到現場，好戲九點開鑼，老大說，給了我一個位於高級地段奧什大街上的地址，離我的一個客戶的住處不遠，那個客戶是專精於公司併購的健談律師。至於這個傢伙，如果你搞不定，我來搞定，老大邊說邊踢向蒙娜麗莎的肋骨。蒙娜麗莎誇大地慘叫，他知道如果自己不演得像一點，老大會再踢他一腳，而且踢得更用力。接著老大就帶著阿邦離開，阿邦說了一句話代替道別：你什麼時候要來阿鸞家吃飯？我找了個藉口，說審問蒙娜麗莎占去我所有時間，但事實是看見阿邦跟另一個女人在一起讓我渾身不自在。

也許根本是嫉妒？我的鬼們異口同聲竊笑地問。

閉嘴啦，我說。

我什麼也沒說啊，蒙娜麗莎在地上嘟囔。

我再度跟他在牢房裡獨處，外頭的倉庫裡則有兩個矮人在看守咖啡，它跟哈希什不一樣，並不會竊竊私語。它完全不需要說話，真正強大的人會讓別人替他們發聲。

你的老大剛才在說什麼？蒙娜麗莎在地上嘟囔。

你還剩一星期，我說，這表示我也剩一星期，然後阿邦就會跟阿敏見面，如果阿敏去看《幻想曲》的話。而他會去的，因為《幻想曲》對我們的同胞來說就像氧氣。每個人都需要氧氣，不論他或她的年齡、職業或信仰為何。就那麼一晚，我們會將我們的差異，將我們支持或反對的共產主義擱在一邊，在我們對歌曲、舞蹈以及低俗喜劇（愈低俗愈好）的熱愛中團結一心。一方面，我迫不及待想見到蘭娜，但另一方面，我想要無限期延後看到阿邦手裡握著槍，指著在他夢中糾纏他的無臉人。與此同時，我不知道該怎麼從蒙娜麗莎這個局面中脫身，他抗拒我所有的懇求與遊說。也許我還沒有用盡克勞德教我以及我自己發明的所有招數，也或許我已經厭倦了知道，我不想敲破蒙娜麗莎，因為我不想知道他知道什麼。又或許我已經知道蒙娜麗莎所知道的最重要的一件事了，這個男人說過不止一次，有時候語帶無奈，有時候語帶叛逆，他說：我寧可死。

□

星期五傍晚六點整，我抵達奧什大街上的地址時，我便知道自己在巴黎住了太久，已經被同化得太嚴重了。我那些喜歡尋歡作樂的同胞並不具備守時的特質，他們的時間觀念比法國人有彈性多了。對我的同胞來說，我面前這棟優雅的大廈離蒙娜麗莎的公寓可能是一小時車程，也可能是三小時車程，視他們心情而定。鋪滿大理石的大廳，搭配以黃銅裝飾的雙開門、鏡牆和水晶枝形吊燈，隱隱表明這棟大廈的任何一位住戶的身價，很可能都超過蒙娜麗莎的住處以及建築內所有居民的總和。我在落地式鏡面中看到自己，我的倒影提醒我，按照西方的算法，我現年三十七歲。按照越南人的傳統，我是三十八歲，因為要把我在母親子宮裡寄住的九個月算進去。為什麼不算進去呢？那九個月我在全世界最好的一種感官剝奪艙裡保持溫暖與飽足，相對之下，最糟的一種感官剝奪艙剝奪囚犯的所有光線、聲音與感覺，讓他們退化成一灘微微抖動的果凍。阿敏讀過中情局手冊的審問章節後，就在再教育營為我打造了這樣的感官剝奪艙。鏡牆中的我看起來有點泛黃，都是因為我的穿著，我一身廉價餐廳服務生打扮，穿著沒精神的黑長褲和已經不怎麼白的長袖白襯衫。我全身最耀眼的部分就是 Bruno Magli 皮鞋和頭髮，我的頭髮向後梳成一九三〇或一九四〇年代的流行髮型，當時每個男人的頭髮都是油亮的短髮，而不是像現今沒格調的亂糟糟長髮。但是除了仍然烏黑的頭髮之外，其餘的我疲憊而蒼老，我的青春的助推火箭許久之前就在我前往「中年」這個軌道上時被拋棄了。我很可能已經活完了半輩子，那也不是壞事，畢竟我暢飲了無數加侖的威士忌，享受了無數根香菸，還（希望是）

逗樂了幾十個女人。

電梯把我載到這棟六層樓建築的四樓，感覺起來不是什麼了不起的樓層，只不過我後來才發現這間公寓是三層式的樓中樓。電梯門打開後，我走到一塊六角形的樓梯平台上，那裡鋪著鮮紅色的厚地毯，我的鞋跟都陷了進去。樓梯扶手是擦得發亮的深色木頭，我懷疑是從一片被砍得光禿禿的殖民地不打麻藥就拔下來的樹做成的。沒有東西一踩就嘎吱作響或散發霉味，那是我造訪過的幾乎每棟巴黎建築都有的迷人狀況。我用力戳門鈴，門的另一側傳來尖銳的鈴聲。末世論保鑣打開門，身上只裹著一塊白色的腰布，脖子上套著鐵項圈，還貼了三塊ＯＫ繃：原本臉頰和太陽穴的那兩塊，左胸另外斜貼著一塊新的，像是浮在他黑皮膚上三條淺色的起落跑道。

你在這裡做什麼？

不要問，他喃喃道。

老天爺，你穿的是什麼啊？

不要問，他再次喃喃道。

他不只是近乎全裸，還像嶄新的汽車一樣閃著光澤，搽了油的身體在燈光下發亮。門廳後方浮現喃喃的人聲、盤子碰撞的聲音，還有清脆的玻璃杯輕敲聲。

你的服裝在僕人區，末世論保鑣說，要走到最上面。我正準備朝門廳裡邁步，他搖搖頭，用手指著。在你後面，走後梯。

我後方是寬敞的主梯，繞著玻璃牆面的電梯井延伸。在電梯井另一側有一扇門，通往另一道比較窄也比較暗的樓梯。我看看那道樓梯，再看看他，說：所以我們現在是捲入機動戰還是陣地戰？

他臉一沉，在我面前把門關上。我爬上五樓和六樓，然後走了最後一段階梯到最頂端，也就是閣樓，七矮人之一在那裡守門——這個矮人叫討厭鬼，我從來就沒想要問原因。他包著纏頭巾，赤裸的上身套了一件紅色錦緞背心，下半身是膝蓋和腳踝處很寬鬆的性感白色絲褲，再加上鞋尖彎曲的紫色繡花便鞋。你他媽敢問試試看，他喃喃道，打開門示意我進去。還有你最好忘了你剛才看到什麼。

這幾個房間或許是閣樓，但它跟我和阿邦同住的公寓不同，它的油漆沒有剝落，拼花地板沒有變得霧霧的，窗戶也沒有裂痕。第一個房間有滿滿一個掛衣架的服裝，浪人正站在鏡子前繫著黑領帶。他朝著那些服裝點了下頭。

今晚你負責發送貨品，他說。你可以穿上真正的越南服飾。

浪人穿著殖民地的休閒服：白色亞麻西裝、白色亞麻襯衫、棕色牛津鞋。我的越南服飾是棕色奧黛和黑絲長褲，上頭配一頂黑色紳士帽，這是一九二〇年代堤岸區幫派分子的裝扮，其實我還滿喜歡這低俗的視覺效果。

今天的表演很精采喔，寶貝，浪人說，他眨眨眼睛，走向相鄰的房間。來吧。

我在那幾個房間裡算一算，總共有十三個女孩，每個都百分之九十赤裸、百分之百無所謂，在表現主義老闆娘的監督下梳妝打扮。表現主義老闆娘則穿著一套剪裁合身、閃亮亮的褲裝，看起來像是用某種銀色太空服布料製成的。有三個女孩是黑人，三個我相當確定是阿拉伯人或北非人，還有三個白到她們看起來真的是白色的：一個金髮，一個棕髮，一個紅髮。剩下的四個人我已經認識了——晨牡丹、麗蓮、焦糖烤布蕾，還有麥德琳。浪人和我進房間時女孩們抬頭看了一眼，然後便繼續將自己由散發自然魅力的女孩改造成女體縱火彈。空氣中瀰漫著談笑聲和轟隆隆的吹風機聲。焦糖烤布蕾對我彎起嘴唇，不過麥德琳眨眨眼睛。那些完美無瑕、光澤動人、幾乎無毛的肉體以及堅挺的赤裸胸部，維持端莊的最後一道防線只有跟電視廣告一樣虛幻又誘人的蕾絲內褲，看到此情此景，我的心跳得更用力，我的呼吸變快，而我一點都不意外。讓我意外的是我的胃裡有股翻攪的不自在，想要拉肚子般的厭惡感在騰湧，破壞了所有愉悅。

我知道，浪人小聲說，彷彿他至少能看穿我的其中一個心思。**我知道。**

□

等第一批賓客抵達時，我已經換上服裝。我跟末世論保鑣一起在三層式公寓的第一層的門廳處迎接客人。室內擺設棕櫚盆栽，地上鋪著東方地毯，認命地準備讓鞋子踐踏——這在真正的東方是絕不會發生的——牆上掛著一幅中國畫，是有山和霧的山水畫，裡頭有個小小的人走在一條山路上，相形之下他周圍的自然景觀是如此壯麗，旁邊還有用中國字題的一首詩，我看不懂，因為中國人對我的同胞殖民得不是很成功。進一步營造氣氛的道具還包括在每個房間燒著的薰香，以及客廳角落裡的爵士四重奏。一名鼓手，一名低音大提琴手，一名中音薩克斯風手，一名鋼琴師，全都穿著時髦而閃亮的西裝，其中兩人戴著俗稱豬肉派帽的紳士帽，他們擁

別說還會看到那些近乎全裸的女孩，這會冒犯他虔誠的天主教信仰。我明天晚上去看《幻想曲》時會見到他，我打算到時候答應去阿鸞家吃晚餐。我會幫助他前進，承認他能夠在哀悼亡妻與亡子之餘，也同時追尋新的愛情。可是今晚，我想要倒退。我遵照浪人的指示，鞠躬哈腰並說著一口有點爛的法語，好到能讓人聽懂，爛到我在拍客人馬屁時會遭到蔑視，對於像我這樣的人來說，拍客人馬屁就像法國人親吻臉頰的習慣一樣重要。客人表現出看到我存在的唯一方式，就是把上好的外套往我身上堆，那些外套很適合這些看起來又有錢又白的男人，他們就連頭髮都是白的。他們之中髮色最深的人有一頭棕髮，這類中年人的數量也只有兩三人而已。其中一人穿著中規中矩的黑色燕尾服和領結，這身裝束預示他在性方面的互動不會比傳教士所能提供的刺激多少。另一人的打扮走懷舊風，像浪人一樣穿白色亞麻西裝，不過很騷包地搭配一頂木髓帽。隱然更讓人興奮或驚嚇的，是戴著單片眼鏡、身穿紫色絲絨吸菸外套的男人，他身上散發的雪茄味掩蓋了任何可能有的體味。然後還有一個穿獵遊裝的大型獵物獵人，他帶著一把附瞄準器的獵槍以及靈魂上的隱形老繭。另外兩位客人穿著軍服，衣服緊緊地繃在他們年邁發福的身軀上，其中一人別著將軍的星形肩章，另一人則戴著外籍兵團的卡其色與白色相間平頂帽。有兩人令我很在意，他們穿著東方式長袍和纏頭巾，似乎來自中東或北非。其中一人甚至拿鞋油之類的東西把臉塗黑，因此他的眼白和紅唇都變得更明顯。我是阿拉丁，他得意地向發問的人說，也向沒發問的人說，我則屬於後者。這個裹著纏頭巾的阿拉丁自我介紹時滿臉笑容，揮著塗黑的雙手、搖著塗黑的手指，他的白色指甲和白色牙齒在黑色皮膚映襯下更加白得發亮，不過有鑑於他應該是阿拉伯人才對——阿拉丁是阿拉伯人嗎？我突然間不太確定，不過他絕對是某種東方人——也許應該稱他的膚色為棕色，雖然阿拉丁用了黑色鞋油而不是棕色鞋油，但由於我們身在幻想國度，這個神祕的無賴是黑色還是棕色有什麼差嗎？或該說當我們在討論膚色的種類對應到鞋油的實際情況時，黑色和棕色的真實定義又是什麼？另一個真正嚇到我的人，是穿著神父黑袍的怪人。他的長袍下襬直達腳踝，領圈白得像骨頭，頭戴一頂小小的無邊便帽，肩膀上還有披肩。他脖子上的十字架不明顯地擺動著，幾乎將我催眠，他那深不見底的灰眼睛也有同樣效果。我口齒不清地嘟囔了什麼——是「神父」嗎？——當神父在我上方的空氣裡畫出十字記號，我才察覺他其實根本不是穿了變裝用的服裝，而真的是個神父。總共十位男士，第十位是BFD，他冷冷一笑，假裝不小心把外套掉在地上。他打扮得像個混蛋，意思是他穿著黑色長版燕尾服、灰色休閒長褲，以及英國紳士或十九世紀歐洲貴族戴的高禮帽，他們文雅的儀態和精緻服飾很適合他們的地位，亦即管理進行種族滅絕的帝國，劫掠非白人國家，奴役和（或）屠殺那些國家的居民，並用「文明」的名義將結果神聖化。如果雜種說的話沒有說服力，那麼或許沙特針對法農的論述比較有說服力：「對我們來說，當個人就等同當殖民主義的共犯，因為我們無一例外都受惠於殖民剝削。」或者用我自己的說法：把殖民所獲得的那些浸滿血的利潤漂白，是白人用自己的雙手進行的唯一一種洗滌勞動。

我為了撿BFD的外套而做出拍馬屁的姿勢，正當我準備站直身子時，他湊過來，說——音量只大到讓我和末世論保鑣聽得到——去你媽的。

謝謝，我說，這或許是唯一能堵住他嘴的一句話——不是我的本意，不過看到他皺眉、悶哼，並且連聲「不客氣」都沒說就走開，還是個很令人愉快的副作用。也許他認為我是在諷刺他，不過我可是非常、非常誠懇的。我很感謝ＢＦＤ誠實地說出殖民者一向對被殖民者抱持的想法，至少是他們與被殖民者面對面的時候。在盛大隆重的場面與 la mission civilisatrice（教化使命）的辭令底下，現實其實是他們說難聽點恨我們入骨，說好聽點是瞧不起我們，我們求取平等的唯一希望在於把自己變成他們的仿製品。我模仿ＢＦＤ的步伐跟著他走進客廳，男士們在那裡彼此交流，三個矮人服務著他們，來來回回地從廚房端來滿托盤充滿男子氣概的酒水和像是迷你靜物畫的漂亮開胃小菜。這三個矮人穿著跟討厭鬼一樣的可笑東方服裝，只不過我現在注意到他們每個人腰間的黃色腰帶裡都塞了把彎刀，我懷疑那不只是裝飾品。大個子、氣呼呼和臭烘烘只會帶真刀。

我們樂天的同胞偏愛生動又傳神的綽號，包括叫我雜種，或更好的是——瘋狂雜種。但真要說起來是誰比較瘋狂？是我嗎，還是這間美妙公寓的神祕屋主，那個人的品味非常特殊，在他的壁爐上方掛了一幅畫，畫中是一名偏古典時代的日本裸女，她正在被一隻……章魚蹂躪？那女人緊閉雙眼，頭向後仰，章魚則用他的觸腳戳弄她。還是那章魚是母的？性別不明的章魚圓鼓鼓的眼睛從女人的雙腿間向外張望，頭部擺成我記得太清楚的姿勢。

葛飾北齋，浪人喃喃道，暫時中斷他的社交巡遊。

我已經抽了不少哈希什，那幅畫的色彩與高低起伏的爵士樂附著在我的身體與心智上，現在就像章魚觸腳的吸盤一樣黏。

那些日本人真是詭異的王八蛋，對吧？浪人沉思道。所以我愛死他們了！

他繼續走，以為我是因為這違常的畫作而顫抖，但實際上我顫抖是因為我第二敏感的敏感帶——我的記憶——被觸發了，因為我想起那令人難忘的一夜情，對象是最不可思議的伴侶：被掏空內臟、毫無防衛能力、不知名姓的魷魚，是我母親留著晚餐要吃的食材。

我克盡職守，端來用柚木托盤盛裝的貨品：菸草香菸、哈希什香菸，還有靈藥，它那不成形的白色身體，跟糖一樣不可或缺，躺在一只金碗裡。我用小小的瓷湯匙舀一勺給任何想嘗試的男士，結果沒人拒絕。矮人們來來去去，香檳像永遠喝不完，四重奏的表演有夠讚，連珠炮般的法語快到我來不及完全聽懂。最後浪人走向壁爐，站在葛飾北齋的畫作底下，高聲要大家聽他說幾句話。四重奏停止演奏，矮人們退到壁龕裡，所有人都轉朝浪人的方向。

各位男士，歡迎！他朗聲說。謝謝各位大駕光臨，為這場最別開生面的派對增光。各位男士，你們都是冒險家，就像我一般，我是出生在印度支那土地上的法國人，你們之中一些先生也是在別的地方出生——阿爾及利亞、摩洛哥、新喀里多尼亞。我們是因為對異國的熱愛和對新奇事物的喜好而齊聚在這。各位男士，這樣的喜好將在這有如一千零一夜的夜晚同時獲得撩撥與滿足！現在讓我向你們介紹巴黎最美豔動人的女孩們，她們來自世界的四個角落！

浪人手一揮，示意四重奏繼續演奏。客廳一角有道螺旋梯，女孩們一個接一個走下樓梯。她們現在穿上衣服了——有些女孩穿上衣服了——現場的男人發出呢喃，在他們的欣賞中混入嘻笑、大笑以及我多半都聽不懂的玩笑。每過一秒鐘，恐慌的沙子都在我的胃裡堆積，從我的心智瀉進沙漏般的身體。我這輩子第二次——第一次是施加在共產黨特務身上的可怕行為——不想要看。不想看晨牡丹，她腰間圍了條印花裙，但上半身什麼都沒穿，只有耳朵上方簪了朵百合，根據浪人的說法，這靈感來自高更畫的大溪地（雖然晨牡丹是新加坡華人）；不想看那個白人女孩，她看起來才快要成年，脖子上繫著蕾絲頸圈，身穿破舊的白色連身裙，雙手用繩子綁住，浪人介紹她時說她是從巴巴里海岸的野蠻販奴者手中救出來的白人奴隸；不想看一個全身赤裸的黑人女孩，她只戴著白色珠珠和貝殼做的手鍊和項鍊；不想看另一個女孩，我完全看不到她的臉，因為她的黑色面紗和帽兜只露出她棕色的眼睛，這樣的端莊與她身上的黑色小洋裝和網襪形成強烈對比。爵士樂很大聲，但各式各樣的男人發出的騷動更吵鬧，他們用手肘互相戳弄，發出猥褻的叫嚷聲。不過最大聲的莫過於我耳中咚咚的心跳聲，大聲到即使隔著悶死任何欲望的、有如厚毛毯的愧疚與羞恥，都還是聽得見。

各位男士，浪人說，她們來到我們歡樂的花園中，遵循蔚為傳奇的沙巴奈妓院的傳統，你們其中一些人的父親或祖父可能去過那間妓院。這些女孩可是從東方與非洲廣大地區的青樓、紅燈區和奴隸市場物色來的上等貨色！來自南方的阿爾及利亞、摩洛哥、突尼西亞和塞內加爾，以及東方的埃及和印度支那！還可以額外附加一趟小旅行，前往危險的巴勒斯坦和誘人的太平洋樂園大溪地！沒錯，這都是想像之旅，各位男士，不過幻想比現實要好，因為現實中有梅毒。〔**男士們哄堂大笑。**〕諸君請看。要多少美女才能滿足你們的胃口，都請自便，就好像你是個土耳其帕夏，這些女孩願意為你而死，這些女孩希望被你拯救——除非你先因為愛她們愛到發狂而自殺！你會回到世界的起源——不，不是剛果或尼羅河，而是這裡，還有這裡，還有這裡，在譚譚公主性感的大腿之間，在龍夫人的金三角裡，在這座禁忌後宮的溫室裡。你在這裡是蘇丹、是暴君、是殖民者，是手裡拿著鞭子探索黑暗大陸的白人。有很多神祕的女士有待征服，包括這位穿著黑色寬褲、滿腔熱血的越共游擊隊員，她才剛從叢林裡出來，還有這位巴勒斯坦自由鬥士，她才剛完成一趟劫機任務。你只能看見她的臉，但這是怎樣的一張臉啊！真正的蛇蠍美人！不然這畏畏縮縮的穆斯林女孩怎麼樣，她戴著史上最偉大的助性發明：面紗！誰知道面紗後頭藏著什麼？讓她戴著或把它拿掉，隨你高興，但請記住你是安全的，即使你選擇的是……蝴蝶夫人。乘著她的魔毯飛行，別擔心九個月後她會帶著不受歡迎的驚喜回來找你。享受白種男人和東方女人的禁忌之愛吧，不用害怕可能會結出禁忌之果，像他那樣！

說到這裡，浪人直直指著我。每個人都轉頭看我，我能看到他們的眼白，我就站在末世論保鑣和一棵棕櫚盆栽之間，用托盤端著裝有糖粉的金碗，因為肚子裡累積的沙太重而動彈不得。

如果你們喜歡鴉片的滋味，各位男士，你們會愛上我們東方和西方的雜種後代準備給你們的靈藥。小子！浪人彈了一下手指。**小子！小子！**

我隔著亂成一團的心智，或心智們，意識到他是在對**我**說話。

小子，你呆站在那裡幹什麼？把靈藥分送給現場的男士們啊！

我在所謂的男士們之間遊走，他們對我冷笑，並分食金碗裡的糖粉，這時浪人說：好了，各位男士，我們開始吧！準備好為你的心頭好出價了嗎？〔**男士們歡呼表示贊同。**〕讓我們把這討人喜歡的甜姐兒帶到諸位面前——站到這裡，踩到台座上，親愛的——龍夫人本人，精緻的安南天使，身穿我們許多人念念不忘的傳統奧黛。不過這次沒有長褲。各位男士，安南女孩和我們的女人一點也不像，老實說，這是件好事。〔**男士們捧腹大笑。**〕她們變得太像男人了。〔**男士們發出贊同的哼聲。**〕幸好，這些狐狸精從未聽過「女性主義」，就算聽過，也絕對不當一回事。好了，我們有這位湄公河三角洲的媚婦，她不但用身體誘惑你，還用巨大的危險引誘你——那就是愛上她的危險！各位男士，誰將是第一個品嚐這顆甘美熱帶火龍果的幸運男人？她會是你的安南天使還是龍夫人？

男人們開始喊價，我鄙視他們的無知。麥德琳根本不是安南人或越南人。噢，麥德琳！她巧笑倩兮，在浪人的命令下，以穿著高跟鞋的單腳為軸心在茶几上旋轉，讓所有男人都能以各種角度看到她，她穿著一襲紅色奧黛，有一條金龍盤踞在她的身軀上。有人發出哀鳴，那個人就是我。

各位男士，你們有看到我所看到的嗎？浪人叫道。美人啊！美人啊！

美人轉完一圈後，我再次看到她的眼睛和笑容，兩者都沒有絲毫的變化。男人們像是英國國會成員在爭論時那樣叫囂嘶吼，大聲喊出他們的出價，直到最後我恥於跟他們同屬同一物種，或至少同屬同一性別。贏家終於跳上前——是穿著熱帶夏季軍服的白髮退伍軍人，不過他選擇配短褲而非長褲。他朝麥德琳伸出手，她跨下桌子，眼睛望著地面，當她抬起眼皮，她看見我盯著她看。她招手，我走過去，她悄聲說：我要拿一些你手上的東西。我遲疑著，她狠狠瞪我，用氣音說：你在等什麼？快給我！我只有靠這個才能撐過今晚。

所以我把靈藥給她，但世上有夠多的靈藥能治癒她或我嗎？沙特說「歐洲人唯有透過創造奴隸與怪物才能成為一個人」，如果是這樣，這些女孩算什麼？我又算什麼？或許我不只是一個正直的雜種，因為被歐洲人以這種去人性化的態度賦予角色而憤怒不已。或許我也是個糜爛的雜種，在這些角色中活得舒適自在，因為這些角色讓我有機會否認，我也透過在想像中住滿我自己的奴隸和怪物，而以最可靠的方式成為一個人。

□

拍賣會結束、燈光調暗後，我閒步經過三三兩兩的人，他們都在燭光照亮的沙發、貴妃椅、靠墊、躺椅和床上安頓下來，散布在客廳、圖書室、撞球間、好幾間臥室，以及可以眺望城市燈火和受勃起啟發的艾菲爾鐵塔黑色輪廓的陽台。這整晚下來，也就是直到黎明時分，男人們和女孩們服下的靈藥總量足以殺死一頭成年非洲象，或至少把牠弄昏。我卯足全力幫忙，趁沒人看到時這裡偷吸一排白粉、那裡偷吸一排白粉，而機會多得是，因為男人們都專注地當個性變態，而女孩們則盡責地承受變態之事。唯一一次有男人跟我說話，是那個阿拉伯酋長暫停動作來吸幾口靈藥，然後對我露出獰笑，用力拍了一下我的手臂。這玩意兒真帶勁啊，孩子！我試著不在意他脖子上掛的人耳項鍊，仔細一瞧可以看出它們是水蜜桃乾。實在太帶勁了！真叫人死而無憾啊！邦加邦加！

好幾個鐘頭就這樣龜速前進，因為最無聊的事莫過於看別人找樂子，如果那些女孩們能說是在找樂子的話。我自認為是個世故的男人，看過形形色色的人類性行為，但我從沒看過這樣的場面。話說回來，我只是個被殖民的鄉巴佬，對這種程度的文明沒有心理準備，換作是薩德侯爵看了，甚至臉都不會紅一下。終於，快要天亮的時候，我發現自己在第三層樓的主臥室，那名大型獵物獵人穿著獵遊裝坐在扶手椅裡，勃起的蒼白腫塊從沒拉拉鍊的長褲裡伸出來，而他正把獵槍對準帝王尺寸大床上的棕髮女孩和紅髮女孩，透過瞄準器看著她們。

就是這樣，女孩們！他大叫，額頭汗濕一片。真是**火熱**！

房間裡確實熱得跟鼠蹊部一樣。我又累又熱，頭暈眼花，眩暈感迫使我坐在房間角落。是靈藥使我昏昏沉沉嗎？抑或它是解藥？為了做出判斷，我又吸了一排白粉，然後再一排。但在我能鐵口直斷靈藥到底是禍端還是救贖之前，那個大型獵物獵人看到我了。起來，小子！起來！他轉過身，拿武器對著我，瞄準器的十字瞄準線鎖定我的兩眼之間，我試著站起來。但我既不能讓那話兒站起來，也不能讓我自己站起來，所以管他的……他媽的誰在乎……只是同樣的破事重演……我放棄了……我吸了另一劑靈藥，閉上眼睛，哭著等待，等待大型獵物獵人扣下扳機。

17

太陽終於升起，陽光映照出我分成東半球和西半球的兩半大腦仍在腦袋裡合為一體。那個大型獵物獵人沒有真的在槍裡裝子彈，不過他仍然咯咯笑著扣了兩三次扳機。真有趣啊！老大在他的監視哨裡播這一幕給我看時，笑得非常開心。他的監視哨設在上鎖的閣樓裡，他整晚都躲在裡面。閣樓裡堆滿螢幕和錄放影機，用辮子般的電線連接起來，電線另一端消失在牆面中，再連到遍布美輪美奐公寓的隱藏式攝影機。

你從哪弄來這些東西？我問。

我朋友，那個印度支那老手，浪人說。打從一九五四年我們就成了莫逆之交，那年我交給他從寮國運鴉片到西貢的路線。

我站在門口時，浪人一屁股坐進僅剩的空位，另外兩張椅子被老大和他秀色可餐的祕書占據。祕書一如往常看起來百無聊賴，更不用說很火熱了，譬喻性的火熱。她就像太陽一樣，除了她自己以外，每個人都被她的火熱弄得心浮氣躁。

咖啡在哪？老大說，目光沒有離開螢幕。

秀色可餐的祕書用慢動作展開蹺起的雙腿。美貌和青春是短暫的——內在才是重點——真正重要且能定義你的是個性——但那雙滑順、有光澤的腿以及它們通往的一切炸碎我的陳腔濫調，促使我僅剩的睪固酮小氣泡在我像體溫計般的身體裡上升，直到它抵達我圓滾滾的頭部，使我的眼珠在眼眶裡膨脹。浪人和我看著她離開，浪人嘆口氣，說：即使經過這一晚，我還是準備好來一點那個。別介意啊，老大。

老大只是悶哼一聲，繼續快轉錄影帶。看看這個，他終於說，並按下播放。

黑白畫面徐徐推進，身披黑袍的神父跟其中一位白人奴隸女孩坐在扶手椅中。好極了！浪人說。他已經嗨到可以跳傘了，他不斷往油箱裡補充靈藥而把自己推上那樣的高度。她在告解！我愛死這個傢伙了，你們不愛這個傢伙嗎？告訴我你們愛這個傢伙。

你們要拿這些帶子做什麼用？我說，這算是半設問句，因為答案明擺在眼前，不過我想知道細節。

老大對我貌似不開竅露出輕蔑的笑容，然後說：這些傢伙為了參加派對付的錢讓我們美美地小賺了一筆，但是他們最終將要付的錢——好阻止這些帶子流出去——才是真正的甜頭。

啊，資本主義！浪人說，這時秀色可餐的祕書正好端著咖啡回來。咖啡在慢慢地滴，浪人則用眼睛把秀色可餐的祕書剝光。全世界最棒的咖啡！他宣告。這是我們越南人勝過法國人的一種方法。

浪人成為越南人，要比我成為法國人容易太多了，真是耐人尋味。不過我沒說出口。反正也沒人想聽我說話，因為所有人都在看神父。

他好噁心，秀色可餐的祕書說。你們為什麼要邀請神父？他又不會有什麼錢。

他是神父不代表他就沒錢啊，我說。

秀色可餐的祕書看我的眼神，一如年輕人看老年人、有錢人看窮人、極度有魅力的女性對於在性獵捕中不再有競爭力的男性嗤之以鼻。她用那種眼神殺了我，被逗趣稀釋和輕蔑強化混合而成的憐憫眼神，儘管我最好的反應是乖乖地死去，我的嘴唇仍動個不停。

他可能來自很富裕的家族，不過更有用處的可能是他掌握的大量祕密，我說，我訓練有素的手指立刻找到陰謀的脈搏。你們能想像神父在他的告解室裡會聽到什麼事嗎？尤其是如果他服務社會菁英？

瘋狂雜種說得對，老大說。這傢伙會聽有財有勢的人告解。我想聽有財有勢的人的告解內容，而我相信他不希望任何人看到這個，他會告訴我那些告解內容的。

螢幕中的神父正用念珠做出極度不神聖的行為。我從未用念珠禱告過，現在目睹神父將念珠用在這麼邪惡又褻瀆的地方，以後我也無法再用正常的心態看待它了。

我看不下去了，秀色可餐的祕書邊說邊別開視線。

只是因為妳是天主教徒的關係，浪人斜睨著她說。

是因為我是女人。

閉嘴，老大說。他退出帶子交給秀色可餐的祕書，她在帶子上貼上「神父與白人奴隸女孩」的標籤。老大放進去的新一捲帶子錄的是BFD和麥德琳。

這傢伙真是沒完沒了，浪人說。

很了不起，老大贊同。今晚看過他的表現後，我對他多了幾分敬意。

是啊，可是他那玩意兒看起來像……像……**蘑菇**，秀色可餐的祕書說。

大家不發一語，因為禁忌的話題應該讓它默默地帶過。

那是什麼？我問，瞇著眼看。

肥鵝肝，浪人說。

我的天啊，秀色可餐的祕書哀鳴。我要吐了。真是個怪胎。

老大咯咯笑。我們不都是怪胎嗎？他邊說邊攪拌咖啡。看來我們錄到我們需要的東西了，這捲帶子會像好酒一樣愈陳愈香。如果ＢＦＤ的政治才華真如他所想的那麼傑出，這帶子將大幅增值。

有朝一日會當上巴黎市長？浪人說。內閣大臣？

Molotov（汽油彈）！老大舉杯說道。

Molotov？浪人狐疑。

猶太人慶賀時不是會這麼說嗎？

Mazel tov（好運來）才對，秀色可餐的祕書說。你指的是 mazel tov。

老大聳聳肩。我比較喜歡 Molotov。

□

我把錄影帶收進一只手提箱，送到老大的後車廂，黎高佩坐在老大車子的駕駛座等在大廈外頭。我坐進副駕駛座，浪人和老大坐後座，我們在接近中午時分的陽光下開往倉庫，因為老大說：我想在今晚《幻想曲》開演前把這件爛事結束掉。黎高佩把浪人給他的卡帶推進收音機，因此我有緣認識傑克・瞿彤克的歌，他比強尼・哈立戴要厲害多了，不過乍聽到他的幾句歌詞會讓我愣一下。

世界上有七億個中國人
另外還有我，還有我，還有我

中國人招誰惹誰了？嗯，就像瞿彤克在一一點名印尼人、黑人，甚至越南人之後，在每一節歌詞最後所唱的：**這就是人生。這就是人生。**多麼法國風！多麼迷人！唯一缺少的是點名雜種的小節，這挺奇怪的，因為如果我沒聽錯，瞿彤克還唱到了蘇聯和火星人和不完美和飢餓。全世界想必有幾千萬個雜種吧，一群格格不入、離鄉背井的離散者，數量多到足以構成自己的雜牌國家。但說起來我真的需要國家嗎？我本身若不是個國家，我還真不知道我是什麼了，既然如此，我不需要國家，只需要我的想像力。

問題在於有時候我不夠充分地使用想像力。最令人震驚的一捲錄影帶清楚凸顯出這件事，儘管影片中並沒有淫蕩的行為。它純粹只呈現出兩個獨處的女孩，通常這會是氫彈級的火辣場面，只不過這兩個女孩只是在……聊天？我調高音量去聽棕髮女孩和紅髮女孩在說什麼，這是所有錄影帶中第一段不涉及通姦、交配或單純的性交的對話。

巴勒斯坦自由鬥士

那個白痴打扮成阿拉伯酋長——他那話兒形狀像斷掉的手指。

越共游擊隊員

天啊，他逼我吃了一個他掛在脖子上的耳朵。

巴勒斯坦自由鬥士

那雜種有病！

越共游擊隊員

將軍怎麼樣？我在他的大肚子底下找不到那話兒。

巴勒斯坦自由鬥士

這個嘛，我倒是找到了，親愛的。它看起來像生的漢堡肉。

游擊隊員和自由鬥士大笑，老大說：真噁心。秀色可餐的祕書冷笑一聲，但她還來不及說半個字，老大就說：閉嘴。

越共游擊隊員

再來點靈藥吧，感覺會好一點。

巴勒斯坦自由鬥士

真——棒。嗯，真棒。

越共游擊隊員

至少它是免費的。

巴勒斯坦自由鬥士

嗯，再給我一點！

越共游擊隊員

只要在心裡數鈔票就對了，我就是這麼做的。

這時阿拉丁進入畫面，巴勒斯坦自由鬥士和越共游擊隊員帶著燦笑轉頭看他。她們的目光自動從他塗黑的臉往下移到他露出來的陽具上，它呈現自然的、完全的、徹底的白色。

我的天啊！秀色可餐的祕書悄聲說。它的形狀像雞蛋。

□

我在從奧什大街到倉庫的途中睡著了。車子停下後，浪人「輕」甩我耳光把我打醒。你是這裡年紀最輕的，竟然沒辦法保持清醒，他說，湊過來打量我的眼睛。就因為你熬了一夜沒睡？你只不過是端著靈藥和哈希什走來走去而已！我整夜都在跟女孩嘿咻，這可不是輕鬆的活兒，你這軟腳蝦。當我指出我本來就只是被找來扮演堤岸區毒販的角色，浪人聳聳肩。那是因為你還沒爭取到那樣的機會，我的朋友，自己的機會要靠自己爭取，可不會有人白給你！我們走吧，老大站在我的車窗外說，手裡提著從後車廂取出來的小行李袋。他不發一語地帶頭走向倉庫，那裡的大門沒鎖。

該死，黎高佩說。

我們從堆滿咖啡的棧板之間穿過，走到冰冷而有回音的倉庫後側。愛生氣和矮冬瓜在辦公室裡，坐在電視機前打電動，這是我在再教育營裡時另一項神奇發明。遊戲中有一顆球在防守雙方球門的兩塊方形物之間來回反彈，發出一連串「乒」和「乓」的音效。

老大嘆口氣，說：你們兩個白痴他媽的在搞什麼？

愛生氣和矮冬瓜跳起身，愛生氣說：抱歉，老大，不過反正那傢伙睡著了。

老大朝辦公室後側的門比了個動作，愛生氣打開門鎖。給我們泡點咖啡來，老大沒好氣地對愛生氣說，然後我們穿過儲藏室，和矮冬瓜一起走進更裡面的牢房。

赤裸的蒙娜麗莎躺在遠端角落，背對我們蜷成一團。矮冬瓜朝蒙娜麗莎走去，但老大揮手要他停步，然後拉開小行李袋的拉鍊。他取出一件藍色技工連身褲，脫下他的外套和長褲，交給矮冬瓜摺好。然後他套上連身褲，拉上拉鍊，再次朝行李袋彎下腰。他直起身時，我看到他手裡拿著什麼——他心愛的榔頭。

現在要玩真的了，黎高佩滿足地說。

搬張椅子給我，老大對矮冬瓜說。然後把他弄醒。

矮冬瓜大吼或用腳戳弄都叫不醒蒙娜麗莎，所以他祭出一桶加了冰塊的水，同時老大把榔頭放在腿上旁觀，浪人則用口哨吹著貝多芬的〈歡樂頌〉。冰水潑下去，蒙娜麗莎猛然坐起，急慌慌地呸著水，這時愛生氣則搬來一張摺疊桌，還有一個和秀色可餐的祕書先前準備的一樣的托盤，只不過有四個杯子和四個濾網。愛生氣把摺疊桌放在老大旁邊，再將托盤放在桌上，然後便過去與矮冬瓜一左一右地包夾蒙娜麗莎，後者緊貼牆壁，低垂著頭，雙臂抱住膝蓋靠在胸前。老大用榔頭輕點托盤，玻璃杯咔啦作響。你的時限到咖啡滴完為止，老大說。到時候你要告訴我們去哪裡找你的朋友。如果你不講，你就死。很簡單。懂嗎？

蒙娜麗莎除了發抖別無反應。

老大瞥向兩個矮人，愛生氣試著踹蒙娜麗莎的肋骨，但蒙娜麗莎挪動手臂保護自己，因此他踢到他的手肘。你懂嗎？老大說。

蒙娜麗莎哀號著抓著手肘，點點頭。

老大再次瞥向矮人，於是待在蒙娜麗莎另一側的矮冬瓜熟練地把靴子踩在蒙娜麗莎的肋骨上，藉此展現他精通幫派分子以及企業執行長最基本的技能：對某人落井下石。老大沒聽到！

矮冬瓜大叫。

蒙娜麗莎臉皺了一下，喘了幾口氣，最後終於說：是，我懂。

我們現在進展到克勞德所稱的「最後通牒階段」了。克勞德對學生們說，不聰明的人，也就是把電視裡演的當成真實生活的人，相信如果你拿「不從命就送命」的手段來測試受審問者，受審問者會對你百依百順，或是告訴你你想知道的事，因為受審問者不想死。那麼讓我根據現實世界的經驗告訴你吧，我在很多越共身上用這套「不從命就送命」測試方法，結果很多王八蛋都選擇死，而且在他們死之前，就算他們給你任何資訊，也很可能不是什麼有用的資訊。所以真正使用「不從命就送命」測試方法的唯一原因，就是你想殺人或是給對方造成極大的痛苦。

Capisce（瞭嗎）？

由於我們越南學生沒一個懂義大利語，也沒看過相關的美國幫派電影，在這類電影中那些硬漢會說「Capisce？」——不過我們的越南嘴唇發不出「capisce」的音——我們實在不敢說自己懂了。直到我在政治保安處打滾幾年，我才能根據經驗說我懂了。現在看著我眼前的場景，我也能說老大既不懂也不在乎。他橫豎都會殺了蒙娜麗莎，唯一的疑問是蒙娜麗莎是否已憑直覺知道了。室內陷入寂靜，咖啡以一秒一滴的速率墜落，浪人只能忍受這種寂靜半分鐘，便命令愛生氣去拿個收音機過來。愛生氣拿回一部超大的手提音響，我在老大的貿易行看過這種東西被運送到我的家鄉，注定將在黑市販售。愛生氣還沒來得及打開音響，我的鬼們就開始哼歌，然後從我背後某處開始唱起來：

世界上有兩千兩百萬個雜種
另外還有我，還有我，還有我

兩千兩百萬只是他們的猜測。世界上有多少個雜種在趴趴走？對法國來說，既然種族不存在，雜種也不可能存在，對吧？我的存在之謎，我在不明的離散群體中擁有尷尬的公民身分，都讓我困惑不已。但我和幾百萬像我一樣的雜種是已知的未知嗎？還是未知的未知呢？

這才像話嘛！浪人說，調整著音響上的廣播頻道。我可以用這音樂來跳舞。

他開始跳恰恰，這是我的同胞最愛的舞蹈。我也幾乎可以用任何音樂來跳恰恰，至少是比玫瑰經快、比扭扭舞曲慢的任何音樂。但我的腳並不想動。老大沒有跳舞，蒙娜麗莎也沒跳，矮人們也沒跳，我的鬼們也沒跳，他們默默逼近我後方，圍在我的兩邊，侵入我的私人空間。我們都著迷地看著浪人，他掛著幸福的笑容，優雅地與隱形的舞伴跳著恰恰，直到老大說：跳夠了，咖啡滴完了。他站起身，手握榔頭，蒙娜麗莎用背頂住牆壁。

浪人停止跳舞，冷笑一下，對蒙娜麗莎說：你和你阿爾及利亞朋友的點子是對的，但我們科西嘉人從你們出生前就開始幹這一行了。鴉片是比橡膠更好賺的作物，這我可以向你保證。我們當時在印度支那度過多麼美好的時光啊！真希望我們能再見到那樣的好日子，希望法國政府腦筋清楚一點，鼓勵大家吸鴉片。天啊，那時候要是不賣鴉片給當地人，我們根本沒錢資助政府！這是很有效的商業模式，垂直整合以及水平壟斷表示我們完全控制市場。想像一下如果政府還在經營鴉片生意，現在的法國會富強多少倍。我們的社會主義總統就會有他需要的大筆金錢，去進行他時髦的福利計畫了。咱們等著看在錢不夠燒的前提下，那個計畫能撐多久。不過有人要聽我的嗎？他們應該聽才對！我是個愛國分子！鴉片夫人是白人，但這個靈藥白到雪白的地步。你享用過靈藥嗎？

蒙娜麗莎點頭。

那你就知道我的意思了，我的朋友。

你準備好了嗎？老大說，他看的人是我而不是浪人。

我隨時都準備好了，我說，雖然我完全不懂他在說什麼。

他為我奉上榔頭，不過「奉上」是委婉的說法，因為這並不是我能夠拒絕的禮物。榔頭的柄部是光滑的木頭，而不是碎木製成，長度和我的前臂一樣，鐵製的頂端帶著些許疤痕和刮痕，就像我的頭一樣。它的重量很均勻，和我不一樣。這把榔頭延伸了我的身體、我的手臂、我的手，最終是我的心智，至少是其中之一。我記得海默教授有一次告訴我他姓氏的諧音以及一個警句的關係，人人都認為這個句子是劇作家貝托爾特・布萊希特說的，但其實是詩人弗拉迪米爾・馬雅可夫斯基說的，也可能是革命家托洛斯基，至少海默教授是這麼說：「藝術不是舉在世界面前的鏡子，而是用來形塑世界的榔頭*。」噢！我第一次聽到這句話時真的性高潮了！口號令我興奮，而我的政治信念就是我最敏感的敏感帶。海默教授當時說：我的姓氏注定了我的命運，並且朝坐在他辦公室中的我舉起手中那杯雪莉酒，我每星期都會到他辦公室接受個別指導，過程中有雪莉酒為陪襯，那瓶酒存放在教授的書桌抽屜裡，只會為他最欣賞的學生拿出來飲用，而他最欣賞的永遠是男學生。我抓著老大的榔頭時，彷彿還能嚐到那太甜的雪莉酒。教授能否想像得到，有一天我手裡會握著這個，它不再是個隱喻或明喻，而是實實在在的物體，可以用來敲破真實的頭顱、擊碎真實的頭骨、毆打真實的大腦？我驚恐地握著榔頭，不過驚恐與榔頭無關。榔頭只是個工具，我才是武器，而我把自己嚇壞了。每個人都看著我：老大、浪人、愛生氣、矮冬瓜、小山、吃喝無度的少校、披頭四、醜男和更醜男，尤其是蒙娜麗莎。

你的審問行不通，老大說。說話說夠了。說話一點屁用也沒有，現在該是做點什麼的時候了。不過要讓過程持續久一點，這很重要。要注意細節。譬如說，我喜歡從腳趾往上進行。你想怎麼做？

你——我是說，**我**——再一次被這最艱難的問題檢驗，據說是列寧提出這問題的，不過實際上是小說家尼古拉·車爾尼雪夫斯基提出來的：**怎麼辦？**

一、敲破蒙娜麗莎的膝蓋
二、打裂蒙娜麗莎的肋骨
三、毀掉蒙娜麗莎的鼻子
四、粉碎蒙娜麗莎的雙手

馬雅可夫斯基、車爾尼雪夫斯基、列寧……這些俄國人有什麼毛病？問題出在西伯利亞嗎？

＊譯注：hammer 的音譯為「海默」。

還是大草原？還是外觀看起來跟水一樣，廉價又氾濫的伏特加？還是正如理查・賀德爵士所聲稱，俄羅斯人在本質上就是東方人？以上種種加總起來，是否使得俄國人更容易有粗暴的行為、不切實際的期望，以及厚得要命的小說？還有，至少在傳聞中是致命的輪盤？老大把他的咖啡攪拌成加了冰塊的漂亮焦糖色，再度坐下來，帶著微微笑意啜飲咖啡。

嗯，老大說，蹺起二郎腿，一派悠閒的模樣。你還在等什麼？

那群鬼咧嘴而笑，一邊彈著手指，一邊唱道：

世界上有三千三百萬個雜種
另外還有我，還有我，還有我

你——我是說，**我**——看著蒙娜麗莎，即使他因疼痛和悲慘而齜牙咧嘴，但從他桀驁不馴回看你的眼神就能知道，他仍然寧可死。有那麼一會兒，你考慮求上帝幫忙，不過上帝不會說任何話。不，一直以來堅定不移地引導你的人，就只有你的母親，她總是接納你，即使她知道你是共產黨或間諜或不管你現在是什麼，她都會接納你。**你不是什麼的一半，你是一切的兩倍！**

椰頭很重，甚至比你有罪惡感的良心還重，你的良心像是腫脹的肥鵝肝，被強迫餵入你犯下的所有罪行。**怎麼辦？**愛生氣和矮冬瓜懷疑地打量你，手指撫著裝在他們腋下皮套裡的切肉刀。浪人配著廣播裡的下一首歌再度跳起舞來。老大睨著你，好像你是一部極差勁的電影，而他是個電影愛好者。你在節節升高的恐慌中游著狗爬式，看不出該怎麼逃出這個房間或這個困境，而由於你能爭取到的唯一一樣東西就是時間，於是你說：你有什麼遺願嗎？

遺願？黎高佩說。

唔，這不是壞主意，浪人說。看他要求什麼囉。

老大啜著咖啡。快一點解決掉。

蒙娜麗莎很快就想好了。再給我一點靈藥。

請，老大說。

請再給我一點靈藥。

完美的遺願！浪人說。因為這可是會痛的。

這**真的**會痛，黎高佩說。

你知道我有時候會怎麼做嗎？矮冬瓜說。他伸手從棕色皮夾克的內側口袋掏出一部 Sony Walkman 隨身聽，上頭還插著耳機。戴上這寶貝，把音量調大，這有幫助，連續幾小時聽一個男人慘叫會影響人的心智。

你提醒我了，愛生氣說。他也從黑色皮夾克內側口袋掏出東西，不過是護目鏡和外科口罩。防止被濺到血。

呃，對喔，我記得有一次我甚至被噴到一點腦——

閉嘴，老大說。把靈藥給他。

你把靈藥給了蒙娜麗莎，給了很多。幾乎是你口袋裡剩的所有存貨，因為不知怎麼的，你仍隨身攜帶好幾包。你是魔術師，不斷把東西丟掉，卻發現它重新出現在口袋裡，靈藥就像是有自己魔力的白兔。蒙娜麗莎吸入靈藥，浪人和黎高佩嘿嘿笑，愛生氣和矮冬瓜科科笑，老大啜著咖啡，你自己則藉機吸掉一排你霸著不給蒙娜麗莎吸的白粉。**怎麼辦？**

你知道這讓我聯想到什麼嗎？浪人說。西貢那個自焚而死的和尚。

我們不會把他燒死，老大說。

這是個不錯的點子，不是嗎？這難道不會給阿爾及利亞人一個教訓嗎？不過我不是那個意思。全世界的人都為那個勇敢而高尚的和尚哭泣。可以說他死得紅紅火火，不過他確實用進口汽油潑在自己身上，把自己燒得紅紅火火。左翼媒體善盡職責，讓他占滿新聞版面，把他變成傳奇。我的朋友，你也看到照片了吧？人體火把！

蒙娜麗莎點點頭，眼皮半垂。

每個人都看到照片了，浪人接著說。超狗血的！尤其是在電視上。但是左翼媒體當然沒有真的報導**真相**。你知道真實情況是什麼嗎？共匪給那個可憐的和尚**下藥**。他被燒死的時候之所以那麼平靜，是因為他是個**殭屍**。

放屁！蒙娜麗莎說，現在他眼睛睜得很大。他是個英雄！

他是共產黨陰謀中的替死鬼。

好了，老大看著錶說。他戴錶的方式是讓錶面貼著手腕內側，死神大概也是這樣戴錶的。咱們把這事解決掉吧。

不過你不用速戰速決，浪人說。

可是靈藥還沒發揮作用，你說。
我開始覺得你不想做這件事了，老大說。
矮人們停止竊笑。你的鬼們哼著歌，挪動腳步，唱道：

世界上有四千萬個雜種
另外還有我，還有我，還有我

突然間你知道「怎麼辦？」這個問題的答案了。從頭到尾，答案都直接盯著你的臉，它一直都在那裡，只是你拒絕理解，或許這輩子都是如此，至少是打從克勞德教你最後通牒階段以及「不從命就送命」測試方法之後，而你醒悟到老大現在正把這種測試方法用在你身上。這個答案就像許多好的答案一樣，事後回想起來簡直再明顯不過了，就像是圓的車輪或數字零，這兩樣東西當初勢必都讓人一拍額頭，說：我怎麼就沒想到呢？以你的狀況而言，你漏看了答案，放棄它或忽略它，因為它太嚇人、太直接了，對你的要求太簡單了。現在答案震耳欲聾，彷彿上帝終於打破沉默，從山巔和雲端發聲：

上帝：
怎麼辦？

還是上帝：

不怎麼辦！*

你笑了起來。你終於懂了！你等上帝開口等了那麼久，而祂開口時，說的竟是：不怎麼辦！我的天啊，上帝，祢真是幽默！祢是雙心人的始祖！是貫穿古今最偉大的獨角喜劇演員！整個世界就是個喜劇俱樂部，而你是坐在前排的白痴，不斷被挑上台成為上帝戲弄的對象。不怎麼辦！你因為滿腔聲響而非怒火而顫抖，肚子裡的笑聲來自你靈魂埋葬的同一個坑洞。不怎麼辦！哈！現在所有人都盯著你瞧。是因為你遭到電擊，你身上每根毛髮都立正敬禮，甚至包括鼻孔裡的細絲嗎？噢，天啊，上帝，請祢住手！夠了！太鬧了！太吵了！即使甩了你自己兩邊的耳光，感覺雙頰刺痛，你仍聽見自己歇斯底里地笑著，不過你也可能只是歇斯底「歷」地笑著。

畢竟這個笑話是歷久彌新的。

* 譯注：原文為Nothing，呼應《同情者》中「什麼比獨立與自由更可貴？」的答案。

18

話說回來，歷史和歇斯底里有什麼不一樣？如果妳是女人，妳可以切除子宮（hysterectomy）來解決歇斯底里（hysteria）造成的矯揉造作（histrionics），但由於你是男人，或至少別人是這麼跟你說的，唯一的解決之道就是切除歷史（historectomy）了。老大有個更簡單的做法。他甩你耳光，又狠又辣，就像法國男人喜歡甩他們女人耳光那樣，也像越南男人喜歡甩他們女人耳光那樣。你給我振作一點*，老大說，雖然他指的是象徵意義，你卻止住笑，並用左手抓住右手臂的二頭肌，右手仍握著榔頭。

把事情給辦了，老大說。

你看著蒙娜麗莎，卻再次看到共產黨特務的臉，在戲院中的檢驗檯上被三個警察包圍。她的臉向你懇求，你明明該做點什麼，卻什麼也沒做。可是現在狀況反轉過來了，確實該是把事情給辦了的時候了。

你把榔頭遞還給老大，說：不。

不？你的鬼魂合唱團倒抽一口氣。你停止什麼也不做了！

---

* 譯注：get a grip on yourself 照字面解釋是「抓住你自己」。

黎高佩吹了聲口哨。天啊，他說。你現在屎定了。

你說「不」是什麼意思？老大說。

什麼都不做，你說，闡釋或翻譯著上帝的話。我拒絕。

你沒有權利拒絕，老大說。這可不是鄉村俱樂部，你不能就這樣取消會員資格然後走人。

你知道太多了，浪人遺憾地說。

同時你又知道得不夠多。你不知道瑪麗蓮夢露是不是真的自殺了。你不知道約翰．甘迺迪是不是真的只被一個槍手暗殺。你不知道胡伯伯是不是像傳言一樣有個祕密妻子。你不知道強尼．哈立戴為什麼這麼受法國人歡迎，不過你相當確定歷史學家最終將發現唱著〈我愛你……我並不愛你〉的碧姬．芭杜才是法國文明的巔峰。你不知道你母親現在在哪裡，但藉由什麼也不做，你很快就會知道答案了。

你知道我在說什麼嗎？老大質問。

我知道你在說什麼，你說，你的口腔完全是乾的，恐懼的膽汁厚厚地塗在舌面上。但你知道我在做什麼嗎？我選擇……什麼也不做。

說到這裡，雖然你迫切地需要救救你自己，你還是難以克制地再次爆笑出聲，因為這個不存在的神所開的玩笑實在太妙了。上帝從未要求我們做任何事，因為祂除了「不怎麼辦」，從頭到尾什麼都沒說過——笑死人了！不過真正讓人想尖叫的是，有幾百萬、幾千萬被屠殺的人原本都可以獲得拯救，只要殺死他們的人……什麼都不做。只要有夠多的人站起來，或就實際情況而言應該說躺下去，並簡單地說不，即使必須犧牲性命，但藉由這種人人做得到的平凡的英勇之舉——

你還不懂嗎？你朝老大叫道，缺乏幽默感永遠都會妨礙他聽懂笑話。缺乏幽默感難道不是最嚴重的一種匱乏嗎？要是每個人都具備荒謬感，這世界就不會是這麼荒謬的地方了！你對老大說：你看不出來什麼也不做要比做某件事難多了嗎？但如果每個人都什麼也不做，那就什麼也不會發生！

把那個給我，你這瘋狂雜種，老大說，從你手裡搶走榔頭。他在你面前緩慢地搖擺榔頭，你的目光跟著它眼鏡蛇般的動作跑，幾乎成了鬥雞眼。首先，我要讓你看看怎麼做一件事。然後我要對你做一件事。

老大把榔頭的金屬頂端壓向你的腦門。

毫無疑問，披頭四說。這把榔頭硬到能敲碎你的腦袋。

太可惜了，醜男接話。一定會搞得亂七八糟。

非常亂，更醜男贊同。所以我們會看得很爽！

阿邦會不高興的，浪人說。

我們只要告訴他那個阿拉伯人掙脫了、殺了他朋友就好。

你無法反駁老大。將心比心，你也會跟他使出同樣的詭計。你能從這故事中看出的唯一正面轉折是，老大必須快速殺死你，在頭上狠狠敲一下，最多兩下，因為若是蒙娜麗莎有機會把你身上每根骨頭都打碎，未免太不切實際了。老大在掌心輕點著榔頭，同時朝蒙娜麗莎走去，你揉著老大剛才用榔頭壓你腦門的位置，他大概留下了紅印子，等他回來時可以當作下手的參考點。你那顆像太鼓的心重重地敲著，不祥地預示著等老大解決掉蒙娜麗莎後你的腦袋就會迎接的下場，蒙娜麗莎因寒冷和恐懼而全身發抖，但他直視自己的命運，沒有閉上眼睛。你忍不住要佩服他。他正如他自己宣稱的，是個百分之百的幫派分子。

我誤會你了，小山用充滿感情的語氣說。

話別說得太早！吃喝無度的少校抗議。他還沒死呢。

祕訣當然就在於懂得什麼時候要做點什麼，什麼時候什麼都不做。或者更精確地說，由於在很多情況下，你「該」做什麼都很明確，祕訣就在於你「實際上」做了什麼或什麼都不做。什麼都不做會讓你送命，不過話說回來，你的命又有什麼價值？

老大在蒙娜麗莎面前止步。有遺言嗎？

我想想看，蒙娜麗莎說。噢，對了，去你媽的。

老大哼了一聲，把槨頭高舉過頭，你轉開臉，黎高佩和浪人和愛生氣和矮冬瓜則都愉快而期待地盯著看，因此只有你一個人看到門被「砰」一聲踢開，有個戴黑色頭套、全身黑衣的男人衝進來，手裡端著ＡＫ-47，這一幕讓你產生懦弱的反射動作撲向地板，就像第二天性——**砰！砰！砰！**——你用這個臉頰貼地的無恥姿勢看到第二名戴黑色頭套、全身黑衣的男人跟在第一人後面，手裡端著同樣的ＡＫ-47——**砰！砰！砰！**——你雙手捂住耳朵阻隔自動步槍射擊時的斷音，那幾年的戰爭已讓你對這種聲音太熟悉了，ＡＫ-47確切無疑的手提鑽音效在哪裡都夠吵的了，不過在密閉的審問室裡更是震耳欲聾，它成了回聲室，垂死男人詫異的叫聲和哀號聲在四壁間彈來彈去：

搞

什麼

鬼?!

他媽的

耶穌

基督！

見鬼的

下地獄！

該死！

很遺憾，以上是愛生氣和矮冬瓜有些含糊不清的遺言，他們的切肉刀難以抵擋七點六二毫米子彈的攻擊，那些子彈最高的射速為每分鐘六百發或每秒鐘十發，這是你跟著克勞德見習時學到的。**砰！砰！砰！**第一個槍手開槍時短促而精準，第二個槍手則每次都毫無章法地長長射擊一陣子，這表示第二個槍手必須在屠殺到一半時停下來，重新裝填三十發的彈匣。而第一個槍手則剩下足夠的子彈，他走到浪人面前，浪人癱在地上，腹部好幾處傷口流著血，一手爬向腰帶間的手槍。槍手朝浪人額頭開了一槍，他做這件事時不帶情緒，同時他的同伴仍試著用顫抖的手把新彈匣裝上，最後他總算辦到了，而平靜又冷淡的槍手轉身，跨出最後幾步走向蒙娜麗莎和老大，他們兩人都靠牆坐著，從蒙娜麗莎的表情看得出來他被嚇呆了，而老大看起來——這是你第一次也是唯一一次看到他有這種表情——很驚恐，因為像他這樣的人竟會被人打成網狀而迷惘、痛苦不已，暗色的血從他的連身褲滲出，同時第二個槍手，那個業餘者，朝黎高佩的脊椎猛射了一連串子彈，剛才黎高佩腿部和臀部中彈後正徒勞地朝牆角爬去，現在死在老大伸長的腳邊，老大的榔頭掉在身側，正用雙手捧著腸子以免它掉出來，他痛苦的慘叫聲讓你幾乎落淚，當平靜又冷淡的槍手朝著他嘴巴開槍，將他的記憶噴在牆上，慘叫聲戛然而止。

然後回聲室裡一切都靜了下來，只剩蒙娜麗莎的喘息聲和你腦袋裡的血流聲，你能聽見你的腦波，因為你的一隻耳朵貼在水泥地上，當兩個槍手從屠殺場面轉朝你的方向，你閉上眼睛裝死。他們穿著靴子的腳咚咚地踩著水泥地，愈靠愈近，其中一人說：不，讓我來，接著某個又硬又燙的東西壓在你太陽穴上，你驚跳了一下，睜開眼睛。

哈！業餘槍手說，他的槍管對準你的臉。我就知道你還活著。他拉掉頭套，是滾石。嘿，瘋狂雜種，還記得我嗎？

你怎麼忘得了？

平靜又冷淡的槍手也拉掉頭套，你馬上看出相似處，那像手肘的顴骨、謎樣的眼神、跟鬍一樣粗的黑眉毛、青春偶像般的嘴唇，都跟蒙娜麗莎形似而又不神似，就像兩個拼法相近但唸法南轅北轍的押韻字。

薩伊德，你說。

那兩條鬍抽搐了一下。看來你聽說過我，他說。我也聽說過你。

他單膝跪地好把你看得更仔細，雖然他是來殺你的，你卻忍不住想：**這王八蛋長得真帥**。

你搶了我的位子，拿走不屬於你的東西，薩伊德繼續說，一根手指輕點你額頭，正是老大剛才拿槨頭壓過的地方。現在你要付出代價。

滾石將AK－47舉到肩上，你的臉從薩伊德平靜的眼睛轉向對準你自己雙眼之間的槍口。毛澤東說槍桿子裡面出政權，但你無法想像從這種槍裡能長出任何東西。你在這槍管的黑洞裡只能看見恐怖的力量，它的重心是一顆七點六二毫米的子彈，上頭只有你的名字，你告訴自己把嘴巴閉緊，不要刺激滾石或薩伊德，薩伊德似乎不像老大，對於延長受害者的痛苦那麼著迷。有那麼多人曾試著對你的腦袋開槍，你只希望可以很快結束。你已經殺死你自己一回了，這顆子彈將是你人生最後一個句子的驚嘆號，這樣的死亡若非真的很不幸就是非常值得嚮往，端看你的立場，而由於你是個雙心人，你既驚恐又已準備好要慶祝了。

有什麼遺願嗎？滾石說，你覺得這場景似曾相識。

我可以來一點靈藥嗎？拜託，阿邁德？

你使用滾石的本名把他給激怒了，因為這小小地提醒他你們共有令人暖心的（缺乏）人性，於是他說：我乾脆直接殺了你好了。你的眼睛定定地看著他扣扳機的手指，它才剛開始動，薩伊德就說：你問他問題，他也回答你了。現在遵守你的諾言。

噢，他媽的！滾石放下槍。好吧，混蛋。你說的靈藥哪裡有？

你用猜的，跟他說：矮人的口袋裡，結果還真猜對了。滾石拿著幾小包靈藥回來，其中一部分的你心想能夠死去真不錯，仍固執地抓著生命不放的那部分則對薩伊德說：也許你想知道哪裡還有更多靈藥？

薩伊德正跪在弟弟身邊，協助他穿褲子。他看著你說：你認為這能救你的命？

你迅速麻醉自己，接二連三地吸入靈藥。儘管靈藥的魔力在於賦予使用者強化的興奮感和自大感，再加上身體不同部位與心智的麻痺感以及很矛盾的在情慾方面更敏感，但它卻不主打增進人的智慧，因此，你在感覺愉快一點但沒有更聰明一點的情況下，被薩伊德丟給你的問題給弄糊塗了，而蒙娜麗莎替你解圍。

別殺他，蒙娜麗莎說。

什麼？滾石叫道。

什麼？你心想，不過你機靈到沒說出口。

我一直很期待殺了這個niakoué（越南佬）！滾石說，而你終於、終於聽懂他在說什麼了。你再次爆笑出聲，滾石說：是怎樣啦，你這瘋狂雜種？

Nhà quê！你想講的是nhà quê！

我就是這麼說的。

這句越南話的意思是「鄉下人」、「鄉巴佬」、「笨蛋」，我猜你們法國人把我們拿來罵鄉下人的話反過來罵我們，也算是伸張正義吧。

我才不在乎他媽的你們越南話是怎麼說的，滾石惡狠狠地說。Niakoué！Niakoué！Niakoué！

他救了我的命，蒙娜麗莎說。

你的命不是他救的，薩伊德說。你的命是**我們**救的。

是真的，他們打算要殺我，但這個瘋狂雜種不肯殺我，結果他們準備殺完我就要殺他。蒙娜麗莎扣完襯衫釦子，在薩伊德攙扶下緩緩站起來。他饒了我一命，我現在要求你也饒了他一命。

他媽的才不要，滾石說，再次拿 AK-47對著我。

住手，薩伊德說，滾石一邊罵髒話一邊再次放下槍。薩伊德用那雙平靜而沉著的眼睛望著我，腦中評估著他弟弟剛才說的話。接著他說：對我來說，有我弟弟的說法就夠了。

薩伊德！滾石說。

阿邁德，別再用你那小鼻子小眼睛的幫派分子心態思考。現在薩伊德居高臨下地貼近你，由你在地上的角度來看，他似乎無比巨大。做個說到做到的男子漢，你在必要時殺人，在必要時槍下留人，但你永遠都要言行一致，這樣才不會有人質疑你是誰以及你代表什麼。

沒問題，很好，好極了，滾石說。等我殺了他以後就開始。

阿邁德，拜託你用點心。

我很用心啊！我一心想殺了這個雜種！

你得學會相信比你自己和你的小計謀更偉大的事物，薩伊德說，並低頭盯著你。他是個小偷和毒販和罪犯，就像你——也像以前的我——一樣，不表示你就得跟他一起擺爛。他不是個男人，阿邁德，你也不是。你知道為什麼嗎？

我不是男人？滾石說。薩伊德，去你的！

你要了解，阿邁德祖上世世代代都是水手，不過有些人稱他們為海盜，薩伊德對你說。他仍然有來自安納巴的海盜血統，不過現在已經被稀釋了。很容易理解，因為他的父母在獨立戰爭時逃到這裡。我父母也是。但民族解放陣線是對的，我們不該用犯罪和毒品和暴力自殺。我們應該要當 djounoud（阿爾及利亞獨立鬥士），用暴力解放自己。

我不想再聽你演講了，滾石說。

如果你聽我的話乖乖看書，你就不必聽演講，薩伊德說。如果你看了書，你就會知道法農說「暴力能去除毒素」。

它「將被殖民者由他的自卑感、絕望感和消極無為中解放出來」，你說。薩伊德牢牢盯住你的眼睛，傳達相互理解的目光，然後你們同時說：暴力「使他無所畏懼並重建自尊」。

你了解我為什麼可能喜歡這傢伙了吧？蒙娜麗莎對薩伊德說。

讀法農的書仍然只是讀死書，薩伊德說。比什麼都沒有來得強，但你得**做**點什麼，而且你需要對的那種暴力，讓你成為男人的那種，而不是讓你成為賊的那種。阿邁德，你知道為什麼你和這個偷我東西的賊不是男人嗎？

滾石嘆口氣。因為我們不夠用心？

一點也沒錯，薩伊德說。

他投給你的目光是秀色可餐的祕書目光的變體，傷人地混合了憐憫、輕蔑與理解。你想要抗議，說儘管你可能不（再）算是什麼男人，但你一直非常、非常用心，結果看看你落得什麼下場。不過你閉緊嘴巴好讓自己能活著在另一天繼續說話，這是正確的回應。

你可以走了，薩伊德說。馬上。

王八蛋，滾石碎唸。

你趁著薩伊德改變心意或滾石不小心朝你開槍前，搖搖晃晃地站起來。你有滿腹疑問——薩伊德是怎麼聽說弟弟的事，又怎麼能這麼快趕到巴黎？而且他怎麼找到蒙娜麗莎的？但是拖長你在薩伊德和滾石面前的時間，表示你拿生命來滿足好奇心，而這些疑問並不值得你送死。於是你鞠了一躬，雙手交握，隱約做出東方式的順服動作，這可能比較偏印度風而不是越南風，但誰在乎？在場的都是東方人。

謝謝二位的慷慨，你說，並追加幾個卑躬屈膝的感謝詞，因為你就是個屈辱大師。接著你補上一句：為了感謝你們，我建議你們深入檢查一下倉庫裡所有裝在板條箱裡的咖啡，薩伊德聽了這話揚起一條粗眉毛。然後你說：你們已經為我做了很多了，不過我能再提出一個小小的要求嗎？也許兩個要求？

正如你的前上司將軍傳授你的心得：在適當條件下，幫過你的人往往會再幫你，正因如此，將軍孜孜不倦地向地位比他高的人請求幫助，藉此向他們拍馬屁，同時又堅定不移地拒絕幫助幾乎所有地位比他低的人。薩伊德已經以他高貴的方式賜予你不殺之恩，而現在他察覺到自己的高尚是如此廣大，或許會再施捨你一次善意。果不其然，薩伊德沒有殺了你或坐視你被殺掉，反而嘆口氣說：你要什麼？

□

你要的是黎高佩的飛行員墨鏡真品，他死的時候正戴著，因為他隨時都戴著，而他已經不需要了。你說拿它是為了紀念你最好的朋友黎高佩，至少你是這麼告訴薩伊德的，你猜想像他這麼重視榮譽的人應該會理解這種感情。飛行員墨鏡尺寸正合適，而且稱職地協助你第一次開車穿越灑滿陽光的巴黎街頭。在被靈藥麻醉的情況下開車，就像操縱彈珠通過彈珠台，至少你是這麼認為的，或至少當你把鑰匙插進老大公寓的門鎖時，你記得自己是這麼認為的。雖然你跟薩伊德說你需要老大的車才能回得了家，但這把鑰匙才是你真正的目標。你冒險賭了一把，賭薩伊德有自己的交通工具，儘管可能不像老大的巴伐利亞愛車那麼時髦。滾石相當清楚這一點，因而反對施予他這個恩惠，但你已經跟薩伊德就那筆寶藏達成心照不宣的交易，現在那筆寶藏歸薩伊德所有了。走出倉庫的途中你經過堆積如山的板條箱，裡頭全是動過手腳、冒充黑咖啡的雪白靈藥，你希望你跟這門生意從此再無瓜葛，但你懷疑事情沒這麼簡單，因為在出口附近你經過大個子被繩索綑綁的屍體，他雙眼圓睜、嘴巴被塞住、喉嚨被割開，由此可推測薩伊德和滾石是怎麼找到倉庫的。在性愛派對期間，大個子被留下來獨自看守亞洲名廚，薩伊德和滾石一定去那裡找上他。

老大的公寓安靜而乾淨。要不是你在趕時間，你會好整以暇地拿老大昂貴的威士忌或干邑白蘭地給自己倒五吋高的酒，蹺起雙腳，欣賞遠方的艾菲爾鐵塔，它在現實中很宏偉，但從這裡看去只有一吋長，可惜時間已過了中午，你再過兩三個小時就得到鴉片酒吧參加《幻想曲》的暖身派對，所以你開始尋找老大存放財物的地方。你翻遍他的廚櫃、沙發座墊底下、櫥櫃裡面、電視和音響後面，正準備去他的臥室，這時有個輕柔的女性嗓音說：

你他媽在幹什麼？

這是另一個你偶爾會問自己的極具哲學性的問題，不過並不包括此刻。你開始轉身，而你聽得出是秀色可餐的祕書的嗓音說著：舉起雙手、放慢動作，否則我會開槍。等你像跳芭蕾舞般用腳尖慢慢旋轉一百八十度，你已做好心理準備，迎向在她穩定的小手中顯得很大的類魯格款手槍。她穿著半透明的睡袍，烏亮的長髮亂蓬蓬的，需要梳理一番，而這只讓她更加秀色可餐。

老大會殺了你，她說。

你戴著墨鏡，但你還是覺得最好動用全身每條肌肉來讓目光鎖定她的眼睛，這使你很難吞下漲滿你口腔的恐懼和欲望。你勉強說出：老大死了。

秀色可餐的祕書盯著你看了五秒——你有計時——然後說：你沒那個種殺死老大。

的確。你盡可能平和地向她解釋事情的來龍去脈。她的眼睛掠過一層薄霧——不是悲傷，不是安心，而是別的——遲疑？她沒有表現出受創或訝異，只是說：我怎麼知道你沒說謊？

妳認為如果老大還活著，我有可能拿到這把鑰匙嗎？

摘掉墨鏡，她說，手槍持續對準你。

你已經數不清到底被槍指著多少次了。你也不確定那些槍的扳機被扣下多少次，你的命被轟掉多少次，你才終於走到這一步，空氣拂在你皮膚上時會讓你微微顫慄，那是一種近乎愉悅的狀態，而愉悅的狀態又總是與痛苦的狀態僅有一線之隔。

那你來這裡幹嘛？她說。

你騎乘的彈珠載著你前進時，也載著一個你直到現在才想到的計畫，因為你原本不知道秀色可餐的祕書會在這裡，不過要是你有好好思考的話，應該要知道才對。我相信老大在這裡放了一些錢，你說，眼睛望著電視上方的時鐘，它被刻成你國家的形狀。將軍在他位於洛杉磯的餐廳裡也有同樣懷舊的時鐘，它公開的祕密揭露了：對難民來說，時間只會原地打轉。但是老大的時鐘揭露另一個公開的祕密：對難民來說，有時候時間完全停止。

我猜他把錢放在一個保險箱裡，你說。我知道密碼，但我不知道保險箱在哪裡，我猜妳可能知道。

其實你並不知道是不是有保險箱，你也不知道密碼，但事實證明你的第一個預感是對的，因為她說：你怎麼會知道密碼？

先帶我去看保險箱，你說。

裡頭的東西我要分一半。

先把槍放下。

我知道你認為我很笨，但我不笨。

我並沒有認為——

我看到你看我的眼神了。

她看你的眼神顯示她認為笨的人是你，你一邊向自己承認你從未思考過秀色可餐的祕書的智力，一邊繼續動用全身肌肉來讓目光鎖定她的眼睛，儘管你的周邊視野充滿誘惑。妳是對的，你說，吞下愧疚與羞恥的熟悉混合物，你從很久以前就愛上這種滋味。它們兩個是那麼速配，就像琴酒與通寧水，像文明與殖民，像反抗與合作，像希特勒與戈培爾，像尼克森與季辛吉，像越南與阿爾及利亞，像法國與美國，以至於應該要有一種雞尾酒，或至少是一本不重要的俄國小說，或也許只是一股青少年的舞蹈熱潮，被命名為「愧疚與羞恥」。很抱歉，真的很抱歉。

不，你才不抱歉。你只是典型的越南男人，或是半個越南男人。那不重要。你們都一個樣。你們不把我們當一回事。你們理所當然地認為我們要給你們煮飯、洗碗、洗衣服，為你們的蠢笑話捧場，為你們的詩或情歌心醉神迷，你們喜歡寫這些東西，直到娶我們的那天，然後就再也不寫了，因為那時候你們要寫給情婦。你們認為我們永遠都要守在那裡跟你們做愛、為你們生小孩，自己養孩子、買東西，聽你們發牢騷，安撫你們的自尊，記帳，賺錢貼補家用，對公婆逆來順受，服侍你們的老媽，對你們的情婦睜一隻眼閉一隻眼，補你們的衣服，幫你們找鑰匙，你們說什麼胡說八道都點頭稱是，跟在你們後頭至少五步以外，等你們老了照顧你們，然後，終於——終於——**終於**——比你晚死一步，只是為了確保你的葬禮上有人哭喪，給你辦盛大的守靈，照料你的牌位和探望你的墳墓，每天都想起你，然後，等我們死了、去找你了，再把這整套狗屁從頭做一遍，**永遠**做下去。

雖然她氣到講話都在發抖，魯格槍的槍管卻沒有絲毫偏移。身為越南男人，或半個越南男人，你打從心底深處知道，打從你的卵蛋深處知道——因為你的卵蛋不像正常情況一樣運作，所以此刻你難得地誠實——她是對的。你身為越南男性的代表，活該承受她的怒火，為了你們在越南女性人生中每一天對她們所做的事。妳是對的，你說。我很抱歉，非常抱歉。

你覺得老大有打算要娶我嗎？秀色可餐的祕書說。

有啊，當然有。他很愛妳——

不要騙我，我才不在乎他愛不愛我。結婚只代表他履行了他那一部分的交易。現在那也落空了，我好歹有資格拿到他的錢，你不覺得嗎？

你熱切地點頭，並發出更多表示贊成的聲音。秀色可餐的祕書帶你去老大的臥室，你把她吵醒前她就在這裡睡覺。她指著衣帽間旁邊的書架。老大不會讀法文，然而書架上擺滿法文書。你快速掃描一遍，很愉快地發現法國人並不只會讀哲學和時髦的文學，亦即可以跟頂級好酒並排展示出來的那種高水準*的巨冊，這些書和這些作者只配和啤酒還有裝在玻璃瓶裡的餐廳招牌酒放在一起。它們包括法文原創作品和法文翻譯作品，作者淨寫那些可以在機場和便利商店看到的垃圾暢銷書，這種扶不上牆的爛泥只會從讀者的額頭直接滑下來，像八字鬍一樣積在上唇處。不過沒必要指名道姓。何必多費力氣，反正老大也沒讀過這些作者的書，因為他除了他的發貨單和分類帳簿什麼也不讀。

拉那個書架，秀色可餐的祕書說，揮了揮手槍。

手槍跟人類很像，有種無預警開炮的頑劣傾向，所以你用最有禮貌的語氣說：也許妳可以別再扣著扳機？

她拿槍指著你，手指仍扣著扳機，你拉了拉書架，它靠著藏在底部的隱形輪子往前滑。你把書架滑向旁邊時，保險箱就露出來了。那是個小冰箱大小的灰色鐵箱，嵌在衣帽間旁的牆內空間。好了，聰明的傢伙，秀色可餐的祕書說。給我看看你有什麼法寶。

你只有一個想法，而現在你押下第二把賭注。

妳有注意過老大辦公室和這裡的時鐘嗎？你說。

它們一直都不會走，他太懶了，沒給它們換電池。

不，並不是太懶，你愉快而有自信地說，很快就可以知道這股自信是天才還是愚蠢了。那是線索，是提醒，以防他忘了密碼。你說這話時並不洋洋得意，因為要是你得意忘形，從她的表情研判，她是會射你的。或許不是為了把你射死，但絕對讓你終身殘廢。七點五十九分，你說，並且掰著指節。也就是七五九。

證明給我看。

保險箱的鎖是個必須順時針和逆時針轉動的桿鎖簧。你跪下來與那機械裝置視線齊平，開始動手操作，在把桿鎖簧來來回回撥轉時試著不流手汗。往右轉到七一次，往左轉到五十兩次，往右轉到九一次。保險箱的握把紋風不動。你的腋窩開始冒汗，你試著往左轉到七，往右轉到五十，往左轉到九。握把還是不動。現在你的頭在冒汗，你強烈地感覺到秀色可餐的祕書坐在你左側的扶手椅上，蹺著二郎腿，握槍的手擱在膝上，手指仍扣著扳機，身體仍穿著半透明的睡袍，就算是教宗也忍不住會偷看。見鬼，哪怕是上帝本人現在勢必也正盯著祂最完美的作品之一，而你則在接下來幾分鐘內試遍七、五、五十和九的各種排列組合。到了某個時刻，你忘

* 譯注：highbrow 直譯為「額頭很高的」。

了自己試到哪裡，乾脆一遍又一遍地隨機亂轉數字，玩起另一個版本的俄羅斯輪盤。

嘿，愛因斯坦，秀色可餐的祕書說。你為什麼不試試十九、五十、九？

有人按下世界的停止鍵，所有事和所有人都凍結了幾秒鐘。在你腦中，時鐘的時針轉了整整一圈，從早上七點走到晚上十九點。然後有人重新按下播放鍵，你將轉盤往右轉到十九一次，往左轉到五十兩次，往右轉到九一次。保險箱的握把發出咔的一聲，被你一拉就輕易拉動，保險箱的門嗖的一聲打開了。

□

兩小時後你抵達天堂時，那裡很安靜。大家都累壞了，先生，諂媚的管家說，你好奇她怎麼會逃過一劫，不必在性愛派對中軋一角。你塞給她一百法郎好放你進門，然後你發現末世論保鑣在等待室的沙發上睡覺，一本打開的《前往夜晚的盡頭》擱在他赤裸的胸膛一起一伏，電視一如往常地播著學術性談話節目。他的二頭肌上有一道斜斜的淺色割傷，是你昨晚沒看到的新貼上去的OK繃。麥德琳在樓上睡覺，你沒敲門便推開她的房門。她躺在加大雙人床的被單底下，頭髮呈扇形鋪在頭的周圍，臉上乾乾淨淨，沒有化妝品也沒有任何昨晚夢幻性愛派對留下的蛛絲馬跡，除了脖子上那一圈BFD的手留下的瘀青。你考慮叫醒她，但這件事不是以你為主。於是你只是把從老大廚櫃拿來的Monoprix超市購物袋留在麥德琳身旁，裡頭裝著秀色可餐的祕書讓你從老大保險箱拿走的錢的一半，而她讓你拿走的並不是保險箱裡一半的錢。當時你們兩人都盯著保險箱裡一疊疊磚頭般的法郎，每一疊都用紙條束起來，總金額用藍筆寫在紙條上。保險箱裡還有裝三明治的透明塑膠袋，裡頭是成綑的一盎司金條和一兩金條，各用塑膠袋包好，塑膠袋上印出發行單位的名稱。那些金條的序號也用很粗的不褪色黑色簽字筆寫在每個袋子上。就跟鈔票磚一樣，這些也都是老大的字跡。

我們好像發財了，你說，希望秀色可餐的祕書不要來個黑吃黑，朝你太陽穴開一槍把你腦漿轟出來。你已經死了好久，現在你想活命。就連我們五五分帳後都還是一筆大數字。

我說的是五十、五十嗎？秀色可餐的祕書說，故作羞怯地用沒拿槍的手掩住嘴巴。糟糕！我真笨。我指的是七十、三十。

七十、三十？你保持鎮定，說：要是沒有我，那個保險箱根本打不開。不如就五十五、四十五好了。

秀色可餐的祕書舉起槍。不如就七十五、二十五，外加你走出去時卵蛋還在原本的位置。

這就是你怎麼會給麥德琳老大現金存款百分之二十五的一半的緣由。黃金不算在內，秀色可餐的祕書接著釐清這一點，然後命令你數錢，那花了不少時間，因為錢實在太多了，雖然你指出老大已經很幫忙地把它們一綑綑束好並寫上金額。我只想確保我們沒有弄錯，秀色可餐的祕書平靜地說，她放下蹺起的腿又重新蹺起，諒你不敢看，而你跪在保險箱旁數鈔票。一部分的你有點懷念薩伊德和他不容妥協的誠信，但另一部分的你很慶幸一大筆錢的百分之二十五仍然不容小覷。你數完最後一些之後，說：我可以上一下廁所嗎？

秀色可餐的祕書翻了個白眼，陪你去位於走廊的洗手間。老大的公寓就跟你見過的大部分法國公寓一樣，只有一間廁所，即使是坪數很大的公寓也不例外。這以越南人的標準來說沒什麼問題，但就連中產階級的美國人標準都嫌簡陋。美國人很聰明地認為應該要有備案，以防發生「回堵」事件，他們對看到屎有莫名的焦慮，卻不擔心變胖；對法國人來說卻正好相反。至於越南人，即使我們有這個意願也胖不起來，因為我們國家太窮了，我們別無選擇，只要有一間廁所就心滿意足，畢竟國家的汙水處理系統就是那樣。但法國人有什麼藉口？他們跟排泄物的關係勢必不一樣，這從他們對狗屎的自由放任態度已可獲得證明。屎是每個社會的祕密，一個社會如何對待它的屎會向陌生人透露許多事，像秀色可餐的祕書這樣的懷疑論者可能會說：真是滿嘴狗屎。但你進到廁所後想關門時，她實際上說的卻是：門開著。

可是——

門開著。你不會讓我看到什麼我沒見過的東西。

對，可是我，妳知道，需要，呃——

噢，天啊。秀色可餐的祕書情有可原地露出作嘔的表情。我不需要看到那個。把門開一條縫，別想鎖門，否則我會隔著門對你開槍。

你一點也不想像貓王一樣死在寶座上，而且反正你的計畫也不是從沒有窗戶的廁所逃出去。門大致掩上對你的計畫來說已足夠了，而你的計畫是把公寓鑰匙從鑰匙圈上取下來，鑰匙圈上還有老大的車鑰匙。然而，由於門開了一條縫，讓秀色可餐的祕書能偷聽你汙穢的個人戲碼，你拉下長褲拉鍊，放下馬桶座墊，坐下來，假裝上大號，同時笨手笨腳地擺弄老大那一串鑰匙。不幸的是，或該說幸運的是，取決於你看事情的角度，假動作觸發了真反應，也或許是一種情緒感動了你，讓你頗感意外，有時候你的情緒會造成這種效果，那股力道來得既突然又真切

——噢，我的**天**啊，秀色可餐的祕書在門外說——而你湊巧地提醒了自己牛頓第三運動定律，亦即每個動作會產生相等且相反的反應，因此即使當一個孔洞在後方製造聲音宣告自己的存在，另一個孔洞也同時迸發痛苦混雜如釋重負和訝異的呻吟，因為你原本不知道你體內有這東西，這一捲致命物彷彿沒有盡頭地從你的內部向外滑出，累積多年極為可憎的沉積物，它之粗、之稠、之毒隱隱表示這頭腸道的死獸是你的身體發現無法完全消化的頑固物質——你可以**停下來**嗎？秀色可餐的祕書叫道——你最黑暗內部的黑暗物質，藏在許多人厭恨的那些又長又曲折的腸子裡的彎道的裂縫的凹處的有如聖經中描述的可憎之物——我是說，**耶穌基督啊**，秀色可餐的祕書說——直到你似乎終於拔出了這個軟木塞，但儘管它神祕難解地盤繞在你下方，就像遭到工業汙染的雪花一樣獨特，就像你有道德汙點的自我一樣有個性，一個人內部的表現形式每一次都不會完全相同，不過你腸道居民倉促離去留下突如其來的真空，那裡的疼痛幾乎可與排出的過程相提並論，因此你嗚咽地沖走你結腸的災難，卻只聽見馬桶噎住而非吞嚥的聲音，當你看到這受盡折磨、可憐的高盧馬桶被你的廢物堵住了，你驚恐而屈辱地迅速蓋上馬桶蓋，洗掉手上任何排泄物的殘跡，把帶著歉意的笑容釘在臉上，然後握著公寓鑰匙走出廁所，看起來快吐了但仍然秀色可餐的祕書指示你把鑰匙留在門邊的架子上，這樣她就不用摸到它了。

你在門口暫停腳步，說：妳覺得我可以拿一雙老大的鞋嗎？你只穿著襪子，你解釋當你準備離開倉庫的時候，蒙娜麗莎說：我還是喜歡你的鞋子，而你迫於無奈把那雙 Bruno Magli 給他，它本來可以換取一個月的房租。秀色可餐的祕書說：拿了就快滾吧，而你繼續英勇地不看透她半透明的睡袍，朝她秀出你最瀟灑的痞子笑容，說：妳知道嗎，我們是個不錯的團隊，而她回答：別忘了我說你的卵蛋怎麼樣。

這就是你怎麼會握有老大的車鑰匙，你在廁所時將它與他家的鑰匙拆開，因為你料到秀色可餐的祕書會向你討公寓鑰匙。你低頭再看了麥德琳的臉龐最後一眼，看到她的眼珠在眼皮後頭抽搐，你好奇她看見的是美夢還是噩夢。你離開並把門帶上之前，將她的睡顏壓印在你有如軟蠟的記憶上，希望她的臉能遮住共產黨特務極度清醒的面容。無論她後來怎麼樣了，無論她在哪裡，你都知道她仍然能看見你。

19

敞開的大門上方，紅色霓虹燈以中國菜外帶紙盒上的字體拼出「鴉片」二字，這種字體的名字可能叫炒雜碎、清沖或真是混蛋。至少老大展現出一點品味，沒在店內放一面大鑼，準備好每當有客人進門時就讓裝了假暴牙的僕人用力敲一下。你反倒是聽到在性愛派對上演奏的同一支爵士四重奏的聲音，他們和你不同，有機會回家休息過了，現在才在這裡演奏著搖擺樂。討厭鬼也回家休息過了，他拋開後宮衛兵的服裝，換上比較現代的打扮，混合巴黎的波希米亞風和納粹的時髦風：基本款黑色高領上衣、黑色休閒長褲、黑色皮夾克、黑色靴子。這副模樣非常適合「鴉片」的氣氛，因為「鴉片」代表的不是古代或甚至只是稍微古早的十九世紀和二十世紀早期的東方，那時法國和英國的壟斷者，也就是最初的全球運毒者和藥物軍閥，用槍逼著當地人買他們的鴉片。噢，不！這裡是新的、現代的東方，鴉片又酷又古雅，時髦又可愛，令人上癮又沒有負擔。鴉片什麼都有，是完美的情人。難怪有些人，例如你，比較喜歡靈藥。

老大呢？討厭鬼問，他負責管理紅絨繩，正用人工方式吊人胃口，讓客人大排長龍。女客們賞心悅目，美腿如林，男客們則氣味濃郁，身上噴的古龍水比女人噴的香水還多。至於你，你離開天堂後回到堂姑的公寓，換上你所擁有的唯一一套體面的衣服，一套從一九六〇年代早期留到現在的合身二手深灰色西裝，外套上有三顆釦子，這身衣服與周遭男女的粉彩色襯衫與誇張的輪廓形成強烈衝突，他們的墊肩大到都能讓老鷹降落在上頭了。這套西裝是現在已發福得太厲害的毛主義博士送的，他大學時代沉醉於強尼．哈立戴的搖滾樂時，就穿著這套西裝。堂姑不在家，你趁機沖了個澡讓自己清醒一點，也洗掉身上的汗水、菸味、恐懼和死亡的氣息。然後你把僅剩的麝香貓咖啡喝掉，將裝有老大的錢和性愛派對錄影帶的手提箱藏在你睡覺的沙發底下，那些錄影帶的價值比現金要高得多。即使喝了咖啡，但等到你把車停在距離「鴉片」夠遠的地方，以免任何矮人看到你開著老大的車前來時，你還是覺得頭重腳輕。

老大呢？討厭鬼又大聲喊了一遍。

我他媽怎麼知道？我最後見到他時，他剛殺了那個阿爾及利亞人。然後我就回家了。

這藉口能幫你爭取到一點時間。你只想要有足夠的時間撐過今晚，見到蘭娜並親吻她的裙襬，然後跟無臉人面對面，並設法變出神奇技法，從阿邦的復仇計畫中拯救他。你走進「鴉片」，那股氣味舔向你，無力的吊扇攪動古龍水和香水的費洛蒙殘跡，香菸、水菸壺和來自你家鄉的水菸斗的煙霧，以及一只香爐中燃燒的焚香的薄煙，有個嬌小的女人捧著那香爐在俱樂部裡遊走，她的臉上蒙著彷彿竊取自《一千零一夜》的面紗。你掃描那群紅男綠女時並沒有看到蘭娜，不過倒確實看到幾個掌握「鴉片」精神的女人，用捧香爐的女人提供的黑色絲巾蒙住臉。

混雜的氣味再加上你自己的頭重腳輕和疲倦讓你頭暈，唯一的解藥是來一杯，這也是多數問題的解藥。你經過樂園的香蕉樹和鳥、藤椅和紅燈籠、紙屏風和裱框的書法，並且和一群咯咯發笑的年輕美眉一起在吧檯等著點酒，那些美眉要求把酒裝在瓷佛裡，並裝飾著能為蟋蟀遮陽的小紙傘，或許也能為你像乾枯小蟲的道德觀遮陽。等終於輪到你了，你說，或是嘓嘓道：

我想來一杯「愧疚與羞恥」，麻煩你。

一杯什麼？

「愧疚與羞恥」！你吼道，你本來並不想這麼大聲。

有那麼一會兒，你附近的所有人都看向你，但發現沒什麼好看的，又繼續他們原本在做的事：不著痕跡地變嗨並試著被帶上床。

酒保調整了一下裹頭巾，語氣生硬地說：我不知道那是什麼，他的無知令他的專業受到質疑。

很簡單，你說。一份龍舌蘭酒，一份伏特加，不加冰塊，不加裝飾品，什麼都不加。它應該看起來像聖水、嚐起來像地獄。

聽起來很噁心，酒保說。

你啜著「愧疚與羞恥」，不得不承認它確實很噁心，但這樣的組合除了噁心還會是什麼味道？服下幾帖「愧疚與羞恥」，隔天你就什麼也不記得了，你的腦袋有如頂部被削去的椰子，好讓別人能插一根吸管喝你心智的內容物，同時還能往裡頭吹泡泡。你手裡握著雙份「愧疚與羞恥」——你總是點雙份，因為你是雙心人——漫步穿過「鴉片」尋找蘭娜，但你舉目所見盡是穿著長度到大腿一半的性感旗袍的服務生，以及掛滿裱框十九世紀黑白照片的牆面：有個貴族指甲彎曲，長度可比刀子；一群袒胸露乳的女人穿著原住民服飾；有個老太太在抽跟玉米芯一樣粗的雪茄。這些人是非洲人還是亞洲人？你身旁一位咯咯笑的年輕美眉問另一位咯咯笑的年輕美眉。不知道耶，對方說，把下巴擱在她的瓷佛的頭上。但他們很酷。

你望向占據整面牆的壁畫。它具有迷惑人心的力量，是逼真的黑白圖畫，畫的是你半裸的男女同胞跪在似乎是橡膠園的土地上，精瘦而骯髒，只穿著破舊的褲子和防止汗流到眼睛裡的頭帶。他們背對著畫家，或是觀看著，注意力集中在大步走在他們之間的女人身上，那女人身穿一襲合身的朱紅色洋裝，凸顯出不可思議的身材。她與壁畫的其他部分形成強烈對比，是用鮮豔的色彩畫出來的，而且她似乎是全法國最美的女人，一般人都叫她凱薩琳．丹妮芙。她為什麼被移形換位到一座橡膠園裡，只有畫家才知道。整幅壁畫唯一不逼真的細節，就是凱薩琳．丹妮芙洋裝的腋下或壓胸的前襟沒有汗漬。因為即使是全法國最美的女人，因而也等於全世界最美的女人，勢必也像其他人一樣會流汗。凱薩琳．丹妮芙彷彿會下魔咒，而且就像是法國的化身，她的倩影將你催眠，直到你感覺有人拍你肩膀，是阿邦，他身邊站著個苗條的女人，身上裹著一塊極簡主義風的微迷你裙布料，它跟「洋裝」的關係就好比「比基尼」和「泳衣」的關係。她纖細的身型帶給你的衝擊比凱薩琳．丹妮芙的胴體更大，她的身體像一把小刀插在你的肋骨之間，極度接近你的肺和心。一塊黑絲面紗遮住她焦糖棕色雙眼下所有面容。從她的身側抬起一隻手，帶著纖細修長的手指和精心修整過的指甲，圓滑得一如姦夫的謊言，將面紗從她的臉上揭掉。你上前一步，喚出她的名字，準備在她的臉頰上獻吻，而她則將優雅的手往後拉，然後狠狠地甩了你一耳光，你彷彿看見鐵鎚與鐮刀，你的耳朵嗡嗡作響，大聲到你幾乎聽不見隨時都在的鬼魂們笑掉他們無實體的大牙。

你這雜種，蘭娜說，並特意強調了「雜種」二字。我等著做這件事已經等很久了。

□

你上一回見到蘭娜是在她位於洛杉磯的公寓裡，在你殺死小山幾小時之後，你們兩人在令人情緒激昂的辯證法之間擺盪，包括黑格爾與馬克思、靈魂與存在、理想與物質、心智與身體、做愛與性交。她就像是阿敏在你們的讀書會裡偷偷與你分享的禁忌紅書，從《共產黨宣言》和《毛語錄》開始。這樣的書會點燃心智、賦予身體活力、燃燒打開書的雙手，它們蘊含著祕密的知識，又很矛盾地能夠與所有人分享。你知道你想要，蘭娜當時說。我知道你想要，所以你打開她。你們兩人都站在她臥室衣櫃的鏡門前，同時身具演員和觀眾的角色。你們在鏡中看著對方的倒影和對方的眼神，一切都是反的，卻又仍然說得通。在這清透的場景中看著你們自己，卻又不是你們自己，讓你硬得跟鏡子一樣。當你的鏡子碎了，你失去的不只是視覺，還有觸覺，所有肢體末端都麻痺了，包括腳趾和指尖。你們倒下來，身體仍結合在一起，你碎裂自我的殘骸在她體內，而她閉著眼睛，恢復了語言能力。

你這雜種，她低聲說，特意強調「雜種」二字。我就知道你會活得好好的。

蘭娜不記得那一夜了嗎？還是她記得太清楚了？很難問個清楚，不光是因為阿邦在場，也是因為阿鸞，她在「鴉片」二樓替大家占了一張桌子。

你的臉頰好紅喔，阿鸞一看到你便說。你跟我一樣，看到蘭娜就很興奮！

你嘟噥了一些聽不清楚的話，讓你狀似被明星迷倒了，不過就眼前的情況來說，蘭娜並不是所有人都認得的超級巨星，像是雪兒或是奧莉薇亞·紐頓─強或是凱倫·卡本特，而是銀河中一顆遙遠的星星，需要透過人種望遠鏡才能觀測到。所有越南人都認得蘭娜，而非越南人則一概不知道她是誰，不過那並不代表「鴉片」裡的人——不分男女——就不會看她，就只因為她散發星星的熱力與光芒。

你光是坐在她旁邊就覺得熱，這一點，加上你又累又頭重腳輕，還有老大和浪人和黎高佩留下的記憶，他們的臉永遠塗繪在你心智洞穴的內壁上，再加上老大的不義之財，促使你喚來一個身穿性感深紅色旗袍的瘦弱服務生，點了一瓶最高級的香檳。我們有很多事要慶祝，你說，然後傾過身去小聲說：我替老大工作，我應該可以有員工優惠，服務生聽了露出僵硬的笑容，調整了一下髮間的筷子，然後說她會盡量幫忙爭取看看。

我們要慶祝什麼？阿鸞問。除了跟蘭娜在一起之外？

你替蘭娜點了菸，她已經把菸舉在空中等了一分鐘，你說：對，我們要慶祝蘭娜終於來到巴黎了。我們也要慶祝你們兩個感情甜蜜蜜。

阿邦尷尬地漲紅臉，不過沒說什麼，只是拉了拉領帶，而阿鸞握著他另一隻手用力捏了一下。

恭喜，蘭娜說，傾身向前將她的光芒投在他們身上。這是你應得的，阿邦。

你看得出來她還記得上一次跟阿邦共處於光線昏暗的場合，當時你和他在洛杉磯看了她的〈幻想曲〉表演。他在那裡坦承失去人生摯愛並痛哭失聲，也是他唯一一次在除了他的妻子和我以外的成年人面前哭泣。

阿鸞，蘭娜接著說。妳很漂亮，我真為你們兩個開心。

阿邦說：呃——

阿邦，你開心嗎？阿鸞問。

阿邦臉變得更紅。我——我——情感讓他困窘，也讓他說不出話，這是死亡和殺戮難以達成的效果。我——呃——

你在桌底用腳頂他，他望向你，你用最難以察覺的動作點了一下頭，於是他說：是——是——開心——還有，妳知道——呃——我們都要往前進……

對，你必須往前進，阿鸞牽起他的手說。但那不表示你得忘了阿鈴和阿德。你永遠不必忘了阿鈴和阿德，而你也永遠不會忘。他們永遠都是你的一部分，因此也永遠都是我的一部分，親愛的阿邦！

這篇感情剖白像顆閃光彈丟到阿邦懷裡，讓他罹患砲彈休克症。至於你——你這可憐的、愚蠢的、瘋狂的、醜陋的雜種——你突如其來又出人意料地、不受控制地哭了起來，讓每個人都很不自在。你他媽有什麼毛病？淚水湧出來的同時，你的身體也在顫抖，你嗚咽道：天啊，對不起，我不知道——怎麼——呃——

你站起來想衝去廁所，但阿邦俯身越過桌面，抓住你外套下襬，喃喃道：坐下來，你這可悲的雜種。我們這裡都是自己人。

蘭娜將手按在你手臂上。沒關係的，她說。都哭出來吧。

要你停你也辦不到。這些淚水和嗚咽到底是打哪來的，除了從你靈魂的某種活動夾層之外？在那活動夾層底下，在深不可測的黑暗裡，比地獄更深的坑洞裡，有的不是火而是水，是你感情的深井，尤其是對你母親的感情，你真正愛過的唯一一個女人，你願意為她而死，但沒人給你這個機會。你和阿邦不同，對你來說再沒有別的女人能套用同樣的形容。你看著他掌心那道代表你們是血盟兄弟的疤，你知道他會為你而死，但他也會為阿鸞做一樣的事，就像如果有機會的話，他會為阿鈴和阿德犧牲自己。至於你，你會為阿邦而死，你會為阿敏而死，即使是現在，即使在他對你做了那些事之後，因為你們仍然是血盟兄弟。你對這兩個男人的愛，有朝一日或許會害死你的愛，也讓你知道你值得擁有生命。

我愛你，阿邦，你說。

你既不想要也不打算說出這句話，而他驚愕的表情讓你知道你說了不可以說出來的話，但那又怎樣？你這輩子說了那麼多猥褻的話，犯下那麼多的罪，以至於即使是阿邦的不自在或你那群鬼的嘲笑聲，都無法使你後悔大聲說出本該默默化作男子漢同志情誼的行為表現。

好了，阿邦輕拍你的手說。沒事了。

就在此時，服務生帶著香檳和冰桶回來，接下來一分鐘就在尷尬的沉默中度過，她拔出瓶塞、倒了四杯香檳，而你則流淚、啜泣、深深吸氣、呼氣、抽鼻子、吸鼻涕，最後終於輕輕關上掩住你靈魂活動夾層的活板門。呃，服務生說，也許是看你可憐：我只想說一聲，你確實有員工優惠。她把原本要用來包住酒瓶的餐巾遞給你，然後就走了，留下你擦眼淚和擤鼻涕。

嗯，阿鸞說。

對不起，你說，或也許是嗚咽道：真對不起。真的非常對不起。

阿邦拿起他的酒杯。我猜我們應該互敬一杯。

我有敬酒詞要說，蘭娜說。

你們都期盼地轉頭看她。她舉起酒杯，其他人也是。這杯敬你，她對你說，你很意外，不禁露出帶著希望的笑容。恭喜啊，你這雜種。你當爸爸了。

□

要稱讚你一下，你既沒有昏倒也沒有衝向最近的出口，你只是瞠目結舌地看著蘭娜，頭部左右旋轉望向阿鸞和阿邦僵住的臉上詫異的表情，然後轉回來看一動也不動的蘭娜。《你當爸爸了》是你想像所及最恐怖的恐怖電影片名，除非它是系列作，像是《你當爸爸了之二》、《之三》或《之四》，或者如果你是天主教徒，就會是《你當爸爸了之五》、《之六》、《之七》、《之八》、《之九》、《之十》、《之十一》、《之十二》。你了解你自己，你一點也不想繼續這稱之為生命的虐待輪迴。你對人類繁殖最大的貢獻就是不要繁殖你自己，雖然你母親非常想抱孫子。想像一下，如果你能生個孩子該有多好啊！每當她說這句話，你總會微笑著輕撫她的手，然後撒謊。當然會啊，以後一定會！現在末日終於降臨，你為了重啟時空而能夠衝口而出的唯一一句話只是：可是我用了保險套！

蘭娜啜了一口香檳，說：也許你買到瑕疵品了。

如果那個保險套裡的橡膠來自法國橡膠園，那麼法國人又惡搞你一回了。你張開嘴，蘭娜說：你敢問我還有沒有別的人選試試看。你是唯一的混蛋。

你閉上嘴，望向阿邦討救兵，但他把香檳一口氣灌下肚，然後說：這並不是世界末日，我們有些人想要小孩呢。

唔，阿鸞露出開朗的笑容。是男生還是女生？

女生。

如果是男生會把你嚇傻，因為他總有一天勢必會長大然後殺了你，不可否認那是你活該，不過女生也沒好到哪去，也許更糟，因為你得替她編辮子、逃避跟她談月經話題，並思考她有一天會遇到跟你一樣的傢伙，並嫁給那個惡劣的雜種。你深呼吸好讓自己冷靜下來。遇到這種情況，正常人都會說些什麼？

她——她多大了？

三歲。

她在這裡？

她跟我爸媽待在洛杉磯。

她叫什麼名字？

艾妲。

艾妲。這名字對西方人來說稍微有點特別，不過仍然能唸得出來，對越南人來說完全是外國人的名字，但他們的舌頭也能夠駕馭。A-d-a。像摩斯密碼的名字。長音的A，硬音的d，短音的a。三個字母，一組回文，不管由左至右或由東至西都是一樣的。艾妲，你母親一直想要的孫女，而你終於遲了一步給她的孫女。

妳有照片嗎？

艾妲是個小女娃，純黑的頭髮攏著她的臉，長度到她下巴。你討厭小孩，這不是偏見，而是兒時與一群小怪獸相處多年的合理反應，他們只不過是還在修整培養的恐怖成年人罷了。但是這個女孩——她的整張臉都是圓的，從她的眼睛到臉頰到鼻頭都是。她的眼睛烏黑，嘴唇粉嫩，皮膚白皙。如果她是純正的白人，她的膚色會直接稱為白色。但由於她是你的後代，而你是半個白人，她就只是四分之一個白人。然而令你感興趣的並不是她有點白又不太白的這件事，而是除了連你都看得出來的胖嘟嘟可愛特質之外，她最令你訝異的是她長得像誰。

你母親。

艾妲，你說。艾妲。

那是她的名字沒錯，蘭娜說。

□

那瓶香檳喝完了，你也灌下第三杯「愧疚與羞恥」，阿邦也簡短地告訴了蘭娜你們兩人是怎麼來到光之城的，蘭娜也問了你怎麼會去法國而不是美國，你說你想看看父親的國家，她又問了你為什麼沒讓任何人知道你在這裡，你誠實地說因為你不認為有任何人在乎你是生是死，她聽了咬著嘴唇別開頭，在那之後，你和阿邦暫時離席去洗手間。面向著小便斗，你告知阿邦不久前發生的死亡事件，他一點都不煩心。他們並不是什麼好人，他說，甩乾他們的命運然後拉上褲子拉鍊。但那是我們必須收拾的爛攤子。

沒錯，你說，雖然你一點也不想收拾任何東西，那實際上只代表把事情弄得更混亂，因為要繼續與蒙娜麗莎和薩伊德作戰。

但是首先，我們要先處理無臉人。就在今晚。

你望向鏡子，你的倒影讓你有些訝異。現在有半數時刻，你會預期不在鏡中看到任何人，預期你的身體會跟你的靈魂一樣透明。除了你自己以及正在洗手的阿邦之外，你還看到那群咧嘴而笑的鬼，他們站在你身後，帶著被鑽出來的洞，仍然滴著永久的生命物質。但你沒看見老大、黎高佩或浪人，或你父親，或共產黨特務。

他會在的，阿邦邊擦手邊說。我知道。

我沒有槍，你說，這是你避免殺阿敏的唯一招數。

阿邦聳聳肩，把腳抬到水槽邊緣，撩起褲腳，露出綁在腳踝上的一把小手槍。我的備用槍，他說，並把它交給你。隨時都要準備好備案，難道我什麼都沒教會你嗎？

□

你開著老大的巴伐利亞巨獸去戲院，阿邦和阿鸞手牽手坐在後座，蘭娜坐在你旁邊。老大有一捲她的歌曲錄音帶，你在開車的時候，就聽著她翻唱那首歌曲，當年你在洛杉磯的〈幻想曲〉聽到她唱這首歌時，這首歌使你不由自主地採取命中注定的行動，一步步走向她以及最終的艾姮。那首歌是〈砰砰（我的寶貝射倒我）〉。

她知道我是她的……爸爸嗎？你說，發現連講出那兩個字都很困難。

我連你的照片都沒有，蘭娜說。不過她有問起你。

是喔？

只是問她爸爸是誰、在哪裡，為什麼大家都有爸爸，就她沒有。

妳怎麼說？

我爸媽不准我告訴她你的名字。

夫人，還有將軍，就在你準備登上飛機前往泰國進行攻占時，他把下面這番話像沾滿泥巴的襪子塞進你嘴裡：**你怎會以為我們會讓女兒和你這樣的人在一起？你是個好青年，但提醒你一聲，免得你沒發現，你也是個雜種。**

所以我從她的人生中被抹除了？你說，仍然能嚐到那股怪味。

我告訴艾妲她爸爸是個軍人，他去奪回他的國家，他奉獻一切要解放他的同胞。也許有一天他會回到我們身邊，我們會把他視為英雄歡迎他。我這麼說的時候，她露出甜笑，我把她抱緊緊。而且我為你難過。不是因為你可能出事了，而是因為你永遠不會知道抱著小女兒是什麼感覺，在她還是嬰兒時摟著她，擁住她胖乎乎的小身體，揉捏她逗她笑，只要你要求她就會親你，聽她說：爹地，我愛你，就像她會說：媽咪，我愛妳。

〈砰砰（我的寶貝射倒我）〉。

你錯過了這所有事，而且再也找不回來。但那不表示你就得錯過她現在的模樣，她明年以及餘生的模樣。

妳想要我——

不是為了我，你這雜種。是為了她。她有權認識她爸爸，並自己決定要如何看待你。否則她在成長過程中會一直期盼英雄爸爸有一天會回來。要不然她會認為他在法國，然後根本懶得讓任何人知道他還活著，他就這麼拋棄了她。別這樣對她。

阿邦輕咳一聲。我們好像在兩個路口前就經過戲院了。

你把車停好後，你和阿邦跟在蘭娜和阿鸞後頭走向戲院，阿鸞對《幻想曲》及其演員有很多疑問。你們兩人在兄弟式的沉默中抽著菸，各自做著與無臉人見面的準備。你沒有別的主意，你把這種黔驢技窮怪罪到服用太多靈藥或是手邊沒有任何靈藥上。你檢查口袋，發現仍然沒有靈藥在偷偷等你。你開始因為這一切而發抖：香檳、「愧疚與羞恥」、對將發生之事的恐懼、突然成為人父的驚嚇、老大之死、缺乏靈藥。在戲院的後門外，你向蘭娜道別，她說：表演結束後來找我，我們還沒談完。我明天要去柏林了。

德國？

那裡的越南人很愛我們。

她人超好的，你走向前門時，被明星迷倒的阿鸞說。你真幸運。我真不敢相信她——你們——倒不是說她不會跟——唔，你知道我的意思。

你確實知道阿鸞的意思，你不以為忤，因為你實在太令人噁心了，連你自己都覺得想吐。那天晚上比你更惹人厭的就只有氣呼呼和臭烘烘，他們鬼鬼祟祟地待在戲院大廳。

老大呢？氣呼呼說。

還有黎高佩呢？臭烘烘接口。

我他媽怎麼知道？你說。我最後見到他時，他剛殺了那個阿爾及利亞人。然後我就回家了。

嘿，氣呼呼說。老大的祕書在那裡。秀色可餐的祕書走到大廳的VIP接待處，感謝上天，她不再穿著半透明睡袍，而是換上優雅的深藍色晚禮服，肩上披掛著一隻死掉的動物。再仔細一瞧，那可憐的動物原來只是一件皮草。

嘿，臭烘烘說。老大呢？

我怎麼知道？秀色可餐的祕書說。然後她看著你，彎起嘴唇，惡狠狠地說：你真**噁心**，你這齷齪的**雜種**！

見鬼了！氣呼呼說，在秀色可餐的祕書走開時用手肘戳你。她一定經痛得厲害。

或是你對她做了什麼老大會不高興的事，臭烘烘說。

氣呼呼和臭烘烘端詳你，就像屠夫打量屁眼被勾子掛起來的烤鴨。因此，趁事情變得更糟之前，你坦承在老大的廁所裡做了件跟排泄物有關的失禮的事，惹得氣呼呼和臭烘烘笑到聲嘶力竭，直到擠出淚水。**齷齪**的雜種，他們科科笑著說。齷齪的**雜種**！

在鬧什麼啊？你去找阿鸞和阿邦時，阿鸞問道。

她遞給你一杯香檳，你說：沒什麼。來敬一杯酒怎麼樣？敬你們二位。由於這裡是巴黎，由於敬的是愛情，你說：Levons nos verres à l'amour（讓我們敬愛情一杯）！

你和阿邦碰杯時，阿鸞的笑容退去。

有什麼不對嗎？阿邦問，酒杯舉在空中。

嗯，阿鸞臉色蒼白地說。他剛才要我們敬死亡一杯。

□

L’amour ou la mort？愛情或死亡？有什麼差別？有些人唸番茄時發「tom-ay-toe」的音，有些人發「tom-ah-toe」的音。這只是舌頭滑了一下，或者應該說，是你的舌頭跟嘴唇結合起來，無法正確地做出那關鍵詞的形狀。讓莫里哀的語言下地獄去吧！總是往你嘴裡放一些會卡在臼齒裡的詞語，不過話說回來，每種語言都會這樣。不幸的是，已經沒辦法將整件事喊停了。因為阿邦的備用槍塞在你的腰帶裡作你的備援，因為阿邦在你身旁掃描大廳尋找無臉人，同時愈來愈多《幻想曲》的興奮客人抵達現場。阿鸞在你犯下致命的詞語調換後就跑去找朋友聊天了，你則和協會的波希米亞青年寒暄，他們親切地向你打招呼，然後小聲詢問買貨的事。你要他們明天再打給你，雖然你根本不知道到時候自己會在哪裡，不過如果剩下的矮人發現出了什麼事，或是薩伊德改變心意，你大概會全身蓋滿泥土，並且與母親縮短六呎的距離。在那之前，你只想在短暫的片刻間享受大廳裡難得的和諧景象。各式各樣的越南人混雜在一起，開開心心地期待著《幻想曲》：協會裡從左翼中的自由派到徹底的共產主義成員，他們已經在法國待了二到三代，通常屬於中產階級到中上階級甚至更高層；聯盟裡從右翼中的保守派到徹底的法西斯主義成員，他們是最近才來的難民，通常很窮或有點窮或屬於勞工階級；以及這兩方之間的所有人、在邊緣的人，或是對政治不感興趣的人，他們只想開心一下，這使得他們跟地球上差不多所有人都一樣。

大使在那裡，阿邦說。

大使的身材像保齡球瓶，看起來營養太好了點，畢竟他代表的是人民必須依照配給度日的挨餓國家，至少《世界報》和《費加洛報》是這麼寫的。他的女伴身穿奧黛，想必是他的妻子，旁邊還有兩個十幾歲的孩子，一男一女，男孩穿著不合身的西裝，女孩像母親一樣穿著奧黛。協會成員聚過去向他們打招呼，不過也是為了用人牆阻隔他們與聯盟成員，後者瞪著眼睛唸唸有詞。我也會對付他，阿邦說，你喃喃地鼓勵他。你算哪根蔥，憑什麼妨礙一個男人的夢想與抱負？

然後開演時間到了，無臉人不見蹤影，你跟著阿邦走進戲院去找阿鸞。

沒事吧？她對阿邦說，像是沒看見你似地。

沒事，阿邦說。我們只是看看人群。

節目單在人們腿上沙沙作響，他們低喃、閒聊、發笑。布幕仍未拉開，不過期待的氣氛高漲，因為你的同胞等待《幻想曲》到來已經等了好幾個月。唯一失望的人是阿邦，不過你如釋重負，兩人的原因完全一樣：無臉人沒有來。你們兩人都太早下結論了。

你們屁股都還沒坐熱，後頭就有人說：看看那傢伙，所以你們看向那個從你們右側走過走道的男人。他穿著沒什麼特色的深藍色西裝，對貧窮國家帳面上領低薪的公務員來說是很普通的打扮。他稀疏的頭髮露出底下羊皮紙般布滿疤痕的頭皮，後腦勺有一條黑帶子蓋住頭皮的一部分。阿邦猛力吸了一口氣，同時那男人在大使坐的那排座位前停下腳步。當他向左側身好進入那一排座位時，整座戲院都看到你們後頭的人瞄到的東西：不是一張臉，而是一副面具，用黑帶子固定在頭上。這副面具有眉毛、臉頰，以及寬而絕對不扁的鼻子。這副面具有嘴唇，也

20

燈光變暗，觀眾歡呼，布幕拉開，聚光燈集中在台上唯一的女人身上，那是蘭娜，她那一襲紅色皮質緊身連身褲將她的身材展露無遺，看起來一點都不像曾經被一個孩子攻占過。她手中的麥克風就像駕駛桿，她用它來操控觀眾，大家都被她的嗓音帶著走。你立刻認出這首歌曲——〈只有你能看〉——這是英文片名與歌名相同的〇〇七電影《最高機密》的主題曲，某一天晚上在加朗島上，整個難民營的人都獲得恩賜看了這部電影。對這些勉強逃出生天的難民來說，〇〇七電影正是他們需要的逃避現實的方法。但是對你們這些身處於巴黎的移民、難民和流放者，或是對你們出生在法國的孩子來說，這首歌有特別的意義：《幻想曲》只有你們能看。你們不只是被觀看的客體，也是觀看的主體，你們集體的目光集中在蘭娜身上，當她把不可否認頗為平庸的歌詞翻譯成你們共同的語言時，她的身體具體呈現了越南的一切。不論是否平庸，這歌詞都講述愛的真相，包括情侶之間最初擦亮火柴的光芒，以及你的同胞彼此之間搖曳波動的愛火，複雜又困難，所有真愛莫不如此。在這火焰中，你不但看到你的美麗，也看到你的醜陋，蘭娜也看到你了，你們所有人，即使是坐在二等座位區的你，當她大喊：巴黎，晚安！你們全都歡聲雷動，當她叫道：哈囉，我親愛的同胞！你們歡呼、吹口哨、鼓掌、跺腳，臣服於《幻想曲》最大的幻想，那就是你們從未互相為敵，甚至現在仍持續在彼此作戰，因為最心酸的戰爭就是內戰了。有那麼一會兒，你們忘了現實，也就是最恨越南人的人就是其他越南人。確實是一場悲劇，不過姑且把它擱在一邊吧，因為今晚屬於《幻想曲》，下一個漫步上台的歌手也提醒你們這件事。

是艾維斯！阿鸞尖聲說，用力拍手。

他波浪狀的頭髮很像貓王的龐帕多髮型，不過這不是**那個**艾維斯。這個身穿黑色皮褲和紫色絲絨吸菸外套、搭配佩斯里渦紋口袋方巾和淡紫色眼鏡的人，是**你們的**艾維斯，刻意取了搖滾樂之王的名字，這神來之筆讓你們都納悶自己怎麼沒先想到。何不用貓王的名字呢？你們從來不會讓任何大紅大紫的事物從眼前經過而不立刻模仿，不管是歌曲、書籍、餐廳、暴君，或是用來支配、竊據、盜用的剝削及殘虐的系統，又名殖民主義，當它被冠上「la mission civilisatrice」（教化使命）的名號時比較好聽。所有事物用法語講都比較好聽，包括強暴、謀殺和搶劫！且不論是盜用還是致敬，這個艾維斯的嗓子好得要命，跟蘭娜有得比，他唯一的弱點在於他是男人，沒什麼看頭，不過這也是莫可奈何的事。你靠向椅背，他們唱著煽情版的經典歌曲〈愛你〉，歌聲漫過你，同時他們跳著恰恰橫越舞台。這些歌詞多麼睿智啊——**愛你因為我討厭悲傷，愛你因為我厭倦人群，愛你因為我受夠人生。愛你。愛你。愛你。**你真希望世界一直都像音樂會。大型政治或宗教集會的參與者離場時，會心懷幫助陌生人抑或是謀殺陌生人的念頭，完全是未知數，可是你什麼時候聽過有樂迷在看完表演後屠殺別人的？

《幻想曲》的節目愈來愈精采，燈光漸漸照出舞台後側的表演者。十二個身材極為勻稱的舞者伴隨著一群有男有女的歌手登場，他們藉由失落、心不在焉、憂鬱、懊悔和渴盼的細微變化，展現出你們流行文化中最普遍也最討喜的兩種情感，也就是愛與悲傷。你完全沉醉在表演中，甚至忘了無臉人的事，直到阿邦抓住你的手臂悄聲說：他要走了。他穿過他那一排座位時，舞台的燈光映照出他的輪廓。我們的機會來了，阿邦小聲說，無臉人沿著走道往外走，你暗罵阿敏真不會挑時間。你和所有人都為台上最新一位表演者徹底著迷，她是令人銷魂又困惑的艾莉莎，一個金髮白皮膚的魁北克人，卻用完美的越南話在唱歌。你想留下來搞清楚白人女人是怎麼變出這神奇技法的，但阿邦對阿鸞悄聲說了什麼，然後就使勁推你直到你站起來，你們兩人跌跌撞撞地越過同排其他觀眾的腳走出去。

出了戲院，你瞥到無臉人的背影，他在大廳轉了個彎，經過正在抽菸、一臉驚詫的氣呼呼。

他要進廁所了，阿邦說，從你身旁大步走過，一手伸進外套摸著槍。

你跟上去，感覺到阿邦的備用槍頂在後腰，你跟《幻想曲》共有的幾分鐘喜悅與快樂都化為輕煙，只留下肚子裡一團像煤炭的恐懼。

那是什麼人啊？氣呼呼說。你們要做什麼？

晚點再告訴你，阿邦說。

你們兩個轉過牆角，及時看到男廁的門關上，阿邦沒看你，只問你是否準備好了，這只是個修辭性問句，他預設你必定準備好了，就算沒準備好他也不在乎，因為他現在就像顆熱追蹤導彈，你和他沒兩秒就來到門邊，然後他取出手槍，拉動滑套，接著用左手推開門，右手舉起槍，他的動作如此迅速，以至於當他又猛然止步時，你來不及煞車而把他撞向一旁，露出正對著門口的無臉人，他靠在牆上，雙手垂在身側，臉上仍戴著面具。

你們怎麼那麼慢？無臉人說。我在等你們呢。

□

亞洲名廚拉下鐵捲門，不過雖然正值星期六晚上的尖峰時段，貝爾維爾路上卻沒人注意到這件事，因為根本沒有所謂的忠實顧客會因此感到失望。你開車載阿邦和無臉人到這裡，他們兩人坐在後座，阿邦用槍指著無臉人。他在男廁裡沒有反抗，也順從地走出戲院，經過仍在抽菸、仍搞不清狀況的氣呼呼，氣呼呼又問道：這傢伙到底是誰？你開車時沒有放音樂，這樣才能聽清楚無臉人說了什麼，他說的話可能會讓你後腦勺挨子彈。但是在車上，無臉人並沒有揭露他的名字或他的真實身分。阿邦也沒問，因為阿邦認為他知道無臉人是誰：政委，再教育營的政治官員，負責施予意識形態的通便劑，把你結腸中所有殖民的殘渣都清除，接著再用馬克思、列寧和胡志明的形象把你改造成共產黨（但不包括毛澤東，因為你們勝利的革命政權在中國的小小幫助下趕走法國人和美國人了，因此現在又有痛恨中國人的自由了）。即使是營區裡的警衛和司令，也只知道政委是政委，所以阿邦就叫他政委，咬牙切齒地叫，無臉人看起來不以為意。

政委，幹嘛戴面具？這是你們坐上老大的猛獸後阿邦說的第一句話，先前你們三人只是默不作聲地從戲院走出來。你用後照鏡旁觀，阿邦盯著無臉人的面具，無臉人調整他的目光，讓他能同時看見他身旁的阿邦以及駕駛座的你。無臉人笑了，或是發出近似笑聲的聲音，因為不管他發出什麼聲音，都會被面具微微悶住，也會被受損的喉嚨給扭曲。你想起在營區裡接受政委審問時，他聽起來已經不像阿敏了，這一點——再加上他的臉不見了——表示阿邦認不出他。

你不會比較喜歡戴著面具的我嗎？

我根本就不喜歡你，不管有沒有戴面具。你來這裡做什麼？

巴黎是我當國家英雄的獎賞，無臉人用沙啞的嗓音說。真好笑，我們把殖民者丟出去後，又喜歡來找他們度假。我在後勤部門辦簽證，這樣就不用被人指指點點了。輕鬆無痛，只是有點無聊。不過來這裡的真正理由是為了優秀的整形外科醫生。戰後這幾年，法國在這方面以及其他方面很努力幫上忙。

他們為什麼要幫忙？

罪惡感？現在法國人可以比較容易有罪惡感了，因為他們可以指著美國人說他們做了更壞的事。而且你不知道法國人聽到我們的外交官用標準法語慶祝打敗美國人，心裡有多爽！無臉人笑了，那聲音真可怕。聽我們講流利的法語讓他們相信我們這些男孩終於長成男人了。

那整形外科醫生呢？

他們願意免費提供服務。無臉人又笑了，雖然根本沒什麼好笑的。法國人奴役我們，但是當然並非所有法國人都要負責。剝削我們的殖民階層也同樣剝削法國人民。至少那些外科醫生跟我們一樣是人。

人？你才不是人，你是怪物。那我們就來看看你的臉吧，或是你剩下的臉。我在營區待了那麼久，始終沒能仔細看看你。

噢，別急嘛。無臉人笑道。他顯然正享受著這美好時光。這裡的光線不好，怪物需要完美的光線。

亞洲名廚門口的光線也很暗，這或許能說明阿邦拿著鑰匙走向鐵捲門時為什麼沒注意到某件事。你們走進去，現在舞台布置好了。演員們各就各位，情節穿過迷宮移動到它無可避免的結局，劇本早已寫好。而編劇除了你還會有誰？不過身為描繪出這幅場景的人，你仍然只握有部分控制權，因為這顯然是一齣黑色喜劇，而你並不是製作人，雖說把喜劇形容為黑色的有一點、算是、可能、或許、稍微種族歧視，不過如果你向法國人，或甚至是美國人，更不用說越南人，提出這種想法，他都會義憤填膺地譴責你有種族歧視，因為你竟然認為如此清白的「黑色」用法有種族歧視之嫌。只是巧合罷了！跟黑市或黑臉妝都無關，或是法國人真的很會巧妙運用詞語，把幽靈寫手稱為 nègres ——黑鬼！——你第一次聽到的時候，不禁為他們的膽量而屏住呼吸。不過何必對文字遊戲耿耿於懷，實際上幽靈寫手只是奴隸，除去鞭打、強暴、處私刑、終身服務以及免費勞力這部分？儘管如此——管他的？——如果詞語只是詞語，我們就稱它為白色喜劇得了吧？它只是個笑話，放輕鬆，沒錯，是個爛笑話，但殖民主義、奴隸制度和種族滅絕這不神聖的三位一體也是個爛笑話，更別說資本主義與共產主義這天生一對，兩者都是白人發明的，也都像天花和梅毒一樣有傳染力。白人已經從這些爛笑話中振作起來了，不是嗎？不管怎麼說，且把文字遊戲擱到一旁，這真的是一齣白色喜劇，因為真正的製作人都是白人，那些殖民者和資本主義者老早就投資這齣史詩級的大製作，而你的那幾幕戲甚至登不上主要舞台。噢，不，為了在傷口上撒鹽——因為傷口上一定要撒鹽——你在外外外外外百老匯，是串場表演的串場表演的串場表演，騷擾著莫里哀驚恐的鬼魂，在這專屬於可笑之人的私密戲院裡，占據著如此前端、如此前衛、如此領先人群的位置，以至於根本沒有任何觀眾！只有你們三人在看自己演戲，演員名單：

血盟兄弟一號（阿敏，亦即政委，亦即無臉人）

血盟兄弟二號（你，亦即上尉，亦即武名）

血盟兄弟三號（阿邦，他沒有別的名稱）

這些日子多麼開心！你在表演劇場的戲劇處女秀，整間餐廳都是你的舞台。一切都是即興演出，一切都難以預測，除了最能夠預測的那件事之外，也就是必須達成的結局，面具必須摘掉，手槍必須擊發。但是在這齣白色喜劇能夠推進到最後一幕前，我們有的是

倒數第二幕

門砰地一聲被推開，臭烘烘和氣呼呼舉著切肉刀衝進來。

臭烘烘：他媽的在搞什麼鬼？

氣呼呼：你們兩個王八蛋怪里怪氣的。
臭烘烘：（指著無臉人）這他媽是誰？
血盟兄弟二號：這是個哲學上的大哉問。
臭烘烘：他媽的給我閉嘴，你這瘋狂雜種。
氣呼呼：老大在哪？黎高佩在哪？餐廳為什麼沒開？
血盟兄弟三號：你們來幹嘛？你們應該在戲院才對。
臭烘烘：你沒資格問問題。你根本沒去性愛派對工作。
氣呼呼：你覺得你太高貴了，不必做那種工作嗎？去你的。
臭烘烘：所以這他媽是誰？他為什麼要戴面具？
血盟兄弟三號：摘掉面具。
血盟兄弟一號：我很樂意，兄弟。我為了脫掉這玩意兒，已經等了很久了。
血盟兄弟三號：我不是你兄弟。

血盟兄弟一號摘下面具。

臭烘烘：呃。我是說——天啊，拜託，那——
氣呼呼：你的臉他媽怎麼了？
血盟兄弟一號：（咯咯笑）你們應該看看手術前的樣子。

臭烘烘：你需要新的外科醫生。

血盟兄弟一號：我已經動過六次手術了。但當你要從零開始，因為你的整張臉都被燒夷彈熔掉，要重建它得花點時間。上帝在七天內創造這個世界，但即使是最有天分、訓練最精良、薪水最優渥的人類，也需要比那多不少的時間來創造像一張臉這麼簡單的東西。我才走完一半的路而已。

氣呼呼：回答該死的問題：你他媽是誰？

血盟兄弟一號：這是個哲學上的大哉問。你一定記得，在絕對的初始，生命的誕生勢必是從空無中發展出來的，這是很荒唐的歷史事件。

臭烘烘：**你他媽是誰？**

血盟兄弟一號：你不認得我？

氣呼呼：我們怎麼會認得你？

血盟兄弟一號：我是在問阿邦。不過你也應該認得我才對。

氣呼呼：我們根本不認識你，你這怪異的王八蛋。

血盟兄弟一號：你最近有照過鏡子嗎？

氣呼呼：去你媽的——

血盟兄弟一號：好好地照鏡子？

臭烘烘：我根本不在乎你要不要回答問題了。

氣呼呼：等老大看到你，你就慘了。

臭烘烘和氣呼呼絕對死了。

血盟兄弟二號：為什麼……

血盟兄弟三號：為什麼？這些瘋狂的王八蛋會把你活活切開，邊切還邊笑。現在不殺他們，晚點也是要殺的，而晚點殺會搞得混亂得多。

臭烘烘和氣呼呼仍然是死的。

血盟兄弟二號：沒人在乎。

血盟兄弟一號：大概是吧。你不擔心有人會報警嗎？

血盟兄弟三號：牆壁很厚，鐵捲門是拉下的，只開了兩槍。我願意賭一把。

血盟兄弟一號：你現在比過去任何時候都專注。

血盟兄弟三號：過去任何時候？你又知道了？

血盟兄弟一號：噢，阿邦，你還是沒認出我嗎？

血盟兄弟三號：你是政委。

血盟兄弟一號：我不限於政委，也不及於政委。

血盟兄弟三號：我才不在乎。你是來送死的，而我是來殺你的。

血盟兄弟二號：每件事發生都有原因。

血盟兄弟三號：老天，你可以閉嘴嗎？你的槍呢？

血盟兄弟二號：我才不在乎。

血盟兄弟三號：喔，我在乎，你這可憐的雜種。你或許不想殺了這狗娘養的，雖然我不懂為什麼，畢竟他對你做了那些事，但我要殺了他，而且我會享受每一刻。

血盟兄弟一號：阿邦。

血盟兄弟三號：你別想逃過一劫。

血盟兄弟一號：我並不想逃過一劫，我只要求你先認出我。你還不懂嗎？我想要你們找到我。不然你以為我幹嘛來巴黎？蘇聯也有很厲害的整形外科醫生啊。

血盟兄弟三號：我倒不意外。

血盟兄弟一號：我去過莫斯科。你知道他們把列寧的屍體展示出來嗎？那些標本師把他保存得真是驚人，有點像整形手術。而那些專家來對胡志明做了一樣的事，他看起來就像睡著了似地。人們從四面八方遠道而來，到他的陵寢裡看他。胡志明的屍體現在是我們國家最美的藝術品。

臭烘烘和氣呼呼身上滲出某種東西。

血盟兄弟三號：你說你想要我們找到你是什麼意思？

血盟兄弟一號：我知道我們這位兄弟是不會回去美國的，因為他在那裡殺了一個人，還協助你殺了另一個人。法國是可能性次高的選項。這裡有很多自己人，而且當然了，法國是他父親的祖國。他還能去哪裡？而如果他來這裡，除了待在巴黎還會待在哪？接下來就簡單了，只要讓你們知道有我的存在就行了。頂著一副面具而不是一張臉走來走去的男人，很難不引起注意。

血盟兄弟三號：可是為什麼要找我們？

血盟兄弟一號：我們還有未完成的事，只是跟你想的事不同。

臭烘烘和氣呼呼身體裡流出的深色汙漬在地板上緩慢擴散。

血盟兄弟二號：你他媽以為你是誰啊？

血盟兄弟三號：瘋狂雜種，你在跟誰說話？

血盟兄弟二號：我自己。不過也是對我們這位兄弟。

血盟兄弟三號：他不是我們的兄弟！

血盟兄弟一號：要由我來告訴他還是你要告訴他？

血盟兄弟三號：告訴我什麼？

血盟兄弟二號：對不起，阿邦。真對不起。真的真的對不起。

血盟兄弟三號：什麼事情對不起？

血盟兄弟一號：我也是。

血盟兄弟三號：什麼事情對不起？

血盟兄弟二號：我當時相信我做的是正確的事。

血盟兄弟三號：你想說什麼？

血盟兄弟一號：你確定你認不出我嗎？

血盟兄弟三號：別再玩你的心理遊戲了。

臭烘烘和氣呼呼目光空洞地盯著天花板，思考生命，或死亡，或不管這是什麼狀態的意義。

血盟兄弟一號：你認得這個嗎？

他舉起左手，一條紅色的長疤劃過掌心。

血盟兄弟三號：（遲疑了一下）那又怎樣？

血盟兄弟一號：跟你手上的疤一樣。

血盟兄弟三號：（對著血盟兄弟二號）你告訴他我們的盟約了？

血盟兄弟二號：他本來就知道盟約的事。

血盟兄弟三號：怎麼會？

血盟兄弟一號：因為我是你的兄弟，阿邦。我是阿敏。

血盟兄弟三號：任何人都能割傷自己。你從瘋狂雜種那裡聽說我們盟約的故事。你在凌虐他的時候，他什麼都會告訴你。

血盟兄弟二號：我不用告訴他。他本來就知道，因為他是阿敏。

血盟兄弟三號：他對你做了什麼？你對他說了什麼？跟我說實話。

血盟兄弟一號：是啊，跟他說實話吧。

血盟兄弟二號：你先講。

血盟兄弟一號：他不會相信我講的。也許聽你講他會相信。

燈光變暗，只有聚光燈打在你們三人身上。臭烘烘和氣呼呼從地上站起來退入陰影中，加入你的鬼魂合唱團。他們滿懷期待地摩擦雙手、用手肘互頂。

最後一幕

阿邦和阿敏瞪著你，等你開口說話。你說你不知道要說什麼，只不過人們不知道要說什麼時，經常是知道要說什麼的，只是不想說而已。然而你做的第一件事是從背後取出阿邦的備用槍遞給他。你給我這個幹嘛？他說，不過他仍接過手槍，這是他知道事情非常不對勁的第一個徵兆。

我要你知道我不會把它用在你身上，你說。或用在阿敏身上。

他不是阿敏。你為什麼——停下來就對了。他在營區裡給你洗腦了，對不對？

這一切早在我們進營區之前很久就開始了，阿邦。對不起，真的很對不起。我不知道從何講起。我只能說你得相信他。無臉人就是政委，而政委就是我們的血盟兄弟阿敏。他沒有為了捍衛西貢捐軀，他被一顆燒夷彈波及而毀容，但他活下來了。

阿邦來回看著你們兩人。我不——我——

聽我說就是了。阿敏和我——我們——我們是——我們本來是——我們曾經是——

什麼？阿邦說，他的槍口第一次由阿敏轉朝你。

共產黨。我去美國讀書，後來加入政治保安處為將軍做事時，已經是共產黨了。但我現在不再是共產黨。也許阿敏還是共產黨。

我不懂，阿邦說，他的槍口移回阿敏的方向。

你一定要懂，阿敏說。我們是你的血盟兄弟。

不，你們不是，如果這是真的——

為什麼不是真的？阿敏說。是我們親口告訴你的。

你這邪惡的王八蛋！阿邦大叫。他在營區裡對你做了什麼？

做了很多事啊，你說。但在更早之前我們就開始了。甚至早在法語學校，我們互相許下盟約的那時。我們是血盟兄弟，但我們當時已經不一樣了。在那不久之後，阿敏開始對我說起法國人對我們做的可怕事情——

我知道法國人對我們做了什麼可怕的事，阿邦說。

可是你相信美國人是去救我們的。你已經準備好要跟他們並肩作戰，對抗共產黨了。但阿敏告訴我真相——美國人不是去幫我們的，他們是去操弄我們幫忙他們對付共產黨，而共產黨其實是要解放我們——

所以說他早在那個時候就開始給你洗腦了——

不是洗腦——

所以你現在承認了，阿敏說。你畢竟認得我，對不對？

我他媽什麼都不認得！阿邦大叫。即使你原本是——即使你可能曾是——你現在都已經瘋了。也許你一直都是瘋子，只是我沒看出來。也許你的瘋狂影響了這個可憐的雜種，他真要算是瘋狂雜種了，如果他相信你的——

我不是來爭論政治的，阿邦，你說。我只是想——

你是個他媽的共產黨！還是個騙子！

沒錯，你說的都對——

你是個他媽的叛徒！

這就不對了。我們不是叛徒，就像你也不是叛徒。共產黨稱你為叛徒，但你是愛國分子。我們也是。你做了你相信對國家好的事，就像我們也做了我們相信對的——

那你們就是白痴。

可能是吧。

我的天啊，阿邦說，你發現他在哭。我的天啊。

阿邦——

對你來說沒有什麼是神聖的嗎？

起初你以為這是個修辭性問句，因為答案只可能是對你來說當然有什麼是神聖的。你的信念。你的友情。你的母親。或者，反過來說，叛逆地說，答案是：對，沒有什麼是神聖的！一切都可以侵犯！然後還有第三個答案，直到老大要求某件事而你拒絕了，你才終於明白這個道理，於是……

不，你說。沒有什麼是神聖的。

你真是個雜種，阿邦說。他不光是哭，還發出嗚咽聲，從他妻兒死後你就沒看過他這樣了。真正的雜種。你知道嗎？不是因為你母親是越南人，你父親是法國人，你這輩子都用這一點當你的拐杖，不，你是雜種，因為你是叛徒。

你這說法我不能接受，阿邦。你做了你認為正確的——

我現在不是在講政治，你這笨雜種！我說的是你和他——阿敏——如果他還是阿敏——你們如何背叛我。而且不光是背叛我，你們也背叛了我們。我們所代表的一切——我們的友情——我們的忠誠——我們的盟約——

阿邦，我遵守了我的盟約！我跟著你去泰國和寮國，我跟著你去再教育營，我盡全力讓你活下來。當時我願意為你死，現在我仍然願意為你死。我是你的血盟兄弟啊。

不！阿邦大叫。你們兩個都不是我兄弟！

他舉起左手，那條疤是將掌心一分為二的鮮明紅線。你們都立誓遵守的青春期盟約，以青少年的熱血獻身於一輩子的忠誠與友誼。烙印在皮膚裡的理想主義。你們曾說永遠不會斷開的連結。

如果能夠的話，阿邦說。我會砍掉我的手。

不需要，阿邦，阿敏說。解決方法簡單得多。

解決方法？

阿邦，你為什麼要猶豫？為什麼不做你一直以來都在做的事？

我一直以來都在做什麼事？

殺共產黨。

阿邦的槍口在你們兩人之間飄移。他的呼吸聲很刺耳，他的表情很困惑。他正慢慢面對真相以及唯一的解決方法，來解決你們兩人設計的這個陰謀，你們多年前在法語學校的密室裡就開始布局了，那個年代的革命還很浪漫，死亡還很不真實，在自由、平等、博愛這列即將離站的火車，與你站在其上、被綑綁其上的殖民地這座月台之間，唯一的間隙是自相矛盾的說法。但正如阿邦指出的，歲月總是會揭露人自身的矛盾。你的矛盾就是你因為別人觀看你臉龐的方式而成為一個雜種，但你也因為你做過的事而成為一個雜種。這矛盾很深，深不見底，而現在該是面對空洞的時候了。

動手吧，阿邦，你說。

動手？阿邦說，他講話像被人扼住脖子。

該是做必須做的事的時候了。

你們三人又成了青少年，掌心沾著黏滑的血，因為刀傷而發痛。林子裡有一群蟬像交響樂團在嗡鳴，天上掛著黃色新月，或者如你兒時所稱的，像是一根香蕉。人人為我，我為人人！至死方休！唸完誓詞，你們各自和另外兩人握手，將血混在一起。手上的刺痛表示你還活著，被愛著，你愛這兩個男孩，他們會成為你一輩子的好友與血盟兄弟，是你自己選擇的家人。你知道阿邦也記得那一刻，阿敏也是，你們三人終於重聚，站成三角形，阿邦瞄準阿敏，然後瞄準你，來來回回，眼睛瞪得很大，臉和指節都變白。他槍口的羅盤終於鎖定你，穩穩地瞄準你雙眼之間。你的鬼魂合唱團興奮到滿懷期待地唱起歌來，像一支嘟哇調樂團呢喃著：**動手吧**。

不用覺得愧疚，阿邦，你說。**動手吧**。這事非做不可。**動手吧**。

當阿邦扣下扳機，你不太能相信他真的動手了，讓你目盲的強光一閃是天堂的門在瞬間開了又關，子彈先是貫穿你的大腦，槍聲才到達你的耳邊，不知怎麼地你又聽到一次上帝的聲音，祂打破沉默說道：沒有什麼值得害怕。

21

你很慶幸你拿走黎高佩的飛行員墨鏡真品，因為這白光讓你快瞎了。天堂完全是白的，而在它的一片純白中，天堂，或死後世界，或永恆，或煉獄，或靈薄獄，或中陰，或不管你現在跟法蘭西帝國一樣死透透了之後，發現自己身處於什麼見鬼的地獄，這地方看起來都詭異地像是樂園。每個人都穿了一身白，除了毛主義心理分析師之外，他穿著棕色花呢和綠色燈芯絨布料的衣物。你先前聽到的其實不是上帝的嗓音，只是毛主義博士的男中音，他放下你寫的這最後一張紙，說：

也許現在我們準備好開始了？

開始？**開始？**我們**停止**怎麼樣？頭上有洞的困擾就在於所有東西都會漏出去！很時髦、膚色曬得很漂亮的醫生可以修補很多毛病，但他找不到適合堵住這些漏洞的塞子。那是毛主義心理分析師的工作，他有博士學位，這是必要的專業能力，或至少堂姑是這麼說的，而你也贊同，因為到頭來，你的問題不是出在醫學上、生理上或甚至形而上，而是**哲學上**的。這方面毛主義博士是專家，譬如說他能引用沙特的話，沙特曾說：「洞象徵了一種生命模式……一種虛無……我自己空洞的形象。我只要爬進洞裡，就能讓我自己存在。」那就是你做的事，如你在這份自白書裡所寫的爬進你自己裡面，毛主義博士協助你寫下這份自白書，他每隔兩週會來看你一次，跟你說說話，看看你在樂園裡待的這幾天，或幾週，或幾個月，或幾年，或幾十年，或幾世紀，都寫了什麼。你們在你房間見面，你和一位和善的老先生共住一間，他從頭頂到胯下的毛髮都是白的。有一天你趁他睡著時往他鼻孔窺探，裡頭像棉絮的鼻毛也是白的。他在殖民地發展事業，跟你一樣發了一筆小財，也跟你一樣具備驚人的能力。他住進來不久後，很時髦、膚色曬得很漂亮的醫生在幫他檢查時，和善的老先生開始對他說外國話，而醫生也用同樣的語言回應。

那是什麼語言？你問。

阿拉伯語，和善的老先生說。

你怎麼學會阿拉伯語的？

阿爾及利亞。

你看著和善的老先生的腳，但他的腳並不黑，還滿白的。你看著醫生說：你是阿爾及利亞人嗎？

我是法國人，他生硬地說，但我父母是從突尼西亞來的。

噢，你說。我以為你只是曬得很黑。

你是空無的忠貞信徒，毛主義博士看著他的筆記說。

我相信要避開空洞是沒有辦法的。

你從馬克思主義者和共產主義者變成虛無主義者了。

不！Non！Nyet！Nein！非也！你叫道。和善的老先生在他的床上笑。絕不！難道你**什麼都沒有**弄懂嗎？我受夠你的西方哲學和信仰和想法和系統了！你的天主教義！你的殖民主義！你的資本主義！你的馬克思主義！你的共產主義！還有你的虛無主義！我不是虛無主義者，因為我相信**某種東西**——我相信**沒有什麼是神聖的**！人生充滿意義！而我充滿原則！

有意思，毛主義博士說，並把黃色筆記本收回肩背包。你知道嗎，我去過「中國」，而你掛在嘴邊的這些空無和空洞都很有「東方」色彩。

去你的，你低聲說，然後你又用正常音量說：你有讀過茱莉亞・克莉斯蒂娃的書嗎？

我當然讀過克莉斯蒂娃的書。

你拿起《恐怖的力量》，你敢發誓當它述及「無以名狀的他者」時，說的可能就是你。克莉斯蒂娃怎麼會如此了解一個間諜、一個雙面人的心智，這個人基於必要，即使在頭上被鑽了洞之前就是個空殼，腦中只裝滿她所謂的「空洞」？克莉斯蒂娃是怎麼用她那套方法將你編入索引的？當她說「唯有當賤斥的寫作者終於死亡，他才能逃脫困境」，她說對了嗎？因為你確實是自卑的，但或許你是個寫作者，至少你寫了自己的自白書，而她在此給了你一根希望的釘子，讓你能攀掛其上，或是被它釘住：「寫作，能夠讓人復元，等於是一種復活。」你向毛主義博士唸出這些段落，由於他對於理解沒有什麼很有障礙，你用這句宣告下了結論：「我只在『什麼都沒有，也就是空洞』面前才感到自在。」

Le Chinois，你懂了吧？不是只有東方人才為空無著迷！

這個嘛，她確實來自保加利亞，那裡可以說就是東方了，毛主義心理分析師微笑說道。不管怎麼說，我們離目標很接近了，但還沒完成。或者可以說，你還沒完成。

還沒完成？看我已經寫了多少！你對我還有什麼要求？

除了摘掉你那副墨鏡之外嗎？什麼也沒有了。

很好笑，你說，並沒有摘掉墨鏡。

毛主義心理分析師說：再見，兩週後見，便離去了。他免費幫你，這是很大的恩惠，因為老大的錢全都拿來付你在樂園長住的費用了，堂姑在你的贊同之下把你送到這裡來，因為你不就是一個奉獻自己的人嗎，即使是奉獻給空無？你住的地方叫「記憶病房」，這是一種委婉的說法，因為被送進這裡的人腦筋都有些不太正常，或至少他們是這麼告訴你的，因為你覺得自己腦筋很正常，不管別人怎麼想，你的問題出在你的腦袋不停在滲出東西，都怪阿邦，但流這麼多血的好處是你的第二本自白書有用不完的墨水，好像第一本還不夠似地！若是你以不當手段獲致的生命所提供的材料只夠寫一本書，你應該會滿開心的，但你卻在這裡，有這麼多要自白的事！你可別忘了，堂姑把第一冊帶來了，她好心地將它翻譯成法文，她說因為那裡頭有一些具價值的部分，這樣毛主義博士就能讀了，你每天都捧著這譯本大聲朗讀給和善的老先生聽，他對你的發音讚許地點頭，你的發音標準到樂園的員工和病患經常說：L’INDOCHINOIS（這個印度支那人）法語講得真好！你喃喃自語：確實有進步，至少他們知道別叫你 LE CHINOIS！不管你是 LE CHINOIS 還是 L’INDOCHINOIS，事實都是你已經死了，儘管你仍然走來走去，因為阿邦畢竟朝你的腦袋射了一發子彈！現在會怎麼樣呢？

你會加入我們，你的鬼魂合唱團說。你假裝不理他們，回去研究你面前那疊黃色筆記紙的問題，毛主義心理分析師帶了很多黃色筆記紙給你，堂姑把你寫了又重寫的內容都打成印刷體，英氣逼人且正經八百的律師則在打字稿邊緣空白處加上豐富的評語，她像史達林一樣用藍筆寫評語，而你的原始手稿是用血寫成的，又或者那只是墨水？墨水或血？有什麼差別？

噢，差別可大了，你的鬼魂合唱團說。相信我們。

□

你這一側的房間唯一的裝飾品就是你用膠帶貼在床上方牆上的照片，那是從報紙上剪下來的搭配報導的照片。堂姑和英氣逼人且正經八百的律師某一次來看你時帶給你這份報紙。那個場合是反對種族歧視、要求平等的一場遊行，主要參與者在抗議阿拉伯人和非洲人受到的不良待遇，不過這張黑白照片中是一群越南裔的年輕人，因為他們腦袋上方的標示牌寫著「法國的越南人」。這行字下方寫著「融合之後都是一樣的」。噢，這些年輕人給了你多大的希望！比十字架或共產黨黨旗效果更佳。你在他們之中認出一些協會成員，包括你的幾位客戶。正如同胡志明在六十年前醒悟到的，受壓迫的人們必須團結起來。可是那些有越南血統的法國人怎麼說，他們許多人並沒有感覺受壓迫？其中一個答案是展現你的法國精神的最好方式，莫過於上街示威了，尤其是站在受壓迫的一方。另一個相關的答案是，人們並不需要受到壓迫，也能參加反對壓迫的遊行，團結起來反抗各種種族歧視，包括對他們這些不是阿拉伯人、非洲人、黑人、穆斯林或移民的法國人有利的種族歧視。不過儘管這種團結的表現很了不起，最令你震撼的是那三個戴著面具的青年。白色面具。幾乎完全跟阿敏戴的面具一樣，他在巴黎留下了記號，賦予這些年輕人靈感。**你**留下什麼記號？為了希望達成這些年輕人要求的融合與一致，你在毛主義博士、英氣逼人且正經八百的律師以及堂姑的鼓勵下，藉著寫下這份自白書製造了許多記

Vietnamiens en France
IDENTITÉ dans l'INTÉGRATION

你！去你的！謝謝

你！不，真的，去你的。

你終於罵不下去了，你的嗓子啞了。若非如此，你可以像這樣永遠地說下去，不顧忌當你推著和善的老先生在樂園院區內漫步時，員工和病患不停向你投射的目光，好像**你**瘋了似地。他們真可憐，如此平凡普通！他們每個人都只有一顆心和一張臉。**你**——咱們也別忘了你自己——是個雙心人，是個雙面人，是頭上有兩個洞的人，是跟任何普通人相比有雙倍多的「去你的」可以罵的超人！所以去你的，法國，因為你幹我，也謝謝你，法國，因為你教化我！這就是人生！同樣那一套陳腔濫調。

你並不真正擔心冒犯了和善的老先生。他是似乎不在意你一直戴著墨鏡的少數人之一——或許可說是唯一一個人。你深受他和善的年邁雙眼以及對你的真誠好奇所魅惑，因而把你自己的一切都向他傾吐。觸發這一切的問題是他問：你是從哪裡來的？通常這個問題會激怒你，但和善的老先生和善的眼神使你停頓、遲疑，然後試著展現真誠，好像你真的在乎似地。你告訴和善的老先生你是從哪裡來的，他喃喃地表示理解，你告訴他你可憐而美麗的母親，他再度喃喃發聲，你開始把整個人生的線軸扯開，去掉你涉入的各種不道德、猥褻和死亡事件。你講了一個鐘頭，和善的老先生所發出理解的喃喃聲和溫暖的藍眼睛敦促你講下去，他散發對你的同理心和好奇心，讓你頭一回感覺真正被理解了，真正被傾聽了，而且對象還是徹底的陌生人！你停不下來。你的整個人生以改述、簡要的方式娓娓道出，有時候省略一些部分，因為你太急了，而要說的內容又太多了，你的自傳的零星片段就像俳句和碑文和斷簡殘篇，而整個過程中和善的老先生一直喃喃作聲，有時候說一句：Ah, bon（真的嗎）？最後，一小時將結束時，你講完了，你懷著期待看著和善的老先生，等著他回應，而和善的老先生露出賜福的微笑，就像耶穌基督，或佛祖，或聖誕老人，或史達林，或毛澤東，或胡志明，然後帶著溫和與溫暖、好奇與同理、同情與善意說：

你說你是從哪裡來的？

因此你們這古怪卻又相配的一對在樂園裡遊逛，你是無法克制地要想起來，他是無法控制地要遺忘。你可以告訴和善的老先生任何事，知道他會全神貫注地聽，然後精確無誤地遺忘。你一遍又一遍地填滿你人生原本那篇改述中的空白部分，將所有的不道德、猥褻和死亡都收錄進去，你做過的所有好事壞事，包括你的女兒艾妲。她同時隸屬於你做的好事和壞事，所以你讓她的人生有個好的開始，從你的精子中誕生，使她成為四分之一的法國人、四分之三的越南人、百分之百的雜種，因為她也是個私生子女。你不知道自己能否有見到她的一天，這種可能讓你滿心恐懼，因為對你這種父親，做女兒的只會寫下最嚴厲的回憶錄。而有了這兩本自白書，你給了她大量的證據。

證據，律師下一次來訪時說道。有鑑於她的專長是為不可原諒之人辯護，她對你很感興趣。在你的三位讀者之中，她是最具挑戰力的一人。身為編輯的堂姑在閱讀時著眼於風格與故事、角色與主題，毛主義心理分析師則仔細鑽研你的肛門滯留以及性愛固著行為。不可否認，你確實常把「屎」和「幹」掛在嘴邊，不過那是因為這是人類最基本的兩大活動啊！

那你的伊底帕斯情結呢？他有一次問道。

伊底帕斯情結？拜託！是高等師範學院的眾神教你這個名詞的嗎？你這高師生（Normalien）？正常的（Normal）……外星人（alien）……嘻嘻嘻。

他輕咳一聲，皺起眉頭，在黃色筆記本上做了個註記，然後說：那你把艾菲爾鐵塔解讀為——你是怎麼稱呼它的——一根「巨屌」，又怎麼說？

首先，那是老大說的，第二，它**確實**是一根巨屌！這世界上的荒謬不是我創造的！我只是看出來了！

證據，英氣逼人且正經八百的律師說，一邊翻著你寫的紙頁。她坐在你房間的椅子上，你則坐在和善的老先生的輪椅上，他在他床上由枕頭堆成的王座裡觀察你們兩人。

有很多，你說。

但你還少了一項關鍵證據。

妳不是應該為我辯護嗎？

為了替客戶辯護，我必須知道客戶實際上做了什麼。

或是沒做什麼。

一點也沒錯。以你的案子來說，我們知道你沒做什麼。你做了什麼則比較不清楚。

我承認做了很多事啊！

說得更清楚一點：是你做的事的**後果**。

你望向周圍的房間尋求慰藉，可是自從你進到樂園，你就沒看過一丁點靈藥，或哈希什，或任何排名在水之後最能夠維持生命的液體，也就是聖水，也就是烈酒。問題出在樂園的天使們以及很時髦、膚色曬得很漂亮的醫生，都對他們所謂的任何形式的「毒物」下了禁令。結果就是你現在處於前所未有的健康狀態，而你痛恨這種狀態。他們讓你做的唯一壞事是抽菸，這裡畢竟是法國，你的肺為這個善舉深深地感激。你在已經快滿出來的噁心菸灰缸裡捻熄香菸，再點了一根，是高盧牌香菸。

我們回到現場吧，英氣逼人且正經八百的律師說。

我寧可不要。

你不能原諒不可原諒之人，除非你面對它。

原諒？有誰會原諒我？

只有你自己。

哈！這可真的很荒謬了。但即使我能原諒我自己，我有什麼資格要求原諒？更重要的是，律師，要怎麼原諒不可原諒之人？這種原諒根本不可能辦到。這純粹就是**瘋狂**！

我們回現場去吧。

不要——

餐廳。亞洲名廚。

沒人想回去那裡。食物像屎一樣，根本不能吃！這話從我嘴裡說出來，意義深遠。我的同胞幾乎什麼都能吃。我是說，中國人的屎我們吃了一千年哪！而我們到現在還因此消化不良！

英氣逼人且正經八百的律師呼出一口煙，調整一下領帶夾。你不知道人生就像一坨屎嗎？你得小口小口地把它吃下去。

噢，好極了！真有哲理！中國人就是這樣吃屎的呢！

這其實是一句法國諺語，和善的老先生說。

唔，這下就說得通了，你說。

我親愛的老母親以前老是對我說這句話。

我們回現場去吧，律師說。

不要——

沒有什麼值得害怕。

那是上帝說的！不是我！

省省吧，你和我一樣清楚根本沒有上帝。好了，你們三個在餐廳裡，站在收銀機前。臭烘烘和氣呼呼已經死了。阿敏和你向阿邦坦承你們共同的祕密，阿邦手上拿著他的槍和你的槍。你對阿邦說「動手吧」。你這話是什麼意思？

妳認為我是什麼意思？

為了紀錄，請你講清楚。也請告訴我們你說「該是做必須做的事的時候了」是什麼意思。

難道還不夠明顯嗎？

對我來說不明顯，我並沒有在現場，我甚至連事後也沒有去現場看過。而這並不是我能去找警察，說我是你的律師的那種狀況，因為沒人知道你涉案。或者應該說，他們知道歸知道，但他們知道的名字是錯的。約瑟．院，被人看見最後與被害者之一阿邦在一起的人，消息來自阿邦悲痛的未婚妻並獲得蘭娜證實。

亂搞我名字的事交給法國人就對了，即使只是假名。或半假名。院！院！法國警察甚至懶得把「阮」寫對，雖然它是國王的姓氏！

也許正因為如此，新聞媒體純粹傾向於叫你 L'INDOCHINOIS。

狗屁，狗屁，狗屁！

那就告訴我們發生了什麼事。

是啊，告訴我們發生了什麼事，和善的老先生說。

你要阿邦做什麼？

你仍然能看到阿邦的槍口瞄準你。它短短通道的盡頭沒有光，只有一顆寫著你名字的子彈，因為阿邦確實知道你所有的名字，從你出生時取的名字到你的教名——約瑟。這是你在阿鸞面前用的名字，配上一個不屬於你的姓氏：阮——阮！阮！阮！姓這個姓的人真的有幾百萬人，你們這些法國雜種！把字寫對！——因此你就成了約瑟・阮。如果蘭娜在法國警察找上門以後說出真相，說出你的真名，你的假身分就會曝光了。但你的假身分保住了，因為不管出於什麼原因，蘭娜都替你掩飾。難道是因為——愛？有人愛你這種想法太過褻瀆，你不禁打冷顫，正如同你因為被取了基督教史上最知名的戴綠帽男人的名字而打冷顫。你的教名很合適，因為上帝（如果祂存在的話）幹了你很多遍。與你的血盟兄弟們最後的會合，只是進一步證明祂邪惡的樂趣，這時你聽到阿邦用像是被扼住脖子的聲音說：動手吧？

不用覺得愧疚，阿邦，你說。**動手吧**。這事非做不可。

對，我們知道，律師說。你在自白書裡寫了。

你調整了一下墨鏡，越過她望著釘在牆上的三人組照片。是不是很好笑？

我看不出有什麼好笑的。

那是當然的。我是說，他們戴著白色面具是不是很好笑？

那場遊行我去了，他們戴的是**黃色**面具。

黃色——你爆出笑聲。**黃色**面具！在黑白照片裡，誰看得出某個東西或某個人是黃色的？或者應該說，在黑白照片裡，黃色只能以白色呈現。我想要一副那種黃色面具，你說。阿敏只留給我他的白色面具。我跟妳談個條件。妳帶一副面具給我，我就摘掉墨鏡。

律師看向掛在你床頭的面具。我可以弄到一副黃色面具，她說。但你一直在躲避我的問題，就像你躲掉那顆子彈。

躲掉子彈？妳看到我頭上的洞了沒有？

你頭上沒有洞。

我可以把手指放在上面，看見沒？

你告訴阿邦有些事必須做以後，他做了什麼？

妳知道我最大的才能是什麼嗎？

從雙方面看待任何議題？

對！妳**確實**是很認真的讀者！即使是在那裡，在亞洲名廚，我最好的朋友兼血盟兄弟拿槍對準我，我還是能從雙方面看待這件事，雖然任何正常人都只會從自保的角度看這件事。任何正常人都會為自己的小命哀求，求阿邦想一想我們的童年、我們的血盟兄弟情誼、我們的誓約，將所有尊嚴與矜持都踩在腳下，彷彿生命就是最重要的事。但是生命並不是最重要的事，原則才是。阿邦非常清楚這一點，我也一樣。我們都是堅守原則的男人！於是，當我叫他動手，我知道我是在叫他做什麼。貫徹始終。現在，為了回答妳的問題，我得做我最擅長的事，也就是進入他的腦袋，從他的角度看事情，意思就是用他的眼睛看我，因為他當時既看著我也看著阿敏。如果妳需要證人的話，從頭到尾阿敏都在看，不過我不知道妳為什麼需要，畢竟我完全有能力對自己說：J'accuse（我控訴）！受到控訴與詛咒的我站在妳面前，我英氣逼人且正經八百的律師，正如同我站在阿邦面前，他看到完全真實的我。我是怎樣的呢？不是他的黑獸*！我一點也不黑！不，我是他的白獸，一個共產黨，一個叛徒！他看我的表情是如此驚恐！我的外表令人驚駭，我的真實面孔可憎，我不再是他的朋友了——我是一頭怪物！

現在他最大的考驗來臨了，我們所有人都要接受這考驗，我們的正題和反題會相撞。屆時我們的行動將揭露我們的真實本色。一方面是他對我——他的血盟兄弟——立下的誓約。另一方面，是他要殺死敵人的誓約。而我站在他面前，血盟兄弟與不共戴天的仇人，合二為一。他要怎麼調解這愛與恨、友情與背叛之間的矛盾？我相信答案很簡單。我相信只有一個解決方法。我真是嚴重誤判！我真不了解阿邦！我直到現在才能透過他的眼睛看世界！現在我能感覺到他手中那把槍的重量，以及他的決定的重量。我要殺了他，他心想。我必須殺了他，那狗娘養的，那王八蛋，那雜種！他是個共產黨！是個叛徒！我殺過那麼多個，這一個應該很簡單。他就站在五呎之外，我不可能失手，尤其是他有顆大頭，他的額頭好高，我們好多位老師都認為那是智力的象徵。我總是愚笨的一人。聰明到能拿獎學金，但我在西貢學到一件事：與城市男孩相比，最聰明的村莊男孩仍然是個土包子。我把學術研究和文字遊戲都留給他們，在書本方面我贏不了他們。我能打敗他們的地方是在原野上，用我的身體取勝。我跑得更快，打得更強，射得更準。用文字和想法打倒共產黨的事，就留給像他那樣的聰明傢伙吧。我繼續殺共產黨就好。

早在我進法語學校之前，我已經殺了第一個共產黨。他是那個向共產黨滲透者透露我父親就是村長的叛徒兼鼠輩。那些共產黨逼我父親跪在村子中央，逼我母親和我和我所有兄弟姊妹站在最前面看。我們又哭又喊，一遍又一遍地喚著：爸爸、爸爸、爸爸，哀求共產黨不要傷害我們的父親，而爸爸從頭到尾沒有哭或叫或求饒一聲。他知道他會死，而他給了我們他所能給的最好的禮物。他讓我們看到我們必須堅強而有尊嚴地面對所有事，即使是自己的死亡。他讓我們看到原則比生命更重要。他給我的遺言是：Con oi（兒子啊）！要聽你媽媽的話，好好照顧她，con oi！不要讓她的日子太辛苦，他邊這麼說，他們邊把他的手綁在身後，然後指控他。他們要他認罪，他說：向誰認罪？你們又不是我的神父。因此他們在他脖子上掛了塊牌子，上頭寫著「傀儡」。當他們朝他腦袋射了一發子彈，他倒下來，像是被剪斷了線的傀儡。我大聲尖叫，聲音大到二十八年後的現在我仍聽得到：

BA OI（爸爸）！！！

BA OI！！！

---

* 譯注：bête noire 在法文中直譯是黑色的野獸，引申義是令人憎惡的事物。

BA OI!!!

可是不管我叫得多慘，不管我怎麼搖他或抱他，他都不起來。他的眼睛是張開的，但他什麼也沒看見。他的嘴巴是張開的，但他什麼也沒說。他的血沾在我臉上、我衣服上、我手上。他的腦漿從頭部流出來，我現在仍能感覺到，在我的手上軟而滑。Ba oi，Ba oi，Ba oi，Ba oi……我再也不曾那樣狂叫，直到阿鈴和阿德死的時候。

上帝！祢為什麼這樣對我？

上帝！祢為什麼要帶走我用全身心愛的人？

上帝！祢為什麼讓我這麼難信奉祢？

上帝！祢為什麼把我的血盟兄弟變成惡魔？

上帝！祢要我做什麼我還沒為祢做的事？

我試著理解，上帝。祢考驗我父親，而他通過了。他現在在天堂坐在祢的腳邊，居高臨下地看著我，阿鈴和阿德也在他旁邊。我試著理解，上帝，或許我所理解的是我永遠不會去天堂與我的父親、妻子和兒子團聚。我殺了那麼多共產黨，雖然他們都死有餘辜，雖然我的神父們都為我赦罪，我了解祢或許沒有赦免我的罪，所以祢堅持要永恆地懲罰我。可是為什麼要懲罰我呢，上帝，我明明很愛祢，祢明明也給了我這項天賦，讓我殺死那麼多恨祢的邪惡共產黨？上帝，我是將他們獻祭給祢啊！

我殺的第一個共產黨，我還記得很清楚。打從我父親死去的那一刻，我就在計劃要殺了那個鼠輩。所以我刻意保留綁住我父親雙手的繩子。當年我才十歲，我得等待並做好準備。我練跑練到成為全村最快。我下田幹活直到成為男孩間最強壯的，我練習摔角直到沒有男孩能贏過我。而且我不打算當一個普通的士兵，因為普通的士兵殺不了那麼多共產黨。所以我勤奮苦讀以脫離村莊，有朝一日才能當上軍官、號令部隊，殺死很多、很多共產黨。我離家去西貢就讀法語學校前一晚，我躲起來等待那個鼠輩，我已經監視他四年了。我知道他的日常作息，和他從主屋走到屋外廁所的路線，那天深夜他經過時，我從樹叢中跳出來，用綁過我父親的繩子繞住鼠輩的脖子，把他拖進樹叢，他沒有尖叫，只是喉頭咕嚕作響，然後就死了，接著我把他的屍體拖到河邊，用同一條繩子將他跟一麻袋石頭綁在一起，再把他丟下水。我一點悔意也沒有。

上帝，祢能原諒我做那件事嗎？

還有我現在必須做的事？

我為什麼要猶豫？

槍口正對準他的雙眼之間，我不可能失手，我在這麼近的距離從未失手過。可是為什麼我比他還害怕？瘋狂雜種看起來很開心，好像求仁得仁。我能看到他臉上的每個細節，也認得每個細節，跟阿敏不同，我完全認不出他那張似人非人的臉了。我也會殺了他，只要等我先——

可是我能看見所有細節……

也能看見細節底下的東西……

我不光是看到他現在的臉，還看到他以前的臉，當他十四歲，還只是孩子時。而在那張年輕男孩的面孔上，我看見未來，不過我看不見他的命運，以及我的命運。他割開掌心、唸出誓言時，我看見的是希望、理想主義、愛、兄弟情誼、真誠和痛苦。對我們的誓言。我仍然能感覺到刺痛的掌心有他又黏又滑的血，在我們握手時兩人的血交融為一。噢，上帝！我的上帝……原諒我。

那段日子，我們是多麼年輕、天真、純潔。

尾聲
你

子彈打碎阿邦的頭，將頭顱碎片灑滿餐廳，然後子彈從牆上反彈，在地上彈起，刺穿你的太陽穴，也或許那是你的皇冠，留下這個現在滲漏不止的洞。你尖叫，有一部分的你從那時起便沒有停止尖叫過，雖然你已經死了。你奔向阿邦，他如同他父親當年勢必曾有的姿態一樣倒下，完全沒做任何動作來避免自己跌落，破裂的頭顱重重砸在瓷磚地上，發出令人作嘔的碰撞聲，彷彿在呼應你心裡某種正在破碎的東西。上帝啊，你叫道，雖然你並不信上帝。

你跪在阿邦面前，兩手懸在他上方，不敢碰他，不想弄傷他，不知道怎麼幫他。他的眼睛睜著，他的嘴巴張著，你能直接看到他的腦袋裡面。你什麼也做不了。我們什麼也做不了，阿敏跪到你身旁說，他的雙膝浸在從阿邦頭部流出的血泊中。

可是一定有什麼，你說，或尖叫。叫救護車啊！

阿邦死了。

當你叫阿邦動手，說他知道必須做什麼，你並不是這個意思。他怎麼可能不懂？事實不是很**明顯**嗎，他應該殺了**你**，而不是他自己？

阿邦死了。

你寫他寫了那麼多頁，占據你兩本自白書的篇幅，他怎麼可以死？你把你的自白書讀了又讀，阿邦在其中活著，仍然活著，永遠活著。他必須活著！這是你讓他遠離死亡的陰影、待在光亮處的方式，直到現在。

阿邦死了。

叫救護車！

警察來了以後我們要怎麼辦？我們怎麼解釋這爛攤子？

爛攤子？這是阿邦耶！

阿邦死了，我們怎麼做也沒辦法救回他。

可是你的自白書什麼也不是嗎？你寫了超過七百頁。你，一個相信空無的無名小卒，誰想得到你的人生能化為這麼多字？不過話又說回來了，大部分的人都是無名小卒。這些無名小卒多半可能信上帝，但他們跟你並沒有太大的不同。沒有什麼是他們相信的，只是他們拒絕承認。沒有什麼是神聖的，沒有什麼是無所不在的，就像上帝一樣，對他們來說沒有什麼只是另一個名稱。沒有什麼可以起死回生，死者來自沒有什麼也回歸沒有什麼。不，沒有什麼是能夠做的，除了這個，你寫的這些文字，你唯一的解藥，你最投入、奉獻最深的對象。

現在你寫完了。你給了英氣逼人且正經八百的律師她要的東西，也就是對你有利或不利的最後一項證據，取決於你看事情的角度。你也給了有博士學位的毛主義心理分析師他要的東西，不是可以辯護或起訴的案子，而是可以分析的案例研究。不過這其實不是一篇自白書，他在最後一次來訪時說。

不是嗎？那它是什麼呢？

遺書，他很得意地說。史上最長的遺書。

你笑了好久都停不下來。遺書！你沒想到他竟然這麼有幽默感！你對很多事做出了承諾，也犯下很多事，但還沒自殺過。死人能夠自殺嗎？那需要具備一些堅實的奉獻精神，但難道你不是古往今來最有奉獻精神的人嗎？

阿多諾曾寫過，我們該提防認真奉獻的寫作者，毛主義博士說。他們總是對權力全力投入。

阿多諾！自從上過海默教授的專題討論課以後，你就沒聽過這個名字了，你在專題討論課上讀了阿多諾與霍克海默合著的《啟蒙的辯證》，它是在地球上極度未受啟蒙的一個地方寫出來的，也就是洛杉磯，你和他們一樣被放逐到那個地方，只是他們是被納粹德國放逐。身為思想家與作家，他們很可能相信力量確實來自筆桿，或許還超越了槍桿。儘管殖民者、資本主義者和共產主義者用他們的槍屠殺了幾百萬人，難道他們不是最終，在最後的情況下，被偉大的哲學家們或有時只是邪惡的煽動者筆下流淌的文字和想法給驅動？你把你的筆管抵在太陽穴上，你數不清你在寫自白書的過程中用掉多少枝筆，你換下那麼多根你最愛的顏色——黑色——的筆芯，它就像烏賊的墨水一樣難以去除，像你的心一樣黑，而一如往常看著、聽著的和善的老先生，用最和善的口吻說：我想你一定是瘋了。

瘋了？我？也許吧。你不停地笑啊笑，然後說：可是我們往好的方面想吧，嗯？只要瘋子能原諒不可原諒之人，我現在就能原諒自己了。

即使擁有這份力量，你還是不能原諒自己，因為你心心念念著阿邦會不會有原諒你的一天。

你等著阿邦加入你的鬼魂合唱團，這樣好歹你可以再見到他，但他沒有出現。這個謎團代表什麼？

至於阿敏，堂姑跟你說他已離開大使館，回國去了。你對他臉的狀況一無所知。你為什麼沒哭？當時你質問阿敏，淚水泉湧而出。你的身體把那些多到不可思議的液體都存在哪裡？你的腸子上方是不是有個蓄水層，以一根虹吸管與淚管相連？抑或你的身體只是一塊海綿，多年來吸收傷痛、悲傷、憂愁與遺憾，一滴又一滴把鹹鹹的水吸起來，直到痛苦與失落的雙手握住你的身體用力擠？

你為什麼沒哭？

阿敏用沒有睫毛也沒有眉毛的泛紅眼睛看著你。我已經不能哭了，我的淚管被燒斷了。他拿出一只小瓶子，往兩隻眼睛各點了幾滴透明液體。他一直點，直到液體從眼中滿出來，含鹽溶液構成的淚水沿著他臉頰滑落。我現在是這樣哭的。

□

你不記得你們兩人陪在阿邦的屍身旁坐了多久，但你想應該是過了好幾小時，你才不再因為幾乎被痛苦與失落的雙手擰乾而發抖打顫。你眼中的灰塵洗掉了，你看得非常清楚，但你的身體感覺怪怪的，因為它被用力擠壓過，失去了大量液體。你看著阿敏取出臭烘烘、氣呼呼和阿邦屍體上所有的身分證明文件，你也看到你自己握住阿邦的雙手，搓揉他的手臂和肩膀，輕拍他的胸膛和臉頰，闔上他的眼皮和嘴巴，與他並肩躺在他的血泊裡，盡可能靠近他，即使在你閉著眼睛的那些時刻，你仍然能看見自己做這些事。你看著阿敏把你從地上抬起來，攙扶你走出亞洲名廚，你看著自己在門邊哀鳴，看了阿邦最後一眼，直到阿敏說已經凌晨三點了，該離開了。街上空無一人。阿敏帶你到老大的車上，載你去堂姑家，簡短解釋來龍去脈。你看到自己帶他們去看老大的現金，並請求——不，是**要求**——他們讓你住進樂園，於是你就在這裡了，安全地待在你的庇護所，成為其中一個獻身者。

問題是：向什麼獻身？你在樂園有兩年的時間可以思索這個問題，反思你的人生與阿邦的頭顱碎片，招供你犯下的罪，承認在你經歷過這一切、做過這一切後，你仍然為革命獻身，這勢必表示你瘋了，但沒有比第一個理想主義的穴居女人更瘋，她夢想憑空召喚出火來，而在她發現火以後，她的下場很可能是被那些更憤世嫉俗的穴居男人處以火刑，他們知道火其實非同小可，它就是權力本身，因此早在那人類文明的最初時刻，辯證就在抱負與剝削之間來回擺盪了，這種擺盪永遠不會停，因為你贊同毛澤東的說法：辯證是無限的，但有一個重要的例外，因為你和毛澤東、史達林、邱吉爾、利奧波德國王以及一大堆美國總統和英國國王和法國皇帝和天主教教宗和東方專制君主和數不清的父親、丈夫、男友、情人和花花公子都不一樣，你不認為這樣的辯證需要以共產主義或資本主義或基督教教義或國家主義或法西斯主義或甚至是性別主義的名義來犧牲幾百萬人，就這些主義來說，你有罪、有罪、卑鄙地有罪，這種對無限辯證不需要靠鎮壓型國家機器強制執行的確信，這種對歷史的巨輪不需要靠鮮血來潤滑的信念，這種對法農相信暴力有正向好處的懷疑，有鑑於法國人在阿爾及利亞的種種殘暴行為，他的想法也是情有可原，但他還是沒能看出暴力可能讓我們感覺像人類，卻做出惡魔般的行為，而

「非」暴力卻能去掉我們的毒素，將我們從自卑感中解放出來，拉我們脫離絕望與恐懼，並重建我們行動所需的自尊，「非」暴力與其說讓我們成為殖民者的鏡像，不如說直接打破了鏡子，讓我們獲得自由，不需要用壓迫者的眼光看我們自己，迫使我們進入反面的、虛無的、空白的、空洞的不舒服空間，我們必須在那裡創造新的自我，我們每個人都是獨一無二的，所有獨特的人團結一致，這誠懇但可能很愚蠢的信念使你深具遠見或充滿妄念，不過不管是何者，你都會堅持人類為了自救，已經知道必須知道的一切，而不必訴諸謀殺，開宗明義的方式就是遭到西班牙法西斯主義者暗殺、最有同情心的西班牙詩人費德利可・加爾西亞・羅卡曾說的：「我永遠支持那些一無所有、而且甚至不能安安心心地享受他們的一無所有的人。」這是很有同理心的原則，**如果用行動來實踐**，不論是做點什麼或不做什麼（取決於實際狀況的辯證需要）都絕不會帶你走上錯誤的方向，即使那個方向通往死亡，因為有許多人恪守完全相反的原則，亦即支持已經擁有一些東西且想要一切的人，如果你腦筋正常，你也會跟他們站在同一邊，但革命一向是瘋狂的行動，因為除非獻身於不可能之事，否則革命就不叫革命了，不過如果這一點太令人沮喪和氣餒，你只需要想想，區區兩三千年前，人類還根本想像不到人可以在一天之內全球暢行，這驚人的成就將全世界拉近，因此現今世界上沒有哪個地方是觀光客、投資者、傳教士以及洲際彈道飛彈到不了的，這表示無限的辯證仍然在不可能與可能、拯救與毀滅、非暴力與暴力、我們自救與自毀的能力間擺盪，而唯一真正的謎團是我們的哪部分——我們的人性抑或缺乏人性——會在人類這個物種與它自己永遠玩不完的俄羅斯輪盤中勝出，而你本人，既是人也非人，精神錯亂到相信如果人類這物種沒有自我毀滅——這「如果」兩字要特別強調——

那麼有一天這世界上沒什麼可失去的無名小卒們會終於受夠凡事匱乏的生活，並意識到他們跟世界另一端、或只是最近的邊界另一側的無名小卒有更多共同點，超過他們自己同胞中毫不關心他們的有名有姓人士，而當這些一無所有的無名小卒終於聯合起來，挺身而立，走上街頭，奪回他們的聲音和權力，擁有一些東西的有名有姓人士唯一該做的事就是什麼也不做，他們意識到他們的意識形態國家機器無法阻止這些人，因為他們的鎮壓型國家機器威力再強大，也不可能殺光他們。對吧？

想這個問題的答案想得你頭好痛，你頭上的兩個洞讓問題又顯得更艱深。在再教育營被阿敏經手過後，你以為你已經探底了，再沒有什麼可失去了，但你錯得離譜。你還有阿邦可失去。以及你最後的幻覺。更別說還有你的生命。現在，很幸運地，你振作起來了，雖說，很不幸地，你已經死了。或許現在你不再充滿自憐，因為你這個無名小卒已經沒剩下任何自我可以憐憫了！你真的沒有什麼可失去了，只不過現在你知道，不但沒有什麼比獨立與自由更可貴——**沒有什麼是神聖的**。真是好笑的笑話！但你唯一能獻身的革命是讓你笑個不停的革命，因為每場革命失去其荒謬性的時刻，就是走向衰亡的開始。對辯證來說也是如此，它認真看待革命，卻不認真看待革命分子，因為當革命分子對自己做的事太嚴肅以對的時候，一聽到笑話就會舉起槍。一旦發生這種事，一切都完了，革命分子變成國家，國家變得專制，曾經以人民的名義用來對付壓迫者的子彈，將以人民自己的名義對付人民。正因為如此，人民如果希望活下去，希望躲開這些子彈，就必須沒有名字。

□

至於你，沒有名字、沒有國家、沒有自我的人，那顆子彈仍在你腦袋裡，卡在你兩個心智之間的彌封處，頑固地塞在那裡，就像臼齒間的一小塊帶軟骨的肉。你用思緒搖晃子彈，但無法移動它。這顆寫著你名字的子彈嵌在沒人能看見它或你名字的位置，這玩意兒會把你逼瘋，只不過顯然你已經瘋了。你一定是精神失常才會寫下這份自白書，也或許你只是被一股衝動攫住了，同一股衝動驅使盧梭寫下他的自白，承認：「我天生與我見過的任何人都不同；我大膽地相信我天生與世界上任何人都不同。」你在寫這些紙頁的時候有如被自己的幽魂糾纏，但你還感覺到另一個人的影子驅之不散地徘徊在紙頁上，這種毛骨悚然的感覺讓你很不自在，好像你正受到監視，而且監視你的不光是你自己。然後，有一天早晨——終於！——那個幽靈來敲門了。

有人在敲門，和善的老先生在他的床上說。

你沒辦法爬下床，因為你腦子裡的子彈引發的頭痛嚴重到你承受不住。你既沒有起身也沒說話，但停頓一下之後，敲門聲繼續。

不好意思，和善的老先生說。有人在敲門。

敲門聲持續，持續，持續，直到你終於鼓起你僅剩的注意力（畢竟你腦子裡有顆子彈），說：請進。

門開了，晨曦湧入你房間，房間內的遮光簾緊閉。你瞇起眼，在令人目眩的光霧中你看到

他走進來，一個被發光雲氣包裹的影子，從背後被光環打亮。你從床上斜坐起身，抬起一手阻擋光線，是有你誓約烙印的那隻手。難道是——有可能嗎？——你試探地朝被門框住的影子伸出另一隻手——真的是！是**他**！**他**終於來了！

父親？你說，嗓音有點哽咽。**父親！**

影子走進你房間，手中提著一個袋子。他把袋子丟在你床腳，發出重重的悶響，當他拉開拉鍊，你認出那是你的皮革包。他把手伸進開口，取出一雙鞋——是你漂亮的、擦得油亮的棕色 Bruno Magli 牛津鞋！影子把鞋丟在地上，再次伸手到開口裡，一一取出性愛派對的錄影帶，你從標籤上秀色可餐的祕書的筆跡認出它們。然後他更深地探進開口，一路摸進活動夾層，取出你的兩本自白書，用橡皮筋綑住的白紙，他拋到你腿上，超過七百頁，大約二十五萬字，它們的重量、硬度以及奇蹟般的存在都讓你讚嘆，因為它們是從虛無中產生的。但他還沒結束。你的皮革包一定深不見底！他再次伸進去，變出你在樂園這段被剝奪的日子中所見過最美麗的東西：一瓶亮晶晶的傑克丹尼威士忌！甜蜜的寶貝，來找爸爸！最後，他用另一隻手，將同樣燦亮的鍍銀左輪手槍往前伸。一時間，你被槍身反射的光芒給催眠了。然後你抬頭看。你的眼睛適應了朝陽的強光，現在影子的面孔對你來說變得清晰。他畢竟不是你父親，而是所有幽靈中最恐怖的一個，這個人完全知道你要什麼，他就是印度支那老手。

我不是告訴過你，絕對不要把想法寫在紙上嗎，你這愚蠢的雜種？克勞德說，一手將聖水遞給你，另一手用槍瞄準你受創的心。現在摘掉你臉上那副該死的面具。

你開心到不知道該笑還是該哭。

致謝

很榮幸能重新探訪多年來影響我、或我想對其作出回應的許多思想家。下列是我在本書中曾討論過、汲取過或引用過的作者和作品：狄奧多・阿多諾（Theodor Adorno）在《美學與政治學》（*Aesthetics and Politics*）中的〈投入〉（Commitment）一文；路易・阿圖賽（Louis Althusser）在《列寧與哲學及其他論文》（*Lenin and Philosophy and Other Essays*）中的〈意識形態及意識形態國家機器〉（Ideology and Ideological State Apparatuses）；西蒙・波娃（Simone de Beauvoir）的《第二性》（*The Second Sex*）；華特・班雅明（Walter Benjamin）在《反思：散文、格言、自傳體文章》（*Reflections: Essays, Aphorisms, Autobiographical Writings*）中的〈暴力批判〉（Critique of Violence）一文；艾梅・西澤爾（Aimé Césaire）的《殖民主義論述》（*Discourse on Colonialism*）和《暴風雨》（*A Tempest*），我許久以前在柏克萊大學一齣令人難忘的戲劇表演中看到這部作品；愛蓮・西克蘇（Hélène Cixous）的〈梅杜莎的笑〉（The Laugh of the Medusa）；雅克・德希達（Jacques Derrida）的《論世界主義與寬恕》（*On Cosmopolitanism and Forgiveness*）；弗朗茲・法農（Frantz Fanon）的《大地上的受苦者》（*The Wretched of the Earth*）和《黑皮膚，白面具》（*Black Skin, White Masks*）；安東尼奧・葛蘭西（Antonio Gramsci）的《獄中札記選》（*Selections from the Prison Notebooks*）；切・格瓦拉

（Che Guevara）的《論越南與世界革命》（*On Vietnam and World Revolution*）；胡志明（Ho Chi Minh）的《反對法國殖民》（*The Case Against French Colonization*）；茱莉亞．克莉斯蒂娃（Julia Kristeva）的《恐怖的力量》（*Powers of Horror: An Essay on Abjection*）；伊曼紐爾．列維納斯（Emmanuel Levinas）的《整體與無限：論外部性》（*Totality and Infinity: An Essay on Exteriority*），我把他的話給了血盟兄弟一號當台詞，亦即當他說「在絕對的初始，生命的誕生勢必是從空無中發展出來的，這是很荒唐的歷史事件」；盧梭（Jean-Jacques Rousseau）的《懺悔錄》（*Confessions*）；尚－保羅．沙特（Jean-Paul Sartre）的《存在主義與人類情感》（*Existentialism and Human Emotions*），以及他為法農的《大地上的受苦者》寫的導論；還有伏爾泰（Voltaire），我幼時第一次讀到《憨第德》（*Candide*）就覺得它逗趣無比。

有一些文本幫助我想像一九八〇年代早期的巴黎，尤其著重於越南移民、難民和他們的法國籍後代這方面，我受惠於吉賽兒．布斯凱（Gisele Bousquet）無價的著作《在竹籬之後：祖國政治對巴黎越南社群的影響》（*Behind the Bamboo Hedge: The Impact of Homeland Politics in the Parisian Vietnamese Community*），以及由帕斯考．布蘭查德（Pascal Blanchard）與艾瑞克．德魯（Éric Deroo）合編的《巴黎亞洲：亞洲人在首都生活的一百五十年》（*Le Paris Asie: 150 ans de présence asiatique dans la capitale*）中的圖片。對我理解和具體想像法國與受它殖民的人民之間關係同樣很有助益的，是由帕斯考．布蘭查德、尼可拉斯．班塞爾（Nicolas Bancel）、吉爾斯．波奇（Gilles Boetsch）、多米尼克．湯瑪斯（Dominic Thomas）和克里斯泰爾．塔霍（Christelle Taraud）合編的《性、種族與殖民地：從十五世紀到現今身體的主宰》（*Sexe, race & colonies: La domination des corps du XVe siècle à nos jours*）。關於法國和中情局涉入東南亞鴉片的生產與販售這方面的歷史，我仰賴的是亞弗瑞・麥考伊（Alfred McCoy）的《海洛英政治：中情局在全球毒品交易中的共謀》（*The Politics of Heroin: CIA Complicity in the Global Drug Trade*）。

有好幾位身在巴黎或是與法國有關聯的人士很慷慨地撥出時間與我談話，包括 Hoai Huong Aubert-Nguyen、Doan Bui、Myriam Dao、Anna Moï、Nguyen Nhat Cuong、Liem Binh Luong Nguyen、Abdellah Taïa 以及 Quoc Dang Tran。Duc Ha Duong 協助向法國越南人總會（Union Générale des Vietnamiens de France）取得許可，讓我能使用那三名戴面具的男人的照片。我也要感謝 Chiori Miyagawa、Jordan Elgrably、Huê-Tâm Webb Jamme 和 Laila Lalami 讀了小說草稿，並回應我關於小說及法國生活和態度的問題。在美國，跟著美食評論家 Soleil Ho 造訪一間充滿異國情調的亞洲主題餐廳，幫助我想像出鴉片酒吧的樣貌。我也很感謝我的研究生研究助理 Rebekah Park 和 Jenny Hoang，以及大學生助理 Yvette Chua、Ivy Hong、Nina Ibrahim、Sunjay Lee、Morgan Milender、Christine Nguyen、Tommy Nguyen 以及 Jordan Trinh。他們協助我騰出時間來專注在小說上，而 Nancy Tan 的文字編輯以及 Kait Astrella 與 Alicia Burns 作的額外校對更幫助我潤飾稿件。我在本書中犯的任何錯誤當然都歸責於我。

麥克阿瑟基金會（MacArthur Foundation）與古根漢基金會（Guggenheim Foundation）提供的獎助金為寫作本書提供很大的幫助，南加州大學（University of Southern California）及附屬其下的多恩賽夫學院（Dornsife College）所給予的研究支援也極有幫助。我的經紀人 Nat Sobel 與 Judith Weber 是堅定的建議者，Sobel Weber Associates 的人員也讓我的人生變得比較輕鬆，包括 Kristen Pini 和 Adia Wright。我也很幸運能身為 Grove Atlantic 出版社的作者，這是一個理想的家，尤其因為有 Morgan Entrekin 的領導、Peter Blackstock 的頂級編輯指導，以及 Deb Seager、John Mark Boling、Judy Hottensen、Elisabeth Schmitz 以及 Emily Burns 的支持。

最後，一如往常，向 Lan Duong 和我們的孩子 Ellison 與 Simone 致上我最深的愛與承諾。

【Echo】MO0079

告白者

作　　者❖ 阮越清 Viet Thanh Nguyen
譯　　者❖ 聞若婷
封面設計❖ 莊謹銘
內頁排版❖ 李偉涵
總 編 輯❖ 郭寶秀
責任編輯❖ 江品萱
行銷企劃 ❖ 許弼善、陳亮諭

國家圖書館出版品預行編目 (CIP) 資料

告白者 / 阮越清 (Viet Thanh Nguyen) 著 ; 聞若婷譯 . -- 初版 . -- 臺北市 : 馬可孛羅文化出版 : 英屬蓋曼群島商家庭傳媒股份有限公司城邦分公司發行 , 2023.05
面； 公分 . -- (Echo ; MO0079)
譯自 : The committed.
ISBN 978-626-7156-77-3(平裝)

874.57　　112004316

發 行 人❖ 涂玉雲
出　　版❖ 馬可孛羅文化
10483 臺北市中山區民生東路二段 141 號 5 樓
電話：(886) 2-25007696

發　　行❖ 英屬蓋曼群島商家庭傳媒股份有限公司城邦分公司
臺北市中山區民生東路二段 141 號 11 樓
客服服務專線：(886) 2-25007718；25007719
24 小時傳真專線：(886) 2-25001990；25001991
服務時間：週一至週五 9:00 ～ 12:00；13:00 ～ 17:00
劃撥帳號：19863813　戶名：書虫股份有限公司
讀者服務信箱：service@readingclub.com.tw
香港發行所❖ 城邦（香港）出版集團有限公司
香港灣仔駱克道 193 號東超商業中心 1 樓
電話：(852) 25086231　傳真：(852) 25789337
E-mail：hkcite@biznetvigator.com
馬新發行所❖ 城邦（馬新）出版集團【Cite (M) Sdn. Bhd. (458372U)】
41, Jalan Radin Anum, Bandar Baru Seri Petaling,
57000 Kuala Lumpur, Malaysia
電話：(603) 90578822　傳真：(603) 90576622
E-mail：services@cite.com.my

輸出印刷❖ 前進彩藝股份有限公司
初版一刷❖ 2023 年 05 月
紙書定價❖ 480 元
電子書定價❖ 336 元

城邦讀書花園
www.cite.com.tw

ISBN：978-626-7156-77-3
EISBN：978-626-7156-78-0